FRANK POSIADLY

Freud schweigt

HAMBURG 1886 Der junge Sigmund Freud ist verzweifelt. Mittellos wie er ist, wird er seine Wandsbeker Verlobte Martha Bernays nie heiraten können. Das Honorar für eine Hypnosebehandlung verspricht Abhilfe. Doch auf dem Weg zu seiner Patientin macht Freud einen furchtbaren Fund: In einem Fleet der Speicherstadt findet er die Leiche eines Babys. Gibt es einen Zusammenhang zwischen dem toten Kind und dem Schicksal der jungen Frau, die so dringend seine Hilfe benötigt? Die Suche nach Antworten führt den angehenden Arzt nicht nur in die verborgenen Tiefen der Seele seiner traumatisierten Patientin, sondern auch in die dunklen Gänge einer psychiatrischen Klinik vor den Toren der Stadt. Freud gerät in ein Netz von Lügen und Intrigen, das bis in die höchsten Kreise der Hansestadt reicht. Sein mächtiger Gegner schreckt vor nichts zurück, um ihn davon abzuhalten, die Wahrheit herauszufinden.

© Felix Topp

Frank Posiadly ist Autor und Psychologe. Das Handwerk des Schreibens hat er an der Axel Springer Journalistenschule und in der Drehbuchklasse des Filmstudiums Hamburg unter der Leitung von Hark Bohm gelernt. Seine Kurzfilme haben den Deutschen Filmschulpreis in Silber, den Shock Award und den Short-Tiger gewonnen. Neben Kriminalromanen hat er auch Drehbücher für TV-Reihen und Serien wie Tatort und ZDF-Herzkino geschrieben. In »Freud schweigt« verbindet er seine Leidenschaft für das Krimigenre mit seinen Erfahrungen als Psychologe. Er lebt in Hamburg.

FRANK POSIADLY

Freud schweigt

Kriminalroman

GMEINER

Immer informiert

Spannung pur – mit unserem Newsletter informieren wir Sie regelmäßig über Wissenswertes aus unserer Bücherwelt.

Gefällt mir!

Facebook: @Gmeiner.Verlag
Instagram: @gmeinerverlag

Besuchen Sie uns im Internet:
www.gmeiner-verlag.de

© 2024 – Gmeiner-Verlag GmbH
Im Ehnried 5, 88605 Meßkirch
Telefon 0 75 75 / 20 95 - 0
info@gmeiner-verlag.de
Alle Rechte vorbehalten
1. Auflage 2024

Lektorat: Claudia Senghaas, Kirchardt
Herstellung: Mirjam Hecht
Umschlaggestaltung: U.O.R.G. Lutz Eberle, Stuttgart
unter Verwendung eines Bildes von: © https://commons.wikimedia.org/
wiki/File:Landing_Bridge_near_St._Paul%27s,_Hamburg,_Germany-
LCCN2002713694.jpg
Druck: GGP Media GmbH, Pößneck
Printed in Germany
ISBN 978-3-8392-0594-5

1.

Das Wasser troff ihm aus dem frisch gestutzten Bart, dem für zu viel Geld geschnittenem Haar und seinem Anzug. Dem guten, den er so nötig brauchte wie der Maurer seine Kelle und der Schuster seinen Leisten. Nicht, um seine Blöße zu bedecken und ihn zu wärmen, sondern um ihn als einen zivilisierten Menschen zu kennzeichnen. Doch wie sollten Pantalon und Gehrock ihm ihre Dienste tun, wenn in dem gekämmten Garn, das sackförmig an seinen dünnen Gliedmaßen herunterhing, grauer Schlamm, aufgeweichte Kohlblätter und unzweifelhaft als solche zu erkennende menschliche Exkremente klebten?

Der Mann, der Sigmund Freud hieß – den Namen Sigismund Schlomo, den seine Eltern ihm gegeben hatten, hatte er schon als Oberschüler abgelegt – fühlte sich mit seinem Hamburg heute nicht befreundet. Die Fleete und Kanäle, mit denen er gerade Bekanntschaft gemacht hatte, waren berühmt für die stinkende Brühe, die von Ebbe und Flut wohl nur hin und her geschoben, niemals jedoch durch frisches Elbwasser ersetzt wurden. Alle Jahre wurden ihre Anwohner von der Cholera dahingerafft, die verlässlich wie die Gezeiten das Gängeviertel heimsuchte, ein Gewirr von Häusern, die sich in unkontrolliertem Wildwuchs miteinander verknoteten. Ratten tummelten sich selbst am Tag in den engen Gassen, in die niemals ein Sonnenstrahl fiel.

Als er das zarte Gesichtlein in dem vom Wind aufgewühlten Wasser des Fleets hatte aufblitzen sehen, hatte er noch an eine Sinnestäuschung geglaubt, für die er seine gereizten Nerven verantwortlich machte. Kaum eine Stunde hatte er mit seiner Martha für sich gehabt, dabei waren Monate seit dem letzten Zusammentreffen mit seiner Verlobten vergangen. Statt mit ihr zärtliche Worte zu tauschen, hatte er sich darin wiedergefunden, unter den Argusaugen der Prinzipalin von den Verhältnissen in seiner Ordination in Wien zu berichten. Ohne die Unwahrheit sprechen zu müssen, hatte er mit der Kunde einer vollen Praxis aufwarten können. Dass sich unter den Besuchern kaum mal ein zahlender Patient befand, hatte er indes diplomatisch verschwiegen. Allein schon Begeisterung für den unsäglichen Arztberuf zeigen zu müssen, strapazierte ihn über die Maßen. Er wusste, dass Marthas Mutter seine Ausführungen akkurat in Mark und Pfennig umrechnete. Ihr Blick hatte dabei unmissverständlich ausgedrückt, dass das Ergebnis zum Heiraten nicht reichte, worin er im Prinzip mit ihr übereinstimmte.

Es waren wohl die vom kabbeligen Fleet überspülten wasserblauen Augen in dem runden Gesicht gewesen, die ihn gezwungen hatten, trotz des Zweifels noch einmal hinzuschauen. Dass in ihnen der Glanz des Lebens erloschen war, stand fest. In der Klinik hatte er genügend Tote vor sich gehabt. Und so legte er keine besondere Eile an den Tag, als er dem Kanalufer in der Richtung des Ebbstroms folgte, der den nackten Körper träge mit sich führte. Immer wieder musste er sich vergewissern, dass das Gesicht wirklich da war, denn außer ihm schien niemand Notiz davon zu nehmen. Gerade wie in einem düsteren Traum, aus dem er nicht aufwachen konnte. Als er einen schwer bepackten Schauermann anzuhalten versuchte, stieß der ihn nur unwirsch zur Seite. Eine Frau mit einem weinenden Baby auf dem Arm und einem schmutzigen, in Lumpen gekleideten Mädchen an der Hand wich ihm mit vor Angst geweiteten Augen aus, als er sich ihr in den Weg stellte, um auf seine Entdeckung aufmerksam zu machen. Sein nächster Versuch galt einer alten Frau. Doch als er auf die Stelle zeigte, an der eben noch die bleiche Nasenspitze aus dem Wasser geragt hatte, war nichts zu sehen. Seine ungeduldigen Erklärungen konnte oder wollte sie nicht verstehen, drohte schließlich mit der Polizei und eilte ärgerlich davon.

So ging er, mittlerweile immer ärger an seiner Vernunft zweifelnd, weiter, bis er an eine Treppe kam, die die Schauerleute nutzen, um ihre Barkassen zu entladen. Das Wasser stand so tief, dass es die Ufermauer nicht erreichte und die Sicht auf einen schmalen Streifen schwarzen Schlamm freigab. Er stieg die rutschigen Stufen hinunter und starrte so lange in höchster Anspannung auf die graue Kloake, bis er fast schon überzeugt war, dass sein übermüdeter Geist ihm einen Streich gespielt hatte. Doch gerade als er, den Kopf verständnislos über sich selbst schüttelnd, wieder umkehren wollte, war ihm, als hätte er einen Finger gesehen, der sich, wie um dringend Meldung zu machen, aus dem undurchsichtigen Wasser erhob.

Von plötzlicher Panik ergriffen, schritt er auf die Stelle zu, versank bis über das Knie in dem weichen Sediment, verlor das Gleichgewicht und fand sich, unbeholfen mit den Armen rudernd, in dem Fleet wieder, dessen Kälte ihm den Atem nahm. Zu flach, um darin schwimmen zu können, und zu schlammig, um Halt auf dem weichen Grund zu finden, kämpfte er damit, den Kopf oben zu halten, was nur leidlich gelang, wodurch er zwei oder drei Schluck von der üblen Brühe nahm und wieder hinauswürgte. Das Wasser brannte in den Augen, sodass er es blind mit suchenden Händen durchpflügte.

Als er einmal auf einen weichen Widerstand traf, griff er entschlossen zu und ließ auch nicht los, als etwas kräftig an seinen Hosen zerrte. Nun war er gezwungen, auch sein Bein-kleid zu halten, damit es ihm nicht verlustig ging. Obschon seine Lage immer unglücklicher wurde und er wusste, dass es nicht mehr um Rettung ging, ließ er doch den kalten, dünnen Unterarm nicht los, den er zu fassen bekommen hatte. Um die Kontrolle wieder zu erlangen, versuchte er, den toten Körper näher an sich heranzubringen, doch der hatte sich offenbar an einem Gegenstand verfangen. Den Kopf bekam er nun gar nicht mehr aus dem Wasser, sodass ihm die Luft knapp wurde. Wurde zunächst noch nur am rechten Bein gezogen, so spürte er das Zerren nun auch am linken. Er gab es auf, die Hose retten zu wollen, ließ ihren Bund los, griff mit der zweiten Hand nach dem toten Baby, befreite es, drehte sich auf den Rücken, schnappte nach Luft, zog die Beine gegen den Widerstand der Hände, die ihn hielten, an den Körper heran und gelangte so in Reichweite des Ufers, wo ihm von überraschend kurzen Armen aus dem Fleet geholfen wurde.

»Du bist wohl nicht von hier.«

Er blieb dem Jungen, der sich seine Hände an der geflickten Hose abwischte und nervös von einem Bein auf das andere trat, die Antwort schuldig.

»Sonst wärst du nicht in den Fleet gegangen.«

Freud kämpfte gegen den Würgereflex, sammelte Speichel und spuckte aus, um den salzig-bitteren Geschmack loszu-werden.

»Was im Fleet liegt, gehört der Hafenrunde. Da sollte man die Finger von lassen.«

»Der Hafenrunde«, brachte er erschöpft hervor.

»Polizei.«

Freud sah den Jungen an. »Wie alt bist du?«

»Mit Fremden rede ich nicht.«

»Siehst du das Baby auf meinem Arm?«

Der Junge sah ostentativ weg. Freud schätzte ihn auf etwa

zwölf Jahre. Er hatte wache Augen. Sein Körper zeigte Anzeichen von Unterernährung.

»Wir werden die Polizei brauchen.«

»Du. Ich nicht.«

Der Junge machte Anstalten, die Stufen hinaufzurennen, doch oben hatte sich schon eine Menschenmenge eingefunden, die ihm die Flucht verwehrte. Der Entsetzensschrei einer Frau zerriss die vorübergehende Stille. Dann setzte Stimmengewirr ein. Jemand rief um Hilfe, die nicht anders als zu spät kommen konnte.

Freud versuchte immer noch, seine Gedanken zu sortieren. Seine Hose befand sich wieder am rechten Platz, was für seinen Geisteszustand nicht galt. Ein kräftiger Mann war mittlerweile zu ihnen gestoßen und hielt den Jungen in festem Griff. Er trug eine Ballonmütze und dazu eine Jacke aus grobem Stoff, die ihn als Hafenarbeiter erkennen ließen. Als er die Herausgabe des Babys forderte, schüttelte Freud heftig den Kopf und legte schützend die Arme um das leblose Bündel. Ihm war, als trüge er eine Totgeburt auf dem Arm, die er dem Leib des Flusses gewaltsam entrissen hatte. Dabei schlotterte er am ganzen Körper, was zu einem Teil dem unbarmherzig kalten Wind geschuldet war und zum anderen der tiefen Erschütterung, die er empfand. Ihm war dabei selbst nicht ganz klar, was in ihm vorging, war doch der Tod während seiner Ausbildung im Spital ein allzu vertrauter, wenn auch wenig geliebter ständiger Gast gewesen.

Als sich der Anlegestelle eine Ruderjolle näherte, die von einem Mann in einer doppelreihigen Uniformjacke mit glänzenden Knöpfen und beschirmter Dienstkappe vorangetrieben wurde, gelang es Freud, zumindest in Teilen die Fassung zurückzugewinnen.

Der Hafenpolizist, ein Mann um die 30, der das Boot mit ruhigem Schlag steuerte, rief Freud an, indem er sich als

Officiant der elften Abteilung der Polizeibehörde auswies, ließ die Ruderjolle im Uferschlamm auflaufen und war mit zwei Schritten bei ihm. Seine Gesichtszüge waren ausgemergelt, und Freud kam nicht umhin, darin die Spuren ausgiebigen Alkoholgenusses zu bemerken.

Ihm widerstrebte es, dem Mann das Kind zu überlassen. Doch als der ihn mit sanfter Stimme ansprach, legte sich sein Widerstand. Er gab den, wie ihm erst jetzt gewahr wurde, bereits aufgedunsenen Körper heraus, der von seinem Gegenüber mit großer Umsicht entgegengenommen und in eine Decke gewickelt wurde. Als der Uniformierte es vorsichtig im Boot ablegte und mit einer Plane vor den Blicken der Umstehenden verbarg, löste sich etwas in Freud mit solcher Macht, dass ihm für einen Moment die Sinne schwanden.

6.6.1938

Dover sollte in zwei Stunden erreicht sein. Doch von den weißen Felsen war noch nichts zu sehen. Stattdessen Wasser, so weit er in der grauen Morgendämmerung blicken konnte. Es waren wohl die dunklen Wogen, die ihn in die Vergangenheit hinabgezogen hatten. Wenn er die Augen schloss, konnte er es darin schwimmen sehen. Ihm war, als ob es ihm etwas zurufen wollte. Nur konnte es sich weder gegen das Getöse der Maschine durchsetzen noch das Geschrei der Möwen, das Rauschen der Wellen oder das Murmeln des Windes übertönen.

Ein ganzes Leben hatte sich zwischen seine Erinnerung und ihre Wiederkehr gedrängt. War es wirklich nötig, ihr nach mehr als 50 Jahren mit der unbarmherzigen Wahrheitsliebe der Philosophen nachzuspionieren? Der Tumor fraß sich auf der Suche nach neuer Nahrung durch Kiefer und Gaumen und gebar auf seinem Eroberungszug ebenso viel Schmerz wie die Behandlung, die ihn zurückdrängen sollte. Dabei stand der Sieger in dieser Schlacht längst fest.

Wenn nur diese Stimme nicht wäre, die aus dem Wasser mit ihm zu sprechen suchte und die ihm wohl etwas Wichtiges sagen wollte. Er beugte sich über die Reling und versank in der Betrachtung der sich am Bug brechenden Wogen, deren weiße Gischt die Luft mit Salz vermischte. Jede heranrollende Welle versetzte dem stählernen Koloss einen kleinen Stoß. Dazu gesellten sich die Vibrationen der Turbinen, die aus dem Inneren des Maschinenraums von Deck zu Deck durch den Boden in seine Beine und von dort in seinen Bauch geleitet wurden. Eine Verständigung von einem Gedärm zum anderen. So winzig er sich selbst auf der Fähre ausnahm, so verlor sich das Schiff auf dem Meer. Unmöglich, dabei einen klaren Kopf zu bewahren.

»Willst du nicht wieder zu uns hereinkommen?«

Die Stimme ließ ihn zusammenzucken. Er hatte Annas Kommen nicht bemerkt.

»Entschuldige, ich wollte dich nicht erschrecken.«

»Du musst dich nicht entschuldigen.« Er lächelte seine Tochter an.

»Geht es dir gut?«, fragte sie besorgt.

»Natürlich. Ich schnappe nur etwas frische Luft.«

»Wie kommt es, dass ich dir nicht recht glauben mag?«

Er nahm ihre Hand. »Vielleicht weil ein wenig zu viel von mir in dir steckt.«

»Oder von Mama.«

»Ja, das wird es wohl eher sein. Ihrem scharfen Blick ist in den vielen Jahren wohl nie eine Regung meiner Seele verborgen geblieben.«

»Und trotzdem hast du deine Versuche, sie vor ihr zu verbergen, nie aufgegeben.«

»Und sie hat mich ebenso wenig darin gewähren lassen wie du.«

Sie erwiderte sein Lächeln. »Warum hätten wir das auch tun sollen, wenn du doch immer mit gleichem Beispiel vorangegangen bist.«

Trotz ihres Lächelns fühlte er sich unter der forschenden Fürsorge ihres Blickes wie eine Gewebeprobe auf einem Objektträger.

»Vermisst du Wien etwa schon jetzt, bevor wir unser neues Zuhause überhaupt erreicht haben?«

»Sicher nicht. Die Stadt und ihre Menschen sind mir fremd

geworden in den letzten Jahren. Einzig der behaglichen Vertrautheit der Berggasse trauere ich nach. Und doch fiel mir nichts im Leben leichter als dieser Abschied.«

»Trotzdem beschäftigt dich etwas.«

Er hob die Hände. »Ich gestehe, hochehrwürdiges Gericht!«

»Nimm mich bitte ernst.«

»Du musst etwas Nachsicht mit deinem Vater haben, in dem wohl doch mehr von einem alten Baum steckt, der sich gegen die Verpflanzung wehrt, als ihm recht und lieb ist.«

»Das verstehe ich doch.«

»Willst du nicht lieber deiner Mutter Gesellschaft leisten?«, fragte er.

»Sie schläft.«

»Aber wenn sie aufwacht, wird sie beunruhigt über deine Abwesenheit sein.«

»Dann störe ich dich wohl.«

»Ganz und gar nicht«, beteuerte er, »wie könntest du mich jemals stören? Und worin auch?«

»Du warst schon immer ein schlechter Lügner.«

»Ich werde gleich zu euch kommen.«

»Geht es dir gut?«

»Sicher.«

2.

Das Boot glitt unter den ruhigen Ruderschlägen des Polizisten nahezu lautlos auf dem Fleet dahin. Der Junge, der neben ihm auf der Bank kauerte, sagte kein Wort. Seine Blicke jedoch sprachen eine klare Sprache. Zorn glühte in seinen Augen. Freud, der sich durchaus den Regungen des Aberglaubens empfänglich wusste, fühlte sich von ihnen verflucht. Dunkel und böse schienen ihm die Gesichtszüge des Heranwachsenden plötzlich, der ihn doch so tatkräftig aus dem Wasser gezogen hatte. Das Unheimliche, das von ihm ausging, schob Freud, an seine eigene Vernunft appellierend, der Wirkung des toten Babys zu, das sich, in eine Decke gewickelt und unter einer Plane verborgen, mit ihnen an Bord befand. Wohl verfluchte der Junge sich eher selbst, weil er diesem Fremden geholfen und damit gegen seinen eigenen Grundsatz verstoßen hatte, im Fleet zu lassen, was darin schwamm.

Von den ungünstigen Umständen der Situation beeinflusst, konnte Freud nicht anders, als diesem Gedanken zu folgen. Denn wenn der Fluss mit seinen Verzweigungen ein Recht auf alles hatte, was in seinen Besitz geraten war, so musste er in Betracht ziehen, fehl daran getan zu haben, das Baby aus seiner nassen Grabstätte zu zerren. Vielleicht hatte er ungerechterweise dessen Totenruhe gestört und nun seinen Zorn geweckt.

Freud merkte, wie er zitterte.

»Wir sind gleich da. Dann bekommen Sie eine Decke«, versicherte ihm der Polizist mit monotoner Stimme.

»Danke.«

»Wie sind Sie zu dem Baby gekommen?«

»Ich habe es vom Trottoir aus gesehen. Niemand schien sich darum zu kümmern. Deshalb bin ich heruntergestiegen, um es aus dem Wasser zu ziehen.«

»Sie sind kein Hamburger.«

»Ich komme aus Wien.«

»Beruf?«

»Arzt.«

»Was führt Sie nach Hamburg?«

Freud fühlte sich durch die tiefe Schlucht der sich rechts und links auftürmenden Lagerhäuser bedrückt. Von den frisch gemauerten roten Backsteinfassaden der unaufhaltsam wachsenden Speicherstadt hallten die langsamen Ruderschläge des Hafenpolizisten mechanisch wie der Taktschlag zu einem Trauermarsch wider.

»Ich muss Sie bitten, mir Antwort zu geben.«

»Ich besuche meine Verlobte.«

»Deren Name ist?«

»Martha Bernays.«

»Wohnhaft in?«

»Wandsbek.« Er sah den Polizisten an. »Darf ich erfahren, wohin Sie mich bringen?«

»In die Wache der Hafenpolizei am Stadtdeich.«

»Was habe ich dort zu erwarten?«

»Wir werden nicht umhinkommen, ein Protokoll anzufertigen.«

»Dem armen Kind wird das auch nicht helfen.«

»Dessen bin ich mir wohl bewusst.«

Der Polizist bedachte Freud mit einem Blick, in dem er eine so große Müdigkeit zu erkennen glaubte, wie sie nur die lange Erduldung eines schweren Leides hervorbringen konnte. Die Müdigkeit des Fährmanns, der die Menschen seit Anbeginn der Zeit ohne Anteilnahme zum anderen Ufer geleitete.

Freud fühlte eine Hitze in sich aufsteigen wie von einem heftigen Fieber. Wolken schoben sich vor die tief stehende Sonne. Er sollte längst bei der Patientin sein, die ihm durch eine Freundin Marthas vermittelt worden war. Die Behandlung versprach, so viel Geld zu erbringen, dass er davon seinen Aufenthalt in Hamburg finanzieren konnte, der bisher nur durch eine großzügige Leihgabe des guten Josef Breuer abgedeckt war. Weil noch Zeit gewesen war, hatte er sich auf die Suche nach einem Tabakhändler begeben, obwohl doch Martha ihn, wie einst die Mutter das Rotkäppchen, eindringlich davor gewarnt hatte, von seinem Weg abzukommen. Sie fürchtete wohl, dass die Frauen, die abseits von Jungfernstieg und Gänsemarkt ihren Körper feilboten, Eindruck auf ihn machen könnten. Da er sich jedoch dagegen immun wusste, hatte er keine Bedenken gehabt, den Umweg in Kauf zu nehmen, sich dabei aber heillos in dem Gassengewirr des Gängeviertels verirrt.

»Sie begleiten mich bitte, und du auch, Junge!«, forderte der Hafenpolizist, sprang mit einer geschickten Bewegung vom Boot und vertäute es an dem hölzernen Anleger.

Als Freud sich erhob, geriet die Ruderjolle in Bewegung. Er taumelte, ergriff hastig die Hand, die ihm der Polizist anbot, und ließ sich von ihm an Land helfen. Nachdem auch der Junge von Bord gegangen war, nahm der Uniformierte das tote Baby auf und ging mit seinen Begleitern auf die Wache zu, einem mehr als bescheidenen Dienstgebäude. Dort wurde Freud von ihm angewiesen, in der Anwesenheit eines vierschrötigen Kerls auszuharren, der missmutig einen schmalen Tresen bewachte. Dahinter schloss sich ein weiterer Raum an, in dem der Officiant verschwand.

Freud nahm auf einer Holzbank neben dem Jungen Platz,

der ihn mit noch finstererer Miene als eben anstarrte, und hoffte darauf, dass sich jemand an das Versprechen erinnern würde, ihm eine Decke auszuhändigen, in der er sich wärmen könnte.

Nach einer Weile erhob der Junge sich und trat an den Tresen heran. Der Vierschrötige, vollauf damit beschäftigt, einen gusseisernen Briefbeschwerer in der Form einer Hansekogge zu entstauben, der seinen Arbeitsplatz schmückte, ließ keine Reaktion erkennen, worauf der Kleine begann, in stetem Rhythmus gegen den Tresen zu treten.

»Was?«

Der Junge ließ sich von der donnernden Stimme nicht beeindrucken. Er stellte seine Fußarbeit ein und kündigte mit ruhiger Stimme an, dass er nicht länger in der Wache zu bleiben gedenke, da er sich nichts zuschulden habe kommen lassen.

Der Vierschrötige sah den Jungen perplex an. Jener nahm das als Zustimmung und schritt in größter Gelassenheit auf die Tür zu. Da aber kam der Vierschrötige hinter seinem Tresen hervor und setzte ihm, den Briefbeschwerer im Lauf ergreifend, nach.

Als Freud in die vor Zorn blinden Augen des Wachmanns sah, fürchtete er das Schlimmste und sprang auf. Der Polizist hatte den Jungen bereits fast erreicht. Dieser drehte sich nun, von dem Tumult alarmiert, um. Schrecken breitete sich in dem mageren Gesicht des Kindes aus. Freud packte es am Arm und riss es zur Seite, gerade noch rechtzeitig, sodass der Schlag des Wachmanns ins Leere ging.

Für einen Moment war nichts als das Schnaufen des Vierschrötigen zu hören. Dann öffnete sich die Tür des Hinterzimmers. Heraus trat ein korpulenter Mann mit einem voluminösen Backenbart, der sich von dessen fleischigen Ohren bis zu der prominenten Kartoffelnase erstreckte. Auf seine

Frage, was vorgefallen sei, erklärte der Wachmann seinem Commandeur, dass der Junge einen Fluchtversuch unternommen hätte. Dieser trat nun auf den Beschuldigten zu, holte aus und versetzte ihm eine schallende Ohrfeige. Freud hob an zu protestieren. Der Commandeur wies ihn lautstark an zu schweigen und wandte sich dann wieder dem Jungen zu.

»Sieh zu, dass du Land gewinnst, ich will deine freche Fratze hier nie wieder sehen!«

Während der Angesprochene sich eilig verzog, raunte der Commandeur seinem Untergebenen etwas zu und entfernte sich dann wieder. Kaum, dass die Tür sich schloss, forderte der Wachmann Freud auf, an den Tresen heranzutreten, damit er ihn durchsuchen könne.

Freud, jeglicher Widerstandskraft beraubt, leistete der Anordnung Folge und ließ die peinliche Prozedur über sich ergehen. Große, von Schwielen und Narben übersäte Hände klopften ihn mit grober Gewalt ab und förderten neben einer geringen Summe Bargeldes ein kleines Fläschchen mit einem weißen Pulver zutage. Der Wachmann hielt das Glasbehältnis in der Hand, besah sich das Etikett und legte es zusammen mit dem Geld in eine Schale. Dann klopfte er an die Tür, wartete, bis ihm zu öffnen erlaubt wurde, empfing neue Anweisungen und geleitete Freud anschließend in das Zimmer.

In Ermangelung eines Stuhles blieb Freud vor dem großen Schreibtisch des Commandeurs stehen, der sich alle Zeit nahm, das Geld und die Flasche zu inspizieren. An der Wand hinter dem Tisch hing das Stadtwappen, dem Fenster gegenüber, aus dem man auf das Wasser schaute, befand sich ein verschlossener Schrank. In seinem Rücken wusste Freud den Officianten, der schweigend an der Tür stand.

»Hier riecht es. Meint Er nicht auch?«, tat der Mann mit dem Backenbart übellaunig kund.

Freud teilte den Eindruck. Zu seinen Füßen hatte sich eine trübe Pfütze gebildet. »Fleetwasser. Ein Souvenir aus Ihrem Hafen.«

Der Commandeur hielt das Fläschchen hoch. »Und was ist das?«

»Cocain.«

»Ich kann selbst lesen, was auf dem Etikett steht. Auch wenn Ihn das verwundern mag.«

»Ich behandle damit meine Migräne.«

»So, so.« Er legte das Fläschchen wieder an seinen Platz. »Er ist wohl Jude, wie mir zu Ohren kam.«

Freud schwieg. Eine bleierne Müdigkeit bemächtigte sich seiner. Er hoffte, recht bald wieder in den Besitz seiner Arznei zu kommen, von der er wusste, dass sie seinen Zustand positiv beeinflussen würde.

»Versuche Er nicht, das zu leugnen, ist doch die Familie Seiner Verlobten durchaus nicht unbekannt in unserer Stadt. Er sieht mich gut informiert, nicht wahr? Isaac Bernays, der Judenführer. In welchem Verhältnis steht Seine Verlobte zu ihm?«

»Sie ist seine Enkelin. Und er war Rabbiner, wenn Sie mir die Bemerkung erlauben. Oberrabbiner der Stadt Hamburg.«

»Dann wird Er wohl in eine bedeutende Familie einheiraten.«

Freud ließ keine Antwort hören.

»Kommt her, um sich hier ins gemachte Nest zu setzen. Typisch für den Juden.«

»Wollen Sie nicht meine Aussage zu dem Kind aufnehmen?«

»Was mischt Er sich in Angelegenheiten ein, die nicht die Seinen sind? Dass Er nicht unter Arrest steht, hat Er einzig meiner freundlichen Unvoreingenommenheit zu verdanken, die ich Ihm rate, nicht auf die Probe zu stellen.«

Freud war mit einem Male hellwach. »Und wer untersucht den Tod des Kindes?«

Der Commandeur ließ seine Faust krachend auf den Tisch niederfahren. Mit hochrotem Kopf blickte er an Freud vorbei zu seinem Posten an der Tür. »Schaffen Sie mir den frechen Juden aus den Augen, Burmester!«

Der Officiant kam auf ihn zu, um ihn am Arm hinauszuführen. Zur Seite ausschreitend wich Freud dem Polizisten aus, trat an den Schreibtisch heran, steckte rasch Geld und Medizin ein, steuerte auf die Tür zu und verließ wortlos den Raum.

Draußen angelangt, tat er einen tiefen Atemzug, öffnete das Fläschchen, klopfte eine winzige Prise des weißen Pulvers in die Senke zwischen Daumen- und Zeigefingermittelknochen und sog es in einem kräftigen Zug von seinem Handrücken auf, worauf die Nasenschleimhäute mit einem scharfen Brennen reagierten, das ihm die Tränen in die Augen trieb. Bereits nach wenigen Momenten setzte die belebende Wirkung ein. Der Effekt war jedes Mal aufs Neue beeindruckend. Die Welt schien mit einem Schlag ein wenig heller, ihre Farbigkeit intensiver. Seine Müdigkeit wurde von einer frischen Brise davongetragen. Es schien, als ob sein Körper an Dichte und Festigkeit zunehmen und gleichzeitig an Gewicht abnehmen würde. Die physikalischen Gesetze der Schwerkraft büßten einen Teil ihrer Wirksamkeit ein. Wenn es stimmte, dass man auf dem Mond leichter war, so konnte er mit Fug und Recht behaupten, einen Mondflug unternommen zu haben.

Freud inspizierte die Umgebung. Der Weg, den sie im Boot vom Gängeviertel aus genommen hatten, war ihm versperrt, weil die Wache an einem Kanal gelegen war, der vom Fleet abzweigte. Also folgte er dem Lauf des Gewässers, ohne recht zu wissen, wo es ihn hinführen würde.

Bald stieß er auf eine schmale, gepflasterte Straße, die

auf der wasserabgewandten Seite von gedrungenen Häusern gesäumt war, deren Bewohner vor ihren Türen standen und ihn in seinem triefenden Anzug begafften wie ein exotisches Tier. Der Zorn, der ihn in der Amtsstube gepackt hatte, pochte immer noch von innen gegen seinen Schädelknochen. Er musste an die Geschichte denken, die ihm sein Vater zu Schulzeiten erzählt hatte. Wie ihm im mährischen Freiberg ein Passant auf der Straße ohne Anlass die Pelzkappe vom Kopf geschlagen hatte und der Vater sich widerspruchslos gebückt hatte, um sie aus dem Schlamm zu ziehen. Das war der Moment gewesen, in dem er seine Achtung vor ihm verloren hatte. Sicher liebte er ihn noch und würde es immer tun, doch die Einbuße des Respekts hatte Freuds Kindheit vor der Zeit beendet.

Wohl lag darin auch der Grund, die Verbindung nach hinten hin zu kappen und das Heil in der Zukunft zu suchen. Eine entschiedene Flucht nach vorn, die jede Tradition hinter sich lassen musste, um mit aller Macht nach vorn zu drängen.

»Du bist doch Arzt, oder?«

»Sie. Nicht du.«

Er blieb stehen. Vor ihm saß der Junge auf einem Poller, an dem ein Boot festgemacht hatte.

»Es geht um meinen Bruder. Er spricht nicht mehr.«

Nach kurzem Zögern ging Freud weiter. Der Junge folgte ihm.

»An einem Tag hat er noch geredet wie ein Buch, und dann kommt er nach Hause und sagt kein Wort mehr.«

Freud wollte nichts von dem Jungen und seinen Problemen wissen. Er kam sich vor wie ein Stück schmutziges Strandgut. Unmöglich, so vor die Prinzipalin zu treten. Er hatte ja noch nicht einmal seine Patientin getroffen. Statt mit Geld kam er mit Kohlblättern in den Taschen und Scheiße am Hosenbein zurück.

»Ich kann deinem Bruder nicht helfen.«

»Aber Sie sind doch Arzt!«

»Das tut nichts zur Sache.«

»Haben Sie nicht so einen Eid geschworen, Kranke zu heilen?«

Der Junge packte ihn am Rockzipfel. Der Stoff fing an, bedenklich zu knirschen. Freud blieb stehen, damit die Tasche nicht ausriss. »Gibt es in dieser Stadt etwa keine Ärzte?«

»Die kann ich nicht bezahlen.«

»Aber mich kannst du bezahlen?«

»Ich habe einen Anzug. Ganz neu. Ungetragen.«

»Ich brauche keinen Anzug.« Freud zwang dem Jungen die Finger auf. »Du wirst mich jetzt gehen lassen.«

Freud konnte die Enttäuschung und Wut durchaus in den Augen des Jungen erkennen. Doch er wäre ein schlechter Arzt, wenn er sich davon affizieren lassen würde. Das war die erste Lektion gewesen, die die Klinik ihn gelehrt hatte.

»Ich hätte dich im Fleet ersaufen lassen sollen!«, fluchte der Junge.

»Du warst es doch, der gesagt hat, man soll nichts aus den Kanälen fischen.«

»Ich hatte wohl recht gehabt.« Der Junge bedachte Freud mit einem bösen Blick und trollte sich.

Freud sah dem Kind hinterher, das sich in seinem breitbeinigen Gang wie eine Miniaturausgabe der Hafenarbeiter ausnahm, die mit versteinerter Miene an Freud vorüberschritten. Er verspürte den Impuls, dem Jungen nachzulaufen. Doch als der in einem der Hauseingänge verschwand, erlosch die Regung umgehend.

3.

Die Kälte des Fleets war ihm in die Knochen hineingekrochen und hatte sich dort verschanzt. Sie hatte seinen Körper okkupiert und schien entschlossen zu bleiben. Er hatte nichts, was er ihr hätte entgegensetzen können. So krallte er sich an den letzten Rest Wärme in seiner Brust und versuchte, die kümmerliche Flamme, die dort noch flackerte, zu nähren. Doch es gelang nicht. Seine Eingeweide quollen von dem grauen Schlamm über, der keinen Widerstand in seiner durchlässigen Haut gefunden hatte und den er nicht mehr loswurde. Die faulige Brühe erstickte seinen Geist.

Freud lag in seinem Bett, die dicke Decke bis über das Kinn hinaufgezogen. Keine Droschke hatte ihn mitnehmen wollen, sodass er den Weg vom Hafen bis nach Wandsbek zu Fuß zurückgelegt hatte. Das möblierte Zimmer, das sein vorübergehendes Zuhause war, hatte er mit letzter Kraft erreicht. Die Zimmerwirtin, eine Frau mit kräftigen Unterarmen und ausgewaschenen Gesichtszügen, hatte den Kopf nicht gehoben, als er das Haus betreten hatte. Dabei wusste er ganz genau, dass sie ihn gehört hatte. Eine halbe Treppe über ihm hatte sie die Stiegen gewischt. Ganz gewiss nahm sie es übel, dass Martha gelegentlich vorbeikam, um ihm etwas zu essen zu bringen. Den ganzen Tag lang lauerte sie am Fenster auf deren Ankunft.

Wenn Martha dann kam, ließ sie, solang sie im Zimmer war, die Tür weit offen stehen. Dabei blieb sie ohnehin nie länger als ein paar gehetzte Augenblicke lang, denn die Prinzipalin richtete es immer so ein, dass sie auf dem kurzen Weg von der

Bernays'schen Wohnung bis zu ihm in Begleitung war. Hatten sie Glück, dann war Marthas Tante, der es zu beschwerlich war, die Stiegen in den zweiten Stock zu nehmen, mit diesem Dienst betraut. Martha kam dann allein zu ihm hinauf, ging jedoch sofort ans Fenster, um ihrer Begleitung zuzuwinken.

Die ganze Welt schien es darauf abgesehen haben, sie voneinander fernzuhalten. Dass sie überhaupt seine Braut hatte werden können, war sowieso nur dem Umstand geschuldet, dass ihre Besuche nicht ihm, sondern seinen Schwestern gegolten hatten. Er selbst war jedes Mal der elterlichen Wohnstube entflohen und hatte sich in seinem Studierzimmer verschanzt, unfähig, Marthas geradliniger Lebendigkeit etwas entgegenzusetzen. Ihre Stimme und ihr Lachen waren durch die Wände zu ihm herübergedrungen und hatten ihm den beruhigenden Rückzug in seine Bücher verstellt. Wie ein eingesperrtes Tier hatte er in seinem Zimmer ausgeharrt, bis der Sirenengesang verstummt war und er wieder hinausgehen konnte.

Sein Zustand war immer schlimmer und schließlich unerträglich geworden, sodass er eines Tages vor der Zeit aus seinem Käfig gekrochen war. Auf und ab war er in der Wohnstube gelaufen, ohne ein Wort herauszubringen. Wie einer aus dem Spital hatte er sich aufgeführt und Martha mit seinen blöden Blicken erschreckt.

Und dann hatte sie ihn angesehen. In ihren Augen hatte eine Mischung aus Neugierde und milder Nachsicht gelegen. Er war stehen geblieben, immer noch nicht in der Lage, ihrem Blick zu begegnen. Bis sie ihn schließlich angelächelt hatte.

Weder die Prinzipalin noch irgendjemand anders hatte dieses Lächeln verhindern können. Und damit hatte die Mutter ihre Älteste verloren. Der überstürzte Umzug von Wien in den Norden nach der heimlichen Verlobung hatte nichts mehr daran ändern können. Sie hatte ihm seine Martha nicht mehr entreißen können, und nach den vier Jahren in Wandsbek hatte sie wohl langsam die Hoffnung aufgegeben, ihre Tochter standesgemäß zu verheiraten.

Nun musste sie mit ihm vorliebnehmen. Weil er nicht aufgegeben hatte. Nicht zugelassen hatte, dass Martha sich von ihm entfernte. Dabei war es die allergrößte Selbstsucht, sie mit seinen täglichen, drängenden Briefen an sich gebunden zu haben. Denn ohne sie war er doch nichts. Er brauchte sie, um nicht verloren zu gehen, und hatte im Gegenzug nicht mehr zu bieten als seine Entschlossenheit, sie nicht loszulassen.

25 war sie jetzt schon. Wie lange würde sie noch Geduld mit ihm haben? Als Arzt taugte er nicht viel, denn statt Patienten zu sehen, hatte er seine Ausbildung in Brückes Labor am Mikroskop verbracht und Zellen eingefärbt. Brücke selbst hatte ihm ernstlich geraten, diesen Pfad nicht weiterzuverfolgen, wollte er eine Familie gründen. Er war der Empfehlung gefolgt und hatte den Wechsel in Meynerts psychiatrische Abteilung geschafft. Zwar hatte er die Forschung aufgegeben, doch das Geld blieb weiterhin knapp. Sogar jetzt noch setzte er das wenige für seine hochfliegenden Ambitionen ein. Aber was hatte ihm die Reise zu Charcot in die *Salpêtrière* denn schon eingebracht? Zu Hause in Wien hielt Meynert ihn für einen Abtrünnigen, der sich in Paris von einem Blender hatte verführen lassen. Warum nicht gleich ein Zelt für Hypnosevorführungen auf dem Jahrmarkt aufstellen? Dabei brachte er selbst auf diesem Gebiet nicht viel zustande. Ihm fehlte es an Ausstrahlung dazu. Charcot, dessen Suggestionen niemals fehlgingen, hatte davon im Übermaß. Und auch Breuer war reichlich damit gesegnet. Die Herzen der Menschen flogen ihm zu, ohne dass er etwas dazu tun musste. Dass er Geld von dem älteren Kollegen nehmen musste, um seine Miete begleichen zu können, verfolgte ihn bis in seine Träume. Wenn er ein verantwortungsvoller Mensch wäre, hätte er Martha schon lange freigegeben.

»Hat Sie jemand in den Fleet geschubst?« Das Klopfen hatte er nicht gehört und deshalb auch nicht darauf reagiert. Die Zimmerwirtin stand trotzdem im Zimmer. »Das kommt leider vor, wenn man an den Falschen gerät.«

»Ich bin freiwillig reingesprungen.«

»Sie wollen mich wohl auf den Arm nehmen.«

»Nein, wirklich nicht. Es waren gewisse Umstände, die mich dazu bewegt haben.« Freud wünschte sich weit weg.

Die Frau stemmte die Arme in die Hüften. »Das war sicher kein Spaß.«

»Wahrlich nicht.«

»Achten Sie die Speisegesetze?«

»Ich würde jetzt lieber nicht darüber reden.«

»Ich weiß, dass das der Familie Ihrer Verlobten sehr wichtig ist.«

»Sie müssen wirklich entschuldigen, aber ich fühle mich etwas unpässlich.«

»Ich habe Aalsuppe mit Klüten. Die wird Ihnen helfen, wieder zu Kräften zu kommen. Es gibt nichts Besseres.«

»Ja. Die Suppe würde mir wohl gut tun.«

Die Zimmerwirtin nickte zufrieden, verschwand und kam kurz darauf mit einem dampfenden Teller zurück. Freud fühlte sich noch nicht versöhnt mit der Stadt, doch er konnte das Bemühen seiner Vermieterin dankbar anerkennen. Der verbotene Aal, ein Fisch ohne rechte Flossen und Schuppen, tat ihm trotz des gewöhnungsbedürftigen Geschmacks gut. Ein wesentlicher Teil des Genusses lag in dem bescheidenen Sieg gegen die Prinzipalin, deren religiöses Regiment er mit der heimlichen Mahlzeit unterlief. Eine kleinliche Regung, die ihm nichtsdestotrotz Freude bereitete, auch wenn sie ihm nicht die schmerzlich vermisste Anwesenheit Marthas ersetzen konnte.

4.

»Danke. So sollte es wohl gehen.«

»Seien Sie nicht so furchtbar ungeduldig.«

Knochige Finger machten sich an seinem Kragen zu schaffen, zupften an den Ärmeln und zerrten an seinen Hosenbeinen. Die Zimmerwirtin hatte sich seines Anzuges angenommen und das Beste daraus gemacht. Sie entpuppte sich als eine wertvolle Verbündete in seinem norddeutschen Exil. Trotzdem wurde Freud unruhig.

»Nun halten Sie doch still. Sie sind ja schlimmer als mein Benjamin.«

Ihr Benjamin war bereits seit mehr als 20 Jahren tot. Für den Herzog von Lauenburg gegen die Dänen an die Schlei ausgerückt und nicht zurückgekehrt. Nur sein Glaube war ihr von ihm geblieben. Voll Eifer hatte sie ihre Prüfung vor den Rabbis abgelegt, unter Beweis gestellt, dass sie eine koschere Küche zu führen fähig war, und war mit dem Tauchbad in die jüdische Gemeinde aufgenommen worden. Nach dem Tod ihres Mannes hatte sie wieder begonnen, Hamburger Aalsuppe zu kochen. Fast fühlte Freud sich an dem Unglück, das sie am Vorabend so wortreich vor ihm ausgebreitet hatte, mitschuldig, hatten doch die Österreicher einen nicht unerheblichen Anteil an dem Überfall gehabt. Dass die Frau es ihrem neuen Gott übelnahm, sich nicht besser um ihren Mann gekümmert zu haben, kam ihm mehr als verständlich vor. Sich mit ihrer Aalsuppe für die Ungerechtigkeit zu revanchieren, schien recht und billig. Viel erstaunlicher war, dass sie dem angenommenen Glauben nicht vollständig den Rücken gekehrt hatte.

»Mehr kann ich leider nicht daraus machen«, entschuldigte sich die Zimmerwirtin und bedachte ihn mit einem Blick, dessen Innigkeit ihm einen Deut zu ausgeprägt erschien.

»Geht es Ihnen nicht gut?«

»Es ist alles in Ordnung. Ich bin nur etwas in Eile.«

»Suutsche, suutsche. Sie wollen doch nicht zu früh erscheinen. Dann wird die Dame gleich denken, dass Sie ein schlechter Arzt sind.«

»Da ich schon gestern bei ihr hätte erscheinen sollen, scheint mir, dass ich mich bereits ausreichend rar gemacht habe.«

»Ach was. Sie stehen in einer günstigen Position. Ihre Patientin wollte ja wohl um jeden Preis einen Arzt von außerhalb. Nutzen Sie das aus!«

»Wie Sie meinen.«

»Und lassen Sie sich bloß nicht mit Almosen abspeisen. Diese Leute sitzen auf ihrem Geld wie der Drachen auf dem Nibelungenhort.«

»Frau Becher, ich muss jetzt wirklich los.«

»Ich wollte Sie nicht aufhalten.«

»Das haben Sie nicht. Vielen Dank noch einmal für Ihre große Hilfe.«

»Dafür nicht.«

Draußen empfing ihn die warme Herbstsonne. Die Menschen auf dem Wandsbeker Markt schauten freundlich drein. Im Schatten des schlanken Turms der Christuskirche boten die Bauern der Umgebung ihre Äpfel, Kartoffeln, Wurzeln, Lauch und Sellerie an. Auf einem wackeligen Stuhl saß ein hutzeliges Männlein, das seine kunstvoll gefertigten Scherenschnitte anpries. Wenn alles gut lief, konnte er von seinem Honorar Martha porträtieren lassen.

So wirklich die Dankbarkeit gegen seine Wirtin auch empfunden war, trug es zu Freuds Erleichterung bei, ihrer herzlichen Zuwendung entkommen zu sein. Wohl sah sie in ihm ebenso sehr den Sohn, den sie nie gehabt hatte, wie auch den verlorenen Ehemann. Gerade in dieser Mischung der Affekte lag eine Macht, von der er sich bedrängt fühlte, und die ihn verlegen machte.

Er winkte eine offene Droschke herbei und nannte sein Fahrtziel. Der Kutscher, dessen rot geäderte Nase auf seinen überreichlichen Alkoholgenuss wies, verstand ihn nicht, sodass Freud sich dreimal wiederholen musste. Umgekehrt verstand auch Freud kein Wort, da der Mann nur des Niederdeutschen mächtig war.

Als er schließlich einstieg, entfalteten das Getrappel der Pferdehufe auf dem groben Kopfsteinpflaster und die schaukelnde Bewegung der Droschke eine leicht einschläfernde Wirkung, sodass sich Freuds Gedanken ohne Hindernis verselbstständigen konnten und gegen seinen Willen zu dem toten Säugling zurückkehrten. Er fühlte den kalten, nassen Körper in seinen Händen, spürte das Gewicht in den Armen. Die bleiche Haut wies oberflächliche Verletzungen im Bereich von Gesicht, Bauch und Beinen auf. Ritzungen, die möglicherweise beim Kontakt mit einem scharfen Gegenstand im Wasser entstanden waren. Im Geiste legte er dem Baby seine Hand auf die Brust und wunderte sich darüber, einen schwachen Herzschlag wahrzunehmen. Eine Sinnestäuschung. Doch dann riss es plötzlich die blauen Augen und den zahnlosen Mund weit auf. Es versuchte zu schreien, brachte jedoch nur ein unnatürlich tiefes, blubberndes Gurgeln hervor. Freud wendete das Kind auf den Bauch, klopfte ihm auf den Rücken, hielt es, als das keine Wirkung tat, kopfüber an den Füßen, klopfte weiter, hoffte inständig, dass es endlich den Schlamm aus seinen kleinen Lungen herauswürgen würde, steckte ihm den Finger in den Hals. Doch was er auch unternahm, zeigte keinerlei Effekt. Der Köper wand sich, krampfte sich zusammen, schüttelte sich.

Freud schrak aus seinem kurzen Dämmerschlaf auf. Seine Atmung ging schnell, Schweiß stand ihm auf der Stirn. Das Schlagen der Hufe dröhnte in seinen Ohren. Die Hände hatte er zu Fäusten geballt. Ehe er recht wusste, wo er war, hielt der Wagen mit einem so heftigen Ruck, dass er nach vorn rutschte.

Der Kutscher sprang vom Bock. Auf der Straße lag eine Katze in ihrem Blut. Der Mann schrie einem davonrumpelnden Bierwagen nach, nahm einen schweren Stein vom Wegesrand und schlug dem verendenden Tier damit den Schädel ein. Mit den Füßen schob er den Kadaver in den Straßengraben, stieg wieder auf, entschuldigte sich bei seinem Fahrgast und setzte die Fahrt fort.

6.6.1938

Der Wind zerrte an seinen ausgezehrten Gliedern. Es fiel ihm schwer, sich auf den klapprigen Beinen zu halten. Trotzdem hatte er darauf beharrt, alleine hinauszugehen. Den Ausflug an Deck hatte er mit Mühe gegen Annas fürsorglichen Widerstand durchgesetzt. Er stand bei seiner Tochter unter Verdacht, den Krebs mit Zigarren zu füttern, sobald er nicht unter ihrer Aufsicht stand, und hatte genug dafür getan, dass sie nicht ahnte, wie erschreckend gering sein Verlangen nach Tabak war.

Es tat ihm leid, sie so brüsk abgewiesen zu haben. Sie hatte seinem unausgesprochenen Wunsch, allein zu sein, ohne Widerspruch Folge geleistet. Dabei wusste er, dass die Zurückweisung sie nicht unberührt ließ, und fühlte sich deshalb schuldig.

Wenn er an Anna dachte, mischten sich stets Stolz und schlechtes Gewissen miteinander. Zu keinem seiner Kinder, die er doch unterschiedslos liebte, war die Verbindung so stark und eng. »Ein meschuggenes Mädchen« hatte ihre Tante Minna sie genannt. In ihrem Eigensinn hatte er dagegen schon immer auch die Brillanz ihres Geistes hindurchschimmern sehen.

Die Mühen der Reise hatte er nur ihr zuliebe auf sich genommen. Er wäre es zufrieden gewesen, in Wien brav sein Ende zu erwarten. Doch hatte er kein Recht darauf, sie einer solchen Gefahr auszusetzen. Wie sie daheim in der Berggasse aufgetaucht waren – Beschützer des gesunden Volkskörpers, die doch selbst die Krankheit waren – und alles Bargeld, dessen sie habhaft werden konnten, mitgenommen hatten. So viel hatte er bei einem einzigen Hausbesuch niemals einnehmen können. Dass sie ihm beim nächsten Überfall die Tochter entführt hatten, hatte ihn fast umgebracht. An jedem Tag, den er in Wien verharrte, hatte er sie einer größeren Gefahr ausgesetzt, und es war wohl sein größtes Vergehen im Leben, so lange die Warnungen der zahlreichen Mahner in den Wind geschlagen zu haben. Wenn Anna nicht aus der Haft der Gestapo zurückgekehrt wäre, hätte er sich das nie verzeihen können. Wie hatte er sich nur so sehr von der Müdigkeit seiner Knochen und der Bequemlichkeit seiner Seele verführen lassen können?

5.

Ein Dienstmädchen in weißer Schürze und blauer, frisch
gestärkter Bluse öffnete ihm. Sie führte ihn durch die Eingangshalle in den Salon. Dort nahm er auf dem schweren Sessel Platz, den sie ihm zuwies. Das Mädchen bat ihn zu warten und entfernte sich. Die dicken Teppiche dämpften ihre
Schritte. Nachdem sie die breiten Flügeltüren hinter sich
geschlossen hatte, hörte er Treppenstufen knarren. Dann
wurde es wieder still.

Freud betrachtete das Blumendekor der zart schimmernden Seidentapeten. Der Duft frisch gemahlenen Kaffees lag
in der Luft. Sein Magen verlangte nach Nahrung. Er stand
auf, ging ans Fenster und schaute dem Treiben auf dem Jungfernstieg zu. Eine Prozession offener Kutschen säumte die
Ufer der Binnenalster. Kleine Gruppen von Spaziergängern
genossen den wolkenlosen Himmel. Ein Gewirr freundlicher
Stimmen, überlagert von vereinzeltem hellem Lachen drang
von der Straße zu ihm herauf. Die Geschäftigkeit der Menschen draußen wurde aus Müßiggang geboren. Rund um die
Alster schienen Not und schwere Arbeit nicht zu existieren.

»Doktor Freud?« Die Frau, die die Doppeltüren öffnete,
war groß und schlank. Ihr Gang wirkte entschlossen, die
blauen Augen blickten ihn geradeheraus an.

»Frau Hansen?«

»Wir haben nicht viel Zeit. Mein Mann ist im Bureau, wird
aber bald wieder eintreffen.« Sie reichte ihm die feinglied-
rige Hand.

»Ich danke für die Einladung.«

»Fräulein Pappenheim versicherte mir, ihr Arzt sei voll des Lobes für Sie.« Eine Stimme, die es gewohnt war, Gehör zu finden.

»Doktor Breuer ist sehr großzügig in der Beurteilung meiner Arbeit.«

»Verfolgen Sie den gleichen Ansatz wie Doktor Breuer?«

»Er ist so freundlich, mich mit Rat und Tat zu unterstützen. Ich bemühe mich, von ihm zu lernen.«

Breuer hatte begonnen, Bertha Pappenheim, eine Freundin Marthas, unter leichter Hypnose von ihren Tagträumen erzählen zu lassen. Vorher war sie ohne wesentliche Besserung in unterschiedlichen Sanatorien und bei verschiedenen Neurologen gewesen. Tatsächlich waren einige Symptome wie Lähmungserscheinungen oder Sprachstörungen nach den Sitzungen verschwunden. Den Grund dafür konnten weder Breuer noch er erraten, hatten aber beobachtet, dass der Erfolg besonders zuverlässig einsetzte, wenn es gelang, die Erinnerung an das erstmalige Auftreten des Symptoms herzustellen.

»Darf ich davon ausgehen, dass dies alles unter uns bleibt?«

Nachdem Greta Hansen sich gesetzt hatte, nahm auch Freud wieder Platz.

»Selbstverständlich.«

»Sie kennen Fräulein Pappenheim persönlich?«, fragte sie.

»Ich bin ihr vor einiger Zeit begegnet.«

»Sie ist eine bemerkenswerte junge Frau. Intelligent, überaus sprachbegabt. In ihr steckt eine Dichterin. Sie hat sich sehr zufrieden über die Therapie geäußert.«

Freud wusste aus Breuers Berichten um die Fortschritte. Trotzdem konnte sich der seelische Zustand der jungen Patientin immer noch von Tag zu Tag drastisch ändern. Mal war es nur möglich, sich mit ihr in englischer Sprache zu verständigen, dann wieder verweigerte sie jede Nahrung. Sie konnte völlig gesund erscheinen und am nächsten Tag so außer sich sein, dass es nötig war, sie mit Chloralhydrat ruhigzustellen. Mitunter ließ sich der Eindruck gewinnen, dass ihre Persönlichkeit in zwei Hälften gefallen sei, von denen die eine psychisch normal und die andere geisteskrank war.

»Würden Sie sagen, dass sie heilbar ist?«

»Wie gesagt: Ich kenne sie nur sehr flüchtig. Zudem ist sie nicht meine Patientin.«

»Das scheint mir eine sehr zurückhaltende Prognose zu sein.«

»Es ist alles eine Frage der richtigen Methode.«

»In deren Besitz Sie sich befinden?«

Ihr abschätziger Blick tat seine Wirkung bei ihm. Die Kulisse tat dabei ihr Übriges. All die Insignien von Einfluss und Geld – die chinesische Vase auf der Kommode, das in Öl gemalte Konterfei eines Admirals, das ruhige Ticken der fein gearbeiteten Standuhr – sollten ihm seine eigene Bedeutungslosigkeit spüren lassen. Er fühlte sich wie vor Gericht, und es ärgerte ihn, sich dabei in der Verteidigung wiederzufinden. Dabei war sie es doch gewesen, die ihn gerufen hatte. Statt auf der Anklagebank sollte sein Platz auf dem Richterstuhl sein. Schließlich galt es, nicht seinen, sondern ihren Zustand zu beurteilen.

»Ein Arzt tut niemals gut daran, ohne Kenntnis der konkreten Umstände Heilung zu versprechen.«

»Ist das etwa die Absicherung desjenigen, der auf das Scheitern seiner Bemühungen vorbereitet ist?«

Sie lächelte ihn an. Ein durchaus freundliches Lächeln, das jedoch nicht einer gewissen Kälte entbehrte. Dabei war ihm ihre Skepsis gegenüber den Möglichkeiten und Mitteln der Medizin gar nicht fremd. Er fühlte sich ja selbst kaum imstande, den unerschütterlichen Optimismus zu verbreiten, den die Patienten unausgesprochen von ihm einforderten. Breuer dagegen war in dieser Hinsicht ganz und gar Arzt. Gegen Zweifel schien er immun. Solang seine Patientin nicht geheilt war, würde er sie nicht aufgeben. Dabei ging er ohne jede theoretische Grundlage vor, wie Freud verwundert festgestellt hatte. Es war Bertha Pappenheim selbst gewesen, die mit den Schilderungen ihrer Tagträume und Fantasiegeschichten begonnen hatte. Breuer hatte den positiven Effekt bemerkt und das neue Element neben die elektro- und hydrotherapeutische Behandlung gestellt. Während ihn selbst die Frage nicht losließ, welche Mechanik hinter dem Erfolg stand, war Breuer bereits damit zufrieden, dass sich dieser überhaupt eingestellt hatte.

»Wenn Sie mir die Offenheit gestatten: Ich gebe nicht viel auf die ärztliche Kunst, wenn es um die Seele geht.«

»Und trotzdem haben Sie mich gebeten zu kommen.«

Für einen Moment bröckelte die Selbstsicherheit. Freud besah seine Gastgeberin mit prüfendem Blick. Greta Hansen kaschierte eine Schwäche im linken Arm. Sie bewerkstelligte dies mit einigem Geschick. Der Unterarm ruhte auf der Sessellehne. Ihre Haltung erweckte einen natürlichen Eindruck. Doch ihm war nicht die kleine Bewegung entgangen, mit der sie den betroffenen Arm auf dem Möbel abgelegt hatte. Er war sich einigermaßen sicher, dass eine neurologische Untersuchung der sensorischen und motorischen Reflexe zeigen würde, dass der Lähmung keine neurologische Ursache, sondern ein psychisches Trauma zugrunde lag.

»Ich muss Sie um allergrößte Diskretion bitten. Auch mein Mann soll nichts von diesem Besuch wissen.«

Er nickte zufrieden. »Wie kann ich Ihnen helfen?«

»Da liegt ein fundamentales Missverständnis vor. Es geht nicht um mich.«

6.

»Herzlich Willkommen, Doktor Freud! Herr Professor Reye lässt sich entschuldigen. Aufgrund von Verpflichtungen kann er Sie leider nicht empfangen, was er selbstverständlich sehr bedauert. Ich bin Doktor Tietje.«

»Danke für den freundlichen Empfang.«

»Wie gefällt Ihnen unser Friedrichsberg?«

»Schön. Wirklich sehr schön.«

»Nicht wahr? Der Professor hat große Mühen darauf verwendet, unserem Haus ein freundliches Antlitz zu verleihen.«

»Das ist ihm gelungen.«

In der Tat vermittelte die Irren-, Heil- und Pflegeanstalt Friedrichsberg den Eindruck eines hochherrschaftlichen Landsitzes. Gepflegte Gärten umgaben den geklinkerten Gebäudekomplex, seltene Bäume säumten die frisch geharkten Kieswege. Die Anfahrt aus Hamburg hatte geradezu den Charakter einer sonntäglichen Landpartie gehabt.

»Böse Zungen behaupten, dass man Professor Reye die Leitung aufgrund seiner Gartenkünste übertragen hat. Aber das ist selbstverständlich dummes Gerede.«

Freud musterte sein Gegenüber. Tietjes freundliches Lächeln schien frei von jeder Ironie. Der Sarkasmus war freilich nicht zu überhören.

»Haben Sie unter Ludwig Meyer gearbeitet?«

Meyer, der englischen Idee einer Anstalt ohne Fesseln zugetan, hatte die Klinik gegründet. In Wien war viel darüber geredet worden. Reye war Meyers Assistent gewesen und hatte die Klinik nach dessen Weggang übernommen.

»Ich habe bei Professor Meyer gelernt. Zwischenzeitlich war ich Schiffsarzt auf der Deutschen Ost-Afrika-Linie.«

»Interessant.«

»Die einen sagen so, die anderen so. Darf ich Ihnen das Haus zeigen?«

»Sehr gerne.«

»Sie werden feststellen, dass es unseren Patienten hier an nichts fehlt.«

Tietje versprach nicht zu viel. Im Salon stand ein Flügel zum Spiel bereit, nebenan lud ein Billardtisch zur Zerstreuung. Die Bibliothek umfasste eine reiche Auswahl erbaulicher Literatur, die, wie Freud feststellte, die Sinne nicht allzu sehr aufwühlte. Das gleiche galt augenscheinlich auch für das Konzertprogramm, für das auf einem Aushang geworben wurde. Eine Greta Hansen hätte sich hier fast zu Hause fühlen können.

»Die Fenster sind nicht vergittert«, merkte Freud an.

»Das ist das Verdienst von Professor Meyer.«

»Er hat öffentlich die Zwangsjacken versteigert, als er nach Hamburg gekommen ist, wie ich hörte.«

»Ja. Auf dem Heiligengeistfeld.«

»Hat er Abnehmer dafür finden können?«

»Im Magazin befinden sich noch Restbestände. Möchten Sie ein Exemplar erstehen?«

»Können Sie denn darauf verzichten?«

Sie hatten das Hauptgebäude wieder verlassen und näherten sich dem Westflügel, in dem die Frauen der dritten und vierten Klasse untergebracht waren. Der Luxus, den Tietje ihm präsentiert hatte, stand selbstverständlich nur den Selbstzahlern der ersten und zweiten Klasse zu. Die übrigen Patienten mussten sich mit bedeutend weniger begnügen. Wie im übrigen Leben waren auch hier Reich und Arm säuberlich voneinander getrennt. Das galt für die Zimmer ebenso wie für die Küche. Selbst in den Außenanlagen hatten die Reichen ihre eigenen Bereiche. Vom Tod hieß es, er sei der große Gleichmacher. Freud dachte, dass sich dies von seiner kleinen Schwester, der Krankheit, wohl nicht sagen ließ. Jedenfalls nicht, solang der Verfall den Tod noch nicht allzu drängend ankündigte.

»Wussten Sie, warum die Senatoren sich bei dem Neubau für dieses Gelände entschieden?«

»Nein.«

»Den Ausschlag hatte die Tatsache gegeben, dass der Wind in Hamburg vorwiegend aus westlicher Richtung weht. Deshalb musste es ein Standort im Osten sein. Auf diese Weise meinte der Senat verhindern zu können, dass sich der Wahnsinn durch die Luft in der Stadt verbreitet. Der Dorfbevölkerung in Eilbek, Barmbek und Wandsbek schrieb man wohl aufgrund ihrer sprichwörtlichen Starrsinnigkeit ausreichende Widerstandskräfte zu.« Tietje sah Freud an. »Im Grunde hat sich das Denken seit dem Mittelalter kaum geändert.«

Sie betraten den Frauentrakt, wo zwei Krankenschwestern in weißer Tracht sie empfingen.

»In wessen Auftrag, sagten Sie gleich noch mal, sind Sie hier?«

»Ich habe meinen Auftraggeber nicht genannt.«

»Sie haben in Wien unter Professor Meynert und Professor Nothnagel praktiziert?«

»So ist es.«

Von einem langen Gang gingen mehrere Türen ab. Eine Frau mittleren Alters stand neben dem Eingang und wippte in regelmäßigem Rhythmus vor und zurück. Dabei schlug ihr Kopf jedes Mal leicht gegen die weiß gekalkte Wand. Doktor Tietje blieb neben ihr stehen und legte ihr sanft die Hand auf die Schulter, worauf die Frau innehielt.

»So ist es besser.«

Freud stieg der strenge Duft von Ammoniak in die Nase, den die Frau ausdünstete.

»Sie müssen wissen, dass man hier anfangs alles tat, um das Elend der überfüllten Bettensäle des Krankenhauses Sankt Georg fernzuhalten. Unsere ersten Patienten, die wir von dort übernahmen, mussten zwei Kriterien erfüllen: Sie sollten heilbar oder zumindest gut führbar sein und darüber hinaus wohlhabend genug, um ihre Behandlung bezahlen zu können. Hier sollte eine Krankenanstalt entstehen, die auch eine Senatorenfamilie nicht verschrecken würde. Nur so konnte Professor Meyer genug Fürsprecher für seine Sache finden. Mittlerweile haben wir hier allerdings ein Vielfaches an Patienten, ohne dass unsere Mittel in gleichem Maße wuchsen.«

Ein greller Schrei, von dem Doktor Tietje keine Notiz zu nehmen schien, drang aus einem der Bettensäle zu ihnen herüber. Er ging auf eine bis auf die Knochen abgemagerte Frau zu, die eben noch bewegungslos aus dem Fenster gestarrt hatte, nun mit panischem Blick um sich schaute und sich unter der sanften Ansprache des Arztes beruhigte.

»Darf ich fragen, was Sie nach Hamburg führt?«

»Private Angelegenheiten«, sagte Freud unbestimmt.

Sie gingen ein Stück weiter.

Tietje blieb vor einer Tür stehen. »Ich will keinen Hehl daraus machen, dass mir Ihr Erscheinen hier nicht gefällt. Ihr Kommen ist mir mit der dringenden Bitte engster Kooperation angekündigt worden. Wer immer Sie auch schickt, es muss wohl jemand sein, dessen großzügige Unterstützung das Haus dankbar annimmt. Insofern haben mich die näheren Umstände ebenso wenig zu interessieren wie das künftige Geschick meiner Patientin, für die ich, wenn ich offen sein darf, hier nicht allzu viel ausrichten kann.« Er sah Freud misstrauisch an. »Wenn Sie kurz warten würden.«

Freud blieb alleine auf dem Flur zurück. Er konnte Tietje die Ablehnung gegen seine Person nicht übel nehmen. Wäre er an seiner Stelle gewesen, so wäre es ihm gewiss ebenso ergangen. Tietje kannte ihn nicht und konnte nichts gegen ihn ausrichten, da er – oder besser: Greta Hansen – offenbar unter dem Schutz Reyes stand, dessen Wort wiederum Gesetz war.

»Die lassen einen hier glatt verhungern. Ob Sie vielleicht …?« Eine Patientin näherte sich ihm.

»Gibt es denn keine Mittagssuppe?«

»Na, danke. Heißes Wasser mit nichts drin. Muss schon einer von draußen kommen, der einem die Einlage dazu bringt. Willst du nicht? Du würdest es sicher nicht bereuen.« Die Frau lächelte ihn an. Sie war höchstens 20. Ihr fehlte ein Schneidezahn. »Ich versteh mein Handwerk. Kannst du mir glauben.«

»Tut mir leid.«

»Dann eben nicht.«

Die Frau ließ Freud zurück. Ihr Gang war unsicher. Vielleicht Syphilis. Die neurologischen Störungen würden zunehmen und sich von den Extremitäten ins Rückenmark und dann zum Gehirn vorarbeiten. Niemand konnte den Progress aufhalten. Am Ende würde sie in vollständiger Hilflosigkeit dahindämmern und schließlich sterben. Kein Arzt der Welt konnte ihr Heilung oder auch nur Linderung verschaffen. Es blieb nur, ihrem Verfall ohnmächtig zuzusehen.

Die Tür öffnete sich. Tietje kam heraus und schloss sie nahezu geräuschlos hinter sich.

»Die Patientin ist vorbereitet. Sie können Elfie Thomsen jetzt mitnehmen.«

»Danke. Ich wäre Ihnen sehr verbunden, wenn Sie mir Ihren Eindruck schildern würden.«

Tietje sah ihn abschätzig an. »Sie tobt nicht mehr. Das ist ein großer Fortschritt. Ob die Besserung von Dauer ist, lässt sich nicht sagen.«

»Ich weiß leider nur wenig über ihre Vorgeschichte.«

»Und trotzdem übernehmen Sie die Behandlung?«

Freud zuckte mit den Schultern.

»Nun ja. Es braucht wohl ein jeder sein Salär«, vermutete Tietje.

»So ist es.«

»Soweit ich weiß, hat sie keine Familie in Hamburg. Und wenn, hätte sie wohl kaum die nötigen Mittel für eine private Behandlung. Ein Dienstmädchen, das seine Herrschaften mit einem Balg überrascht und seine Stellung verliert.« Tietje schaute ihn an. »Eine von Hunderten, die plötzlich mittellos und ohne Obdach mit einem Kind auf der Straße steht. Es sei denn …« Er machte eine Pause. »Haben ihre Herrschaften am Ende etwa ihre wohltätige Ader entdeckt?«

»Das wäre wohl denkbar«, sagte Freud unbestimmt.

Tietje nickte. »Gut. Wenn das so ist, werden die näheren Umstände vielleicht von Interesse für Sie sein.«

»Ich wäre Ihnen für eine Erläuterung sehr dankbar.«

»Als uns Elfie Thomsen zugeführt wurde, war sie vollkommen außer sich. Sie behauptete, dass man ihr das Kind gestohlen hätte. Einen männlichen Säugling, nicht viel älter als sechs Monate. Von der Polizei wissen wir, dass sie versucht hat, dem Kind etwas anzutun. Seither schwankt sie zwischen Aufruhr, in dem sie sich und andere verletzt, und katatonen Phasen vollkommener Erstarrung.«

»Was ist aus dem Kind geworden?«

»Es wurde vermutlich in die Obhut einer Amme gegeben.«

Tietje wendete sich abrupt von Freud ab und öffnete die Tür. Der Saal war mit 40 Betten belegt. Die meisten davon waren leer. Wer gesund und in der Lage dazu war, wurde zur Arbeit in Gemüsegarten, Küche, Wäscherei oder Näherei verpflichtet. Durch die Fenster drang trübes Licht herein. Es roch nach menschlichen Ausdünstungen. Nicht die allergrößte Mühe von Angestellten wie Patientinnen konnte das verhindern. Der Geruch hing in den Mauern, Holzdielen, Matratzen und Decken.

Elfie Thomsen stand am Fußende ihres Bettes. An ihrer Seite die beiden Krankenschwestern. Äußerlich ruhig wirkend, ging eine unbestimmte Spannung von ihr aus. Tietje führte Freud zu ihr.

»Das ist Doktor Freud, von dem ich Ihnen berichtet habe. Er wird sich von jetzt an um Sie kümmern.«

Die Patientin nickte.

»Ich wünsche Ihnen alles Gute.«

Freud nahm den kurzen Blick der erst 16-Jährigen zur Kenntnis, die ihn blitzschnell taxierte. Die Konturen ihres Körpers waren weich. Sie hielt sich aufrecht. Den Blick zu Boden gerichtet, beobachtete sie ihn weiter aus den Augenwinkeln. Sie war von einer berückenden Schönheit, die fehl an diesem Ort schien.

»Wenn Sie mich dann bitte begleiten würden. Es steht eine Wohnung für Sie bereit, in der Sie bis auf Weiteres unterkommen können.«

»Wie Sie wünschen.«

Eine fast tonlose Stimme. Freud erkannte in ihr den zur zweiten Natur gewordenen Reflex eines Menschen, der früh gelernt hatte, seine Gefühle bis in die feinsten wahrnehmbaren Spuren hinein zu verbergen.

Elfie Thomsen bedankte sich förmlich bei Tietje, nahm den kleinen Beutel, der ihre gesamte Habe enthielt, und schickte sich an zu gehen. Freud bemerkte ein Zögern in ihrer Bewegung. Als er die Hand ausstreckte, um ihre Sachen zu tragen, zuckte sie zurück. Freud bereute seine Initiative augenblicklich. Offenbar meinte sie, er habe ihr das Bündel fortnehmen wollen. Er hatte sie verschreckt, dabei brauchte er ihr Vertrauen und ihre vollständige Kooperation. Anders würde er sie ohne Hilfe nicht zu der ihm angegebenen Adresse bringen können. Also entschuldigte er sich und erklärte ihr, dass er ihr nur habe helfen wollen. Sie reagierte nicht auf seine Ansprache, folgte ihm jedoch bereitwillig.

Freud durchschritt mit seiner Patientin das friedvolle Parkgelände vor dem Haupteingang. Ein leichter Regen hatte sie draußen empfangen. Er fluchte innerlich. Der Kutscher, den er angewiesen hatte zu warten, war verschwunden. Das Wasser sammelte sich auf den vorbildlich gepflegten Wegen.

»Wir werden ein Stück zu Fuß gehen müssen.«

Elfie Thomsen zeigte keine Reaktion.

»Es findet sich sicher noch eine passende Fahrgelegenheit.«

Freud folgte dem Weg zum Haupteingang. Hinter dem Gebäude waren Patientinnen mit der Arbeit auf den Gemüseäckern beschäftigt. Aus den Stallanlagen drang der Geruch von Kuh- und Schweinedung zu ihnen herüber. Hühner gackerten, Ferkel quiekten.

Elfie Thomsen zeigte sich gänzlich unbeeindruckt von alledem. Den Blick hielt sie weiter auf den Boden gerichtet. Ihre Bewegungen wirkten abgehackt. Es bereitete Freud Schwierigkeiten, ihren Zustand zu beurteilen. Er hatte erwartet, dass sie sich erleichtert zeigen würde, die Anstalt verlassen zu können. Doch offenbar hatte er die Schwere ihrer Krankheit unterschätzt. Greta Hansen hatte ihn in keiner Weise darauf vorbereitet, wusste vielleicht auch nichts davon. Er hatte bereits in Wien und Paris Frauen gesehen, die nach der Geburt einen Wahn entwickelten, ihrem Kind etwas antun zu müssen, sodass es zum Schutz des Kindes nötig war, es von der Mutter zu trennen. Häufig verschwanden die Symptome wieder, doch manchmal blieb eine melancholische Verstimmung zurück. In diesem Falle würden die Aussichten auf Heilung nicht günstig sein. Untypisch schien ihm lediglich der

Zeitpunkt des Ausbruchs, da die Krankheit meist sofort nach der Geburt auftrat. Greta Hansen hatte ihm jedoch erklärt, dass sie ihrem Hausmädchen nach der Entlassung ein Zimmer besorgt hätte, das sie nach der Geburt mit ihrem Kind bewohnt hätte. Nach allem, was er wusste, war zunächst alles in unauffälliger Art und Weise vonstattengegangen. Was also hatte die dramatische Wendung ausgelöst?

Sobald sie das Anstaltsgelände verließen und die Friedrichsberger Straße erreichten, beschleunigte Elfie Thomsen ihren Schritt. Etwas schien plötzlich von ihr abzufallen. Eine Zielstrebigkeit, die ihr eben noch so vollständig gefehlt hatte, drückte sich nun in ihrer Haltung und ihrem Gang aus. Dabei blickte sie sich beständig um, so als wolle sie sicherstellen, dass ihr niemand folgte. Freud hatte alles Verständnis dafür, dass sie die Einrichtung, in der sie die vergangenen Wochen unfreiwillig verlebt hatte, hinter sich lassen wollte. Vielleicht fürchtete sie, dass in jedem Moment eine Abordnung der Klinik kommen und die Entlassung rückgängig machen würde.

Freud passte sein Tempo dem seiner Begleitung an, was ihm nicht schwerfiel, da er ein ausdauernder Spaziergänger war. Lange Wanderungen, vorzugsweise in freier Natur, blieben häufig die einzige Möglichkeit, seiner unaufhörlichen Rastlosigkeit Einhalt zu gebieten.

Als Elfie Thomsen ruckartig stehen blieb, reagierte er nicht sofort, sondern ging einige Schritte weiter, blieb dann stehen und wartete. Weil sie keine Anstalten machte, zu ihm aufzuschließen, ging er schließlich zu ihr.

Der Schlag, der ihn unvermittelt auf den Solarplexus traf, war mit erheblicher Wucht ausgeführt worden und nahm ihm augenblicklich den Atem. Als sie zu laufen begann, verfehlte er ihr Handgelenk, sodass sie ihm entwischte. Um Hilfe rufend überquerte sie die Straße und stellte sich einer Kutsche in den Weg. Sobald diese hielt, sprang sie auf den Wagen und beschwor den Fahrer loszufahren.

Freud setzte ihr nach. Seine Versuche, sie aus dem Wagen zu zerren, beantwortete sie mit weiteren Hilfeschreien. Dem Kutscher erklärte sie aufgeregt, dass Freud ihr vor der Anstalt aufgelauert und sie verfolgt habe. Als sie nach ihm trat und er stürzte, ließ der Kutscher die Peitsche knallen. Die Pferde galoppierten los. Freud rappelte sich auf, um ihr nachzulaufen. Doch ein Passant hielt ihn zurück. Freud wollte sich losreißen, doch schon war ein zweiter zur Stelle, um den angeblich Verrückten festzusetzen.

7.

Schuld war allein die ewige Armut. Nur deshalb irrte er jetzt entlang der faulig riechenden Fleete durch verwahrloste Gassen und mit Unrat übersäte Straßen. Überall roch es nach Exkrementen. Die ganze Stadt schien ein einziger großer Abort zu sein. Der Gestank verstopfte den Kopf, förderte die übelsten Gedanken zutage und verwandelte die Seele in eine Jauchegrube. Mal erschien ihm die tote Elfie Thomsen, an einem Strang um den Hals geknüpft vom Kranhaken eines Speicherhauses hängend, dann wieder blutüberströmt mit geöffneten Schlagadern in einem windschiefen Schuppen und schließlich als blasse Wasserleiche mit ihrem Kind im Arm.

Freud tastete sich Schritt für Schritt durch einen dunklen Flur voran, bis er auf eine enge Treppe mit ausgetretenen Stufen stieß. Aus den Wohnungen drang ein Durcheinander von herausgebrüllten Zurechtweisungen, verzagten Entschuldigungen, alkoholschwerem Lallen, klappernden Töpfen, schreienden Babys, nölenden Kindern. Durch Türritzen fiel spärliches Licht auf Staub und Schmutz. In der abgestandenen Luft der penetrante Geruch menschlicher Ausdünstungen. Als er die von Greta Hansen bezeichnete Bleibe betrat, huschte eine Ratte zwischen seinen Füßen davon. Die Kammer war wie erwartet leer. Unter dem winzigen Fenster, durch das kaum Licht aus dem engen Hof fiel, stand ein Bett. Falls darauf mal eine Decke gelegen haben sollte, war sie wohl gestohlen worden. Die Tür jedenfalls war unverschlossen gewesen.

Freud ließ sich erschöpft auf dem Bettkasten nieder. Es war allein das Geld gewesen, das ihn zu dieser unsinnigen Unternehmung verleitet hatte. Gab es etwas Friedlicheres, als an der Adria Aale auf der Suche nach ihren Gonaden aufzuschneiden, Gewebe zu präparieren und Zellstrukturen unter dem Mikroskop zu begutachten? In Paris hatte er an einigen Kinderhirnen die bemerkenswertesten Beobachtungen vornehmen können. Welche Möglichkeiten sich eröffneten, wenn es erst einmal gelungen war, die Vielfalt klinischer Erscheinungen, all die Ausfälle und Absonderlichkeiten mit den organischen Strukturen in Einklang zu bringen! Dazu bräuchte es nichts als Zeit, Geduld und Methode. Mehr als jeder andere war er bereit und in der Lage dazu, davon so viel als erforderlich und noch mehr aufzubringen. Das Wesen des Menschen lag in seiner Stofflichkeit eingegraben und wartete nur darauf, aus dem Dunkel gezerrt zu werden. Dafür hatte er sich an der medizinischen Fakultät eingeschrieben. Nicht um einer Frau nachzujagen, die wahlweise auf dem Weg war, sich selbst oder ihr Baby zu töten.

Er raffte sich auf und stürzte sich erneut in das Gassengewirr des Gängeviertels. Wieder setzte Regen ein, der sich mit dem Straßenschmutz vermischte und die Gerüche noch verstärkte. Es war ein Irrsinn gewesen, die Patientin auf Greta Hansens Geheiß hin aus der Anstalt zu holen. Er musste sich ernsthaft fragen, wie es um seine geistige Gesundheit bestellt war, wenn er sich zum Erfüllungsgehilfen einer Frau machte, von deren Motiven er nichts wusste. Natürlich hatte er Fragen gehabt. Doch statt ihm Antwort zu geben, hatte Greta Hansen ihm einen Vorschuss auf seine Arbeit offeriert. Indem er das Geld genommen hatte, hatte er sie von der Pflicht, ihn mit den notwendigen Kenntnissen auszustatten, befreit. Er würde sie informieren müssen und verspürte schon jetzt das Brennen ihres Blickes. Die Verachtung und Abschätzigkeit, die in ihm liegen würden. Der Reichtum gab ihr die Mittel dafür.

Warum erzählte er ihr nicht einfach, dass Elfie Thomsen die Geister, die sie quälten, hinter sich gelassen und sich auf den Weg zu ihrer Familie in Holstein gemacht hatte, wo sie den Rest ihres Lebens Kühe melken, schwere Böden aufbrechen, Unkraut jäten, säen und ernten würde? Die beiden Frauen und das, was sie miteinander verband, gingen ihn nichts an.

Nachdem er sich eine Weile hatte ziellos treiben lassen und dabei die Orientierung verloren hatte, fasste er den Entschluss, sich in das Unvermeidbare zu fügen. Durch Tietje würde es sowieso bald bekannt werden. Wie der sich unverhohlen amüsiert hatte, als ihm Freud als entflohener Patient vorgestellt worden war! Dass Elfie Thomsen verschwunden war, hatte den Anstaltsarzt dagegen nicht weiter bewegt. Er hatte die Verantwortung an Freud übergeben, der nun das Seine daraus machen musste. In seiner Reaktion hatte wohl auch ein nicht unerheblicher Anteil Schadenfreude gelegen.

Freud sah sich in der Angelegenheit zunehmend in eine Witzfigur verwandelt. Ein Gefühl, das seinen Selbsthass weckte und ihm reichlich Nahrung gab. In ihm regte sich der heftige Wunsch, seine Existenz ungeschehen zu machen. Sich eine Welt vorzustellen, in der es ihn nie gegeben hatte, verschaffte ihm sogleich Erleichterung. Vater und Mutter wüssten ebenso wenig von ihm wie Martha und die Prinzipalin. Sie würden ein Leben führen, dem jede Spur von ihm fehlte. Zweifellos wären sie ohne ihn besser dran. Seine Position würde von einer anderen Person eingenommen werden. Bezog er diesen Gedanken auf seine Eltern und seine Schwestern, stimmte ihn das fast versöhnlich. Bei Martha, die er keinem anderen gönnte, war das freilich anders. Da wäre es umgekehrt, es müsste eine Welt ohne sie sein. Doch die erschiene ihm dann erschreckend leer und unbedeutend.

Während Freud die wenigen Straßenzüge vom Gängeviertel zum Jungfernstieg zurücklegte, verwandelte sich die Welt um ihn herum. Aus engen, dunklen, schlammbedeckten Gassen wurden zuerst befestigte Wege und dann breite Straßen. Die zerklüfteten Fassaden der im Wildwuchs hinzugefügten Anbauten und Erweiterungen, unter deren Last die verwitterten Gemäuer jeden Moment einzustürzen drohten, wichen den klaren Linien großzügig angelegter Häuserfluchten, deren frischer Anstrich in der hervorkommenden Sonne strahlte. Die Menschen, die im Schatten dieser Paläste flanierten, schienen ebenso wie ausgetauscht. Jenseits der unsichtbaren Grenze, die das Gängeviertel von den Tempeln der Kaufleute trennte, wurden die Stimmen leiser, die Bewegungen gebremst, und der Ausdruck in den Gesichtern verschwand hinter einer Maske wächserner Freundlichkeit.

Eine Traube von Menschen kündigte den Aufruhr an, der sich vor dem Haus der Hansens abspielte. Freud beschleunigte den Schritt in der unsinnigen Hoffnung aufzuhalten, was wohl nicht mehr aufzuhalten war. Näher gekommen, konnte er die aufgebrachte Stimme Elfie Thomsens ausmachen sowie eine sonore Männerstimme, die sie zu beruhigen suchte.

Freud drängelte sich zwischen den Schaulustigen hindurch, die ihn nur unwillig passieren ließen. Angesichts des Spektakels, das ihnen geboten wurde, hatten die Menschen ihre hanseatische Zurückhaltung vergessen und waren zu einem Haufen geworden, in dem jeder in der ersten Reihe stehen wollte und keiner dem Neuankömmling einen Logenplatz gönnte. Ob sich die Menge mehr an dem schreienden und um sich schlagenden Mädchen ergötzte oder dem hoch gewachsenen Mann in Livree, deren blütenweißer Kragen sich leuchtend von seiner tief schwarzen Hautfarbe absetzte, ließ sich nicht beurteilen.

»Da sind Sie ja.« Freud schlug einen freundlichen Ton an, der den Druck zu verbergen suchte, unter dem er stand. »Wollen wir jetzt gemeinsam gehen?«

Erst als er sie sanft unterhakte, nahm Elfie Thomsen von ihm Notiz. Sie verstummte und sah ihn an, ohne ihn zu erkennen. Dabei entzog sie sich ihm entschieden.

»Darf ich fragen, wer Sie sind?« Der dunkelhäutige Mann schaute ihn an, ohne ein Gefühl zu verraten. Er überragte Freud um einen Kopf.

»Ich bin ihr Arzt.«

»Ich gehe nicht mit ihm!« Elfie Thomsens Stimme überschlug sich.

»Das brauchst du nicht. Niemand hier wird dir etwas tun.« Der Mann sah ihr in die Augen. »Jetzt gehen wir erst einmal hinein.«

Das Mädchen nickte unsicher, doch als der Mann sich bei ihr einhakte, sträubte sie sich.

Der Mann löste sich von ihr. »Ich werde dir einen Tee kochen. Was hältst du davon, Elfie?« In der Art, wie er ihren Namen aussprach, lag etwas Liebevolles.

Freud sah, wie ihr Atem ruhiger wurde. Er tauschte einen Blick mit dem Mann und fand darin die Zustimmung, die beiden zu begleiten.

Sie betraten die große, mit italienischem Marmor gefliste Eingangshalle. Gleich gegenüber der Tür prangte der mächtige Schädel eines Kaffernbüffels, eingerahmt von einem afrikanischen Speer und einem Schild an der Wand.

»Beeindruckend, nicht wahr?«

Freud nickte.

»Jagen Sie?«

»Nein.«

»Würden Sie gerne?«

»Offen gestanden wüsste ich nicht, warum ich sollte.«

»Schön. Dann darf ich Ihnen verraten, dass ich mich täglich an dem Gedanken erfreue, dass nicht mein Kopf dort hängt.«

Freud sah den Mann in Livree betreten an. »Ich weiß nicht recht, was ich sagen soll.«

»Sie brauchen nichts zu sagen, solang Sie nicht die Savannen mit einem Elefantentöter im Anschlag durchstreifen.«

Freud erwiderte das Lächeln, in dem er eine verhaltene Freude an der Wirkung seiner Worte zu erkennen glaubte.

»Darf ich mich Ihnen vorstellen? Mein Name ist Hans.«

»Hans. Und weiter?«

»Kein Nachname. Einfach Hans wie Franz.«

»Sehr erfreut, Hans.« Freud deutete eine Verbeugung an.

»Ganz meinerseits.«

Obgleich die Deckenhöhe es zugelassen hätte, eine Giraffe spazieren zu führen, hatte Elfie Thomsen, sobald sie drinnen waren, den Kopf eingezogen. Eine unsichtbare Mauer schien sie nun daran zu hindern weiterzugehen.

Hans machte keine Anstalten, sie zu bedrängen, wie Freud erleichtert feststellte. Denn so viel hatte er verstanden: Je stärker der Druck war, den sie auf Elfie Thomsen ausübten, desto größer würde ihr Widerstand sein.

»Wollten Sie nicht, dass Hans Ihnen einen Tee zubereitet?«

Elfie Thomsen guckte ihn mit den erstaunten Augen eines Kindes an. Es war, als ob sie kurzzeitig an einem anderen Ort gewesen und nun vollkommen überrascht über die Begleitung der beiden Männer sei.

»Ja. Einen Tee würde ich gerne trinken.«

»Dann gehen wir doch gleich in die Küche«, schlug Freud vor.

»Wollen wir, Elfie?«, fragte Hans.

»Ja.«

Freud folgte den beiden durch einen nicht enden wollenden Flur zur Küche im hinteren Teil des Hauses, einem großen gefliesten Raum, an dessen Wänden unzählige Töpfe und

Pfannen hingen, die kleinste nicht größer als eine Mokkatasse, die größte im Format eines Waschzubers. Alles glänzte in frisch poliertem Kupfer.

Elfie Thomsen griff nach einem Kessel, den Hans ihr jedoch aus der Hand nahm. »Lass nur. Heute mache ich das mal. Setz du dich einfach hin.«

Freud wartete geduldig, während Hans den Kessel füllte, ihn auf den Ofen stellte, eine Kanne und Tassen aus weißem Porzellan mit blauem Zwiebelmuster aus dem mannshohen Geschirrschrank aus dunklem Eichenholz holte und auf dem kleinen Tisch, der dem Küchenpersonal als Essgelegenheit diente, servierte. Elfie Thomsen beobachtete dabei jeden Handgriff, um sich auch nicht das kleinste Detail dieser alltäglichen Verrichtung entgehen zu lassen.

»Kluntjes?«

Elfie Thomsen nickte.

Mit einer kleinen silbernen Zange entnahm Hans einer Porzellandose einen kristallin schimmernden Brocken und hob ihn in eine Tasse, deren Wand so dünn war, dass sich der Schatten seiner Finger dahinter abzeichnete. Als er den frisch aufgebrühten Tee darauf goss, zersprang der Zucker mit einem feinen Knistern. Elfie Thomsens Blick hatte etwas Träumerisches angenommen. Ihre Gesichtszüge hatten sich entspannt. Auf ihren Lippen lag ein zartes Lächeln, wie von einem holländischen Meister auf Leinwand gebannt.

»Ich habe Sie gar nicht gefragt, ob Sie auch einen Tee möchten«, merkte der Mann in Livree an.

»Danke, nein«, lehnte Freud ab. »Dürfte ich Sie für einen Moment sprechen?«

»Sicher.«

»Darf ich Ihnen Hans kurz entführen? Es dauert auch nicht lange.«

Elfie Thomsen blickte kurz auf und nickte.

»Ist der Tee gut, Elfie?«

»Ja, Hans. Sehr gut.«

»Wir sind gleich wieder da.«

»Gut.«

Freud folgte Hans in den Flur. Gemeinsam betraten sie das Bügelzimmer, das von einer großen Heißmangel und Regalen mit Bettwäsche und Tischtüchern dominiert wurde.

»Was glauben Sie, warum ist Elfie hierhergekommen?«

»Ich nehme an, es gibt keinen anderen Ort, an den sie hätte gehen können.«

»Kennen Sie sie schon lange?«

»Seit zwei Jahren.«

»War sie schon lange hier, bevor Sie gekommen sind?«

»Es war umgekehrt. Ich bin lange vor ihr hierhergekommen. Herr Hansen hat meinen Eltern Geld gegeben. Viel wird es nicht gewesen sein, jedoch genug, um sie nicht lange überlegen zu lassen.«

»Wo wurden Sie geboren?«

»In einem Dorf in Kamerun. Herr Hansen ist im Afrikageschäft. Zucker, Kakao und Kautschuk gegen Rum aus Barmbek. Glaubt man seinen Reden, dann wurde seine Dynastie zusammen mit der Stadt gegründet. Fürst von Bismarck ist ein gern gesehener Gast des Hauses. Herr Hansen sorgt stets dafür, dass ich es bin, der dem Fürsten die Tür öffnet. Ein Grund, stolz zu sein, nicht wahr?«

Freud ließ die Frage im Raum stehen. Hinter der sanften, ruhigen Stimme war der brodelnde Zorn unüberhörbar.

»Entschuldigung, ich spreche die ganze Zeit von mir. Womit kann ich dienen?«

»Frau Hansen trat mit der Bitte an mich heran, um Elfies Entlassung in Friedrichsberg zu ersuchen und ihre ärztliche Betreuung zu übernehmen. Nun versuche ich, mir ein Bild zu machen. Wie alt war sie, als sie hierhergekommen ist?«

»14.«

»Hat sie jemals Anzeichen seelischer Krankheit gezeigt?«

»Fragen Sie, ob sie glücklich war?«

»Nein. Ich frage, ob sie krank war.«

Das Gesicht des Mannes verschloss sich. »Sie war ebenso gesund wie Sie oder ich.«

»Aber irgendwann ist sie krank geworden.«

»Davon weiß ich nichts. Eines Tages war sie einfach nicht mehr da. Sie hat hier ihre Stellung verloren.«

»Kennen Sie den Grund?«

Ein bitteres Lachen war die Antwort.

»Haben Sie ihr einen Besuch in Friedrichsberg abstatten können?«

»Ich wusste nicht, dass sie dort war.«

»Dann wissen Sie auch nichts über ihre Schwangerschaft und das Kind?«

Für einen Moment fiel die Miene beherrschter Zurückhaltung seines Gegenübers in sich zusammen und legte den Blick auf eine bodenlose Erschütterung frei. Freud hörte, wie sich Schritte aus dem Flur näherten. Ehe er reagieren konnte, wurde die Tür geöffnet. Elfie Thomsen betrat das Zimmer. Ihr Blick fiel auf den großen dunkelhäutigen Mann, der sich hastig abwandte.

»Was hat der Mann dir erzählt, Hans?«

»Nichts, Elfie. Er hat gar nichts erzählt.«

»Du lügst!« Sie packte Hans am Arm und schaute ihm in die Augen. »Sag mir die Wahrheit!«

Hans regierte nicht auf sie. Stattdessen wandte er sich scheinbar völlig gefasst an Freud. »Wohin werden Sie sie nun bringen?«

»Es gibt eine Wohnung, in der sie unterkommen kann.«

»Gut.«

»Ich will nicht mit dem Doktor mitgehen. Ich kenne ihn nicht. Ich weiß nicht, was er von mir will!«

Hans nahm sie am Arm, um sie aus dem Zimmer zu ziehen.

»Lass mich los!«

Als Hans sie noch fester packte, schritt Freud ein.

»Bitte!«

Hans ließ Elfie los. »Wie Sie meinen.«

Ohne ein weiteres Wort ließ er Freud mit dem Mädchen zurück. Elfie Thomsen stand reglos da.

»Fräulein Thomsen, ich glaube, es ist das Beste, wenn wir jetzt gehen. Ich zeige Ihnen Ihr neues Zuhause. Dort können wir besprechen, wie es weitergeht.«

Statt einer Antwort lief das Mädchen los. Freud folgte ihr seufzend in den Flur. Die Situation wurde mit jedem Moment vertrackter. Hans floh vor dem Mädchen, das ihrerseits vor ihm selbst floh. Er fragte sich, wie er hier noch zu seinem Ziel kommen sollte. Das Ganze wuchs sich zu einem Mummenschanz aus.

Das unglückselige Trio kam zum Halten, als Stimmen von der Eingangstür her zu hören waren. Das Mädchen reagierte als Erste, indem sie augenblicklich in ihrer Bewegung erstarrte. Hans blieb nun seinerseits auch stehen, was Freud Gelegenheit gab, zu den beiden aufzuschließen. Eine männliche Stimme rief im Kommandoton nach Hans. Der sprach Freud leise an.

»Hinter dem Bügelzimmer befindet sich die Wäschekammer. Von dort gelangen Sie nach draußen.«

»Aber …«, setzte Freud an.

»Schnell!«

Freud besah sich das Mädchen. Alle Farbe war aus ihrem Gesicht gewichen.

»Gut.«

Als Freud Elfie Thomsen unterhakte, ließ sie sich ohne jeden Widerstand führen. Es war, als ob alle Willenskraft aus ihr gewichen sei, als sie die herrische Stimme vernommen hatte.

6.6.1938

Am Horizont verschmolzen Himmel und See zu einem
einheitlichen Grau, das auch die Sonne, wenn sie einmal
aufginge, nicht in Farbe tauchen würde. Winzige Regen-
tropfen benetzten seine Haut und verfingen sich in seinem
dichten grauen Bart. Der Gang zwischen Reling und Ober-
deck war so schmal, dass er das Geländer mit einer Hand
greifen und mit der anderen Halt an der Deckwand finden
konnte, falls er auf den nassen Metallplatten ins Rutschen
kommen sollte. Während er sich Schritt für Schritt voran-
tastete, empfand er die Zerbrechlichkeit des Alters so stark
wie lange nicht mehr.

Als er die Tür aufzog, um das Deck zu verlassen, nahm er
eine Gestalt am breiten Heck der Fähre wahr. Weil ihn etwas
in den Bewegungen des schlaksigen Jungen alarmierte, blieb
er zögernd stehen. Dann sah er, wie die dünne Gestalt den
Versuch unternahm, die Reling zu erklimmen.

»Junger Mann!«

Der Junge hielt inne und wandte sich um. Ein leerer Blick,
in dem kurz eine Reaktion aufglomm, die jedoch ebenso
schnell wieder erlosch, wie sie aufgetreten war. Die Gestalt
wandte sich wieder ihrem Vorhaben zu und setzte ihre Klet-
terpartie fort.

Mit einer für sein Alter erstaunlichen Beweglichkeit lief
Freud los, packte den mageren Kerl am Schlafittchen, als
der gerade zum Sprung in die von den Schiffsschrauben auf-
gewühlte See ansetzte, und zog ihn von der Reling zurück,

sodass er der Länge nach mit dem Rücken auf dem stählernen Decksboden landete.

»Willst du etwa nach Dover schwimmen?!«

»Und wenn schon! Das ist ganz allein meine Sache!«

»Nicht solang ich daneben stehe!«

Freud setzte sich auf. Sein Steißbein sandte ihm schmerzhafte Grüße.

»Wirst du bitte so freundlich sein, mir wieder auf die Beine zu helfen?«

Er fühlte erheblichen Missmut in sich aufsteigen. Auf keinen Fall wollte er sich etwas gebrochen haben.

»Aber ja, natürlich«, stammelte der Junge.

»Da vorn ist eine Bank.«

Der Junge griff Freuds knochige Hand und stellte ihn wieder auf die Füße.

»Was sollte das eben darstellen?«

»Das geht Sie nichts an.«

»Da täuschst du dich.«

Freud ließ sich von dem Jungen zu der Bank führen und setzte sich umständlich. Es war beileibe nicht die leichteste Übung nach dem Sturz, die morschen Knochen wieder zur sortieren.

»Haben Sie sich verletzt?«, fragte der Junge besorgt.

»Was glaubst du wohl?«

»Das tut mir leid.«

»Ist schon gut«, winkte Freud ab. »Setz dich.«

Der Junge leistete der freundlichen, aber in bestimmtem Ton hervorgebrachten Aufforderung Folge.

»Wie heißt du?«

»Daniel.«

»Und willst du mir nun erzählen, was los ist?«

Der Junge senkte den Blick. »Das würden Sie nicht verstehen.«

»Darin solltest du dir nicht zu sicher sein.« Freud legte ihm die Hand auf die Schulter und lächelte ihn an. Als der Junge anfing zu weinen, zog er ein frisch gestärktes Taschentuch aus seinem Jackett und reichte es ihm.

»Du wirst dir hier noch den Tod holen!«

Der Junge blickte verlegen zu Anna auf, wischte sich hastig die Tränen aus dem Gesicht und stopfte das Tuch in seine Hosentasche.

»Na wenn schon. Er wird mich hier oder in London einsammeln.« Freud schlug einen leichten Ton an. »Schickt die Mama dich?«

»Warum bist du nicht gekommen?«

»Ich war gerade im Begriff, mich auf den Weg zu machen. Darf ich dir Daniel vorstellen? Er wird uns in London besuchen kommen.« Freud blickte Daniel an. »Das wirst du doch, oder?«

»Ich weiß nicht«, gab Daniel unsicher zurück.

»Natürlich wird er. Oder was sagst du, Anna?«

»Wir freuen uns über jeden Besuch.«

»Nun. Wie denkst du darüber?«

»Ich werde es versuchen«, gab Daniel ausweichend zurück.

»Nein, nein«, widersprach Freud, »nicht versuchen. Du musst es mir schon versprechen. Hier und jetzt.«

Er sah Daniel eindringlich an. Der Junge nickte.

»Versprochen?«

»Versprochen.«

»Gut«, stellte Freud zufrieden fest und erhob sich mit nun schon viel leichteren Knochen von der Bank.

»Schaut!«

Er wies zum Horizont. Dort ließ sich das schwache Blinken eines Leuchtfeuers an der Grenze zwischen der dunklen See und dem grauen Himmel erahnen.

»Ist das schon Dover?«, fragte Daniel.

»Ich hoffe doch, dass es nicht Cuxhaven ist!«

Daniel lachte.

»Schade, dass man die weißen Klippen nicht sehen kann«, bedauerte Anna, die durchaus noch etwas von der Traurigkeit hinter dem Lachen des Jungen erahnte.

»Ja«, entgegnete Freud, »strahlende Morgenröte wäre jetzt nicht von Übel gewesen. Aber es ist immerhin ein Signal.«

8.

Seit er wie ein Dieb mit ihr durch die Hintertür entflohen war, hatte Elfie Thomsen keine Silbe von sich gegeben. Sie hatte sich wie eine leblose Puppe – Wachs in seinen Händen – von ihm führen lassen. Er hatte sie wiederholt angesprochen und nach ihrem Befinden gefragt, erklärt, wo er sie hinbrachte, doch sie hatte nicht auf ihn reagiert, was ihn mit Sorge erfüllte. Im Hause der Hansens hatte sie bereits Zeichen äußerster Verstörung gezeigt. Doch hatte immer noch eine, wenn auch schwache, Verbindung zwischen ihr und den Geschehnissen und Personen, die sie umgaben, bestanden. Es war ihm so erschienen, als hätte sie diese Verbindung endgültig aufgelöst, als sie die Stimme Hansens vernommen hatte.

Bei Charcot an der *Salpêtrière* hatte er gelernt, dass Lähmungen auf ein neurologisches Trauma zurückzuführen seien und dass dies auch für die Symptome einer Hysterie gelte. Es war wie bei einem Knochenbruch, der eine Bewegung unmöglich machte, nur dass die Verletzung seelischer Natur war. Hatte er es hier mit einer Lähmung der Wahrnehmung oder des Willens zu tun, die auf einen starken psychischen Reiz zurückzuführen war und nun die Nervenbahnen störte?

»Hier können Sie vorerst unterkommen, Fräulein Thomsen.«

In der Kammer war nicht einmal das Nötigste vorhanden. Er riss das Fenster auf, um den Geruch von Kohl, kaltem Rauch und Schweiß zu vertreiben.

»Einen Stuhl gibt es leider nicht. Vielleicht nehmen Sie einfach auf dem Bett Platz. Das ist doch besser, als sich die Beine in den Bauch zu stehen, meinen Sie nicht?«

Er hatte nicht den Eindruck, als ob seine Worte zu ihr durchdringen würden. Als er sie sanft zum Bett bugsieren wollte, schlug sie mit dem Arm nach ihm. Das war immerhin der Beweis dafür, dass ihr Wahrnehmungsapparat empfänglich für Reize war. Die Abwehrbewegung selbst erschien freilich weniger als eine willentliche Reaktion denn als ein Schutzreflex, wie ihn auch das Augenlid zeigt, wenn sich ihm ein Gegenstand nähert.

»Entschuldigen Sie bitte, ich wollte Ihnen nicht zu nahe treten. Möchten Sie vielleicht etwas essen?«

Auf dem Weg hatte er Brot, etwas Käse und ein kleines Küchenmesser besorgt, mit dem er ihr eine Scheibe von dem Brot und dem Käse abschnitt. Er hielt ihr die Mahlzeit hin, die sie jedoch nicht anrührte.

»Sie brauchen ja nicht sofort zu essen.«

Er legte das Brot auf den kleinen Tisch, der am Kopfende des Bettes stand. Dabei überschlug er die Geldmittel, die Greta Hansen ihm für die Behandlung überlassen hatte. Von seinem Honorar würde er wohl oder übel etwas für eine Überdecke, Geschirr und Lebensmittel abzwacken müssen. Der Handel, den er abgeschlossen hatte, kam ihm mittlerweile nicht mehr sehr vorteilhaft vor.

Als in der Nachbarwohnung ein Baby zu schreien begann, erfasste Elfie Thomsen eine explosionsartige Bewegung, die sie nach vorn zum Fenster schnellen ließ. Mit beiden Händen griff sie nach den Rändern der Fensteröffnung, um sich durch das enge Loch hindurchzuzwängen und ins Freie zu gelangen. Den Oberkörper hatte sie schon herausgebracht, sodass die Schwerkraft ihr nun zu Hilfe kam. Schon hatten ihre Füße den Kontakt zum Boden verloren. Vier Stockwerke ging es in dem engen Lichtschacht hinab. Genug, um ihren Kopf auf dem Pflasterstein zu zerschmetterten.

Freud machte einen Satz nach vorn und bekam sie an der Hüfte zu packen. Mit seinem ganzen, nicht eben großen Gewicht stemmte er sich dem hinaus- und hinabstrebenden Körper entgegen. Noch behielt die gen Erde wirkende Gravitation die Oberhand. Zentimeter um Zentimeter zog es Elfie Thomsen dem Tod entgegen.

Freud setzte einen Fuß gegen die Wand und drückte sich mit aller Kraft ab. Unter seinem Schuh rieselte der Putz zu Boden. Er hörte sich selbst keuchen und spürte, wie Schweiß seine Handinnenflächen benetzte und seinen Griff unsicher werden ließ. Mit der Rechten noch fester zupackend, die Linke loslassend, sodass er seinen Arm um den Bauch seiner Patientin legen konnte, verdoppelte er seine Anstrengungen und konnte den Kampf endlich für sich entscheiden. Einmal die Bewegung umgekehrt, traf er auf immer weniger Gegenwehr, bis Elfie schließlich aufgab und sie beide gemeinsam ins Zimmer zurückplumpsten.

Doch das Mädchen sprang sofort wieder auf die Beine. Freud, nicht minder flink, versperrte ihr den Weg zum Fenster. Aber Elfie hatte bereits eine andere Richtung eingeschlagen. Sie steuerte den Tisch an und ergriff das Messer, das noch neben dem Brot lag. Seine Spitze wies drohend auf Freud. Die beiden starrten sich an. Weder er noch sie rührte sich. Dann löste Elfie sich aus ihrer Erstarrung. Die Hand, die sie eben noch hin zu Freud gestreckt hatte, beschrieb einen Bogen, der, wenn einmal vollendet, die Messerspitze in ihren Bauch befördern würde.

Freud machte einen Satz nach vorn. Er zielte nach der Messerhand. Es gelang ihm, den Schwung des Messers umzulenken, sodass es sein Ziel verfehlte. Die beiden gingen zu Boden, und Elfie entglitt das Messer. Freud versetzte der Waffe einen

Tritt, sodass sie außer Reichweite war. Er versuchte, wieder auf die Beine zu kommen, doch das Mädchen klammerte sich wie eine Ertrinkende an ihn. Ihr Körper wurde geschüttelt. Sie gab Laute von sich, die unartikuliert aus der Tiefe ihres Inneren nach draußen drangen und ein nicht in Worte zu fassendes Leid beklagten.

Seine Versuche, sich aus der Umklammerung zu lösen, blieben ohne Erfolg. Jede Bemühung, einen Abstand zwischen sich und Elfie Thomsen zu bringen, beantwortete sie mit einer noch größeren Anstrengung, ihn festzuhalten. Sie brachte dabei eine solche Kraft auf, dass er zunehmend Luftnot bekam. Elfie Thomsen indes geriet immer stärker außer Kontrolle. Ihre Atemzüge wurden flacher, der Rhythmus schneller. Dabei ließ sie nicht nach zu schluchzen und zu weinen. Es war, als ob sich eine Schleuse geöffnet hätte und die Gefühle sie vollständig überschwemmt und dabei alles mit sich gerissen hätten.

Freud beschloss, sich zu fügen und abzuwarten. Irgendwann würde das Gefühl leerlaufen und Elfie erschöpft, aber ruhig zurücklassen. Er hatte das schon häufiger erlebt. Wut, Angst, Verzweiflung, Panik – von all diesen Regungen schien der Körper nur eine bestimmte Menge vorzuhalten. War der Affekt abgeflossen, dann brauchte es eine gewisse Zeit, bis sich ein neuer Vorrat bilden konnte. Als Arzt wusste er, dass dem Gefühl eine Grenze gesetzt war. Als Mensch freilich war er nur allzu vertraut mit der Erfahrung, dass die Empfindung jegliche Dimension sprengte.

Als Elfie Thomsen in seinen Armen erschlaffte, hob er sie in das Bett. Sie hatte sich in eine Ohnmacht geatmet. Er ging ans Fenster und holte tief Luft. Mit einiger Verzögerung antwortete sein Körper auf die glimpflich abgelaufene Situation. Die Knie wurden weich, der Magen flau, die Stirn kaltschweißig.

In seinem Kopf setzte sich der Gedanken fest, dass er sie verloren hätte, wäre er vorzeitig gegangen. Nichts hatte ihn auf ihren Impuls vorbereitet. Es war pures Glück gewesen, das ihn davor bewahrt hatte, ihren Tod beklagen zu müssen. Wie hatte er sich so vollständig auf ihre Passivität verlassen können? Er hätte damit rechnen müssen, dass da etwas in ihr schlummerte. Er war doch Arzt!

Zum wiederholten Male verwünschte er den Moment, in dem er den Handel mit Greta Hansen eingegangen war. Das einzig Verantwortungsvolle wäre es, sie zurück zu Tietje nach Friedrichsberg zu bringen und den Auftrag zu beenden. Gleichzeitig wusste er, dass er das nicht konnte. Ein unsinniger Stolz hielt ihn davon ab. Eher würde er sich die Zunge abbeißen, als sein Versagen einzugestehen.

Langsam wurde ihm das ganze Ausmaß des Problems bewusst. Dass er Elfie Thomsen nicht alleine zurücklassen konnte, war jetzt klar. Ebenso wenig konnte er auf Dauer bei ihr bleiben. Denn das hieße, Tag und Nacht mit ihr zu verbringen. Martha würde das nicht zulassen, und er würde ihr auch niemals ein solches Ansinnen vortragen wollen.

Er strich seinen Anzug glatt, ordnete sein Haar und ging zurück an das Bett seiner Patientin.

»Geht es Ihnen besser?«

Elfie Thomsen lag mit geschlossenen Augen da. Also wiederholte er seine Frage in sanftem Ton, doch deutlich vernehmbar. Die junge Frau schlug ihre Augen auf und schaute ihn verwirrt an.

»Ich würde mich gerne ein wenig mit Ihnen unterhalten. Darf ich Ihnen einige Fragen stellen?«

Elfie Thomsen nickte.

»Sie wissen, wer ich bin?«

Sie antwortete nicht.

»Mein Name ist Sigmund Freud. Ich bin Ihr neuer Arzt

und werde mich jetzt um Sie kümmern. Haben Sie das verstanden?«

»Aber ich brauche keinen Arzt.«

»Das sehe ich etwas anders. Sie haben gerade versucht, sich aus dem Fenster zu stürzen.«

Sie schaute ihn aus ehrlich erstaunten Augen an. »Aber nein! Das sehen Sie ganz falsch.«

»Tatsächlich? Ich irre mich also in dieser Ansicht?«

»Selbstverständlich!«

»Aber Sie erinnern sich, was eben gerade geschehen ist.«

Sie wich seinem Blick aus.

»Sie wollten sich zu Tode stürzen und mit einem Messer erstechen. Ich konnte Sie gerade noch zurückhalten.«

Elfie Thomsen schwieg.

»Ich mache Ihnen keinen Vorwurf. Sie müssen sehr verzweifelt gewesen sein. Sind Sie es jetzt auch noch?«

»Nein. Ich glaube nicht.«

»Wie fühlen Sie sich jetzt.«

»Ich bin sehr erschöpft. Ich würde gerne nach Hause gehen.«

Freud nickte. »Das verstehe ich gut. Wo ist denn Ihr Zuhause?«

Elfie Thomsen schaute Freud an. Dann begann sie zu weinen. Im Gegensatz zu ihrem vorherigen Gefühlsausbruch konnte Freud merken, dass sie jetzt auch weiterhin bei ihm war. Er konnte sie ansprechen, und sie konnte auf ihn reagieren.

»Ihr letztes Zuhause war der Ort, an dem Sie gearbeitet haben, nicht wahr?«

»Da kann ich nicht hin, ich bin doch entlassen.«

»Wo sind Ihre Eltern?«

Elfie Thomsen schüttelte heftig den Kopf. Sie griff nach seiner Hand. »Das geht nicht!«

Er löste seine Hand aus der ihren. »In Ordnung. Das habe ich verstanden. Wir werden eine andere Möglichkeit finden.«

Sie sah ihn erschrocken an. »Bitte bringen Sie mich nicht zurück nach Friedrichsberg!«

»Keine Sorge. Nur müssen Sie mir versprechen, keine Dummheiten mehr anzustellen.«

»Ich werde nichts anstellen. Versprochen!«

»Sie werden nicht noch einmal versuchen, sich das Leben zu nehmen?«

Sie richtete sich aus dem Bett auf. »Aber das habe ich nicht! Wie können Sie nur so etwas Gemeines von mir behaupten?«

»Darüber müssen wir jetzt nicht reden. Nur fürchte ich, dass ich Sie nicht alleine lassen kann.«

Schweigen senkte sich auf die beiden nieder. Freud merkte, wie erschöpft auch er war.

»Wissen Sie, ich habe da vielleicht eine Idee. Fühlen Sie sich kräftig genug, um ein paar Schritte mit mir zu gehen?«

9.

Das Fleetwasser roch wie ein kranker Hund aus dem Rachen. So tief hingen die Wolken, dass man nur die Hand ausstrecken musste, um sie vom Himmel zu pflücken. Der Regen hatte eine Pause eingelegt, doch die Luft war drückend. Sie legte sich Freud ebenso auf das Gemüt wie die Erinnerung an das ertrunkene Baby. Er entdeckte den Jungen auf seinem Poller. Unbeweglich hockte er da, wie zu Stein geworden und wartete auf Gott weiß was. Als er ihn ansprach, wurde er von ihm mit einem Blick bedacht, der viel zu groß, kalt und ernst für seinen schmalen, kindlichen Körper war.

»Kennst du mich nicht mehr?«, fragte Freud.

»Kommt drauf an.«

»Das ist Elfie.« Freud wies auf das Mädchen.

»Na und?«

»Spricht dein Bruder wieder?«

»Was geht Sie das an?«

»Ich kann ihm helfen.«

»Jetzt auf einmal?« Der Junge fuhr von seinem Poller hoch und baute sich vor Freud auf. Fast machte die Entschiedenheit seiner Geste die fehlende Größe seiner Gestalt wett. Fast.

»Du würdest mir noch nicht einmal ein Honorar schulden.«

Der Junge sah zu Elfie hinüber. »Wetten, dass da ein Haken an der Sache ist?«

»Nun«, setzte Freud an, »eine Bedingung gäbe es schon.«

»Was für eine Überraschung.«

»Ich suche jemanden, der Elfie vorübergehend aufnehmen kann. Vielleicht hat deine Familie einen Platz für sie.«

Der Junge maß Elfie mit dem Blick und wandte sich dann grinsend an Freud. »Na ja. Sie ist ja eine seute Deern. Ich würde mein Bett mit ihr teilen.«

Ihre Backpfeife hinterließ einen flammend roten Abdruck in seinem Gesicht.

»Autsch.« Der Junge rieb sich die Wange.

»Schön«, sagte Freud, »ich sehe, ihr versteht euch auf Anhieb.«

Die beiden jungen Leute belauerten sich. Als der Junge lachte, entspannte Elfie sich etwas.

»Ich bin Paul.« Er reichte ihr förmlich die Hand.

Sie nahm sie mit einer mechanischen Bewegung.

»Es wäre schön, wenn du dem Mädchen weiterhelfen könntest«, sagte Freud.

»Können Sie meinen Bruder wirklich heilen? Er redet immer noch nicht.«

»Ich werde es versuchen.«

»Aber wir können sie nicht durchfüttern.«

»Das braucht ihr nicht. Sie wird sich beteiligen.«

»Gut«, entschied Paul.

Freud folgte dem Jungen zu einem Fachwerkhaus, das sich an der wasserabgewandten Seite der schmalen Straße in eine Reihe gedrungener zweistöckiger Wohnstätten drängte. Seine Balken waren ebenso verwittert, wie die Ziegel in den Gefachen zersprungen waren. Paul öffnete die niedrige Tür und geleitete sie durch eine Diele, in der es nach Tierdung roch, wieder hinaus auf einen schmalen Streifen Land, der zu den Seiten hin von einem baufälligen Zaun begrenzt wurde.

Freud fand es unmöglich, die Tür, die schief in ihren Angeln hing, hinter sich zu schließen. Rechts grunzte ein Schwein in seinem offenen Stall, links klammerte sich ein

Bretterverschlag ohne Fenster mit schräg abfallendem Dach, das kaum Mannshöhe erreichte, an die Außenwand des Hauses.

Paul zog die Tür auf.

»Ich bin›s.«

Drinnen saßen ein etwa 14-jähriges Mädchen und ein sechsjähriger Junge auf Schemeln an einem Tisch. Das Mädchen beugte sich im Schein einer Kerze über eine Näharbeit. Der Junge saß neben ihr und schaute zu. An der rückwärtigen Wand standen drei schmale Betten. In einem Regal befand sich Essgeschirr. In einem zweiten, das die ganze Breite der Wand einnahm, lagerte ein überraschend reicher Vorrat an dicken Leintuchballen und Walkloden, darunter Jutesäcke, die Kaffeeduft verbreiteten, Bananen und eine Batterie von Branntweinflaschen.

Freud bedachte die Sachen mit einem erstaunten Blick.

»Ich bin Kaufmann«, erklärte Paul großspurig, »das ist mein Kontor.«

»Und meine Schneiderei«, ergänzte das Mädchen mit der Näharbeit.

Der kleine Junge blickte die Besucher ängstlich an und versteckte sich hinter dem Mädchen.

»Das ist Doktor Freud«, erklärte Paul, »er macht, dass Fietje wieder spricht.«

»Spinnst, du? Wir können uns keinen Arzt leisten!«

»Keine Sorge, Leefke. Wir bekommen sogar noch Geld. Dazu müssen wir sie nur bei uns wohnen lassen.« Er wies auf Elfie.

»Wie viel?« Leefke sah Freud an.

Freud schüttelte den Kopf. »Wo soll sie hin? Hier ist kein Platz.«

Mittlerweile hatte sich Fietje hinter seiner Beschützerin hervorgewagt und sich Elfie genähert. Nachdem er sie eine

Weile beobachtet hatte, streckte er seine Hand nach der ihren aus. Als Elfie sie nahm, gesellte er sich an ihre Seite.

Elfie erwachte aus ihrer Starre. »Ich kann kochen, putzen und nähen.«

»Du kannst nähen?«, fragte Leefke.

Elfie nickte.

»Gut. Ich brauche dringend Unterstützung. Bei uns läuft das so«, erklärte sie, »Paul besorgt die Stoffe, und ich arbeite die Aufträge ab. Hemden, Hosen und Schürzen für die Arbeiter. Manchmal einen Anzug.« Leefke sah Freud an. »Sie könnten auch mal einen neuen brauchen.«

Freud überhörte die Bemerkung. Er sah den Jungen an. »Woher kommen all die Sachen?«

»Von den Fleeten«, antwortete Paul unbestimmt.

»Diebesgut.«

»Ich stehle nicht. Den Schauerleuten geht manchmal etwas verloren beim Löschen der Ladung. Das ist ganz normal. Als Ausgleich bekommen sie hier ihre Hemden.«

»Und wenn du erwischt wirst?«

»Der Polizist, der uns zur Wache gerudert hat, erhebt eine Gebühr. Er muss regelmäßig bezahlt werden. Deshalb müssen die Geschäfte weiterlaufen. So ist das bei uns.«

»Ihr seid Geschwister?«

»Wir sind eine Unternehmung«, tönte Paul.

»Verstehe. Dann hat sich eure Unternehmung jetzt vergrößert?« Freud sah den vom Schicksal zusammengewürfelten Haufen an.

Die Frage wurde mit allgemeinem Nicken bejaht.

»Lasst bitte keine Messer, Scheren und andere spitzen Gegenstände offen herumliegen.«

Leefke nickte. »Ich kümmere mich darum.«

10.

In der Hamburger Straße kehrte die Ruhe des verblassenden Tages ein. Die Sonne stand tief, Wolken dämpften ihr Licht. Auf dem Markt hatten die Händler ihre Waren verstaut und die Stände aufgelöst. Eine allgemeine Plauderlaune hatte sich unter den Menschen ausgebreitet, die in kleinen Gruppen zusammenstanden und die Ereignisse des Tages diskutierten. Niemand schien in Eile zu sein oder dringende Geschäfte erledigen zu müssen. Gab es das in Wandsbek überhaupt jemals? Der Vorort hatte sich so viel kleinstädtische Beschaulichkeit bewahrt, dass der Auftritt dreier Wandsbeker Husaren schon als mittlere Attraktion gelten konnte. In ihren mit weißen Kordeln besetzten Jacken und eigentlich komisch anmutenden schwarzen Seehundfellmützen gelang es ihnen, ausreichend Eindruck zu schinden, um zwei kaum der Schule entwachsene Mädchen in ein Gespräch zu verwickeln. Das Stelldichein wurde jedoch bald durch einen nicht minder herausgeputzten und eine gehörige Portion Arroganz verströmenden Offizier beendet. Er stauchte die drei zusammen, sodass sie wie begossene Pudel das Feld räumen mussten, um dann selbst ihren Platz einzunehmen. Dass er es, beständig seinen prächtigen Schnauzbart zwirbelnd, nicht für nötig befand, dabei vom Pferd zu steigen, goutierten die jungen Damen jedoch nicht und ließen ihn schnell stehen.

Freud beobachtete das gemächliche Treiben mit zunehmender Ungeduld. Er sollte Martha hier treffen, doch sie war noch nicht erschienen. Also stand er da und suchte, die Zeit totzuschlagen, die ihrerseits immun gegen seine Angriffe blieb und sich beharrlich zu vergehen weigerte. Die Mischung von bleierner Müdigkeit und fiebriger Erwartung griff seine Nerven zunehmend an. Er kannte sich gut genug, um zu wissen, dass dieser Zustand eine Gereiztheit bei ihm auszulösen in der Lage war, die das Schlechteste in ihm hervorkehrte. Dann konnte es passieren, dass er, abgeschnitten von sich selbst, es sich und Martha unmöglich machte, einander auf die liebe Art zu begegnen, von der sie Tage, Wochen, manchmal auch Monate zehren mussten.

Um seine Untätigkeit zu beenden, beschloss er, Martha entgegenzugehen. Vor dem Haus in der Hamburger Straße angelangt, haderte er ein weiteres Mal. Weil sich dort nichts tat, betätigte er nach einigem Zögern den Türklopfer. Es war die Prinzipalin selbst, die ihm öffnete. Unter ihrem feindlichen Blick regte sich bei ihm umgehend eine Angriffslust, die im Zaume zu halten er sich stets die allergrößte Mühe gab.

»Entschuldigen Sie bitte die späte Störung.«

»Sie möchten wohl Martha sprechen, wie ich annehme.«

»Das ist richtig.«

»Sie ist nicht im Haus.«

»Sind Sie sicher?«

»Natürlich bin ich mir sicher.«

»Hat Sie Ihnen eine Nachricht für mich hinterlassen?«

»Nein.«

»Dann entschuldigen Sie bitte noch einmal die Störung.«

»Einen angenehmen Abend wünsche ich noch.« Emmeline Bernays hatte die Tür geschlossen, ehe er den Gruß hätte erwidern können.

Freud war wie vor den Kopf gestoßen. Er hatte fest damit gerechnet, Martha anzutreffen. Es rächte sich wieder einmal, dass er hier kein Zuhause hatte. Der Ort, der ihm in solchen Momenten den größten Trost und die wirksamste Ablenkung ermöglichte, war Brückes Labor gewesen. Ein abgelegener Keller, isoliert vom Rest der Klinik, kalt und nur spärlich beleuchtet. Kaum ein Studenten verirrte sich dorthin, denn die meisten mieden die Studien am Mikroskop. Stunden währendes Starren auf Objektträger, Reihen missglückter Versuche, in denen rein gar nichts zu sehen war, weil die Gewebeproben nicht gut waren oder sich Fehler beim Einfärben der Zellen eingeschlichen hatten.

Doch er wusste, dass in diesen geheimnisvollen Strukturen die Zukunft lag. So wie Darwin, dessen Berichte von der *HMS Beagle* er als Schüler verschlungen hatte, das Bild vom Menschen revolutioniert hatte, würde es die Neurophysiologie auch tun.

Was die Menschen an religiösen Erwartungen in die Seele hineindichteten, würde sich unter dem Mikroskop in zuverlässiges Wissen verwandeln. Davon wollte er ein Teil sein, nicht vom Fischen im Trüben der psychiatrischen Klinik, die in ihren hilflosen Versuchen, den Menschen zu helfen, kaum über die Methoden des Mittelalters hinausgekommen waren.

Hydro- und Elektrotherapie, die Bekämpfung von Raserei mit Brech- und Abführmitteln in so hohen Dosen, dass den Kranken nichts anderes als anhaltendes Ausscheiden möglich war – das schien ihm ein nur unwesentlicher Fortschritt gegenüber den Techniken der Dämonenaustreibungen. Immerhin war die Überlebensrate bei den neuen Behandlungen deutlich höher. Auch war der Scheiterhaufen ausgemustert, seit sich die Erkenntnis durchgesetzt hatte, dass es sich um Krankheit und nicht um Besessenheit handelte.

Doch viel mehr als das Vorhandensein einer irgendwie gearteten Erkrankung festzustellen, hatten die Ärzte immer noch nicht gelernt. Es gab ja noch nicht einmal eine überzeugende Systematik der Krankheitsbilder und ihrer Symptome. Schlimmer noch, schienen die wenigsten an der Erforschung ihrer Ursachen interessiert. Besorgte Familien konnten bestenfalls erwarten, dass sie darüber aufgeklärt wurden, ob ihr

Angehöriger vollständig geistig verfallen würde oder es Hoffnung auf Besserung gab.

»Wo hast du gesteckt? Hast du mich vergessen?«

»Dich vergessen?«, fragte Freud gereizt nach. »Ich habe den halben Nachmittag auf dich gewartet, aber du warst nicht da.«

»Wir waren die ganze Zeit wie verabredet hinter der Kirche!«, mischte sich Marthas jüngere Schwester Minna ein, »aber von dir war nichts zu sehen.«

»Es war ausgemacht, sich am Rathaus gegenseitig zu erwarten!«, beharrte Freud.

»Lass uns nicht streiten«, bat Martha, »dazu haben wir keine Zeit. Mutter erwartet uns gleich zurück.«

»Das freut mich zu hören«, warf Freud bitter ein.

»Ich kann es nun einmal nicht ändern.«

»Würdet ihr heiraten, dann hättet ihr das Problem nicht.«

»Danke für den guten Ratschlag, liebe Schwester.«

»Ich sage es ja nur.«

»Mit deinen 20 Jahren hast du offenbar schon alle wesentlichen Zusammenhänge in der Welt ergründet. Herzlichen Glückwunsch«, konterte Freud.

»Ihr seid beide gemein. Wenn ihr so weitermacht, dann werdet ihr mich bald los sein, und du kannst gar nicht mehr raus. Ihr müsst schon etwas netter zu mir sein. Sonst werdet ihr euch bald gar nicht mehr sehen können.«

»Dann wirst du bald vor lauter Langeweile mit dem Kopf gegen die Wand laufen«, hielt Martha ihrer jüngeren Schwester entgegen und wandte sich dann an Freud. »Wie ist es mit der Behandlung gelaufen, Liebster?«

»Hast du schon einen ordentlichen Vorschuss bekommen?«, stichelte Minna.

»Nun hör doch endlich auf! Du redest nur noch von Geld und Heirat«, schaltete Martha sich ein, ehe Freud etwas sagen konnte.

»Ist das denn ein Wunder? Er hat es dir schon für den Frühling und auch für das vergangene Jahr versprochen. Du hast selbst gesagt, dass du manchmal Zweifel hast, ob er überhaupt noch will.«

»Minna!«

»Ist doch wahr!«

»Stimmt das?«, mischte Freud sich ein.

Für einen Moment herrschte betretenes Schweigen.

»Wie konntest du das nur sagen!«, herrschte Martha ihre Schwester an.

»Ich sage nur, was nötig ist.«

»Ich will wissen, ob das wahr ist! Zweifelst du etwa an meinem Versprechen?«

»Nein.«

»Ich glaube dir nicht.«

»Jetzt siehst du, was du angerichtet hast, Minna!«

Minna Bernays sah zwischen den beiden hin und her, dann machte sie auf dem Absatz kehrt und ging.

»Minna, warte!«

Doch Minna reagierte nicht auf den Ruf ihrer Schwester.

»Du musst sie aufhalten!«, verlangte Martha.

»Ich? Sie ist deine Schwester! Außerdem wird sie auf mich ganz gewiss nicht hören.«

»Sie wird. Außerdem weißt du genau, dass es 1.000 Fragen geben wird, wenn sie ohne mich heimkommt!«

»Und was könnte ich da ausrichten?«

Martha bedachte ihn mit einem zornigen Blick. »Du bist ein selbstsüchtiger Sturkopf!«

»Du musst dich nicht um die Fragen deiner Mutter sorgen, denn du kannst es ja noch rechtzeitig nach Hause schaffen«, entgegnete er kühl.

Martha sah ihn wütend an. »Es erleichtert mich ausgenommen, das zu hören.«

11.

Freud sah dem Mann dabei zu, wie er das Plakat im Schutze der Dunkelheit an eine Häuserwand nahe dem Marktplatz anbrachte, ohne ihn wirklich wahrzunehmen. Zu sehr arbeitete die Begegnung mit Martha noch in ihm. Zorn, Zweifel und Scham hielten sich in ihrem Kampf um Vorherrschaft die Waage. Am härtesten traf ihn die Sorge, Martha zu verlieren. Sie hatte schon so lange gewartet, dass ihm der Verlust manchmal unausweichlich schien. Es gab ja genug Männer, die ihr Interesse an Martha unverhohlen gezeigt hatten. Die 1.000 Kilometer zwischen Hamburg und Wien nährten bei jeder Reise in den Norden seine Angst, dass es ihm bei seiner Ankunft wie Odysseus ergehen könnte, dessen Penelope in der langen Abwesenheit einem der Freier endlich das Ja-Wort geben musste. Dabei konnte er im Gegensatz zu dem griechischen Helden nichts tun, um den Anspruch auf seine Martha zu verteidigen, weil dieser ja gar nicht bestand und er daran rein gar nichts ändern konnte. Sah Martha denn nicht seine Bemühungen, und fehlte ihr wirklich das Verständnis für seine Situation? Er konnte es ihr nicht übelnehmen und wünschte sich doch gleichzeitig sehnlich, dass sie ebenso fest an ihre Verbindung glaubte, wie er es tat.

»Interessieren Sie sich für unsere Bewegung?«

Während Freud noch dabei war, den Ankündigungstext auf dem Plakat zu lesen, fing der Mann bereits an, mit großem Verve zu reden.

»Wissen Sie, es ist keine Frage des Glaubens. Es soll ein

jeder glauben, was er will. In den Irrenhäusern gibt es Leute, die halten sich für den Heiland. Daran nimmt niemand Schaden. Doch wenn ein solcher Mensch anfängt, alles kurz und klein zu schlagen, dann kommt er in die Isolierzelle und wird mit kalten Bädern behandelt. Können Sie mir folgen?«

»Offen gestanden, nein.« Freud las den Namen des Redners, der auf Einladung der *Antisemiten-Liga* sprechen sollte: Wilhelm Marr.

»Ich spreche von der Judenfrage. Die Juden sollen ihren Glauben ruhig behalten. Dass sie uns aber mit ihrem Kapitalismus ausquetschen, dürfen wir nicht hinnehmen. Wenn wir nichts tun, wird in 50 Jahren unser Kanzler Mordechai heißen. Germanentum und Judentum befinden sich in einem Krieg miteinander. Es ist unsere Pflicht, uns in diesen Krieg einzumischen.«

Freud fing an, dass vom Leim feuchte Plakat von der Wand zu lösen.

»Was tun Sie da?«

»Ich halte das für einen sehr bemerkenswerten Standpunkt. Deshalb nehme ich das Plakat mit, wenn Sie erlauben.«

Der Mann sah ihn misstrauisch an. »Sie sind doch nicht etwa auch so ein Bildungsphilister, der meint, dass zur Toleranz gehört, klaglos unterzugehen?«

»Ganz und gar nicht.«

»Sondern?«

»Ich möchte keinen Krieg mit Ihnen führen, doch hätte ich einige Anmerkungen zu Ihren Ausführungen.«

»Sie sind Jude!«

»Ganz recht.«

»Dann geben Sie sofort das Plakat zurück.«

»Ich sagte doch, dass ich es zu Studienzwecken mitzunehmen gedenke.« Während er das sagte, knüllte er das klebrige Papier zusammen.

»Schön, dann ziehen wir gleich in den Krieg!« Der Mann bückte sich und hob einen losen Pflasterstein vom Boden auf.

Freud sah sich um. Es waren keine Passanten in der Nähe. Der Mann war kräftig gebaut und bewegte sich mit einer beeindruckenden Geschmeidigkeit. Freud schätzte seine Chancen, ihm davonzulaufen, gering ein. Zu seiner Verteidigung konnte er nichts entdecken. Schon holte der Mann aus und schleuderte den Stein auf ihn. Freud spürte einen grellen Schmerz am Unterarm, den er schützend vor seinen Körper gehoben hatte. Der Mann tat einen Ausfallschritt auf ihn zu. Freud wich zurück. Dabei stolperte er und fiel zu Boden. Ein Tritt traf ihn in die Seite, ein weiterer am Kopf. Er rollte sich zusammen und bedeckte das Gesicht mit Händen und Unterarmen. Weitere Tritte prasselten auf Schulter, Beine, Arme, Unterleib und Brust ein. Dann hörte es wie durch ein Wunder auf.

Aus weiter Ferne vernahm er Rufe. Er hörte, wie der Mann Quast und Blecheimer griff und davonrannte. Dann verlor er das Bewusstsein.

20.7.1938

Freud betrachtete die Skizze, die Dali bei seinem kurzen Besuch von ihm angefertigt hatte. Etwas von der starken Präsenz des Spaniers schien noch in der Luft zu liegen. Stefan Zweig hatte ihn bei seinem letzten Besuch mitgebracht. Freud hatte es stets als eine etwas zweifelhafte Ehre empfunden, von den Surrealisten zu ihrem Schutzpatron erwählt worden zu sein. Vielleicht musste er sein Urteil revidieren. Das Porträt, das Dali mit schnellem, präzisem Strich auf ein Blatt Löschpapier gebannt hatte, zeigte keine dieser typischen Verfremdungen und Fantasiegebilde, sondern schien sich streng an die Realität zu halten. Doch gleichzeitig zeigte sich in der schwarzen Tinte, die einen tiefen Schatten auf Stirn und Wange bildete, ein düsterer Geist, den Freud leicht als Ausdruck seiner nicht eben hellen Gedanken erkannte.

Dabei war der Empfang in London überaus freundlich gewesen. Sie hatten es in der neuen Heimat so gut getroffen, dass man darauf fast ein »Heil Hitler!« auszurufen versucht war. Die Liste der Besucher, die ihm ihre Aufwartung zu machen wünschten, war lang und von geradezu schmeichelhafter Ausgesuchtheit. Allerdings war ihm jüngst der beunruhigende Gedanke gekommen, mit Augen gesehen zu werden, die ihn bereits als etwas Vergangenes betrachteten. Selbst bei den Patienten, die er froh sein konnte, empfangen zu können, beschlich ihn zuzeiten das Gefühl, dass sie nicht wegen ihrer Probleme, sondern wegen seines Namens kamen. So als ob sie eine interessante Ausstellung besuchten, deren

Hauptattraktion er selbst war. Ein kurioser Psychoanalyse-Automat, der nicken und sprechen konnte. Ein Erlebnis, an das die Besucher sich gerne zurückerinnern würden.

Vielleicht sah er deshalb auch der kommenden Sitzung mit einer gewissen Vorfreude entgegen. Die Menschen, die den Jungen von der Fähre so herzlich bei sich aufgenommen hatten, waren selbst vor den Hakenkreuzlern geflohen. Ein kinderloses Paar – sie Lehrerin, er junger Arzt – das sich nun Sorgen um sein Wohlergehen machte. Sie waren zunächst ohne ihn erschienen, wohl auch, um einerseits sicherzugehen, dass das Angebot zu helfen, nicht der Fantasie des Jungen entsprang und andererseits ihre bescheidenen finanziellen Möglichkeiten nicht überschritt, worin er sie rundum hatte beruhigen können, da er keinerlei Bezahlung erwartete. Sie hatten ihm den Eindruck, den Daniel auf sie machte, in so großem Eifer geschildert, dass es einer gewissen Beharrlichkeit bedurft hatte, das Gespräch zu beenden und einen Termin mit dem Jungen zu vereinbaren.

Als es klopfte, legte Freud die Zeichnung hastig und auch ein wenig verschämt über den narzisstischen Gehalt der Szene beiseite.

»Komm rein, Daniel. Setz dich.«

Freud erhob sich von seinem Platz am Schreibtisch und ging zu dem bequemen Sessel neben der Couch, die für seine Patienten bereitstand. Die Wohnung in der Elsworthy Road war provisorisch eingerichtet, ihre Bleibe hier noch nicht endgültig, doch es erfüllte alles seinen Zweck.

»Wie geht es dir?«

»Gut, danke.« Der Junge setzte sich auf den äußersten Rand der Couch. Es schien, als wollte er das Möbelstück nicht mit seiner Existenz behelligen.

»Das freut mich zu hören. Schön, dass wir uns wiedersehen.«

»Ich wusste nicht, dass Sie so ein berühmter Professor sind.«

»Ich meine, dass uns das bei unserer Arbeit nicht weiter stören sollte.«

Daniel sah ihn misstrauisch an. »Warum haben Sie Matthias und Lisbeth dazu gebracht, mich herzubringen? Wollen Sie etwa eine Abhandlung über mich schreiben?«

»Gewiss nicht. Ich fürchte, für ein solches Projekt bleibt mir keine Zeit mehr.«

»Was wollen Sie dann?«

»Ich bin Arzt. Es geht mir um deine Gesundheit.«

»Ich bin gesund.«

»Deine neuen Eltern sind nicht dieser Ansicht.«

»Die sind nicht meine neuen Eltern. Sie sind nett zu mir, aber sie sind nicht meine Eltern.«

»Sie sagen, dass du die Schule nicht besuchen willst, obwohl du so ein intelligenter junger Mann bist.«

Daniel hob den Blick und sah Freud in die Augen. »Wenn das so ist, werde ich ab morgen hingehen.«

»Schön. Das ist ein guter Anfang. Trotzdem liegt noch ein ziemliches Stück Arbeit vor uns.«

»Haben Sie denn keine anderen Patienten?«

Freud setzte sich auf. »Das gefällt mir. Du bist entschlossen, alles richtig zu machen. Aber ich frage mich, wie du wohl schläfst. Ob du mit Appetit isst. Wie deine Träume sind. Was du tust, wenn Angst und Verzweiflung dich überfallen.«

Während Freud sprach, stand Daniel auf und ging zur Tür.

»Möchtest du dich irgendwann wieder auf irgendetwas freuen können?«

Daniel blieb an der Tür stehen.

»Vielleicht kann ich dir dabei helfen. Ich würde es zumindest gerne probieren.«

12.

Der Mond war aufgegangen. Zwischen zwei Wolken goss er sein milchiges Licht auf den *Matthias Claudius Gedenkstein*. Freud hatte es bei seiner nächtlichen Wanderung durch das Wandsbeker Gehölz in den Schlossgarten bis hin zu dem Dichterdenkmal verschlagen.

Die Knochen waren heil geblieben, ebenso die inneren Organe. Nur seine Selbstachtung hatte arg gelitten. Ein ähnliches Risiko war er vor gar nicht langer Zeit eingegangen, als ein Fahrgast, der nicht mit einem Juden hatte reisen wollen, ihn aufgefordert hatte, das Zugabteil zu verlassen, und er sich geweigert hatte. Doch da war es glimpflicher ausgegangen als in dieser Nacht, die er beschloss, so bald als möglich zu vergessen. Martha würde nicht verstehen, was ihn geritten hatte, und es auch nicht gutheißen.

Der jähe Ausbruch der Gewalt hatte ihn tief erschüttert. Dabei hätte er wohl darauf gefasst sein müssen. Den Vertretern der *Antisemiten-Liga* war es ernst. Die waren fest entschlossen, ihren Krieg zu führen. Er hatte wohl nur Glück gehabt, dass sein Angreifer durch einen Passanten gestört worden war. Der Mann war wie im Blutrausch gewesen und hätte wohl nicht eher von ihm abgelassen, als bis er seinen letzten Atemzug im Rinnstein getan hätte.

Nach den ersten Schlägen hatte sich bei ihm eine umfassende Gleichgültigkeit breitgemacht. An einem bestimmten Punkt hatte er aufgehört, sich an sein Leben zu klammern. Er war bereit gewesen, es loszulassen. Allerdings ohne die religiöse Demut, die Claudius in seinen Gedichten beschwor. Da war keine Erwartung seliger Heimkehr gewesen, lediglich eine vollständige Resignation, in der kein Wollen mehr gewesen war. Vielleicht, dachte er, hatte Elfie Thomsen ein solches Aufgeben ebenfalls erlebt.

Er hatte, nachdem er das Bewusstsein wiedererlangt hatte, noch eine Weile auf dem Pflaster gelegen, ohne sich regen zu können. Es war, als ob sein Geist den Körper verlassen und sich nach der Rückkehr in seine physische Hülle dort erst einmal wieder hätte zurechtfinden müssen. Mit dem Bewusstsein hatten sich auch die Schmerzen wieder eingefunden. Vorsichtig tastend hatte er sich versichert, dass er keine schweren Verletzungen davongetragen hatte. Dann hatte er sich aufgesetzt, noch einmal verschnauft und sich schließlich zur nächsten Bank geschleppt.

»Bin Freund, und komme nicht, zu strafen«, lässt Claudius den Tod zum Mädchen sprechen. Allein – in wessen Ohren sollte das verlockend klingen? Wie sinnlos und grausam ihm jetzt der Streit mit Martha vorkam. Schlimmer noch, wie sie der armen Minna begegnet waren. Wo sie doch beide nur zu gut wussten, wie sehr sie unter Ignaz' Entscheidung, die Verlobung aufzulösen, gelitten hatte. Die Tuberkulose hatte ihn langsam dahinsiechen lassen. Doch viel früher als die Lunge hatte sie Ignaz' Moral vernichtet. Aus seinem Vorsatz, Minna den späteren Verlust durch die willkürliche Trennung zu ersparen, hatte schon nur noch die Krankheit gesprochen. Wie viele Gespräche er mit ihm geführt hatte, um ihn von seinem Entschluss abzubringen. Zwecklos. Für Minna wäre es so viel leichter gewesen, um ihren Ehemann zu trauern. Sein Tod musste ihr wie eine zweite, böse und dieses Mal endgültige Trennung vorkommen, der ihr die vergangenen Sommermonate zum Winter gemacht hatte.

Sie hatte ihn gebeten, bei der Familie in Wien um ein Andenken aus dem Nachlass für sie zu bitten. Er hatte es unterlassen, wohl ahnend, dass Vater und Mutter in ihrem Schmerz am Ende die arme Minna für seinen Tod verantwortlich machen würden. Die Menschen suchten stets nach einem Schuldigen, weil es ihnen auf diese Weise leichter fiel, die Willkür des Schicksals zu ertragen. Der Zorn über den erlittenen Verlust ließ sich leichter auf die Verlobte als auf die Krankheit laden.

Und Martha? Mehr als seine Liebe hatte er ihr nicht anzubieten. Jedenfalls noch nicht. Er musste einfach vorankommen. Egal wie. Manchmal war es einfacher, in Briefen zu lieben.

13.

Nur der strenge Geruch störte das pittoreske Bild: Unter einem freundlichen Himmel, an dem ein leichter Wind dicke Wattewolken von West nach Ost schob, trieb ein Ewerführer seine voll beladene Schute langsam den Fleet herunter. Dabei benutzte er einen Peekhaken, den er geschickt in die Stahlringe stieß, die in die Kaimauer eingelassen waren, und zog sich damit Stück für Stück voran. Eine Gruppe Möwen begleitete ihn dabei mit aufgeregtem Geschrei. Als sich eine von ihnen auf einem Jutesack niederließ und ihren orangefarbenen Schnabel in den groben Stoff stieß, hieb der Mann mit dem Haken nach dem Tier, das schnell die weißen Flügel ausbreitete und davonflog.

»Was ist mit Ihnen passiert?«

Elfie Thomsen streckte die Hand aus, um nach seiner geschwollenen Wange zu greifen. Freud zuckte instinktiv zurück.

»Ich bin über einen losen Pflasterstein gestolpert und gestürzt.«

»So sieht das aber gar nicht aus.«

»Ich bin nur unglücklich gefallen. Es ist nichts dabei passiert. Wie geht es Ihnen?«

»Gut.«

»Leefke berichtete mir, dass Sie den ganzen Tag im Bett geblieben seien. Sie hat sich Sorgen um Sie gemacht.«

»Ich bin froh, dass Sie mich hierher gebracht haben. Paul, Leefke und Fietje sind jetzt schon fast wie eine Familie für mich.«

»Das freut mich zu hören.« Es hatte viel Überredungs-
kunst verlangt, sie dazu zu bewegen, mit ihm nach draußen
zu gehen. Doch er konnte auch jetzt noch nicht den geringsten Hauch von Lebendigkeit in ihrer Stimme ausmachen, was
seine eigenen Sorgen nicht eben verringerte.

»Wo gehen wir eigentlich hin?«

Das Misstrauen in der Frage war unüberhörbar. »Wir
machen nur einen kleinen Spaziergang. Dann bringe ich Sie
zurück.«

Elfie Thomsen blieb stehen. »Aber nicht in die Irrenanstalt.«

»Keine Sorge«, beruhigte er sie, »Sie können gleich wieder
zu Ihrer neuen Familie.« Er ging weiter und stellte erleichtert fest, dass sie sich ihm anschloss.

»Warum sind Sie hergekommen?«, wollte sie wissen.

»Um ein wenig mit Ihnen zu reden.«

»Worüber? Und warum?«

»Es geht um den gestrigen Tag.«

»Ich weiß nicht, wovon Sie sprechen.«

»Es nützt nichts, darüber hinwegzugehen, als ob es nicht
geschehen sei.«

»Ich weiß wirklich nicht, was Sie meinen«, beteuerte Elfie
Thomsen und beschleunigte ihren Schritt.

Freud stellte sich ihr in den Weg. »Sie haben versucht, sich
aus dem Fenster zu stürzen. Das können Sie doch schwer-
lich vergessen haben.«

»Ich weiß wirklich nicht, worauf Sie anspielen.«

»Worauf ich anspiele? Wir sind gemeinsam in die Wohnung
gegangen. Sie waren sehr durcheinander. Als in der Nachbarwohnung ein Kind geschrien hat, sind Sie wie aus dem
Nichts zum Fenster gestürzt.« Er sah ihr in die Augen. »Ich
habe Sie gerade noch zu packen bekommen. Danach wollten Sie sich ein Messer in den Bauch stoßen, was Ihnen um

ein Haar auch gelungen wäre. Wenn ich versagt hätte – und daran war ich sehr nahe – würden Sie jetzt nicht mehr leben!«

Sie hielt seinem Blick stand. »Wäre das denn so schlimm gewesen?«

»Was sagen Sie da? Natürlich wäre es das!«

Er starrte sie fassungslos an.

Sie senkte den Blick, schob sich an ihm vorbei und ging weiter. »Ich glaube nicht, dass ich noch länger mit Ihnen reden möchte.«

Er schloss zu ihr auf. »Warum hat das Schreien des Kindes Sie so aufgewühlt?«

»Sie irren sich. Da war kein Schreien.«

»Aber dass Sie versucht haben, aus dem Fenster zu springen, das gestehen Sie mir ein, nicht wahr?«

Elfie Thomsen verlangsamte ihren Schritt. Doch sie sagte nichts.

»Würde es Ihnen helfen zu wissen, dass es Ihrem Kind gut geht?«

»Meinem Kind?«

»Ja. Ihrem Baby.«

Sie blieb stehen und sah ihn an. Dann lachte sie. »Was reden Sie denn jetzt schon wieder? Ich habe doch kein Kind!«

14.

»Doktor Freud«, stellte er sich vor, »ich suche Doktor Tietje. Es hieß, ich würde ihn hier antreffen.« Er musste fast schreien, um den Lärm zu übertönen, den ein Patient am Ende des Gangs verursachte.

Der Mann, den er angesprochen hatte, sah ihn skeptisch an. Seine ganz und gar haarlose Kopfhaut glänzte. Der weiße Kittel aus grobem Stoff spannte über seinem Stiernacken.

»Wenn Sie das sagen.«

Der Ton abweisend, wenn nicht feindselig, die Gestalt Respekt einflößend. Er kannte das aus Wien. Viele Irrenwärter hatten vorher im Strafvollzug gearbeitet oder sich als Tagelöhner verdingt. Sie arbeiteten 15 Stunden täglich und verdienten gerade so viel, dass es zum Leben reichte. In vielen Anstalten galt Residenzpflicht, sodass sie ihre Familien nur am Wochenende sahen. Die Kliniken legten größten Wert darauf, dass ihre Wärter nicht tranken oder stahlen. Sie hielten sie an, keine unnötige Gewalt im Umgang mit den Kranken anzuwenden. Über allem stand jedoch die Forderung nach unbedingtem Gehorsam gegenüber Klinikleitung und Ärzten. Klarheit und Ordnung waren die obersten Prinzipien einer jeden Anstalt. Sie bestimmten ebenso die Dienstverhältnisse wie die Architektur der Zellen, Fluren und Trakte. All das sollte helfen, das dem Wahnsinn innewohnende Chaos zu bändigen.

Die Schreie nahmen an Lautstärke und Eindringlichkeit zu. Sie befanden sich im rückwärtigen Bereich der Anstalt. Während der rechte und linke Flügel den ruhigen Patienten vorbehalten war und Werkstätten für die Kranken beherbergte, war der Zellentrakt an der Rückseite für die tobenden, siechen und unreinen Patienten vorgesehen.

»Haben Sie Erfahrungen mit unruhigen Patienten?«

»Selbstredend«, gab Freud zurück.

»Gut. Dann kommen Sie mal mit.«

Der Wärter verfiel in einen Laufschritt. Freud folgte ihm. Zu den Schreien gesellten sich weitere Stimmen. »Beruhigen Sie sich, wir wollen Ihnen nur helfen!« Einzelne Worte lösten sich aus dem allgemeinen Aufruhr heraus.

Der Wärter stoppte und riss die Tür auf, hinter der die Quelle des Lärms lag. Drei Männer versuchten, einen um sich schlagenden Kranken zu bändigen. Zwei von ihnen, darunter auch Tietje, hielten ihn rechts und links am Arm. Der dritte versuchte, seiner Beine habhaft zu werden.

Der Wärter zog die Tür hinter sich zu und kam den anderen zu Hilfe. Gemeinsam gelang es ihnen, ihn niederzuringen und am Boden zu halten. Der Kranke warf, markerschütternde Schreie ausstoßend, verzweifelt seinen Kopf hin und her. Die Augen hatte er in Todesangst aufgerissen.

»Schnell, das *Apomorphin*!«, forderte Tietje von Freud.

Auf dem Steinboden des ansonsten leeren Raums befand sich gleich neben der Tür ein Tablett, darauf eine aufgezogene Spritze. Im gläsernen Hohlraum eine klare Flüssigkeit, die, wie Freud wusste, ein starkes Emetikum enthielt, das durch Erhitzen von Morphin mit konzentrierter Salzsäure gewonnen und injiziert wurde.

Er griff nach der Spritze und hielt sie Tietje hin, der entnervt die Augen verdrehte. Schweißperlen standen ihm auf der Stirn.

»Wenn Sie sich bitte bemühen könnten. Ich bin gerade anderweitig beschäftigt.«

»Wie Sie meinen.«

Freud drängte sich zwischen die beiden Wärter, die rittlings in Höhe von Schultergürtel und Oberschenkel auf dem Patienten saßen. Er schob dessen Hemd hoch, der nun anfing zu weinen, griff ihm in die Seite, damit sich zwischen seinen Fingern eine Hautfalte bildete, in die er beherzt die Injektionsnadel stieß und den Kolben durchdrückte, sodass die Flüssigkeit sich im Gewebe des Patienten ausbreitete.

Tietje und die Wärter hielten den Patienten, der sich bei dem Kampf verletzt hatte und aus der Nase blutete, weiter am Boden. Sobald die Spritze gesetzt war, ließ ihre Anspannung nach. Langsam verminderte der Patient seine Gegenwehr.

Freud trat einen Schritt zurück und konnte sehen, wie allmählich die Farbe unter der Wirkung des Medikaments aus dem Gesicht des Kranken wich und seine Glieder schlaffer wurden. Einen Moment wurde er noch gehalten, dann gab Tietje den Wärtern zu verstehen, dass sie den Mann loslassen konnten. Die drei standen langsam auf. Freud merkte, wie auch sein eigener Herzschlag sich allmählich beruhigte.

Der Kranke, mittlerweile graugrün im Gesicht, drehte sich auf die Seite und krümmte sich zusammen. Tietje legte ihm die Hand auf die Schulter.

»Ganz ruhig. Entspannen Sie sich. Kämpfen Sie nicht dagegen an.«

Als der Mann sich aufrichtete, machten die Wärter sich bereit, um nötigenfalls einzugreifen, doch Tietje bedeutete ihnen, sich zurückzuhalten. Der Patient kauerte auf den Knien und stützte sich mit den Händen ab. Sein dichtes blondes Haar klebte ihm schweißnass an Stirn und Schläfen. Er atmete schwer, dann warf er sich plötzlich nach vorn. Tietje stand hinter ihm und hielt seinen Kopf. Der Patient stützte sich auf die Unterarme und begann, schwallweise seinen Mageninhalt hervorzuwürgen. Zwischen den Brechattacken krümmte er sich zusammen. Bald schon war der Magen leer, doch das Würgen endete noch lange nicht, der Mann spie nun Galle.

Die Luft roch so sauer, dass es Freud den Atem nahm. Er schluckte mehrfach trocken, um seinen Würgereflex zu unterdrücken. Den Wärtern erging es nicht anders. Tietje blieb bei seinem Kranken und redete beruhigend auf ihn ein. Das Schlimmste sei vorüber. Ein wenig müsse er noch aushalten. Gleich werde es ihm besser gehen.

Freud hatte die Worte selbst oft genug ausgesprochen. Er mochte sich nicht ausmalen, wie der Mann sich fühlte. Die Zeit kroch quälend langsam voran. Endlich wurden die Abstände zwischen den Würgeattacken größer. Die Wirkung des *Apomorphin* ließ langsam nach.

Der Brechanfall hatte schätzungsweise eine Stunde angehalten und ließ den Patienten vollkommen erschöpft zurück. Als er kraftlos zur Seite fiel, hob Tietje ihn mit Freud auf. Sie schleppten ihn unter das Fenster, durch das ein wohltuender Hauch frischer Luft hineindrang. Die Wärter entleerten mehrere Eimer Wasser auf das Erbrochene, das durch den im Boden eingelassenen Abfluss fortgespült wurde. Während sie sich daran machten, den Patienten zu waschen, stand Tietje auf und forderte Freud auf, ihm nach draußen zu folgen.

Sie traten aus dem Zellentrakt ins Freie hinaus. Die Sonne schien. Ein Duft von Gräsern lag in der Luft. Auf den Wegen flanierten zwischen gepflegtem Rasen, stattlichen Bäumen und kunstvoll angelegten, von niedrigen Hecken eingefriedeten Beeten Patienten der ersten und zweiten Klasse vorüber. Sie grüßten Tietje höflich. Er erkundigte sich nach ihrem Befinden und ließ sich mit Freud auf einer Bank nieder.

»Danke für die Hilfe.«

»Gern geschehen.«

Tietje setzte sich zurück, legte den Kopf in den durchaus speckig zu nennenden Nacken, schloss die Augen und atmete tief durch.

»Keine schöne Prozedur. Doch der arme Mann war im buchstäblichen Sinne drauf und dran, mit dem Kopf gegen die Wand zu rennen. Da half alles gute Zureden nichts. Er hätte sich ohne Zweifel den Schädel eingeschlagen. Und ein Emetikum ist doch immer noch besser als Zwangsjacken oder Ketten, nicht wahr?«

»Gewiss.«

»Was führt Sie her, Doktor Freud?« Ein geradezu wohlwollender Blick.

»Ich würde gerne mit Ihnen über Elfie Thomsen sprechen. Haben Sie einen Moment Zeit für mich?«

»Wenn es nicht allzu lang dauert.«

»Ich habe nur ein paar Fragen.«

»Bitte.«

»Hat Elfie Thomsen, solang sie bei Ihnen war, jemals über ihr Kind gesprochen?«

»Warum fragen Sie?«

»Elfie hat versucht, sich das Leben zu nehmen. In einem Moment war sie ganz ruhig. Dann schrie ein Baby in der Nachbarwohnung, worauf sie sich zum Fenster hinauszustürzen suchte.«

»Worauf wollen Sie hinaus?«

»Elfie hat behauptet, das Schreien nicht gehört zu haben.«

»Daran kann ich nichts Besonderes finden.«

»Das Baby war nicht zu überhören. Die Wände zwischen den Wohnungen sind so dünn, dass man das Gefühl hat, sich in einem Raum mit den Nachbarn zu befinden.«

»Vielleicht hat sie es gehört, hinterher jedoch vergessen.«

»Diesen Gedanken hatte ich ebenfalls. Aber nun kommt es: Als ich sie heute Vormittag auf ihr eigenes Kind angesprochen habe, gab sie mir zu verstehen, keines zu haben.«

Tietje schürzte die Lippen. Dann hob er die Hände. »Sie wird es aus Scham geleugnet haben. Das ist doch allzu verständlich, oder nicht?«

»Durchaus. Allerdings handelte es sich nach meinem Dafürhalten dabei nicht um eine bewusste Lüge, auf die sie zurückgriff, um ein gutes Bild vor mir abzugeben.«

»Sondern?«

»Sie schien ihren eigenen Worten Glauben zu schenken.«

»Und so etwas können Sie erkennen? Respekt, werter Kollege!«

Freud überging die Bemerkung. »Damit ich überhaupt etwas bei der Patientin ausrichten kann, muss ich zunächst wissen, ob sie wirklich Mutter ist. Haben Sie das Kind gesehen?«

»Dass Elfie Thomsen schwanger war und ein Kind zur Welt gebracht hat, können Sie als sicher annehmen.«

»Und hat sie Ihnen oder den Schwestern gegenüber je das Baby erwähnt?«

Tietje sah Freud nachdenklich an. »Jetzt, da sie so direkt danach fragen – nein. Wir haben darin jedoch stets ein Anzeichen der Scham vermutet. Da sie in unserer Obhut schnell ruhiger wurde, beließen wir es dabei.«

»Ich glaube, dass es von größter Wichtigkeit ist, ihre Erinnerung an das Kind wieder zu wecken.«

»Meinen Sie nicht, dass es für das Mädchen besser wäre, das mit Geburt und Verlust des Kindes verbundene Leid zu vergessen und das Thema ruhen zu lassen?«

»Ich würde zustimmen, wenn ich nicht erlebt hätte, wie dünn der Boden ist, auf dem Elfie Thomsen momentan wandelt.« Er blickte Tietje an. »Durch wen wurde Ihnen Elfie Thomsen zugeführt?«

Tietje setzte sich auf. »Darf ich zunächst einmal wissen, in wessen Auftrag Sie hier sind?«

»Im Auftrag der Heilung meiner Patientin.«

Tietje lächelte Freud an. »An diesem Punkt haben wir uns schon einmal befunden, nicht wahr?«

»Das ist richtig.«

»Dann wäre das jetzt der Moment, sich ein wenig aufeinander zuzubewegen.«

»Gewiss.«

»Ich höre.«

»Der Auftrag ist mir unter der Bedingung absoluter Diskretion übertragen worden.«

»Das ist schade, denn dann müssen wir unser überaus interessantes Gespräch als beendet ansehen.«

»Würde es Ihnen helfen, wenn Sie wüssten, dass der Wunsch aus dem Haushalt ihrer vorherigen Herrschaften an mich herangetragen wurde?«

»Nur, wenn Sie etwas präziser werden würden.«

Freud zögerte.

»Ich werde Dritten gegenüber ebenso schweigen, wie Sie es tun.«

Freud nickte. »Hansen.«

»Die Kaufmannsdynastie.«

»Eben die.«

»Interessant. Sie müssen wissen, dass die Hansens eine ansehnliche Zahl Wohnhäuser auf dem Kehrwieder und dem Wandrahm besitzen. Sobald der Handel mit dem Senat steht, sollen sie abgerissen und durch Lagerhäuser ersetzt werden.«

»Ich verstehe nicht ganz.«

»Man fürchtet womöglich einen Skandal, der die Verhandlungen stören könnte. Es geht, wie Sie sich vorstellen können, um viel Geld. Außerdem drängt die Zeit. Die Kaufleute brauchen die Speicherstadt, damit sie ihre Waren zollfrei lagern können. Ohne Freihafen und Speicherstadt wäre Hamburg niemals dem Zollverein beigetreten.«

»Ich interessiere mich nicht für diese Vorgänge«, gab Freud vorsichtig zurück.

»Sie sagten, der Wunsch sei aus dem Haushalt gekommen«, sagte Tietje mit leiser Stimme. »Trafen Sie Ihre Übereinkunft mit dem Hausherrn oder der Dame des Hauses? Vielleicht hatten Sie Ihre Unterredung ja auch mit beiden.«

»Wollen Sie mir nicht erst einmal meine Frage beantworten?«, forderte Freud. »Wer hat die Einweisung von Elfie Thomsen veranlasst?«

Tietje lehnte sich zu Freud herüber. »Herr Hansen höchstselbst. So hat es mir der Polizist berichtet, der uns Elfie zugeführt hat.«

Tietje wollte gerade seinen Anteil an Information von Freud einfordern, da näherte sich ein älterer Herr mit stattlichem Bart den beiden.

Tietje sprang von der Bank auf. »Herr Professor Reye, gut, dass ich Sie treffe!« Er wandte sich Freud zu, wünschte ihm Glück bei seiner Patientin und eilte dem Klinikdirektor entgegen.

Freud kam die Unterbrechung gelegen. Mit dem leisen Gedanken, dass Elfie nicht das erste Dienstmädchen wäre, das von seinem Dienstherrn geschwängert worden war, und wohl auch nicht das letzte, verließ er das Gelände der Anstalt.

30.7.1938

Der Blick in den Garten konnte ihn ein wenig mit der Pein versöhnen, die ihm der Tumor bereitete. Im satten Grün der Bäume, dem Duft des frisch gemähten Rasens und dem Rascheln der Blätter im Wind fand er stillen Trost und konnte etwas von der Zuversicht zurückgewinnen, die er bei der letzten Konsultation eingebüßt hatte. Die Ärzte waren sich einig darin, dass eine weitere Operation unvermeidbar war. Er war es müde, ihren wohlgemeinten und mit großer Entschlossenheit vorgetragenen Empfehlungen zu folgen. Ginge es nur um ihn, wäre es ein Leichtes, ihnen eine Absage zu erteilen. Er fühlte jedoch eine starke Verpflichtung gegenüber der Familie. Auch konnte er sich nicht mit dem Gedanken anfreunden, die begonnenen Projekte im Stich zu lassen. Der *Moses* musste auf den Weg gebracht und seine Arbeit am Abriss der Psychoanalyse unbedingt beendet werden. Der kurze Text würde noch einmal alles in unmissverständlicher Weise klarstellen. Vielleicht konnte er damit die Welle der Missverständnisse und Irrlehren, die zwangsläufig folgen würden, ein wenig eindämmen.

Freud stand mit einiger Mühe auf und ließ Daniel ein, der in der Diele auf seine Sitzung wartete.

»Du hast dich also doch entschlossen wiederzukommen.«

»Matthias und Lisbeth wissen nichts von meinem Besuch. Sie denken, dass ich mich mit Freunden treffe.«

Freud bedeutete ihm, die Tür hinter sich zu schließen, und ließ sich auf seinem Sessel neben dem Sofa nieder. »Nimm doch Platz.«

Daniel drückte die Tür zu, blieb aber mitten im Zimmer stehen. »Was für eine Art Arzt sind Sie?«

»Lass es mich so sagen: Ein Zahnarzt kümmert sich um die Zähne, ein Psychoanalytiker um die Seele.«

»Die Seele!«, stieß Daniel verächtlich aus. »Glauben Sie etwa wirklich, dass es die gibt?«

»Gut. Dann lass es mich anders probieren. Die Menschen nehmen gemeinhin an, dass sie Herr ihres Denkens und Wollens sind. Ich neige zu der Ansicht, dass dies mitnichten der Fall ist. Was wir als unseren Willen, unsere Gedanken und unsere Bedürfnisse wahrnehmen, gehorcht Bestrebungen, die uns meist unbekannt und häufig auch unzugänglich sind. Je mehr wir darüber erfahren, desto eher sind wir in der Lage, Herr unserer selbst zu werden.«

Der Junge verharrte immer noch an der Tür. Freud stellte jedoch zufrieden fest, dass es ihm gelungen war, ihn zumindest so weit zu interessieren, dass er blieb.

»Willst du dich nicht setzen?«

»Ich gehe zur Schule, ich esse mit Appetit und ich habe Albträume, an die ich mich morgens nicht mehr erinnern kann.«

»Gut. Damit sind ja beinahe alle Fragen vom letzten Mal beantwortet. Eine wichtige bleibt jedoch noch offen.«

Der Junge zögerte.

»Willst du dich wirklich nicht setzen?«

Daniel hob den Blick. »Ich will mich wieder auf etwas freuen können. Nicht jetzt. Aber irgendwann einmal.«

Freud nickte. »Ich weiß fast gar nichts von dir. Wenn du Platz nimmst, kannst du mir etwas über dich erzählen.«

Dieses Mal nahm der Junge die Einladung an. Sich auf das Sofa zu legen, fiel ihm dabei jedoch nicht ein. Stattdessen nahm er wieder auf der äußersten Kante Platz. Die Füße dabei wie auf dem Sprung, nur mit dem Ballen den Boden berührend, den Rücken gerade und leicht nach vorn gebeugt, die Hände auf den Oberschenkeln ruhend, um sich sogleich abstoßen zu können.

»Wie bist du nach London gekommen?«

»Mit dem Schiff.«

»Gut. Das wusste ich ja bereits. Auf der Fähre hat deine Reise geendet. Aber wie und wo hat sie begonnen? Warst du allein unterwegs? Wo bist du geboren und aufgewachsen?«

»Ich komme aus Hamburg.«

»Hamburg ist groß. Woher genau?«

»Blankenese.«

»Aus dem Treppenviertel?«

Ein überraschter, sogar freudvoller Blick.

»Ich habe als junger Mann einige Zeit in Hamburg verbracht«, erklärte Freud, »lange bevor die Nazis es zu ihrer Stadt gemacht haben. Eine meiner Töchter hat dort ihre Familie gegründet.«

Für einen kurzen Moment erfasste ihn der Schmerz mit voller Wucht. Freud schloss die Augen, um ihn herunterzuschlucken. Doch worin er mit den Jahren eine große Übung entwickelt hatte, wollte ihm heute nicht gelingen. Sophie war im selben Alter gewesen wie er, als er sich mit Martha verlobt hatte. Da hatte sein eigenes Leben erst angefangen. Bis dahin war alles nur mühsames Vorspiel gewesen. Nur ein paar Tage hatte die Spanische Grippe benötigt, um sein Sonntagskind dahinzuraffen. Solang das sinnlose Schlachten in den Schützengräben angedauert hatte, hatte er jeden Tag um das Leben seiner Söhne gefürchtet. Dann war der Krieg vorbei gewesen, und es hatte Sophie, schwanger mit ihrem dritten Kind, getroffen. Die Krankheit hatte alles zunichte gemacht. Noch nicht einmal das letzte Geleit hatte er ihr geben können.

»Ich glaube, wir sollten für heute besser aufhören«, schlug Daniel vor.

Freud sah überrascht auf.

»Ich sehe doch, dass es Ihnen gar nicht gut geht.«

Es hatte einen Augenblick gedauert, doch nun hatte er seine Fassung zurückgewonnen. »Meinst du nicht, dass es eher dein Wunsch ist, nicht weiterzumachen?«

Daniel schüttelte entschieden den Kopf. »Ehrlich gesagt, hatte ich gerade fast so etwas wie Spaß an der Sache gefunden.«

»Dann machen wir also weiter.«

»Bestimmt nicht. Wenn Sie tot vom Sessel kippen, will ich nicht schuld daran sein. Hilft es, wenn ich verspreche, in ein paar Tagen wiederzukommen?«

Freud lächelte den Jungen an und nickte. Er fühlte sich erschöpft und niedergeschlagen.

15.

Der Wind hatte aufgefrischt und schob die Wolken am Himmel zusammen. Am Horizont fand sich noch eine Lücke, durch die die untergehende Sonne einen schmalen Riegel roten Lichtes sandte. Eine unsichtbare Kraft hatte ihn nach seiner Begegnung mit Tietje von Wandsbek fort in den Westen gelenkt. Er folgte dem Lauf der Wandse und des Eilbekkanals, an dessen Ufer er eine alte Frau dabei beobachtete, wie sie Blutegel einsammelte, um sie für ein paar Pfennige einem Arzt zu verkaufen.

Freud wusste wohl, dass er vor einer Begegnung mit Martha floh. Am Ufer des Kuhmühlenteiches hatte er Halt gemacht, um ihr einen Brief zu schreiben, den abzusenden er jedoch gar nicht erst in Erwägung gezogen hatte. Zorn und Verdruss hatten ihm die Feder geführt. Sobald die Regungen sich abgeschwächt und versöhnlichen Gedanken Platz gemacht hatten, bahnten sich Schuld und Zerknirschung ihren Weg und öffneten anschließend dem Zorn wieder die Tür. Da er keinen Ausweg aus seinem Gefühlskarussell fand, gab er das Projekt auf und entschloss sich zu einem Krankenbesuch.

Als er bei hereinbrechender Dunkelheit den Hof betrat, saß Leefke vor der Hütte. Sie schien ihn erwartet zu haben, denn sobald sie ihn entdeckt hatte, sprang sie auf und lief zu ihm.

»Ich muss mit Ihnen reden.«

»Geht es um Elfie?«

»Sie macht mir Angst.«

»Was ist geschehen?«

»Da war Blut in ihrem Bett.«

»Wo ist sie jetzt?«

»Sie schläft.«

»Dann sehe ich erst einmal nach ihr.«

Leefke nickte.

Freud betrat die Hütte. Elfie Thomsen lag auf der Seite, zusammengerollt mit Blick gegen die Wand, in ihrem Bett.

»Elfie?«

Das Mädchen antwortete nicht. Freud bemerkte jedoch, dass nach seiner Ansprache ihr Atem ausgesetzt hatte.

»Wie geht es dir?«

»Ich möchte allein sein.«

»Leefke macht sich Sorgen um dich.«

»Leefke ist nett. Ich mag sie. Sie können ihr sagen, dass sie sich nicht sorgen muss.«

Freud zündete eine Petroleumlampe an, nahm sich einen Stuhl und setzte sich zu ihr ans Bett.

»Wo sind Paul und Fietje?«

»Sie klappern die Fleete ab.«

»Sie geben wohl ein recht eingespieltes Paar ab, nicht wahr?«

»Ja«, bestätigte Elfie und drehte sich zu ihm um. »Weil Fietje nicht spricht, habe ich ihm beigebracht, auf Fingern zu pfeifen. Er hat es sehr schnell gelernt. Jetzt kann er Paul warnen, wenn jemand kommt. Werden Sie helfen, sodass er bald wieder reden kann?«

»Gewiss.«

»Wie werden Sie das anstellen?«

»Zuerst einmal werde ich ihn untersuchen.«

»Müssen Sie ihm dazu wehtun?«

»Nein. Ich werde nur einige Tests und Übungen mit ihm machen.«

»Und dann?«

»Wird es in kleinen Schritten vorangehen.«

»Gut. Denn er muss ja wieder sprechen.«

»Wirst du mir erklären, woher das Blut in deinem Bett gekommen ist?«

Sie wich seinem Blick aus.

»Leefke hat mir davon erzählt. Es hat ihr Angst gemacht.«

»Es blutet nicht mehr. Und ich verspreche auch, es nicht wieder zu tun.«

»Was zu tun?« Freud achtete darauf, seine Frage in einer beiläufigen Art zu stellen. Er blickte dabei an seiner Patientin vorbei. So als ob sie gar nicht vorhanden sei.

»Mich zu schneiden.«

Sie sprach so leise, dass er Mühe hatte, sie zu verstehen.

»Womit hast du dich geschnitten?«

»Mit einer Scherbe.«

»Bist du damit einverstanden, wenn ich mir das mal ansehe?«

Elfie antwortete nicht.

»Es ist von großer Wichtigkeit.«

Er musste an seinen Freund Fleischl denken. Nach einem winzigen Schnitt, den er sich in Brückes Labor bei einer Obduktion zugezogen hatte, war ihm der Daumen abgenommen worden. Leichengift war in die Wunde geraten. Seitdem litt Fleischl unter heftigen Schmerzen am Amputationsstumpf, die er mit Morphium behandelte. Er hatte hilflos ansehen müssen, wie sein Freund unter dem Einfluss der Substanz, die er in immer höheren Dosen einnahm, zunehmend verfiel. Seine Entdeckung der schmerzlindernden Wirkung des Cocains war hoffnungsvoll. Er hatte an sich selbst bereits festgestellt, dass es keinerlei suchtmachenden Effekt hatte. Die Substitution des Morphiums durch die Substanz schien ein vielversprechender Weg zu sein.

»Ich wäre dir dankbarer, als du dir es vielleicht vorstellen kannst, wenn du mir in dieser Sache entgegenkämest«, bemerkte Freud.

»Aber ich schäme mich.«

»Wenn ich mir die Wunde anschaue, so werde ich nichts anderes als verletzte Haut sehen, und meine Gedanken kreisen einzig um die Frage, ob Entzündungszeichen vorhanden sind.«

Nach kurzem Zögern machte Elfie sich so weit frei, dass ein schmaler Streifen Haut unterhalb ihres Bauchnabels im schwachen Schein der Petroleumlampe sichtbar wurde.

Freud nahm die Lampe und führte sie an die Wunde heran. Der Schnitt war sauber und glatt. Er war in einer Länge von knapp zehn Zentimetern eine gute Handbreit horizontal über dem Schambein lokalisiert und wies eine dünne gleichmäßig ausgebildete Kruste auf. Die angrenzende Haut war leicht gerötet. Die Verletzung war oberflächlich und bereitete Freud vorerst keine Sorge. Seine Bedenken galten eher dem, was möglicherweise noch kommen würde. Gern wollte er Elfies Versprechen, sich nicht mehr zu verletzen, Glauben schenken, doch er fürchtete, dass es nicht bei dieser Episode bleiben würde.

»Ich denke, wir können uns darauf verlassen, dass der Heilungsprozess ohne Komplikationen verlaufen wird.«

Er stellte die Lampe auf den kleinen Tisch zurück und wartete, bis seine Patientin sich wieder bedeckt hatte.

»Es wird eine kleine Narbe bleiben, die dich noch länger an diesen Tag erinnern wird. Woran wird sie dich mahnen?«

»Wie meinen Sie das?«

»Ich denke, dass du dich für etwas bestrafen wolltest, als du dir die Verletzung zugefügt hast. So haben es in früherer Zeit auch die Flagellanten mit ihrer Selbstgeißelung zur Buße ihrer Sünden getan.«

»Glauben Sie, dass ich etwas Böses getan habe?«

Er schwieg. Das Mädchen begann zu weinen.

»Du kannst mir alles sagen. Ich verurteile dich nicht. Ich bin Arzt, kein Richter.«

Sie schüttelte verzweifelt den Kopf. »Aber ich weiß nicht, warum ich das getan habe!«

»Kannst du dich denn erinnern, wie du es getan hast?«

Sie nickte.

»Beschreibe mir, was passiert ist.«

Sie schluckte ihre Tränen hinunter. »Es war, als ob es gar nicht meine eigene Hand und mein eigener Wille gewesen wären. Fietje hatte beim Essen einen Becher vom Tisch gestoßen. Leefke bat ihn, die Scherben aufzusammeln, doch er übersah eine. Als die beiden draußen waren, konnte ich nicht anders, als immer nur auf diese Scherbe zu starren. Dabei entstand ein Drang, der immer stärker wurde. Ich wollte nicht, aber irgendwann bin ich nicht mehr dagegen angekommen. Es hat sich angefühlt, als ob es jemand anders getan hätte. Auch den Schmerz habe ich kaum gespürt.« Sie sah ihn beunruhigt an. »Werde ich jetzt verrückt?«

Er zögerte mit der Antwort. Zu wenig war über die Mechanismen der Seele bekannt. Im Gegensatz zu den meisten Ärzten, die solche Anzeichen einer Hysterie als aufmerksamkeitsheischende Simulation abtaten, stimmte er mit Charcot darin überein, dass es sich um eine ernst zu nehmende Krankheit handelte, die der ärztlichen Zuwendung bedurfte.

»Ich bin recht hoffnungsvoll, dass wir etwas dagegen tun können. Für heute solltest du dich ausruhen. Morgen sehen wir uns wieder. Dann werden wir beginnen.«

»Danke.«

»Bis morgen.«

Er ging und schloss vorsichtig die Tür hinter sich. Draußen erwartete Leefke ihn und zog ihn am Ärmel von der Hütte fort.

»Ich habe gehört, was Sie gesagt haben. Wird sie nicht einem von uns etwas antun?«

»Nein.«

»Wie kann ich Ihnen glauben? Sie kann nicht bei uns bleiben!«

Er schaute sie an. »Elfie ist viel zu sehr mit sich selbst beschäftigt, um für euch gefährlich sein zu können.«

»Und was sollen wir nun mit ihr machen?«

»Bring sie, wenn es geht, morgen dazu, den Tag mit euch zu beginnen. Gib ihr eine Arbeit, mit der sie euch unterstützen kann. Das wird ihr helfen.«

Leefke sah ihn zweifelnd an.

»Ich glaube, dass ihr etwas Schlimmes widerfahren ist. Dieses Erlebnis wirkt in ihr nach. Sie stellt allenfalls eine Gefahr für sich selbst dar.«

»Was ist ihr geschehen?«

»Ich weiß es nicht. Aber ich werde mir Mühe geben, es herauszufinden. Wenn wir das geschafft haben, kann sie wieder gesund werden.«

Leefke nickte.

»Kann Elfie bei euch bleiben? Sie ist hier besser als irgendwo anders aufgehoben.«

»In Ordnung.«

»Ich danke dir sehr.«

16.

Er fand sich im Garten in der Hamburger Straße wieder wie Romeo unter Julias Balkon: in nächtlicher Heimlichkeit und voll Sehnsucht. Dabei war er sich noch nicht einmal ganz klar darüber, ob er wirklich hoffen sollte, dass sie das Geräusch der Kiesel vernahm, die er gegen ihr Fenster warf.

Zu Hause angekommen, war er zunächst entschlossen gewesen, der Vernunft zu gehorchen und den neuen Tag abzuwarten, hatte dann aber mit sich gekämpft und musste schließlich seine Niederlage gegen die Gefühle eingestehen. Zu stark waren Unruhe und nagender Zweifel gewesen. Die Wirtin hatte ihn gehen sehen und sich ihren Teil wohl gedacht, es dabei aber nicht an Mitgefühl in ihrem Blick fehlen lassen.

Wenn Martha nicht ans Fenster treten würde, so würde er unverrichteter Dinge, aber in der Gewissheit gehen, alles in seiner Macht Stehende unternommen zu haben, um eine Klärung herbeizuführen.

Schon wandte er sich erleichtert darüber um, der ersehnten und dabei gleichzeitig gefürchteten Begegnung entkommen zu sein, da hörte er, wie oben das Fenster geöffnet wurde. Er spürte den Drang, seinen Rückzug fortzusetzen. Sie würde gesehen haben, dass er es versucht hatte, und das würde er ihr auch am Folgetag erklären. Kaum nahm dieser Gedanke Gestalt an, schalt er sich einen Feigling, trat zurück an ihr Fenster und winkte ihr zu.

»Bist du von allen guten Geistern verlassen?« Sie sprach leise, aber ihr Ton ließ keinen Zweifel an ihren Gefühlen offen.

»Wir müssen reden!«

»Jetzt?«

Er schwieg.

»Also gut. Warte einen Moment.«

Das Fenster ging auf den kleinen Garten hinaus. Ein schmaler Weg führte von der Straße am Haus vorbei auf das gepflegte Grundstück. Die Holzpforte war kein Hindernis gewesen, da sie kein Schloss besaß. Auch war sie so niedrig, dass es ein Leichtes war, sie zu überwinden. An der Rückseite des Hauses stand eine Holzbank, die an den Nachmittagen einlud, die Sonne zu genießen. Dort nahm er Platz und fühlte, wie seine Stimmung sich gründlich zum Positiven veränderte. Nun fühlte er sich wirklich wie Romeo, der auf seine Julia wartete. Aller Groll war verflogen, sein Herz klopfte aufgeregt wie an dem Nachmittag, da er ihr den Verlobungsantrag gemacht hatte. Das Gefühl war wirklich sehr ähnlich gewesen. Es hatte wohlgesonnene Mitverschwörer gebraucht, um den ungestörten Moment zu ermöglichen.

Die Heftigkeit seiner Gefühle hatte ihn damals wie heute erschüttert. Ohne Martha zu sein, war wirklich, wie es Platon im Kugelmenschenmythos beschrieben hatte: eine Existenz mit der unauslöschlichen Erinnerung daran, einmal ein doppelgesichtiges Wesen gewesen zu sein, bis die Götter es in zwei Teile trennten, die fortan verzweifelt auf der Suche nach ihrer fehlenden Hälfte waren.

Als er aus dem Inneren des Hauses Stimmen vernahm, brauchte es nicht viel Zeit, damit die aufgeregte Erwartung erst in Ungeduld und dann in Unmut umschlagen konnte. Es ließ sich leicht ausmalen, was drinnen vor sich ging: Martha wird ihrer Mutter über den Weg gelaufen sein, die tief hätte schlafen sollen. Entweder hatte Emmeline Bernays ein Geräusch wahrgenommen – auf die vom Alter unberührte Empfindsamkeit ihres Hörsinnes bildete sie sich zu Recht etwas ein – oder sie hatte vorausschauend erst gar nicht in den Schlaf gefunden. In keinem Fall würde es Martha gelingen, dem fürsorglichen Zugriff ihrer Mutter zu entkommen. Er konnte hier noch bis zum Morgen sitzen und würde nicht mehr bekommen als kalte Füße.

17.

Die Pferde zogen die Droschke durch einen kräftigen Regen, der sich Freud aufs Gemüt legte. Dass Martha so nahe und doch unerreichbar für ihn war, machte ihn traurig. Die Nacht hatte dabei nicht zu einer Besserung seines Zustandes beigetragen. Es war eine ebenso unnütze wie unverantwortliche Verschwendung, die wertvolle Zeit in Hamburg so verstreichen zu lassen. Von Wien aus ließ sich vortrefflich davon träumen, im verschlafenen Wandsbek auf das Innigste miteinander verbunden zu sein. Nur präsentierte sich die Wirklichkeit allzu verschieden davon. Er musste sich immer wieder sagen, dass es nicht Marthas Fehler, sondern der seine war, nicht die richtigen Worte finden zu können. Auch trug sie am wenigsten Schuld daran, dass sie noch nicht geheiratet hatten. Es lag alles in seinem Unvermögen. Und doch: Wie verlässlich war ihre Liebe, wenn sie solche Zweifel an seinen Anstrengungen und seiner Aufrichtigkeit zuließ?

Wasser tropfte durch den undichten Verschlag auf ihn herab. Er wünschte sich nach Wien und wusste dabei doch, dass es ihm dort nicht viel besser ergehen würde. Während er Martha vermissen und ihren nächsten Brief ersehnen würde, säße er nur tatenlos in seinem zumeist leeren Behandlungszimmer, um auf Patienten zu warten. Da war ihm die Laborarbeit lieber gewesen, die zwar noch weniger Geld eingebracht hatte, die aber immerhin die vage Hoffnung zuließ, etwas von Bedeutung schaffen zu können.

Wieder einmal trieb ihn eine Rastlosigkeit, die ständig nach

Nahrung verlangte und nie satt wurde. Unzählige Male hatte er sie schon verflucht, da sie wie eine unheilbare Krankheit an ihm hing, die nichts als Leid produzierte und ihm einen Frieden verwehrte, nach dem er sich in den schlaflosen Nächten wie auch während der langen unausgefüllten Tage stumpfer Routinen und Ereignislosigkeit verzehrte. Das dauerhafte Ausbleiben von Erfolg oder auch nur bescheidenem Vorankommen zermürbte ihn. Es griff seinen Lebenswillen ebenso wie seine Liebesfähigkeit an und zerfraß sie wie der Krebs den Körper seines Wirtes.

Als die Droschke hielt, beeilte er sich, das Regen und Wind nur schwer trotzende Haus zu erreichen und sich im Flur das Wasser von Hut und Schultern zu klopfen. Es würde ihm kaum gelingen, seine Patientin in einen Trancezustand zu versetzen, wenn er derart außer sich war. Also blieb er im Schutz des maroden Gemäuers stehen und lauschte eine Weile dem Wind, der durch Tür- und Fensterspalten pfiff.

Nach einer Weile trat er auf den engen Hof hinaus, meldete sich durch ein Klopfen an und wartete, bis er hineingebeten wurde. Zu seiner Befriedigung saß Elfie mit Leefke an einer Näharbeit. Die beiden jungen Frauen begrüßten ihn munter. Als er Leefke bat, sie für eine Weile allein zu lassen, erhob Elfie Einspruch, den er jedoch nicht gelten ließ.

Sobald Leefke die Hütte verlassen hatte, stand Elfie auf und begann, Geschirr in einer Wasserschüssel zu spülen.

»Setz dich ruhig wieder, die Arbeit kann warten.«

»Keinesfalls«, protestierte sie, »ich hätte das schon längst erledigen sollen!«

»Leefke wird gewiss einverstanden sein, wenn wir einfach nur miteinander reden.«

Sie lächelte ihn überschwänglich an. »Aber es gibt nichts, worüber wir reden müssten. Sie sehen doch, dass es mir an nichts fehlt. Mir ging es nie besser!«

»Das freut mich außerordentlich zu hören. Trotzdem ist es unverzichtbar, dass wir miteinander sprechen.«

Sie schüttelte, immer noch lächelnd, den Kopf.

»Ich habe es Leefke versprochen, und es ist auch eine Bedingung für deinen Aufenthalt hier«, beharrte er.

»Das glaube ich nicht!« Das Lächeln war verschwunden.

»Frag sie nur. Sie wird es bestätigen.«

Sie schwieg.

»Die Verletzung, die du dir zugefügt hast, hat ihr einen Schreck eingejagt. Nicht nur deshalb müssen wir uns damit befassen. Wenn wir es nicht tun, wird der Drang, es wieder zu tun, zurückkehren. Und dann wird es vielleicht nicht so glimpflich verlaufen.« Er schaute sie freundlich an. »Setzt du dich zu mir?«

Sie zögerte, setzte sich dann aber.

»Schön. Dir geht es also gut heute?«

»Ja.«

»Das ist eine gute Voraussetzung für unseren Plan.«

»Was für ein Plan?«

»Ich möchte dich hypnotisieren. Du weißt, was eine Hypnose ist?«

»Das ist doch nur ein fauler Jahrmarktzauber!« Sie sah ihn verächtlich an.

Er lehnte sich zurück. »Du hast mir eingestanden, dass du den Grund nicht kennst, aus dem du dich verletzt hast. Möchtest du ihn nicht erfahren?«

»Da ich es nicht mehr machen werde, interessiert es mich nicht.«

»Wenn wir den Grund kennen, wirst du dem Drang beim nächsten Mal widerstehen können. Hast du ihn nicht heute Nacht wieder verspürt?«

Elfie blieb ihm die Antwort schuldig, sodass er sich in seiner Annahme bestätigt fühlte.

»Und bist du nun einverstanden?«

»Ich sehe keinen Sinn darin.«

»Wenn es nichts weiter als fauler Zauber ist, wie du sagst, dann kann dabei nichts Nachteiliges für dich herauskommen. Wenn es uns aber in die Lage versetzt, mehr zu verstehen, dann ist es von großem Nutzen für uns beide.«

Freud ließ seine Worte wirken. Dabei wuchs in ihm die Sorge, dass seine Patientin ihm einen unüberwindbaren Widerstand entgegenbringen würde. Mesmer war vor 100 Jahren noch davon überzeugt gewesen, dass die Trance durch einen Magnetismus bewerkstelligt wurde. Fast wünschte Freud sich, dass es so wäre, denn dann hinge alles von dem Magneten, nicht aber von ihm ab. Spätestens Charcot hatte jedoch bewiesen, dass es nicht so war. Er hatte zeigen können, dass Blindheit und Lähmungen der Extremitäten seiner hysterischen Patientinnen unter der Hypnose wie durch ein Wunder verschwanden. Die Symptome wurden von den Patienten produziert, ohne dass sie sich darüber bewusst waren. Er hatte festgestellt, dass dies entgegen der landläufigen Meinung nicht nur bei Frauen, sondern auch bei Männern der Fall war. Von Breuer wusste er, dass die Störung nach der Hypnose nicht mehr auftrat. Die Suggestionskraft, die dazu nötig war, ging dabei ausschließlich vom Hypnotiseur aus. Sie resultierte aus dem Glauben des Patienten, dass er jenem unterlegen und in der Trance zum Gehorsam verpflichtet war. Mehr als einmal war er jedoch auf Patienten getroffen, die ihm diese Macht durchaus nicht zutrauten.

»Wollen wir beginnen?«

Freud nahm Elfies verzagtes Nicken als Aufforderung, wies sie an, sich aufrecht hinzusetzen, die Hände locker auf die Oberschenkel zu legen und sich auf nichts als seine Stimme zu konzentrieren. Schritt für Schritt führte er sie in einen Zustand der Entspannung, in dem der Einfluss ihrer kritischen und das Bewusstsein kontrollierenden Instanzen schrumpfen und schließlich ganz verkümmern sollten.

Als er sicher war, dass Elfie Thomsen sich in einem für die Suggestion offenen Stadium befand, wies er sie an, seine Fragen ohne jede Zurückhaltung zu beantworten.

Er begann mit gänzlich unverdächtigem Material – der Mahlzeit, die sie am Morgen eingenommen hatte, den Aufgaben, die Leefke ihr aufgetragen hatte, den Worten, mit denen Paul sich von ihr verabschiedet hatte.

Elfie zeigte dabei einen durch die Trance abgedämpften, jedoch im Grunde positiven Gefühlszustand. Als er die Rede auf den Schnitt brachte, den sie sich zugefügt hatte, unterschied sich ihre Antwort nicht von der, die sie am Vortag gegeben hatte. Sie berichtete von der Scherbe und davon, wie sie sie zunächst lange angestarrt, sie dann ergriffen und sich dann damit geschnitten habe. Während sie im ruhigen Ton weitersprach, bemerkte er, dass sie sich exakt Wort für Wort wiederholte. Es war, als ob sie eine Mitschrift von ihrem Gespräch angefertigt habe und diese nun frei von jedem Affekt vortrug. Sobald er seine Frage nach dem Grund ihrer Handlung wiederholte, repetierte sie ohne jede Ungeduld oder Verstimmtheit ihren jedes Mal gleich lautenden Vortrag.

Selbst ungeduldig werdend, entschloss er sich zu einem Vorstoß.

»Bist du darüber aufgeklärt, woher die Kinder kommen?«

»Ja.«

»Erzähle es mir.«

»Sie wachsen im Bauch der Mutter und kommen dann heraus.«

»Hast du auch schon ein Kind auf diese Weise auf die Welt gebracht?«

»Nein.«

»Vielleicht hast du es nur vergessen. Wo warst du, bevor du zu Leefke, Paul und Fietje gekommen bist.«

»In einem Krankenhaus.«

Er registrierte eine Veränderung an seiner Patientin, deren Atem schneller wurde und deren Hände sich in ihren Oberschenkeln verkrampften, beschloss jedoch seiner Spur weiter zu folgen. »Warum bist du dorthin gekommen?«

»Weil ich so starke Bauchschmerzen hatte.«

»Konnten die Ärzte dich von den Bauchschmerzen befreien?«

»Nein.«

»Wo warst du, bevor die Bauchschmerzen eingesetzt haben?«

»Bei meinen Herrschaften.«

»Bis du gerne dort gewesen?«

»Zuerst schon, doch dann nicht mehr.« Elfie Thomsen begann, sich mit dem ausgestreckten Zeigefinger über den Bauch zu fahren, eine Bewegung, als ob sie sich schneiden wolle.

»Was hat dazu geführt, dass du von dort fortgegangen bist?«

»Die Bauchschmerzen.« Ihre Stimme wurde lauter.

»Was hat denn die Bauchschmerzen verursacht?«

»Das weiß ich nicht!« Nun schrie sie ihn schon fast an.

Freud zögerte einen Moment. »Vielleicht war es so, dass du nachsehen wolltest, was dir die Schmerzen im Bauch verursacht hat, als du die Scherbe in die Hand genommen hast?«

Elfie Thomsen erstarrte in ihrer Bewegung. Ihr Atem ging jedoch unverändert schnell. Freud fürchtete, dass er sie aus dem Trancezustand verlieren würde. »Du musst mir jetzt gut zuhören.«

Elfie nickte. Schweißperlen hatten sich auf ihrer Stirn gebildet.

»Es ist kein Geheimnis, was mit deinem Bauch ist.«

Seine Patientin ballte die Hände zu Fäusten und presste sie in ihren Unterleib.

»Du hast ein Kind bekommen. Es ist also nicht mehr nötig, deinen Bauch zu erforschen. Deshalb wirst du dich auch nicht mehr schneiden. Hast du das verstanden?«

Elfies Fäuste öffneten sich. Die Hände lagen ruhig auf ihrem Bauch.

»Wenn du mich verstanden hast, antworte mit Ja.«

»Ja.«

»Du wirst dich weiter ganz allein auf meine Stimme konzentrieren. Dabei wirst du immer ruhiger werden und dich vollkommen entspannen.«

Er leitete behutsam den Austritt aus der Trance ein und gab ihr Zeit, sich wieder zurechtzufinden. Als sie die Augen öffnete, sprach er sie an.

»Wie geht es dir jetzt?«

»Ich habe Bauchweh.«

»An was erinnerst du dich?«

Sie sah ihn erstaunt an. »Warum fragen Sie?«

»Weil nicht alle Patienten sich an ihre Hypnose erinnern.«

Sie schüttelte verständnislos den Kopf. »Aber Sie haben mich doch gar nicht hypnotisiert. Es ist nur fauler Zauber. So wie ich es gesagt habe. Ich habe meine Augen geschlossen, ganz wie Sie es forderten und sie dann wieder geöffnet.«

25.8.1938

Dieses Mal hatte der Junge ohne zu zögern die Couch ange-steuert. Auch nahm er eine Position ein, die einen längeren Besuch versprach.

»Anna hat mir gesagt, dass Sie Ihre Praxis schließen wer-den.«

Freud blickte auf. »Hat sie das wirklich gesagt?«

Daniel wurde unbehaglich zumute. Über der Stirn des sonst so ruhig wirkenden Mannes hatte sich eine Zornesfalte gebildet. »Nicht direkt.«

»Und was genau hat sie gesagt?«

»Dass ich eine Behandlungspause einlegen müsste«, erklärte Daniel unsicher.

»Das ist wohl etwas anderes, oder nicht?«, insistierte Freud.

Das Unbehagen wuchs. Offenbar hatte er in ein Wespen-nest gestochen. »Sie hat aber auch gesagt, dass sie nicht wüsste, wann Sie wieder praktizieren würden.«

»Ich darf dich beruhigen. Es wird nur eine verhältnismä-ßig kurze Pause sein.« Freud schloss kurz die Augen und sammelte sich. In diesem Moment hätte eine Zigarre gehol-fen. »Reden wir nun von dir.«

Jetzt, da der Professor das Thema beenden wollte, fand Daniel Interesse daran. »Gibt es hier etwa auch Behandlungs-verbote für Juden wie in Deutschland?«

»Nein.«

»Dann wollen Sie mal Urlaub machen?«

»Du bist ja wirklich hartnäckig.«

»Sie sehen ein wenig krank aus, finde ich.«

»Also gut, Daniel. Ich bin krank, was in meinem Alter das Normalste ist, und ich werde mich einer kleinen Operation unterziehen. Sobald ich genesen bin, werde ich wieder behandeln.«

»Warum machen Sie das?«

»Was?«

»Mit mir reden, obwohl Sie so krank sind.«

»Das ist mein Beruf.«

»Andere Leute arbeiten nicht, wenn sie krank sind. Es sei denn, sie sind zu arm. Aber Sie sind bestimmt nicht arm.«

»Ganz recht. Und jetzt kommen wir endlich zu dir.«

»Aber Sie haben mir meine Frage noch nicht beantwortet.«

»Deine Frage?«

»Warum reden Sie mit mir?«

»Es ist mir wichtig.«

»Warum? Sie kennen mich nicht mal.«

»Auf der Fähre wolltest du dir das Leben nehmen.«

Jetzt schwieg der Junge.

Freud konnte sich nicht erinnern, wann er sich das letzte Mal in eine solche Diskussion mit einem Patienten hatte verwickeln lassen. Die Fragen des Jungen waren offenbar auf einen fruchtbaren Boden bei ihm gefallen. Er kannte Krisen, in denen ihm alles Mühsal bereitete und die Arbeit schwer geworden war. Nach dem Tod des kleinen Heinele war es besonders schlimm gewesen. In dem aufgeweckten Jungen hatte seine Sophie fortgelebt. Wie mager er immer geblieben war und wie wenig Mühe es der Tuberkulose bereitet hatte, ihn zu besiegen. Er hatte geglaubt, nie wieder einen glücklichen Tag erleben zu können. Die drei Jahre hatten wohl nicht gereicht, um sich ausreichend gegen den neuerlichen Verlust zu wappnen. Noch immer brauchte es nur wenig, damit die Wunde wieder aufriss. Jetzt aber empfand er anders. Die Frage nach dem Warum der Arbeit hatte ihn noch nie so grundsätzlich berührt wie eben gerade.

Freud lehnte sich zurück. »Du bist also ein waschechter Hamburger.«

»Anna hat mir erzählt, dass Sie Ihrer Frau auf dem Süllberg einen Antrag gemacht haben.«

»Anna war offenbar sehr gesprächig.«

»Gesprächiger auf jeden Fall als Sie.«

Er lächelte den Jungen an. »Das ist wohl wahr.«

»Auf dem Süllberg habe ich meinen ersten Kuss bekommen.«

»Sieh an!«

»Ich habe dem Mädchen auch einen Antrag gemacht. Aber sie hat abgelehnt.«

»Das war sicher eine große Enttäuschung.«

Daniel lehnt sich zurück. »Ich bin darüber hinweg.«

»Wirklich?«

»Ich war ja erst zehn.«

Freud lachte. Es freute ihn zu sehen, dass Daniel sich davon anstecken ließ. Als dieser sich jedoch seines Lachens bewusst wurde, erstarb die Regung augenblicklich und ließ den Jungen mit umso ernsterer Miene zurück.

»Wie ging es danach weiter?«

»Mit dem Mädchen?«

»Mit deinem Leben.«

»Wir sind in eine kleine Wohnung in Winterhude gezogen.«

»Wer ist *wir*?«

Daniel schwieg.

»Möchtest du nicht antworten?«

»Meine Mutter und ich.«

»Nur ihr beide? Was war mit deinem Vater?« Freud sah, wie der Unwillen seines Gegenübers mit jeder Frage wuchs.

»Meine Eltern haben sich getrennt, als ich klein war.«

»Wie klein? Hast du Erinnerungen an ihn?«

Daniel stand auf.

»Du willst gehen?«

»Ja.«

»Es wäre gut, wenn du mir auch noch den Rest der Geschichte berichten würdest.«

»Wozu soll das gut sein?«

»Es wird dir helfen.«

»Wohl kaum!«

Ehe er etwas sagen konnte, hatte Daniel die Tür aufgerissen und war hinausgestürzt.

Kurz darauf betrat Anna das Zimmer.

»Alles in Ordnung bei dir?«

»Aber ja«, gab er nachdenklich zurück, »wir kommen gut voran.«

18.

Freud überquerte den Gänsemarkt, auf dem der alte Lessing im Schatten des prächtigen Stadttheaters von seinem bronzenen Literatenthron aus auf ihn herabsah. Über dem Kaufmannspalast der Hansens, dem er sich wenig später näherte, hingen dunkle, schwere Wolken. Er hatte den nie lange auf sich wartenden Regen satt, der zu der Stadt gehörte wie Elbe und Alster und ihr sein graues Siegel aufdrückte.

»Wen darf ich melden?«

Hans trug die gleiche Livree wie beim ersten Treffen, zeigte jedoch nicht das geringste Anzeichen des Wiedererkennens. Freud konnte in dem ebenmäßig geformten Gesicht keine Regung lesen. Er nannte seinen Namen und erklärte, dass er Greta Hansen sprechen wolle. Hans bat ihn herein und hieß ihn, in der Eingangshalle zu warten, wo er sich von dem Büffel, dessen ausgestopfter Kopf an der Wand hing, beobachtet fühlte.

»Frau Hansen wird Sie gleich empfangen. Sie lässt jedoch ausrichten, dass sie nur wenig Zeit für Sie erübrigen könne. Wenn Sie mir bitte folgen würden.«

Im Salon nahm er wieder auf dem gleichen Sessel Platz. Wohl, weil ihm bereits alles vertraut war, blieb die Wirkung aus, die der Reichtum beim ersten Mal gemacht hatte. Alles war darauf ausgerichtet, den Eindruck von Größe und Macht zu erwecken. Dazu zählte wohl auch das Ritual, den Besuch warten zu lassen. Der Gedanke ließ zu seiner Ungeduld noch Ärger hinzutreten.

»Verzeihen Sie, aber ich war nicht auf Ihren Besuch eingestellt.«

Die Anklage, die unzweifelhaft in Greta Hansens Entschuldigung enthalten war, verlieh ihrer Erscheinung einen Hauch von Blaublütigkeit.

»Es tut mir leid, Sie stören zu müssen. Der Grund meines Kommens duldete leider keinen weiteren Aufschub, erfordert dafür aber glücklicherweise nicht viel Zeit.«

»Hat Fräulein Thomsen sich in ihrer neuen Umgebung einleben können?«

»Durchaus.«

»Schön. Wie geht es ihr?«

»Ich möchte Sie nicht mit Einzelheiten langweilen.«

»Das tun Sie nicht. Im Gegenteil. Ich mache mir Sorgen um das arme Mädchen, die Sie vielleicht zerstreuen können. Ist alles in der Wohnung nach ihrem Wunsch?«

»Gewiss.«

»Was können Sie mir über ihr Befinden berichten?«

»Sie macht Fortschritte«, antwortete er vage. Er hatte nicht vor, Rapport zu erstatten.

»Das ist gut. Ich würde mich bei Gelegenheit gerne mit ihr unterhalten.«

»Das wird sich sicher in näherer Zukunft einrichten lassen.«

»In näherer Zukunft? Ich hoffe, ich muss Ihre Vertröstung nicht als Abfuhr betrachten.«

»Nichts läge mir ferner.« Er lächelte Greta Hansen an. »Ich würde gerne, um Ihre Zeit nicht unnötig in Anspruch zu nehmen, mein Anliegen zur Sprache bringen.«

»Lassen Sie sich nicht aufhalten.« Sie erwiderte sein Lächeln.

»Können Sie mir etwas über den Verbleib von Elfie Thomsens Kind berichten?«

Das Lächeln gefror. »Ich wüsste nicht, warum das für Sie von Interesse sein sollte.«

»Es wäre meiner Arbeit förderlich.«

»Sie machen mich neugierig, Doktor Freud.«

Freud zögerte. »In der Behandlung tut sich ein Hindernis auf, das in der Leugnung oder wohl eher in der Blockade der Erinnerung an ihr Kind besteht.«

»Wie darf ich das verstehen?«

»Elfie Thomsen behauptet, nie ein Kind bekommen zu haben.«

»Das ist lächerlich.« Sie sah Freud spöttisch an. »Das Mädchen hat Ihnen offenbar den Kopf verdreht, wenn Sie sich eine solch dicke Lüge von ihr auftischen lassen.«

»Selbst unter der Hypnose bleibt sie bei dieser unerschütterlichen Überzeugung.«

»Hypnose? Vielleicht war es doch ein Fehler, Ihnen das Mädchen anzuvertrauen.«

»Darf ich Sie daran erinnern, dass Ihre Wahl gerade aus dem Grund auf mich fiel, weil ich Doktor Breuers Ansatz verfolge, der auch den Gebrauch der Hypnose beinhaltet? Falls Sie Ihre Entscheidung revidieren wollen, steht Ihnen das selbstverständlich frei.«

Greta Hansen schwieg.

»Dass Elfie Thomsen auch unter der Hypnose die Existenz ihres Kindes leugnet, zeigt eindrucksvoll, wie stark sie sich gegen die Einsicht in Schwangerschaft und Geburt wehrt. Sie kann nur gesunden, wenn es gelingt, sie dazu zu bringen, diese Wahrheit anzunehmen. Dazu ist es allerdings nötig, mir persönlich ein Bild vom Zustand ihres Kindes machen.«

»Warum ist das so wichtig für Sie?«

»Wäre es nicht fatal, wenn sich herausstellte, dass es um die Gesundheit ihres Kindes schlecht stünde?«

»Haben Sie einen besonderen Grund für eine solche Annahme?«

»Ich hätte gerne Gewissheit in dieser Frage.«

Die Antwort kam schnell und in hastigen Worten. »Tut mir leid, aber in dieser Angelegenheit kann ich Ihnen nicht dienen.«

»Weil Sie keine Kenntnis davon haben oder weil Sie diese nicht mit mir teilen wollen?«

Greta Hansen erhob sich von ihrem Sessel, griff nach dem silbernen Glöckchen auf dem Tisch und klingelte. »Hans wird Sie gleich hinausbegleiten.«

Freud stand, von der harschen Reaktion irritiert, ebenfalls auf. »Falls ich Sie verärgert habe, bitte ich, dies zu entschuldigen. Es geht mir einzig um Elfie Thomsens Wohlergehen. Um ihre Gesundheit wiederherzustellen, ist es nötig, mit der Amme zu sprechen, die das Kind aufgenommen hat. Vielleicht kann Ihr Mann mir in dieser Sache Unterstützung gewähren. So wie ich es verstanden habe, war er zugegen, als Fräulein Thomsen nach Friedrichsberg überstellt wurde.«

Greta Hansen trat einen Schritt auf ihn zu und packte ihn plötzlich am Handgelenk. Ihre langen, schlanken Finger umspannten es mit erstaunlicher Kraft. Einen Moment lang hielt sie ihn fest und blickte ihn aus Augen an, in denen sich Schrecken und Wut vermengten. Dann ließ sie ihn ebenso schnell wieder los und trat einen Schritt zurück. Den Blick hielt sie dabei jedoch weiter auf ihn gerichtet.

»Sie werden meinen Ehegatten aus dieser Angelegenheit herauslassen.«

»Ich werde Ihren Wunsch, soweit es in meiner Macht steht, gerne beherzigen«, gab Freud, einerseits beeindruckt von der Heftigkeit ihres Gebarens, andererseits nicht gewillt, sich ihr unterzuordnen, zurück.

Greta Hansens Ausdruck wechselte. In den Schrecken

mischte sich Verzweiflung. »Nichts von dem, was in Verbindung mit Fräulein Thomsen und ihrem Kind steht, darf meinem Mann zu Ohren kommen.«

»Es liegt mir fern, einen irgendwie gearteten Schaden verursachen zu wollen.«

»Ich muss mich in dieser Sache vollkommen auf Sie verlassen können!«

Freud zögerte. Er scheute sich, ein Versprechen zu geben, dessen weitere Implikationen für ihn nicht absehbar waren.

»Habe ich Ihr Wort? Ich bitte Sie darum!«

Als Hans das Zimmer betrat, um ihn hinauszuführen, hoffte Freud, die Antwort schuldig bleiben zu können. Doch Greta Hansens eindringlicher Blick verführte ihn zu einem Nicken, das zwar nur angedeutet war, ihr jedoch als Antwort genügte. Sie sandte Freud ein stummes »Danke« zu und entfernte sich ohne ein Abschiedswort.

Freud ließ sich, immer noch mit seinem Eingeständnis hadernd, zur Tür geleiten. Dort angelangt und bereit, das Haus mit einiger Erleichterung hinter sich zu lassen, hielt Hans ihn zurück.

»Erinnern Sie sich an das Zimmermädchen, das Ihnen bei Ihrem letzten Besuch geöffnet hat?«

Die Geräusche, die ihn draußen empfingen, stellten einen wohltuenden Abstand zu der bedrückenden Atmosphäre des Hauses her.

»Ja.«

»Die Madame hat es entlassen.«

»Warum erzählen Sie mir das?«

»Sie hat sich zu einigen Indiskretionen dem Herrn gegenüber hinreißen lassen.«

»Inwiefern, wenn ich fragen darf?«

»Er hat durch sie von Ihrer ersten Unterredung mit Frau Hansen erfahren. Wenn das Mädchen auch kaum eine Schuld trifft, so war es doch ein Fehltritt mit womöglich weitreichenden, ungünstigen Folgen.«

»Ich verstehe.«

Hans ließ einen Augenblick verstreichen und blickte Freud dann an. »Ich verspüre den dringenden Wunsch, Fräulein Thomsen zu treffen und wäre Ihnen sehr verbunden, wenn Sie mir hierin Ihre Unterstützung gewähren könnten.«

»Ich werde sehen, was sich tun lässt.«

»Danke.«

19.

Freud fröstelte. Dicke, schwere Tropfen schlugen wie Geschosse prasselnd auf das Dach der Droschke ein. Fluten grauen Schlamms ergossen sich auf die Straße, kaum dass sie das gerade noch städtische Sankt Georg verlassen hatten und die bäuerlichen Dörfer jenseits der Stadtgrenze erreichten.

Aus den überschwemmten Wiesen am Wegesrand erhob der unsichtbare Leib des Säuglings seine hohe Stimme und übertönte Hufgetrappel, Räderklappern, Wind und Wetter. Freud hielt sich die Ohren zu, ohne damit den geringsten Effekt zu erreichen, da die Stimme sich ja in seinem Kopf befand. Die Enge im Wagen wurde unerträglich. Es fiel ihm schwer zu atmen. Die Bilder vor seinen Augen verschwammen, sein Schädel drohte, vor Schmerzen zu platzen.

Er beugte sich aus dem Verschlag und rief dem Kutscher zu, dass er sich beeilen solle. Der Fahrer hielt mit einem Ruck, der Freud von seiner Bank katapultierte, sprang vom Kutschbock, riss die Tür auf und forderte von ihm, Ruhe zu geben oder den Rest der Strecke zu Fuß zurückzulegen.

Freud zögerte keinen Moment. Unter dem verdutzten Blick des Fahrers rappelte er sich hoch und stolperte aus dem Wagen. Der Kutscher, von plötzlichem Zweifel befallen, fragte ihn, ob er es sich nicht lieber noch einmal überlegen wollte. Aber Freud blieb bei seinem Entschluss. Also stieg der Droschkenführer wieder auf, trieb die Pferde an, aus deren nassem Fell Dampf aufstieg, wendete sein Gefährt, schalt Freud einen Narren und fuhr zurück in die Stadt.

Aus dem Regen wurde Hagel. Freud rettete sich unter eine mächtige Buche. Binnen Minuten war er bis auf die Haut nass. Aber das grelle Kreischen, das ihn eben noch gequält hatte, war jäh verstummt. Mit jedem Herzschlag wurde das Donnern in seinem Kopf schwächer. Er konnte wieder frei atmen.

Freud betrachtete die Hagelkörner, die auf die Straße prallten, dort liegen blieben, kleiner wurden und schließlich ganz dahinschmolzen. Er wurde ruhig.

Immer noch konnte alles Zufall sein und die Idee, die nach dem Gespräch mit Greta Hansen von ihm Besitz ergriffen hatte, war vielleicht ein voreiliger, ungerechter und abwegiger Schluss. Ein Trugbild seiner Fantasie. Doch konnte er wirklich ausschließen, dass es Elfie Thomsens Kind gewesen war, das er aus dem Fleet gefischt hatte? Ihre Abwehr gegen alles, was damit zusammenhing, wäre damit hinreichend erklärt. Konnte er sie unter diesen Umständen überhaupt weiter behandeln?

Der dunkle Verdacht war wohl von der ersten Begegnung an vorhanden gewesen, jedoch von ihm immer wieder zurückgedrängt und mit einem Schleier versehen worden, sodass der Gedanke nie greifbar genug geworden war, um ihn auszusprechen. Gleichzeitig fühlte er sich, solang keine Sicherheit bestand, daran gebunden, sich so zu verhalten, als ob es keinen Zusammenhang zwischen den Ereignissen gäbe. Ohne weitere Beweise musste er doch von der Schuldlosigkeit und Reinheit des Mädchens ausgehen. Keinesfalls wollte er einen Scheiterhaufen errichten, auf dem er sie seinen Vorbehalten und Vermutungen opfern würde.

Der Hagelschauer endete ebenso abrupt, wie er begonnen hatte. Zurück blieb ein leichter Regen, der ihn nicht weiter daran hinderte, seinen Weg nach Wandsbek fortzusetzen. Eine Kutsche wäre von Vorteil gewesen, doch Freud war es zufrieden, zu Fuß zu gehen. Eine gewisse Dumpfheit hatte sich in ihm ausgebreitet. Er konnte das Problem jetzt nicht lösen. Umso wichtiger war es, einen Weg aufzutun, um Elfie Thomsens Kind zu finden. Dass jeder seine Existenz behauptete, jedoch niemand ihm den Aufenthaltsort nennen wollte, musste nicht automatisch heißen, dass man ihn täuschte – auch wenn der Verdacht bei Greta Hansen sehr stark gewesen war.

20.

Das feine Klicken der Kiesel stahl sich in seinen Traum und wurde dort zu einem Gehstock, mit dem sein Vater oder vielleicht auch ein Onkel, dessen Gestalt er nicht einordnen konnte, ihn am Hinterkopf anstupste, um ihn anzutreiben. In seinem Traum wollte er jedoch auf der Bank verharren, um dort nach langer Wanderung den Sonnenschein zu genießen. Während einer schwer fassbaren Zeitspanne verblassten die Bilder, doch das Geräusch blieb.

Freud brauchte einen Moment, um sich zu orientieren. Das Klicken kam von seinem Fenster, das zur Straße hin gelegen war. Er stand auf, tastete nach Hemd und Hose, streifte beides über, tappte durch das dunkle Zimmer, stieß sich dabei den Zeh am Tischbein und fluchte. Von draußen her drang zweifaches Kichern herein.

Er zog die Gardinen zurück und öffnete das Fenster. Ein Kiesel traf ihn am Kopf. Minna prustete laut los. Martha schlug sich die Hand vor den Mund, um ihr Lachen zu ersticken, konnte sich jedoch genauso wenig zurückhalten.

»Macht doch nicht so ein Lärm, ihr werdet noch die ganze Straße wecken!«, bat Freud flüsternd, doch er drang nicht zu den beiden aufgekratzten Mädchen durch.

»Nun komm endlich!«, forderte Martha.

»Ja, sonst suchen wir uns eine andere Begleitung.«

»Minna!«

»Ist doch wahr, wenn er sich nicht endlich entschließt!«

»Ich komm ja schon, nur seid bitte etwas leiser!«

»Wie nett er sein kann, wenn er etwas möchte«, spottete Minna.

Freud schloss das Fenster, suchte hastig seine Sachen zusammen, nahm Schuhe und Strümpfe unter den Arm und schlich auf bloßen Füßen die Treppe hinunter.

»Da bist du ja endlich!«

Er hatte die Schnürsenkel noch nicht gebunden, da hakten sich die beiden Schwestern schon rechts und links bei ihm unter und zogen ihn fort.

»Schau nur, wie schön der Mond auf uns herunter scheint!« Minna schwenkte begeistert die Hand gen Himmel.

Martha schmiegte sich an ihn. »Er ist extra hinter seiner Wolke hervorgekommen, um sich an unserem Glück zu erfreuen!«

Er machte sich erst von Minna und dann auch von Martha los. »Nun lasst mich zumindest meine Schuhe zuschnüren.«

»Oh ja doch, wie konnten wir nur! Er wird sich sonst noch die Beine brechen!«, rief Minna scherzend aus.

Freud beugte sich hinunter. Von dem Frohsinn, der ihn umgab, fühlte er sich wie abgeschnitten und kam sich wie ein Fremdkörper darin vor. Als er wieder hochkam, knuffte Minna ihn in die Seite.

»Nun lach doch mal, du alter Miesepeter!«

Er bemühte sich um ein Lächeln, das ihm jedoch wenig überzeugend gelang.

»Vielleicht haben wir ihn ja auch aus einem süßen Traum von einer hübschen Patientin geweckt.«

»Minna, wirklich! Was redest du da?«

»Ich mach doch nur Spaß«, beschwichtigte Minna ihre Schwester.

»Ich weiß nicht. Das klang für mich nicht wie ein Spaß.« Martha sah Freud an. »Träumst du von deinen Patientinnen?«

»Natürlich nicht.«

»Ich glaube, ich lasse euch beide mal allein.« Minna stellte sich grinsend vor die beiden. »Aber dass ihr bloß keine Dummheiten anstellt.« Sie gab ihrer Schwester ein Küsschen auf die Wange und lief davon.

»Minna!«

Minna drehte sich kurz um, winkte ihrer Schwester zu und verschwand in der Dunkelheit.

»Was ist auf einmal in sie gefahren?«

»Du musst Nachsicht mit ihr haben«, bat Martha. »Ich glaube, dein Besuch hat ihren Kummer um Ignaz' Tod wieder hervorgeholt. Sie hat ihm wohl nie ganz verziehen, dass er die Verlobung gelöst hat. Und nun ist sie gleichzeitig elendig traurig und furchtbar wütend. Alles geht durcheinander bei ihr. Seit zwei Tagen ist es richtig schlimm. Heute Abend habe ich ihr etwas von dem Cocain gegeben, das du mir überlassen hast. Es hat gegen den Kummer geholfen, aber – du hast es ja selbst gesehen.«

»Und hast du auch etwas davon genommen?«

»Ja.«

»Warum?«

»Das kannst du dir doch wohl denken.«

Er sagte nichts.

»Lass uns nicht mehr davon reden. Lieber wollen wir genießen, was wir haben, als uns über das zu grämen, was war.« Martha gab ihm einen Kuss auf die Wange und hakte sich bei ihm unter.

»Du hast recht. Wollen wir ein Stück gehen?«

»Ja.«

Die beiden gingen, im gleichen langsamen Rhythmus ausschreitend, die menschenleere Straße entlang. Martha lehnte ihren Kopf gegen seine Schulter. Ohne miteinander darüber zu sprechen, schlugen sie den Weg zum Wandsbeker Gehölz ein, den sie schon so oft miteinander, doch meist nur mit Begleitung und niemals zuvor in der Nacht, gegangen waren.

Das Wäldchen lag als dunkler Schatten vor ihnen, der gar nicht größer wurde, während sie sich ihm näherten. Er stand unwirklich und unerreichbar vor ihnen.

Freud kam sich selbst wie ein solcher Schatten vor. Sein Körper bewegte sich an Marthas Seite, deren Anwesenheit er durch die Berührung an seiner Schulter spüren konnte. Ebenso nahm er den kühlen Wind, die feuchte Luft, den Geruch des Waldes und den Duft von Marthas Haar wahr. Doch von all dem wurde er durch eine unsichtbare Barriere getrennt. Diese blieb auch bestehen, als sie das Gehölz erreichten, Martha den Rhythmus ihrer Schritte verlangsamte, schließlich stehen blieb, sich vor ihn stellte, ihn ansah, die Hände auf seine Wangen legte und, die Augen schließend, sein Gesicht zu ihrem führte und ihn zart küsste. Selbst ihre weichen, warmen Lippen konnte er nicht direkt, sondern nur aus einer inneren Distanz heraus wahrnehmen. Wohl küsste er sie zurück. Doch in der Art, wie er dies tat, musste eine Fremdheit gelegen haben, die Martha einen Schritt zurücktreten ließ. Er fühlte ihren verunsicherten und fragenden Blick auf sich liegen, wusste jedoch nichts zu sagen und zu tun. Als er sie nun seinerseits wohl mehr aus Verlegenheit denn aus Verlangen zu küssen suchte, entzog sie sich ihm.

»Es ist spät«, sagte sie leise, nachdem sie befangen und ohne Worte voreinander gestanden hatten.

»Dann sollten wir wohl zurück gehen.«

»Ja.«

Während sie gingen, bemühte er sich, die Schwere, die auf ihnen lastete, hinfort zu reden. Doch seine ungeschickten Versuche, sie nach den Ereignissen des Tages und dem Befinden ihrer Schwester zu befragen, machten es nur noch schlimmer. Die Fremdheit, die sich plötzlich zwischen ihnen wie ein Abgrund aufgetan hatte, war als bodenloser Schrecken in Marthas Augen zu lesen gewesen. Dabei war ihm schmerzlich bewusst, dass er nur in einen Spiegel seiner eigenen Gefühle geblickt hatte. Denn die Wahrheit war, dass er nichts bei dem Kuss gespürt hatte. Seine Empfindungen waren wie betäubt gewesen.

Wie um seine düsteren Gedanken zu bestätigen, verbarg der Mond sich hinter einer Wolke. Der kühle Wind ließ sie beide frösteln, doch Martha blieb in einem zwei Hände breiten Abstand zu ihm, den er nicht aufzuheben wagte.

Als sie das Bernays'sche Haus erreichten, empfand er Erleichterung, wo er hätte Bedauern spüren sollen. Nach einem förmlichen Abschied entfernte er sich schnell und blickte sich erst um, als er sicher sein konnte, dass sie ins Haus gegangen war.

Er war nur allzu bereit, das Erlebte als eine momentane Taubheit des Herzens zu bewerten, konnte jedoch die quälende Frage, ob die Fühllosigkeit womöglich bleiben würde, nicht ignorieren.

Freud, unfähig, Ruhe zu finden, lenkte seine Schritte auf das freie Feld jenseits der Stadtgrenze. Vielleicht war er durch den Kuss, der so gar nicht wie ein solcher geschmeckt hatte, aus einem Traum von einer Liebe aufgewacht, die nicht mehr lebte, sondern nur noch als ein totes Gespenst durch seinen Kopf wehte. Eine Illusion, die er durch Hunderte von Briefen künstlich genährt hatte, aber schon lange keine Entsprechung mehr in der wirklichen Welt besaß.

War, was er als Liebe beschwor, nur noch die Pflicht, ein Versprechen zu halten, das er gegeben hatte? Und erwuchs daraus nicht wiederum die Pflicht, sich der Wahrheit zu stellen? Denn vor allem anderen hatten sie sich doch gegenseitige unbedingte Wahrhaftigkeit geschworen. Sie wollten sich niemals belügen, nichts voreinander verbergen, den anderen wie sich selbst nicht schonen.

Freud hatte die Häuser hinter sich gelassen. Er stand unter freiem Himmel. Um ihn herum nur Äcker und Weiden, die in der Dunkelheit zu einer formlosen Weite verschwammen. Hätte er die Fähigkeit, durch die Zeit zu wandern, so würde er einen Sprung in eine Zukunft machen, in der alle Hindernisse überwunden waren. Würde das überhaupt jemals der Fall sein? Wahrscheinlich, so dachte er verdrossen, müsste er dazu wohl gleich sein gesamtes Leben überspringen.

7.9.1938

»Du gefällst mir nicht.«

Freud blickte auf. Er war auf seinem Sessel eingeschlafen. An diesem Tag waren keine Patienten gekommen.

»Ich bin nur etwas müde«, versicherte er seiner Tochter.

»Beunruhigt dich die Aussicht auf deine Operation?«

»Warum sollte sie? Pichler wird seine Arbeit gut machen. Er hat die Reise aus Wien sicher nicht angetreten, um die Sache zu verpfuschen.«

Anna sah ihn ernst an. »Der Eingriff ist nötig. Das weißt du, nicht wahr?«

»Ich habe keinen Zweifel daran.«

»Und er wird eine Besserung bringen.«

»Selbstverständlich.«

»Sie werden *Evipan* bei der Narkose einsetzen. Du wirst schlafen und nichts spüren.«

Er setzte sich auf. »Pichler hat alles mit mir erörtert. Ich lege mein Schicksal mit dem allergrößten Vertrauen in seine Hände.« Müde war er. »Ich habe schon so viele Operationen über mich ergehen lassen, dass ich aufgehört habe, sie zu zählen. Da kommt es auf diese eine auch nicht mehr an.«

»33 waren es, und es kommt auf jede einzelne an.«

Er dachte, dass es seine letzte sein würde, sagte aber nichts.

»Ich mache mir Sorgen um dich. Manchmal kommt es mir so vor, als ob wir einen Teil von dir in Wien zurückgelassen hätten.«

Er lächelte sie an. »Du hast eine lebhafte Fantasie, und das macht dich zu einer guten Analytikerin.«

Sie erwiderte sein Lächeln.

»Bist du glücklich in London?«

»Ich bin glücklich und erleichtert, dass wir hier sind«, gab sie zurück.

»Dann ist es gut.«

Er stützte sich auf die Sessellehnen und stemmte sich hoch. Anna wollte ihm helfen, doch er winkte ab, fand das Gleichgewicht wieder, das ihm für einen Moment verloren gegangen war, und ging an seinen Schreibtisch.

»Du willst noch arbeiten?«

»Zeit zum Ausruhen ist auch nach der OP noch.«

»Du solltest dich schonen.«

»Auch dazu wird hinterher noch ausreichend Gelegenheit sein.«

»Wäre es nicht sinnvoll, vorerst keine neuen Patienten mehr aufzunehmen?«

»Ich werde mir mein Leben nicht von dem Krebs diktieren lassen.«

»Das sollst du ja auch nicht.«

Die Spannung zwischen den beiden war nun greifbar. Er hatte in der Vergangenheit viele Kämpfe gekämpft und war ihnen selten aus dem Weg gegangen. Unbeirrt hatte er seine Ziele verfolgt, war seinen Überzeugungen treu geblieben. Koalitionen waren dabei zerbrochen, Freundschaften untergegangen. Nur in der Familie war er stets bemüht gewesen, Frieden zu halten.

»Was hältst du von dem Jungen, den wir auf der Fähre aufgelesen haben?«, fragte er leichthin.

»Er wird Schweres auf seiner Flucht erlebt haben.«

»Sein älterer Bruder ist dabei ums Leben gekommen.«

»Wie ist das passiert?«

»Ich weiß es nicht. Ebenso wenig wie seine Pflegeeltern. Deshalb haben sie ihn zu mir geschickt. Er spricht kein Wort darüber. Sie machen sich deshalb Sorgen um ihn.«

»Und du?«

»Manchmal fühle ich mich ihm so nahe, dass ich denke, er sei schon immer ein Teil der Familie gewesen.«

»Er scheint dir trotz der kurzen Zeit ans Herz gewachsen zu sein.«

»Ja. Etwas an ihm rührt mich in besonderer Weise an. Ich weiß nicht, was es ist, aber ich spüre, dass eine Bedeutung für mich darin liegt.«

Sie trat auf ihn zu. »Siehst du, jetzt gefällst du mir wieder viel besser.«

Er lächelte sie an. »Aber ich werde trotzdem noch ein wenig arbeiten.«

»Natürlich.«

21.

Ein klarer Morgen mit einem freundlichen Himmel, auf dessen strahlendem Blau sich weiße, wie von einem Pinsel in schnellem Strich aufgetragene Schleierwolken zeigten. Auf der Droschkenfahrt in die Stadt hatte er den Weg in einen kurzen, unruhigen Schlaf gefunden, der ihm in der Nacht verwehrt gewesen war, da er bis zum Anbruch des Morgens umhergewandert war und sich nur durch den Kaffee hatte wach halten können, den ihm die Zimmerwirtin mit sorgenvollem Blick gereicht hatte.

Vom Halten der Droschke aus dem Schlaf gerissen, sammelte er seine Sinne zusammen, gab dem Kutscher seinen Lohn und ließ den Wagen davonfahren. Statt sich seiner Patientin zuzuwenden, nahm er auf dem Poller Platz, den sonst Paul als seinen Wachposten beanspruchte. Von dort blickte er auf den Fleet, ohne ihn wirklich zu sehen, und überließ sich widerstandslos den Gedanken, die ihn seit der letzten Nacht in Geiselhaft genommen hatten.

Inzwischen hatte der üble Verdacht ihn beschlichen, dass sein Gefühl für Martha stets mehr mit ihm selbst denn mit ihr zu tun gehabt hatte. Etwas in ihm verzehrte sich danach zu lieben. Es machte ihn liebend und hatte für diesen Zweck Martha ausgewählt. Zu lieben, gab ihm jenseits des Aufruhrs durch den ständigen Wechsel von Hoffnung und Verzweiflung, Kummer und Glück, Verlangen, Eifersucht, Wonne und Trübsal einen unerschütterlichen Halt, der seinem Leben eine Richtung verlieh. Doch wenn es dabei um ihn und gar nicht um seine Martha ging – wie konnte er dem Gefühl dann noch trauen?

Sein Kopf begann zu schmerzen. Er zwang sich aufzustehen, atmete tief durch und streckte sich. Das Cocain, das er zu Hause gelassen hatte, hätte ihm jetzt gute Dienste gegen die einsetzende Migräne und die Müdigkeit, die von ihm Besitz ergriffen hatte, erwiesen. Er beschloss, ein paar Schritte zu gehen, ehe er sich Elfie Thomsen zuwandte. Schließlich wollte er beim Versuch, sie zu hypnotisieren, nicht selbst in Schlaf fallen.

Ein Schwan, der sich ihm fauchend, die Flügel ausgebreitet und mit hochgerecktem Kopf entgegenstellte, riss ihn aus seinem dämmerhaften Zustand. Er blieb stehen. Ein Zehnjähriger mit schmutzigem Gesicht und schlammbedeckten Unterarmen, der wohl gerade unten am Fleet gewesen war, bewarf das Tier mit Steinen. Die Drohgebärde des Vogels galt dem Jungen, der das ihn knapp überragende Tier mit einigem Respekt betrachtete.

Freud ließ die beiden ihren Kampf ausfechten und kehrte zurück zu dem windschiefen Haus seiner Patientin. Dabei machte sich eine wachsende Anspannung in ihm bemerkbar. Als er den engen Hof betrat, in dem links das Schwein hinter dem Gatter zufrieden grunzte und rechts die drei zusammengewürfelten Kinder in ihrem Verschlag still ihren Geschäften nachgingen, kam ihm sogleich Paul entgegen.

»Sie sind Ihrem Teil unserer Vereinbarung noch nicht nachgekommen!«

»Ich habe Fietje nicht vergessen«, versicherte Freud, »es fehlte bisher nur an Zeit für ihn.«

»Dann jetzt.«

»Wie?«

»Sie sollen ihn sich jetzt anschauen. Sonst kommen Sie irgendwann nicht mehr und haben ihm nicht geholfen.«

»Keine Sorge, das wird nicht passieren.«

Der Junge fixierte ihn mit hartem Geschäftsblick.

Freud ließ sich nur äußerst ungern in seine Behandlungen hereinreden und hatte diesbezüglich in seiner Zeit unter Meynert weit mehr schlucken müssen, als ihm recht gewesen war, doch die hartnäckige Fürsorge des Jungen rührte ihn an.

»Gut«, entschied er, »dann schick ihn mir mal raus.«

Paul nickte zufrieden und erschien kurz darauf mit Fietje vor dem Verschlag. Die beiden Mädchen waren gleich mitgekommen und stellten sich kritisch rechts und links neben ihrem Schützling auf.

»Was werden Sie mit ihm anstellen?«, fragte Leefke besorgt.

»Nichts, was ihm unangenehm sein könnte«, versprach Freud, »ich werde nur ein wenig mit ihm reden.«

Er nahm auf einer wackeligen Holzbank Platz, die vor der provisorisch zusammengezimmerten Hütte der Kinder stand, und winkte Fietje zu sich. Doch der wandte sofort seinen Blick von Freud ab und verschanzte sich hinter Elfie, mit der er mittlerweile offenbar in eine enge Beziehung eingetreten war.

»Ich wollte dir nur eine Geschichte erzählen«, erklärte Freud, »aber du kannst auch von dort drüben zuhören.«

Fietje hielt sich hinter Elfie, sodass Freud ihn nicht sehen konnte, doch er sprach in gleichem Ton weiter, so als ob er schon neben ihm säße.

»Vielleicht kennst du sie schon. Es ist die Geschichte vom Däumling, der das jüngste von sieben Kindern war. Er war gerade mal so groß wie ein Daumen und sprach nicht viel, weshalb ihn seine Eltern, die sehr arm waren, für dumm hielten.«

Während Freud fortfuhr, das Märchen vor seinem Publikum auszubreiten, registrierte er, wie Fietje ab und zu einen Blick auf ihn wagte. Dadurch ermutigt, flocht er nach einiger Zeit Fragen in seine Erzählung ein, die Fietje mit Kopf-schütteln oder Nicken beantwortete. Nachdem dies geschafft war, senkte er zum Ende der Geschichte hin die Stimme so weit, dass Fietje an ihn herantreten musste, um ihn verste-hen zu können. Freud wurde noch leiser, sodass sich Fietje die Geschichte nun ins Ohr flüstern ließ. Als er endete, saß der Junge neben ihm auf der Bank und schaute ihn mit gro-ßen Augen an.

Freud beschloss, es für diesen Tag genug sein zu lassen. Er hatte Fietjes Vertrauen gewonnen und wollte es nicht unnötig auf die Probe stellen. Sein Schützling hatte indessen gezeigt, dass sein Sprachverständnis nicht in Mitleidenschaft gezogen war und er sich, wenn auch vorerst ohne Worte, verständ-lich machen konnte.

22.

»Werden Sie mich wieder hypnotisieren?«

Es war kompliziert. Denn nun, da Elfie Thomsen angespannt abwartend, fast lauernd vor ihm saß, fühlte er einen starken Impuls, sich mit ihrem Wunsch, am Zustand des Nichtwissens festzuhalten, zu verbünden. Unter normalen Umständen fand er sich geradezu davon getrieben, seine Patienten zur Wahrhaftigkeit zu verführen. Doch jetzt musste er sich eingestehen, dass er vor dem Angst hatte, was Elfie Thomsen ihm unter der Hypnose womöglich offenbaren würde.

»Vielleicht. Wie geht es Ihnen?«

»Ich bin so müde, dass ich nur noch schlafen möchte. Alles fällt mir schwer, selbst die geringste Arbeit. Ich mag nicht essen noch trinken. Da ist nichts, auf das ich mich freuen könnte. Es wäre mir das Liebste, gar nicht mehr da zu sein.«

»Ich verstehe.«

Er blickte in fühllose Augen, deren Tränen versiegt waren. Eine große Müdigkeit ergriff ihn. Er hatte die anderen gebeten, ihn mit ihr alleine zu lassen, und sie waren sehr bereit gewesen, ihm den Wunsch zu erfüllen. Wohl auch deshalb, weil sie sich um Elfies Zustand sorgten. Leefke hatte ihm berichtet, dass Elfie meistenteils abwesend wirkte. Einzig Fietje gelänge es, ihr Leben einzuhauchen. Wenn er Trost, Schutz oder Zerstreuung bei ihr suchte und sie sich um ihn kümmerte, sei es, als ob sie für kurze Zeit aus einem Schlaf mit offenen Augen erwachen würde, in den sie jedoch, sobald er weg war, wieder verfiel.

»Ich weiß, dass ich mich früher einmal freuen konnte«, fuhr Elfie Thomsen fort, »doch jetzt kann ich mir nicht mehr vorstellen, wie das möglich war. So als ob mir das Lachen verloren gegangen wäre und ich es nicht mehr wiederfinden könne.«

Ihr Blick ging durch ihn hindurch. Dem Ton ihrer Stimme fehlte jedes erkennbare Gefühl. Ihre Worte schienen gar nicht an ihn, der doch direkt vor ihr saß, gerichtet, sondern ins Nichts hineingesprochen.

»Ich möchte nicht mehr leben.« Für einen kurzen Moment fixierten ihre Augen ihn. »Dabei bin ich noch nicht einmal traurig. Gar nichts fühle ich. Eigentlich lebe ich schon gar nicht mehr und kann nur nicht aufhören zu atmen. Versucht habe ich es schon, doch es will mir nicht gelingen.«

Er stellte besorgt fest, dass die Kraft, die sie nach der Entlassung noch leidlich zusammengehalten hatte, im Schwinden begriffen war. Wenn es unverändert so weiterginge, würde sie wohl ganz versiegen. Die Gründe dafür kannte er nicht. Es war noch nicht einmal klar, ob sein Hypnoseversuch zu einer Beschleunigung des Verfallsprozesses beigetragen hatte. Durfte er unter diesen Umständen überhaupt auf dem gleichen Wege weiter voranschreiten?

Ihm blieb wohl keine Wahl. Denn der weitere Verlauf schien vorhersehbar, wenn er nichts unternahm. Er fürchtete, dass sich unter der Hülle ihrer Apathie eine Kraft sammelte, die sich schließlich in einem Akt der vollständigen Selbstzerstörung gegen sie wenden würde.

Einmal eine Entscheidung getroffen, zögerte er nicht weiter. Die Formeln, die er zur Einleitung der Trance nutzte, gingen ihm leicht von den Lippen. Er musste nicht nachdenken, um die eingeübten Sätze sprechen zu können. Die Unsicherheit begann erst, als er sich ihrer Wirkung versichert hatte. Keinesfalls durfte er auf die Frage, die ihn selbst so sehr beschäftigte, zustürmen. Schließlich war er Arzt, nicht Kriminalpolizist. Es musste um jene Anteile der Wahrheit gehen, die zur Heilung seiner Patientin beizutragen geeignet waren.

So beschloss er, auch jetzt mit unverfänglichem Material zu beginnen. Elfie wirkte ruhig und entspannt. Ihr Atem ging gleichmäßig, als sie begann, ihm auf seine Veranlassung hin von den Ereignissen des Tages zu berichten.

»Ich bereitete Fietje das Frühstück zu. Als er von dem Brot aß, das ich ihm gegeben hatte, betrachtete ich lange sein Gesicht.«

»Was haben Sie dabei empfunden?«

»Er sah so zufrieden aus. Zufrieden und glücklich.«

»Das ist schön. Was fühlten Sie dabei?«

»Da war kein Gefühl.«

»Aber der Anblick seines zufriedenen Gesichts weckte etwas in Ihnen, nicht wahr?«

»So muss es wohl gewesen sein.«

»Was glauben Sie, war es?«

Elfie Thomsen versank so lange in innerer Anschauung, dass er schon fürchtete, den Kontakt zu ihr verloren zu haben. Doch gerade, als er daran gehen wollte, die Trance zu beenden, sprach sie weiter.

»Ich erinnere mich jetzt, dass ich in der Nacht aufgewacht bin.«

Freud beobachtete eine Veränderung in ihrem Ausdruck. Es war, als ob ihre Gesichtszüge schmolzen. Aus der unbeweglichen Maske formte sich ein Lächeln, das wohl selig zu nennen war. Ihr Antlitz blühte darunter auf. Doch ebenso schnell, wie das Lächeln erschienen war, wurde es nun von einem Ausdruck des Schmerzes verdrängt, der sich zunächst nur zart in ihrer Miene andeutete, dann zu einem stillen Weinen wurde und sie schließlich unter lautem Klagen am ganzen Körper schüttelte. Das Bild entsprach ganz dem, was er bereits mit ihr erlebt hatte.

Freud sprach sie an, um die Trance zu beenden, konnte jedoch nicht zu ihr durchdringen. Er ging zu ihr, legte ihr die Hände auf die Schultern, erst sanft, dann jedoch, weil er keinen Effekt erzielen konnte, fester. Als sie ihn schließlich gewahrte, klammerte sie sich wie bereits beim ersten Mal so fest an ihn, dass er glaubte, sie würde ihm die Rippen brechen. Es war ihm absolut unbegreiflich, wie sie eine so ungeheure Kraft aufbringen konnte. Wieder blieb ihm nichts anderes übrig, als abzuwarten, bis sich ihr Affekt erschöpfen würde.

Mit Erleichterung konnte er bald feststellen, dass ihre Muskeln erschlafften und ihr Körper weicher wurde. Er spürte, wie sich eine Zärtlichkeit in ihre Umarmung mischte und beeilte sich erschrocken, Abstand zu ihr zu gewinnen.

23.

Die Mittagssonne hatte eine beträchtliche Kraft, sodass die Wandsbeker in Scharen aus den Häusern geströmt waren. Zwischen den Ständen derber Gemüsebauern, Krämern, die lautstark ihre Töpfe und Pfannen anpriesen, und Kurzwarenhändlern, die mit ihren hartnäckigen Kundinnen feilschten, herrschte dichtes Gedränge.

Er kam sich zwischen all den Menschen fehl am Platze vor. Das Zusammentreffen mit Elfie Thomsen wirkte noch in ihm nach, und er sehnte sich nach der Ruhe seiner Kammer. Mehr als Brot und ein Stück Käse brauchte er nicht, doch es schien unmöglich, beides zu erwerben. Er fand sich von den Menschen durch die engen Gänge geschoben, ohne überhaupt zu wissen, wohin er sich wenden sollte. Alles schien es hier zu geben außer Brot und Käse. Rechts und links drückten ihm die Leute ihre Ellenbögen in die Seite, stießen ihn nach vorn, schubsten ihn zurück.

Marthas Anblick traf ihn, obschon er mit ihrer Anwesenheit hätte rechnen können, absurd unvorbereitet. Er hatte sie in dem dichten Gedränge entdeckt, bevor sie ihn gesehen hatte. Noch wäre es ihm möglich, sich ihrem Blick zu entziehen und in der Menge unterzutauchen. Er fühlte sich in keiner Weise fähig, mit ihr zu sprechen. In diesem Zustand würde er alles nur noch weiter erschweren.

Bevor er seinen unwürdigen Entschluss in die Tat umsetzen konnte, traf sich sein Blick mit dem ihren. Sie schaute schnell wieder weg, doch der Moment hatte ausgereicht, um eine Lage herzustellen, in der es nicht mehr möglich war, so zu tun, als ob sie sich nicht gesehen hätten. Nur wenige Meter trennten sie voneinander, und wenn er jetzt ginge, hätte sie den Beweis, dass er sie mied. Zwar hatte sie ihm durch ihre Reaktion bereits gesagt, dass sie nicht mit ihm zu sprechen wünschte, doch er kannte sie gut genug, um zu wissen, dass es an ihm war, sich über ihr Signal hinwegzusetzen. Stattdessen aber wandte auch er sich ab und fühlte dabei Scham und Bedauern. Denn er wusste ja, dass sein Zögern ihr mehr Schmerz zufügte, als böse Worte je hätten ausrichten können.

Aber noch war es Zeit, seinen jämmerlichen Fehltritt zu korrigieren. Er hob den Blick, konnte sie jedoch nicht finden. Von Reue getrieben, kämpfte er sich seinen Weg durch die Menschenmasse, die ihn mit Flüchen und auch Handgreiflichkeiten bedachte. Er konnte nur raten, welche Richtung sie an einem Quergang eingeschlagen hatte, und war darin wohl fehlgegangen, denn nun war sie außer Sichtweite.

Gerade als er sich eingestanden hatte, es gründlich vermasselt zu haben, glaubte er, sie entdeckt zu haben und verstärkte seine Bemühungen, ihr näherzukommen. Doch wie in einem Traum, in dem der Träumer, durch eine unsichtbare Kraft gelähmt, zurückgehalten wird, konnte er ihren Vorsprung einfach nicht einholen. Wenn sie jetzt nur einmal stehen bliebe oder sich zu ihm umdrehen würde, würde er es leicht wieder richten können. Er würde ihr nur zuwinken müssen, um den Bann, der sie voneinander trennte, zu brechen.

»Doktor Freud!«

Seinen Namen zu hören, wirkte wie ein Zauberspruch, der ihn aus seinem Albtraum riss und zum Stehenbleiben zwang.

»Doktor Tietje.«

»Was für eine freudige Überraschung, Sie hier zu treffen! Nicht nur angenehm und unerwartet, sondern richtiggehend freudig, wie es bei einem Doktor Freud sein sollte! Was verschlägt Sie hierher?« Der untersetzte Mann strahlte ihn an. Seine roten Wangen glänzten vor Begeisterung.

»Ich residiere in Wandsbek.«

»Na, sieh mal einer an. Ich habe gute Nachrichten für Sie. Wir sollten diesem Getümmel hier entfliehen.« Tietje legte seinen Arm um ihn und zog ihn mit sich.

Freud blickte sich um. Martha war fort, die Gelegenheit dahin. Er würde es richten müssen, und wusste, dass die Zeit ihm dabei nicht helfen würde. So wie das Glück die unvorteilhafte Eigenschaft hatte, ohne äußeres Hinzutun wie Eis in der prallen Sonne zu schmelzen, so galt für das Unglück das genaue Gegenteil: Es vergrößerte sich ganz von allein und brauchte zum Wachsen nichts anderes als die unglücklichen Gedanken, die es produzierte und von denen es sich gleichzeitig ernährte.

»Ich habe mit Senator Hansen Kontakt aufgenommen«, erklärte Tietje, während er Freud die Tür aufhielt. »Haben Sie Hunger?«

»Nun ja«, gab Freud unentschieden zurück, der einerseits erheblichen Appetit verspürte und andererseits an seine finanzielle Situation dachte.

»Hier wird ein ganz anständiges Sauerfleisch serviert, das ich wärmstens empfehlen kann.«

Tietje steuerte zielstrebig den einzigen freien Tisch an. Dabei schnitt er einem jungen Kerl den Weg ab, der das gleiche Ziel verfolgt hatte und ließ sich, als er sah, dass er schneller gewesen war, mit einem zufriedenen Ausdruck nieder. Freud nahm ihm gegenüber Platz. Sie saßen kaum, da kam schon eine magere Frau an ihren Tisch. Tietje trug ihr auf, zweimal Sauerfleisch mit Bratkartoffeln und Bier zu bringen.

»Ich habe das Privileg, mit dem Senator im selben Klub zu rudern, und habe mir die Freiheit genommen, ihm Ihr Anliegen vorzutragen.«

»Das war sehr freundlich von Ihnen.«

»Nicht wahr?«

»Darf ich offen sprechen?«

»Ich bitte darum!« Tietje sah ihn erwartungsvoll und mit ernster Miene an.

»Ich bin mir nicht sicher, ob Ihre Initiative in vollem Umfange opportun war, und fürchte, Sie ungewollt in eine schwierige Lage gebracht zu haben.«

Tietje breitete die Arme aus. »Aber nein, ganz und gar nicht. Ich wusste ja bereits durch die Überweisung der Patientin an mich, dass dem Senator das Schicksal Elfie Thomsens am Herzen liegt. Tatsächlich hatte er sich bereits ganz von sich heraus schon nach ihrem Zustande erkundigt, sodass es ganz natürlich schien, die Sprache auf ihr Kind zu bringen.«

»Was konnte der Herr Senator darüber berichten?«

»Er versicherte mir, dass es dem Würmchen prächtig erginge, und bat ausdrücklich um ein Treffen mit Ihnen.«

»Mit mir.«

»Er freut sich, einen so anerkannten Spezialisten aus Wien zu sehen, und ist überaus gespannt auf Ihren Bericht. Aber nun wollen wir erst einmal anstoßen.«

Tietje griff zum Glas, das die Kellnerin gebracht hatte. Freud tat es ihm gleich. Die Gläser knallten mit solcher Macht zusammen, dass er Sorge hatte, sie würden springen.

»Auf unsere Zusammenarbeit«, skandierte Tietje, »von der wir beide das Beste erwarten dürfen!«

24.

Als Minna ihm öffnete, huschte ein schelmisches Lächeln über ihr Gesicht, das jedoch einen ernsten Ausdruck annahm, sobald die markante Stimme ihrer Mutter erklang. Minna verschwand kurz, um Meldung zu machen, und kehrte nach kurzer Verhandlung zurück, um ihm mitzuteilen, dass ihm eine Audienz gewährt werde.

Freud betrat die Wohnstube. Emmeline Bernays saß am Kopfende des Tisches und bedeutete ihm mit einem Nicken, dass er sich zu der Teegesellschaft hinzugesellen könne.

»Schön, dass Sie uns mal wieder beehren.«

»Ich hoffe, ich komme nicht ungelegen.«

Er fühlte sich wie der Botschafter einer verfeindeten Nation am Hofe Königin Victorias. Es war ausgeschlossen, dass sie Kenntnis von den jüngsten Ereignissen hatte, doch mit einiger Sicherheit hatte sie die Stimmungsänderung ihrer Tochter bemerkt. Ihre Majestät würde ihn wohl nicht dem Scharfrichter zuführen, doch eine darüber hinausgehende Gunst war kaum zu erwarten. Ausnahmsweise einmal fühlte er sich ihrem verurteilenden Blick mit einigem Recht ausgesetzt.

»Setzten Sie sich doch.«

»Ich möchte Ihnen wirklich keine Umstände machen.«

»Martha, geh doch eben ein Gedeck holen.«

Martha leistete der Anordnung umgehend Folge. Es schien ihm, als ob sie froh sei, der Situation oder viel mehr, wie er sich in Gedanken selbst verbesserte, ihm zu entkommen.

»Wie geht es voran mit Ihrer Patientin?«

»Ich bin zufrieden.«

»Die Familie Hansen genießt einen sehr guten Ruf in Hamburg.«

»Ja, das ist mir bekannt. Umso glücklicher schätze ich mich, dass sie auf meine Unterstützung zurückgreift.«

»Dabei hatte der junge Hansen nicht immer eine glückliche Hand bei seinen Geschäften. Es war die Idee seiner Frau, den Ostafrikahandel zu intensivieren. Sie stammt aus einer Bankiersfamilie. Die Verbindung hat sich wohl für beide Parteien als vorteilhaft erwiesen.«

»Das war mir nicht bekannt.«

»Mein verstorbener Mann war mit ihrem Vater bekannt.«

»Davon hat mir Martha berichtet.«

Er war Marthas Vater nie begegnet, wusste jedoch um den Schmerz und vor allem die Not, die sein Tod für die Familie bedeutete. Berman Bernays, Sohn des bekannten Hamburger Oberrabbiners, hatte ihnen nichts hinterlassen. Er hatte zunächst Annoncen verkauft, sich dann mit Wertpapieren verspekuliert und musste anschließend wegen betrügerischen Bankrotts für ein Jahr ins Gefängnis, worüber bei Tee und Gebäck verständlicherweise nicht gesprochen wurde. Die Verwandtschaft zu Heinrich Heine gab da einen weitaus besseren Konversationsstoff ab. Letztlich konnte er einiges Verständnis für die Witwe aufbringen, deren Hoffnung auf eine einträgliche Heirat sich weder bei der einen noch bei der anderen Tochter zu erfüllen schien. Er selbst machte sich ja die gleichen Sorgen um seine jüngeren Schwestern, die auf keine Mitgift vom Vater hoffen konnten. Abgesehen davon lag es ihm fern, sich über die angeblichen oder tatsächlichen Verfehlungen Berman Bernays' zu empören, gab es doch immer wieder bösartige Gerüchte, die eine Verwicklungen seines eigenen Vaters in undurchsichtige Geschäfte behaupteten. Selbstverständlich schenkte er diesen keinerlei

Beachtung, doch sie lieferten ihm genug Anschauungsmaterial über die Gepflogenheiten von Börse und Handel, sodass er sich glücklich schätzen konnte, kein Teil dieser Welt zu sein.

»Niemand hat gerne einen Verrückten in der Familie, nicht wahr?«, merkte Emmeline Bernays an.

»So ist es wohl.«

»Es ist außerdem dem guten Ruf abträglich, weshalb man Sie wohl als einen, der hier fremd ist, hinzugezogen hat, sodass sich die Begebenheiten nicht unnötig herumsprechen.«

»Solche Erwägungen mögen eine Rolle gespielt haben.«

»Nehmen Sie doch etwas von dem Gebäck, sonst fallen Sie uns noch ganz vom Fleische.«

Freud nahm die Einladung mit einigem Appetit an. »Damit kein falscher Eindruck entsteht, sollte ich wohl erwähnen, dass meine Behandlung kein direktes Familienmitglied betrifft. Frau Hansen hat sich lediglich als Vermittlerin eingeschaltet.«

»Schön. Aber ich frage mich, wozu das überhaupt gut sein soll. Wofür ein Arzt, wenn man den Schwachsinnigen und Irren doch kaum mehr als barmherzige Pflege angedeihen lassen kann? Sehen Sie das nicht auch so?«

»Für einige tragische Fälle trifft das sicher zu.«

»Den Übrigen fehlt es nach meinem Dafürhalten lediglich an Glaube, Moral und Disziplin.«

»Darin stimme ich nicht ganz überein.«

»Sicher.« Emmeline Bernays stand auf. »Entschuldigen Sie mich bitte, ich habe noch einige Erledigungen zu tätigen.«

Freud stand ebenfalls auf.

»Bleiben Sie nur sitzen, Herr Freud. Martha und Minna werden sich Ihres Wohles annehmen.«

Freud deutete eine Verbeugung an, die die Prinzipalin mit einem Nicken quittierte, und wagte sich erst wieder zu setzen, als sie den Raum verlassen hatte.

»Was führt dich zu uns?«

Die Kühle in Marthas Stimme ließ in frösteln. Im sicheren Glauben, nichts anderes als eine Niederlage auf ganzer Linie erreichen zu können, war er drauf und dran, das Feld zu räumen.

»Ich habe dich auf dem Markt gesehen und wollte mit dir sprechen. Doch wir wurden voneinander getrennt, bevor ich mich recht bemerkbar machen konnte.«

»War das so? Ich habe dich gar nicht gesehen.«

»So habe ich es mir gedacht. Deshalb habe ich mich entschlossen, dir einen Besuch abzustatten.«

»Nun bist du ja da.«

»Ich dachte, wir könnten uns ein wenig unterhalten.«

»Schön. Was wird das Thema sein?«

Minna schaute zwischen den beiden hin und her. Freud dachte, dass sie sich an seiner Unbeholfenheit labte. Er fragte sich außerdem, wie viel sie wusste. Hatte Martha ihr vom Ausgang der letzten Nacht erzählt?

»Ich glaube, ich muss mich bei dir entschuldigen.«

Martha sah ihn mit ruhigem Blick an. »Und wofür möchtest du dich entschuldigen?«

»Das ist nicht so leicht zu erklären.«

Er fühlte, wie seine Wangen heiß wurden, und kam sich dabei wie ein Primaner vor. Sein Blick fiel auf Minna, die seinen kläglichen Bemühungen mit einigem Interesse folgte. Sie kam ihm wie eine Theaterkritikerin vor, die sich in Gedanken bereits Notizen für ihren Verriss machte.

»Du könntest es zumindest mal versuchen«, schlug Martha in scheinbarer Gelassenheit vor.

Seine Verzweiflung wuchs. In einem Brief darzulegen, was ihn bewegte, wäre bereits schwer genug, aber es würde ihm nach einiger Zeit schon gelingen, die richtigen Worte zu finden. Hier am Tisch mit Martha und Minna jedoch war es ganz und gar unmöglich.

»Vielleicht war es ein Fehler zu kommen.« Im Hintergrund war die Tür zu hören. Emmeline Bernays hatte das Haus verlassen.

»Lässt du uns mal für einen Moment allein?«

»Das möchte Mutter nicht, du hast sie doch gerade gehört.«

»Minna, bitte!«

»Wie du meinst.« Sie blickte zu Freud. Die Enttäuschung in ihren Augen war deutlich sichtbar. Sie wusste wohl, dass der beste Teil des Stückes ihr entging.

»Danke.« In Marthas Blick lag, so schien es Freud, das Versprechen, ihrer Schwester später alles genau zu berichten.

»Möchtest du immer noch gehen?«, fragte sie, als Minna das Zimmer verlassen hatte.

»Nein. Gewiss nicht.« Dass sie nun zu zweit waren, erleichterte ihn. Doch er gab sich keinen Illusionen darüber hin, dass es weiterhin schwierig bleiben würde. Jedes Wort wollte sorgfältig abgewogen sein. Dabei kam erschwerend hinzu, dass er ja gar nicht wusste, worauf seine Rede hinauslaufen würde.

»Meine liebe Martha«, hob er an.

»Lass nur«, unterbrach sie ihn, »ich will nur verstehen, was gestern Nacht mit dir los war. Erkläre es mir in einfachen, verständlichen Worten.«

»Das will ich gerne versuchen.«

»Nur zu.«

Er blickte sie hilflos an. »Und wenn es weder einfach noch verständlich ist?«

»Was sollte daran kompliziert sein?«

Er suchte ihre Augen, doch sie schaute durch ihn hindurch.

»Ich war wohl einfach nur müde. Du musst bedenken, dass ihr mich aus dem tiefsten Schlaf gerissen habt.«

»Dann war es also unsere Schuld?«

»Ich versuche nur, mich zu erklären.«

»Du schiebst es auf die Müdigkeit?«

»Ja.«

»Du hattest auf unserem Spaziergang ausreichend Gelegenheit, wach zu werden. Nur hast du dich mit jedem Schritt, den wir gegangen sind, weiter von mir entfernt, sodass ich am Ende ganz allein war. Als wir uns küssten, hättest du nicht weiter fort sein können.« Sie sah ihn an. »Liegt dir überhaupt noch etwas an mir?«

»Aber ja doch!«

»Hör nur, wie leise du das sagst. Wie kann ich dir da glauben?«

»Es tut mir leid, aber ich kann es dir nicht erklären. Ich weiß doch selbst nicht, was mit mir vorgeht.«

»Hängt es etwa mit deiner Patientin zusammen?«

»Nein!«

»Darin hat Mutter recht: Sie verdrehen ihren Ärzten allesamt den Kopf! Dazu musst du dir nur ansehen, was Bertha mit deinem Breuer anstellt!«

»Martha!«

»Ist dir nie in den Sinn gekommen, dass seine Frau genug Grund für ihr Misstrauen hat? Jeden Tag sehen die beiden sich hinter verschlossenen Türen. Und ich weiß genau, dass Bertha ihren Doktor anhimmelt. Das arme Mädchen hat keinen anderen Mann im Kopf. Wie soll sie auch, wenn ihr niemand so nahe kommt wie er? Sie wird wohl nie einen anderen lieben können als ihre Ärzte, die ihr so geduldig zuhören und mit denen sie alles teilen kann!«

Freuds Verzweiflung schlug in Ärger um. »Schluss jetzt damit, kein Wort mehr darüber! An Breuer ist kein Tadel. Deine Freundin Bertha Pappenheim ist schwer krank. Er versucht alles, um ihr zu helfen.«

»Schön. Nur hilft es ihr nicht! Das sehe ich doch.«

»Würdest du sie etwa lieber in einer Anstalt verstecken, wo

man sie wechselweise mit Eisbädern quält oder mit Chloral-hydrat betäubt, bis nichts mehr von ihr übrig ist?«

»Vom Chloralhydrat ist sie doch schon lange abhängig. Es setzt ihr genauso zu wie das Morphium.«

»Ich weiß. Aber momentan gibt es keine andere Lösung für sie. Es ist alles besser, als sie in Ketten zu legen oder sie ohne jede Behandlung zugrunde gehen zu lassen.«

Die beiden sahen sich erschöpft an.

»Es ist eine einfache Frage. Hängt es mit deiner Patientin zusammen? Hegst du Gefühle für sie?«

»Nein, das ist es nicht.«

»Was ist es dann?«

»Das kann ich dir noch nicht sagen. Vielleicht hat es wirklich mit der Behandlung zu tun, aber bestimmt nicht mit dem bedauernswerten Mädchen. Die Sache nimmt mich einfach über die Maßen mit, obwohl sie es nicht sollte.«

Martha nickte langsam.

»Siehst du, nun hat sich doch noch alles als einfach und verständlich herausgestellt.«

»Das mag wohl sein.«

Er sah sie an. »Du siehst nicht glücklich aus.«

»Wie könnte ich auch.« Sie stand auf und ging zur Tür.

»Wollen wir uns denn morgen wiedersehen?«

»Sicher.«

25.

»Schön, dass Sie es einrichten konnten!« Tietje begrüßte ihn mit einem strahlenden Lächeln. Es schien, als ob er gar keinen anderen Gemütszustand als Heiterkeit kannte.

»Danke für die Einladung!«, entgegnete Freud, der ein ungutes Gefühl hatte, gleichzeitig jedoch auch die Gelegenheit, den Senator zu treffen, nicht hatte verstreichen lassen wollen.

»Da vorn ist es schon«, kündigte Tietje fröhlich an.

Ein schmiedeeiserner Zaun umschloss die Anlage. Tietje öffnete das Tor, dahinter lagen das Bootshaus und ein großer, mit Holzbohlen beplankter Steg. Ein leichter Wind kräuselte das Wasser der Alster. Das Uferschilf raschelte, als ein Blässhuhn darin verschwand.

Freud fand sich in einer studentisch anmutenden Gesellschaft wieder. Die Männer, von denen die meisten deutlich älter als er selbst waren, trugen zu ihren Strohhüten blau-rote Tücher und kurze Jacken. Hansen, ebenso leger gekleidet wie seine Vereinsfreunde, löste sich aus der Menge und kam auf sie zu. Ein Germane wie aus dem Bestimmungsbuch. Hochgewachsen, mit breiten Schultern und entschlossenem Kinn. Allein der trübe Blick mit den leicht hängenden Augenlidern wollte das Bild nicht vervollkommnen.

»Herzlich willkommen im Klub!«

»Ich habe Doktor Freud aus Wien mitgebracht.«

»Prächtig.« Hansen reichte ihm die Hand. »Wollen Sie es nicht auch einmal versuchen?«

Er zeigte auf eine Handvoll junger Leute, die gerade ein langes, schmales Boot zu Wasser ließen. Einer nach dem anderen bestieg das wackelige Sportgerät vorsichtig balancierend und ließ sich vom Steg aus ein Ruder anreichen. Die Älteren kommentierten das Geschehen von einem langen Biertisch aus mit mehr oder weniger geistreichen Bemerkungen. Es herrschten klare Verhältnisse: Die einen waren für den Sport zuständig, die anderen für die Geselligkeit.

»Sehr freundlich«, lehnte Freud ab, »aber ich ziehe es vor, mit beiden Beinen auf der Erde zu stehen.«

»Nur nicht so verzagt!« Hansen winkte einer Gruppe Oberschüler zu. »Wollt ihr euch eine Runde verdienen?«

»Klar!«, rief der Älteste.

»Dann macht uns mal einen Zweier-Mit fertig.«

»Schon erledigt!«

Die vier sprangen auf und liefen zum Bootshaus.

»Das ist wirklich nicht nötig«, warf Freud ein.

»Nur keine falsche Bescheidenheit! Dieses Erlebnis werden Sie so schnell nicht vergessen.«

»Vielleicht ist es genau das, was mein geschätzter Kollege befürchtet«, sprang Tietje Freud bei.

»Aber Doktor Freud, mehr als nass werden können Sie dabei nicht. Die Alster ist hier im Uferbereich ganz flach.«

Die Jungs ließen das gerade mal hüftbreite Boot zu Wasser, wo es wie ein langer Grashalm unruhig auf den winzigen Wellen schaukelte.

»Wir wollen Sie natürlich zu nichts nötigen«, beteuerte der Senator jovial.

»Ist schon recht.«

»Na, wer sagt es denn,«, dröhnte Hansen. »Kommen Sie, wir suchen etwas Passendes zum Anziehen für Sie.«

Hansen fasste ihn an der Schulter und schob ihn zum Bootshaus. Eine intensive Bierfahne umwölkte den Senator.

»Sie können doch schwimmen, nehme ich an.«

»Ja.«

Sie betraten das Bootshaus. Es dauerte einen Moment, bis seine Augen sich an das spärliche Licht gewöhnten. Ein großes Gestell, in dem die Boote über mehrere Etagen lagerten, beherrschte den Raum.

»Nehmen Sie!«

Hansen gab ihm einen Stapel Kleidung, den er einem Schrank entnommen hatte. Freud zögerte. Es widerstrebte ihm, sich vor dem Senator umzukleiden.

»Haben Sie nicht gedient?«, ermunterte Hansen ihn.

»Als Feldarzt.«

»Na, dann mal keine falsche Scheu.«

Freud legte Jackett und Weste ab, drehte Hansen den Rücken zu und entledigte sich seines Hemdes. Er hatte der aufgesetzten Kameraderie seiner einjährigen Militärzeit ebenso wenig abgewinnen können wie der götzenhaften Anbetung der Dienstränge. Eine Religion ohne Gott mit einer todbringenden Mission. In Friedenszeiten freilich dominierte eine Langeweile, die ihn schier um den Verstand gebracht hatte.

»Als ich erfuhr, dass Sie sich im Auftrag meiner Gattin des Wohles unseres Hausmädchens angenommen haben, war ich recht überrascht, da ich davon ausgegangen war, dass sie beim Kollegen Tietje in guten Händen gewesen sei.«

»Das war sie sicher auch.« Freud stieg aus seinen Hosen. Er fühlte sich nackt und beeilte sich, die Rudertracht anzulegen.

»Warum haben Sie sie dann mitgenommen?«

»Ich kam lediglich dem Auftrag Ihrer Frau Gemahlin nach, die sich vermutlich von einer persönlichen Betreuung einen positiven Effekt erhoffte.«

»Und ist dieser auch eingetreten?«

»Ich denke, ja.«

»Ich würde mir gerne einen persönlichen Eindruck verschaffen.«

Freud legte das in den Vereinsfarben gehaltene Halstuch wie auch den lächerlichen Strohhut beiseite und blickte Hansen in die Augen. »Das ist leider nicht möglich.«

»Warum das?«

»Ich habe Fräulein Thomsen strikte Ruhe verordnet.«

»Meinen Sie nicht, dass hier eine Ausnahme angezeigt ist?«

»Ich fürchte, momentan wäre das nicht zuträglich.«

»Nun denn, wir werden sehen«, bemerkte Hansen säuerlich und trat aus dem Bootshaus heraus. »Kommen Sie, Tietje wartet schon.«

Er folgte Hansen zurück zum Steg, wo die Oberschüler das Boot ruhig im Wasser hielten.

»Das Einsteigen kann zu Beginn ein wenig heikel sein«, warnte Tietje ihn, »geben Sie nur darauf Acht, den Fuß genau in die Mitte des Bootes zu setzen. Wenn Sie einmal sitzen, geht alles wie von allein.«

Er tat, wie ihm geheißen und spürte Hansens Blick auf sich liegen, der, wie er vermutete, auf ein ergötzliches Schauspiel spekulierte, das er dem Senator auch prompt lieferte. Denn kaum hatte er seinen Fuß in das Boot gesetzt, da begann es, bedenklich zu schaukeln und bewegte sich gleichzeitig beharrlich vom Steg weg, sodass er, mit dem zweiten Bein noch an Land, in einen Spagat geriet.

»Vorsicht, lieber Doktor!«, mahnte Hansen vergnügt, ohne Anstalten zu machen, ihm aus seiner misslichen Lage zu helfen.

Im letzten Moment warfen sich zwei der Jungs bäuchlings auf den Steg, erreichten das Boot gerade noch mit ausgestrecktem Arm und zogen es an Bug und Heck zu sich heran. Tietje reichte ihm die Hand und half ihm, das Gleichgewicht zu halten.

In der sicheren Erwartung, es zum Kentern zu bringen, setzte er den zweiten Fuß ins Boot und ließ sich auf ganz unelegante Art auf die Bank fallen. Das Boot schwankte heftig. Freud stützte sich rechts und links ab und suchte verzweifelt, die Balance zu finden. Dabei verstärkte er die Kippbewegung noch, sodass Wasser über die Bordwände schlug und sich im Rumpf sammelte.

Hansen prustete los. Er sah aus dem Augenwinkel, dass Tietje das Boot halten wollte, jedoch vom Senator zurückgehalten wurde. Freud war bereit, aufzugeben und sich einfach ins Wasser fallen zu lassen, um dem unwürdigen Schauspiel ein Ende zu bereiten. Dann aber fand er den richtigen Rhythmus, sodass sich das Boot beruhigte und schließlich ganz still im Wasser lag.

»Na sehen Sie, es geht doch!«, kommentierte Hansen ein wenig enttäuscht, »ich hoffe, Sie sind nicht wasserscheu.«

»Keinesfalls«, behauptete Freud und spürte, wie ihm der Schweiß den Rücken herunterlief.

Tietje bestieg mit ruhiger Behäbigkeit das Boot und besetzte die Ruderbank hinter ihm. Jedem von ihnen wurde ein Riemen gereicht. Hansen saß ihm gegenüber vis-à-vis auf dem Platz des Steuermanns und schaute ihm angriffslustig in die Augen.

»Mit beiden Händen fest umfassen und nach meinem Kommando langsam durchziehen«, erklärte Hansen. »Sind Sie bereit, meine Herren?«

»Bereit«, erklang es hinter Freud.

»Werter Doktor?«

»Bereit.«

Freud hatte es seinem Hintermann gleich gemacht und hielt den Riemen parallel zur Bordwand. Ein Helfer schob den Bug mit einer Stange vom Steg weg, bis das Boot sich nahezu im rechten Winkel zum Ufer befand.

Auf Hansens Zeichen hin legte er sein Ruder in den Ausleger. Jeder von ihnen war für eine Seite zuständig. Hansen ermahnte ihn, den Riemen präzise nach Kommando durchs Wasser zu ziehen, ihn nicht zu tief eintauchen, jede hektische Bewegung zu vermeiden und auf keinen Fall aus dem von ihm angezeigten Rhythmus zu fallen, da sie sonst kentern würden.

Nach einigen Zügen wurde Freud die Bewegung vertrauter, und das Boot nahm an Fahrt auf. Er beobachtete mit Besorgnis, wie sie sich schnell von der sicheren Uferzone entfernten. Dass er mit dem Rücken zur Fahrtrichtung saß, vergrößerte sein Unbehagen.

»Wie gefällt Ihnen unser geliebter Sport?«

»Ich könnte mich daran gewöhnen«, log Freud.

Er war vollends damit beschäftigt, den Rhythmus beizubehalten. Sie waren weit vom Ufer entfernt. Die Außenalster erschien ihm von hier größer als vom Ufer aus. Er dachte, dass er kein guter Schwimmer war.

»Lassen Sie uns einen kleinen Spurt einlegen.«

Hansen erhöhte sukzessive die Schlagzahl. Freud spürte bald, wie seine Arme müde wurden und ihm der Atem ausging. Er versuchte, nicht zu keuchen, wusste aber, dass Hansen ihm die Anstrengung ansehen konnte. Als er aufblickte, sah er in zwei boshafte kleine Augen. Seine Arme schmerzten. Heftiges Seitenstechen plagte ihn. Hinter sich hörte er Tietje bedenklich schwer keuchen.

»Genug«, bestimmte Hansen schließlich, »sonst bleibt unserem neuen Ruderkameraden womöglich noch das Herz stehen.«

Sie holten die Ruder ein und ließen sich treiben. Freud hatte das Gefühl, dass seine Brust gleich platzen würde. Tietje ging es dem Hören nach auch nicht besser als ihm selbst.

Langsam kam er wieder zu Atem. »Vielleicht hat Doktor Tietje Sie ja von meinem Wunsch unterrichtet, mich vom

Wohlergehen des Kindes zu überzeugen, das Fräulein Thomsen entbunden hat.«

»Er erwähnte es, doch ist mir der Sinn Ihres Vorhabens nicht einsichtig.«

»Es dient der Genesung meiner Patientin.«

»Wie das, wenn Sie sich durch eine gnädige Fügung gar nicht mehr an das Kind erinnern kann? Es erscheint mir geradezu verantwortungslos und grausam, das Mädchen damit zu belasten.«

»Haben Sie eine Verbindung zu der Amme, die sich seiner angenommen hat?«

Hansen schaute ihm mit starrem Blick in die Augen. »Es muss Ihnen genügen zu wissen, dass es dem Kind gut geht.«

»Wie gesagt: Ich würde mich gerne selbst davon überzeugen.«

»Sie können sich vielleicht die Überraschung vorstellen, die ich erlebte, als ich die Wohnstätte, die meine Gattin so freundlich war, für Fräulein Thomsen bereitzustellen, leer fand. Ich mache mir beträchtliche Sorgen um das arme Mädchen.«

»Sie ist gut untergebracht.«

»Ich muss darauf insistieren, sie zu sehen und ihren Aufenthaltsort zu erfahren.«

»Wie gesagt, ich habe strikte Ruhe für sie angeordnet«, entgegnete Freud und bedauerte es, keinen größeren Abstand zu Hansen und seinem Bierdunst einnehmen zu können.

Hansen mahlte mit seinem kräftigen Unterkiefer. »Ich werde den unangenehmen Eindruck nicht los, dass Doktor Freud seine Patientin vor uns versteckt.«

»Er gibt sich eben gerne ein wenig geheimnisvoll«, beschwichtigte Tietje, »aber dahinter steckt ganz sicher kein Arg.«

»Vielleicht will er sie auch ganz für sich allein haben. Das junge Ding hat schließlich seine Reize.«

»Ich verbitte mir solcherlei lächerlichen Anspielungen!«

»Lassen Sie es gut sein, meine Herren«, beeilte Tietje sich zu sagen, »wir wollen doch alle nur das Beste für Fräulein Thomsen. Und zu einem Krankenbesuch wird sicher auch demnächst Gelegenheit sein. Nicht wahr, Doktor Freud?«

»Das muss sich zeigen.«

»Na also!«, rief Tietje aus.

Hansen ließ sich nicht weiter aus. Es war kaum zu übersehen, dass es ihm um mehr als nur das Befinden von Elfie Thomsen ging, jedoch konnte Freud nicht mit letzter Bestimmtheit sagen, um was es sich handelte.

Sie starteten wieder, wobei Hansen die Schlagzahl stetig erhöhte. Freud ahnte, dass es ungemütlich werden würde. Wenn er zwischen zwei Ruderschlägen aufsah, blickte er in einen Ausbund germanischer Entschlossenheit. Um seine Reserven zu schonen, legte er möglichst wenig Kraft in die Bewegung, was Hansens Aufmerksamkeit nicht entging.

»Unser Wiener Doktor überlässt Ihnen die ganze Arbeit, Tietje. Jetzt zeigt er uns sein wahres jüdisches Gesicht. Aber das lassen wir ihm nicht einfach durchgehen.«

Hansen erhöhte das Tempo noch einmal. Er hörte Tietje hinter sich keuchen und fragte sich, wie weit das Ufer noch entfernt war. Wenn er jetzt das Ruder einfach ruhen ließe, würden sie unweigerlich kentern. Umdrehen konnte er sich nicht. Dann würden sie ebenfalls kentern. Eine irrationale Angst vor dem Ertrinken bemächtigte sich seiner. Er versuchte, sich auf die Bewegung zu konzentrieren. Plötzlich meinte er, zwischen den Wellen ein Gesicht gesehen zu haben. Ihm stockte der Atem. Er versuchte, nicht hinzusehen. Doch der Sog, der von dem verschwommenen Bild ausging, war stärker. Also sah er wieder hin, um festzustellen, dass es verschwunden war. Doch anstatt sich damit zufriedenzugeben, suchte er verstört das Wasser ab. Das Aufblitzen des Spiegelbildes einer über ihn hinwegfliegenden Möwe brachte ihn fast um den Verstand. Die bewegte Wasseroberfläche verzerrte alles, was er zu sehen meinte, zu flüchtigen Vexierbildern. Schließlich entdeckte er es wieder. Jetzt mit allergrößter Klarheit. Ein bleicher weißer Leib mit toten Kinderaugen, die von ihm einforderten, endlich etwas zu unternehmen, von dem er nicht wusste, was es um Himmels willen sein sollte.

Eine Unwucht trug das schmale Boot aus seiner geraden Bahn. Wohl hatte er bei der Vorwärtsbewegung den Riemen nicht hoch genug gehalten, sodass er für einen kurzen Moment ins Wasser eingetaucht war. Die Hebelwirkung verlieh dem Ruder ein unkontrollierbares Eigenleben. Der Schaft drückte mit großer Kraft gegen seine Brust. Er ließ das Ruder los, versuchte auszuweichen, hörte Tietje hinter sich stöhnen, sah Hansen vor sich sinnlos mit den Armen in der Luft herumwedeln. Im nächsten Moment schon kippte das Boot und spuckte sie wie Brocken ungenießbarer Nahrung in die Alster.

Das kalte Wasser schlug über seinem Kopf zusammen. Der Schock lähmte ihn. Er konnte nicht sagen, was oben und was unten war. Seine aufgerissenen Augen brannten. Sie blickten blind gegen eine grünbraune, undurchdringliche Wand. Etwas streifte über sein Gesicht. Er hörte das Geräusch seines Schreies im Kopf. Luftblasen verließen seinen Mund. Aus der Vogelperspektive sah er sich selbst im Wasser strampeln. Hilflos. So wie das Kind, das ertrunken war. Ein verschwommener Gegenstand tauchte dicht vor seinem Gesicht auf. Er stieß gegen etwas Lebloses. Etwas zog ihn hinab. Er dachte, dass das jetzt seine gerechte Strafe war. Obwohl es doch schon tot gewesen war, als er es im Wasser entdeckt hatte. Was er auch getan hätte, es wäre bereits zu spät gewesen.

Sein Strampeln wurde schwächer, die Luft knapper. Freud fühlte die Nähe des Todes. Der Drang einzuatmen wurde immer stärker. So als müsste das Vakuum in seinen Lungen gefüllt werden. Ob mit Luft oder Wasser, war nicht mehr wichtig. Weil die Natur das Vakuum verabscheut.

Noch einmal Luftblasen. Die nach oben stiegen. Ein klarer Gedanke. Was er für links gehalten hatte, war oben gewesen. Plötzlich kippte die Welt wieder in die richtige Richtung. Ein einziger Schwimmzug genügte, um das Wasser zu durchstoßen. Die Luft erlöste ihn.

»Da sind Sie ja.«

Hansen hielt sich am Boot fest, das nicht mehr als zwei Armlängen entfernt war. Freud tat einen weiteren Schwimmzug. Er spürte das Gewicht der nassen Kleidung, das ihn hinunterziehen wollte. Als er nach dem kopfüber im Wasser liegenden Bootsrumpf griff, gab er nach. Ein Gefühl, als ob man in Pudding griffe.

»Sie sind kein guter Schwimmer«, kommentierte Hansen, »ich habe es mir fast gedacht.«

Freud sagte nichts. Die Angst meldete sich zurück.

»Es wird uns nicht beide tragen«, erklärte Hansen kühl, »Tietje hat den kürzeren Weg zum Ostufer gewählt, wir können ihm also durchaus dankbar sein.«

Freud bemühte sich, seinen Atem unter Kontrolle zu bringen.

»Ich werde zum Ruderklub schwimmen und dort Bescheid geben, damit man Sie holt.«

Freud spürte eine Welle der Dankbarkeit, für die er sich im nächsten Moment zutiefst verachtete, als Hansen das Boot losließ, sodass es ausreichend Auftrieb bekam, damit er Halt daran finden konnte.

Ein böses Lächeln schmückte das Senatorengesicht. »Ich hatte schon fast nicht mehr damit gerechnet, Sie wiederzusehen. In der trüben Brühe ist es unmöglich, jemanden wiederzufinden, der über Bord gegangen ist.«

Hansen schwamm zu ihm herüber. »Es wird dauern, bis man Sie aus dem Wasser fischt.«

Freud spürte Hansen Hände rechts und links auf seinen Schultern. Sein Gewicht drückte ihn ins Wasser, ohne dass er ihm einen nennenswerten Widerstand entgegensetzen konnte. Hansen zwang ihn, sich zu ihm zu drehen, sodass er ihn anblicken musste.

»Bevor ich Sie alleine lasse, erlauben Sie mir eine Bemerkung: Egal, was Ihnen Fräulein Thomsen auch erzählt, sollten Sie niemals vergessen, dass Sie es mit einer Verrückten zu tun haben, die versucht hat, ihr Kind umzubringen. Sie sollten ihr also nicht glauben.« Er sah Freud in die Augen. »Niemand wird das tun.«

10.10.1938

Die gute Paula hatte sich alle Mühe gegeben, ihm in Hampstead alles perfekt herzurichten. Sein Sprechzimmer in 20, Maresfield Gardens war eine getreue Kopie der Berggasse. Die Statuetten, die sie schon in Wien mit der allergrößten Sorgfalt behandelt hatte, standen jede an ihrem Platz. Keine hatte in all den Jahren je unter ihrer Pflege Schaden genommen.

Dasselbe ließ sich von seinem Kiefer nicht behaupten. Mehr als zwei Stunden hatte Pichler an ihm herumgeschnitten. Den Weg zum Tumor hatte er sich von außen durch die Wange bahnen müssen. Sein Zorn gegen den braven Max Schur, der schon Wochen vorher einen einsamen Kampf gegen die neuen Ärzte in London gekämpft hatte, war ungerecht gewesen, wie er sich nun eingestehen musste. Zu verlockend war deren Behauptung gewesen, dass es sich nur um eine harmlose Wucherung gehandelt hatte. Schur dagegen hatte sich nicht beirren lassen und Pichler unter großem Aufwand aus Wien geholt.

Letztlich wusste er, dass er sich unbedingt auf Schur verlassen konnte. Zum geeigneten Zeitpunkt würde er sein Versprechen, dem Leid ein Ende zu bereiten, halten. An dieser Gewissheit ließ sich einiger Halt finden. Doch soweit war es noch nicht. Zwar fiel das Sprechen mit der Prothese schwer, und die Schmerzen waren eine Last. Aber es gab immer noch genug Arbeit, die zu tun war.

Die Tür wurde geöffnet, der Junge betrat das Zimmer. Daniel schaute sich aufmerksam um. Sein Blick blieb an der

Gruppe von Pharaonen- und Buddhafiguren hängen, die den Schreibtisch bevölkerten.

Freud wies auf die Couch, die zusammen mit den Büchern und den beredten Zeugnissen seiner Sammelleidenschaft aus Wien eingetroffen war, während er im Krankenhaus gelegen hatte.

»Mach es dir nur bequem«, forderte er seinen Patienten auf.

Daniel ging zögernd zu dem pompösen Möbelstück, das unter einem schweren Perserteppich in düsteren Farben verschwand. Kissen türmten sich darauf. Am Fußende lagen, ordentlich zusammengefaltet, zwei Wolldecken bereit.

»Haben Sie keinen Stuhl für mich?«

»Lass dich nur nicht von dem guten Stück einschüchtern. Bisher hat noch ein jeder eine bequeme Lage für sich darauf finden können.«

»Ich würde lieber einen Stuhl haben.«

Freud seufzte.

»Natürlich nur, wenn es keine Umstände macht.«

»Ist schon recht. Am Schreibtisch steht ein Stuhl.«

Mit dem schlurfenden Gang des noch nicht vollständig wiederhergestellten Patienten schleppte Freud sich zu dem Sessel, der am Kopfende des Sofas bereitstand. Dies war seine letzte OP gewesen. Ein weiteres Mal würde er kein Krankenhaus mehr betreten. Er ließ sich auf das weiche Polster sinken und strich gedankenverloren mit den Händen über den Samtbezug der Armlehnen. Der Junge setzte sich ihm gegenüber und ließ den Blick über die gerahmten Drucke pompejischer Mosaiken, ägyptischer Tempel und dem antiken Relief der Gradiva zeigten.

»Man kommt sich vor wie in einem Museum.«

»Interessierst du dich für Geschichte?«

»Nicht sonderlich.«

»Wofür interessierst du dich dann?«

»Ich habe die jüdische Werkschule in der Weidenallee besucht. Bei den Tischlern war ich. Unsere Lehrer hätten es am liebsten gehabt, wenn wir allesamt nach Palästina gegangen wären, um dort ein neues Land aufzubauen.«

»Aber das war nicht, was du wolltest.«

»Die sind ja selbst auch in Hamburg geblieben.«

»Vielleicht wünschten sie sich für euch etwas Besseres als für sich selbst.«

»Ein Land, in dem kein grüner Halm wächst? Wo man keinen kennt und die Sprache nicht spricht? Von mir aus kann da jeder hingehen, der sich dazu berufen fühlt. Ich gehöre nicht dazu. Und wer hat eigentlich bestimmt, dass ich Jude bin?«

»Willst du mir von deiner Mutter erzählen?«

Daniel studierte das Teppichmuster. »Als wir unsere Wohnung verlassen mussten, weil es den Christen im Haus nicht zuzumuten war, mit uns unter einem Dach zu leben, haben wir sofort Bücherkisten gepackt. Mamas Lieblinge waren Marx, Engels und Bebel. Wir haben sie noch in derselben Nacht in der Alster ertränkt. In die neue Wohnung konnten wir kaum etwas mitnehmen, und in der alten hätten die Bücher nicht gefunden werden dürfen.« Er sah ihn aufgebracht an. »Hat es nicht gereicht, dass sie Jüdin ist? Musste sie auch noch Kommunistin sein?«

»Du bist wohl noch sehr wütend auf sie.«

»Warum hat sie mich weggeschickt? Für mich wäre es in Hamburg viel weniger gefährlich als für sie!«

»Sie ist deine Mutter und möchte, dass du in Sicherheit bist.«

Daniel sprang auf. »Sie hätte lieber fragen sollen, was ich will!«

Freud sah dem wütenden Jungen, der zur Tür hinausgestürmt war, hinterher. Es war ihm nicht entgangen, dass die ägyptische Königin sich nicht mehr an ihrem Platz auf dem

Schreibtisch befand. Er ging davon aus, dass Daniel damit einen Grund geschaffen hatte, noch einmal zu ihm zurückzukehren und hoffte, dass er damit nicht allzu lange warten würde. Denn sein Vorrat an Zeit neigte sich wohl dem Ende zu.

26.

»Schmeckt es Ihnen?«

»Ja, danke.«

Wenn auch alles Leben aus dem Wasser kam, so war es doch nicht sein Element. Schließlich war er kein Fisch, hatte weder Flossen noch Kiemen. Trocken war er, trug wieder anständige Kleidung und fühlte sich endlich wieder wie ein Mensch. Seine Wirtin hatte ihm ein reichhaltiges Mahl bereitet. Sie saß ihm gegenüber, wohl um zu überwachen, ob er seinen Teller auch brav leeren würde.

»Mein Vater war Walfänger. Immer wenn er auf große Fahrt ging, war der Abschied endgültig gewesen. Jedes Wiedersehen war ein Wunder. Meine Mutter ist daran zerbrochen. Der Rum hat sie zu einem anderen Menschen gemacht. Eines Tages ist mein Vater dann wirklich nicht mehr zu ihr zurückgekehrt. Er hat sich wohl einen anderen Heimathafen gesucht. Für mich war er tot. Genauso wie meine Mutter. Möchten Sie noch etwas?«

»Nein, danke.« Die sämige Kartoffelsuppe lag ihm so schwer im Magen, dass er unmöglich noch mehr davon zu sich nehmen konnte.

»Niemals hätte ich mich in einen Seemann verliebt. Eher wäre ich eine alte Jungfer geworden. Einem Barbier dagegen, dachte ich, könnte wohl nichts zustoßen. Den könnte ich ohne Gefahr lieben.« Sie wartete, bis er seinen Teller ausgekratzt hatte. »Wirklich nichts mehr?«

»Nein, sehr freundlich.«

Sie nahm seinen Teller, legte den Löffel hinein und schaute ihn traurig an. »Wie hätte ich denn ahnen können, dass er gegen die Dänen in den Krieg ziehen will?« Sie stand auf und legte ihm die Hand auf die Schulter. »Sie sind ein guter Mensch. Gewiss werden Sie niemals in den Krieg ziehen oder auf Walfang gehen, nicht wahr?«

»Gewiss.«

»Nun bin ich statt einer alten Jungfer eine Witwe geworden und weiß manchmal nicht, was besser gewesen wäre, denn am Ende bin ich doch allein zurückgeblieben. Sicher hat mir mein Barbier die schönsten Jahre meines Lebens geschenkt, doch habe ich mit jedem guten Jahr, ohne es zu wissen, einen Kredit auf den Schmerz genommen, den ich nun zurückzahle.«

Sie nahm ihre Hand von seiner Schulter.

»Entschuldigen Sie, dass ich Sie mit meinem Gerede belästige.«

»Dafür müssen Sie sich nicht entschuldigen. Ganz im Gegenteil: Ich bin Ihnen dankbar dafür, dass Sie mir Gesellschaft geleistet haben. Allein schmeckt es doch nur halb so gut.«

Als sie ihn ansah, meinte er, in ihrem Lächeln die junge Frau zu erblicken, die sie einst gewesen war.

Eine Elster flog über ihn hinweg. Die mächtigen Buchen spendeten Schatten. Seine Kopfschmerzen ließen nach. Das Wandsbeker Gehölz wurde ihm langsam zu einer zweiten Heimat, die sich mit Erinnerungen füllte. Auf einige hätte er wohl gut und gern verzichten können, doch Hamburg blieb ihm doch der Ort, an dem er sich sein Leben noch verdienen musste. Viel hatte er bisher nicht zuwege gebracht, einiges auch verdorben, doch darin musste er wohl einen Ansporn sehen, es von jetzt an besser zu machen.

Seine Schritte lenkten ihn wie schon zuletzt zur Claudius-Tafel, wo er unerwarteterweise ein bekanntes Gesicht erblickte.

»Haben Sie hier auf mich gewartet?«

Hans sah ihn aufmerksam mit seinen dunklen Augen an. »Ihre Wirtin bedeutete mir, dass ich Sie hier möglicherweise antreffen würde.«

»Ich hatte leider noch nicht Gelegenheit, Fräulein Thomsen zu fragen, ob ihr ein Besuch recht wäre.«

»Deshalb bin ich nicht gekommen.«

»Was führt Sie dann her?«

»Der Senator schickt mich.«

»Ah ja.«

»Er lässt ausrichten, dass er sich nach der Amme erkundigt habe.«

»Tatsächlich?«

»Sie wirken überrascht.«

»Das bin ich.«

»Erlauben Sie mir eine Frage?«

»Selbstverständlich.«

»Geht es bei dieser Angelegenheit um Elfies Kind?«

»Ich fürchte, mir steht es nicht zu, mich dazu zu äußern.«

»Weil ich nicht die richtige Hautfarbe habe und vom falschen Stande bin?«

»Das ist es nicht.«

»Was ist es dann?«

»Sie ist meine Patientin.«

»Das mag sein. Aber sie ist auch meine Verlobte.«

Freud schwieg.

»Sie werden vielleicht verstehen, dass ich das Kind sehen möchte.«

»Natürlich.«

»Glauben Sie mir etwa nicht?«

»Doch, sicher.«

»Ihr Blick sagt mir etwas anderes.«

»Dann bitte ich Sie, meinen Worten mehr Glauben zu schenken als meinen Augen.«

»Gut. So wollen wir es halten«, stellte Hans fest.

»Wie soll es nun weitergehen?«

»Herr Hansen hat mir die Adresse der Amme gegeben. Ich würde vorschlagen, Sie dorthin zu bringen.«

»Einverstanden.«

27.

Das Haus duckte sich demütig im Schatten der nicht eben großen Sankt Georgskirche. Freud bemerkte die Nervosität seines Begleiters, als sie auf dem schmalen Gang hinter dem Gotteshaus das Baby schreien hörten.

»Wird das Kind eine dunkle Hautfarbe haben?«, fragte Freud.

Hans sagte nichts.

»Möchten Sie, dass ich alleine hinaufgehe?«

Freuds Begleiter schüttelte entschieden den Kopf.

Als sie das dunkle Treppenhaus betraten, wurde das Schreien lauter. Die Wohnung lag im zweiten Stock. Ein mageres Kind, das sie aus fiebrigen Augen anschaute, öffnete ihnen. Im Flur roch es nach Erbrochenem.

»Was wollen Sie?«

Die Frau, die ihnen entgegentrat, war vor der Zeit gealtert. Sie war blass, die Hand, in der sie ein nasses Wäschestück hielt, war schmal und gerötet, ihre Lippen dünn. Das Schreien, das durch die offene Tür zu ihnen herüberdrang, schien sie gar nicht zu hören. Freud hingegen spürte das Verlangen, die Tür zu schließen oder am besten die Wohnung wieder zu verlassen. Das heisere Krähen schrillte in seinen Ohren.

»Wir sind wegen des Säuglings hier.«

»Und?« Ihren Blick hatte sie starr auf Hans gerichtet.

»Wie ist sein Name?«, fragte Freud geduldig.

»Was interessiert Sie das?«

»Ich würde das Kind gerne sehen.«

»Mit welchem Recht?«

»Ich bin Arzt.«

»Ich habe keinen Arzt gerufen.«

Als Hans einen Schritt auf das Zimmer hin tat, aus dem das Schreien kam, reagierte die Frau prompt. Sie schnellte nach vorn und hielt Hans, der sie um mehr als einen Kopf überragte, am Arm. Er schüttelte sie mit einer flüchtigen Bewegung ab.

»Halten Sie Ihren Mohren zurück!«

»Er ist mein Begleiter, und ich werde ihn nicht zurückhalten.« Freud folgte Hans in das Zimmer.

Das Kind lag auf einer Decke. Sein Gesicht war blau angelaufen. Die Augen so glasig wie die des Jungen an der Tür. Er nahm den Säugling auf. Sein Leib glühte.

»Lassen Sie das!«

»Er hat Fieber. Ich werde ihn mitnehmen.«

Sie stellte sich ihm in den Weg. »Das dürfen Sie nicht!«

»Ich bringe ihn zu seiner Mutter.«

»Er hat keine Mutter.«

»Jedes Kind hat eine Mutter.«

»Dieses nicht.«

Freud wollte sich an der Frau vorbeischieben, doch sie ließ ihn nicht durch.

»Und wer ersetzt mir den Verdienst?«

»Das Kind wird weiterhin offiziell in Ihrer Fürsorge bleiben.«

Sie zögerte noch einen Moment. Dann tat sie einen Schritt zur Seite.

»Ich lasse das nur unter ausdrücklichem Protest zu.«

»Ja.«

Sie sah das Kind, das allmählich ruhiger wurde, traurig an. »Wird es wieder gesund werden?«

»Ich werde mein Möglichstes tun.«

Sie folgte ihnen bis ins Treppenhaus.

»Sein Name ist Sören.«

»Danke. Auf Wiedersehen.«

Sie gingen schweigend die Stiegen hinab. Das Kind wimmerte sich in den Schlaf. Draußen angekommen, sah Hans es zärtlich an.

»Seine Hautfarbe ist hell«, stellte Freud fest.

»Ja«, bestätigte Hans, »das ist sie.«

Freud gab dem Droschkenfahrer seinen Lohn, ging mit Hans, der das schlafende Kind auf dem Arm trug, auf das Haus zu und führte ihn durch die stickige Diele.

»Vielleicht wäre es angebracht, nun doch die Wohnung zu nutzen, die Frau Hansen für Elfie angemietet hat.«

Sie erreichten den Hinterhof. Eine Wolke schob sich vor die Sonne. Die Schweine dösten im Schlamm liegend vor sich hin. Hans sah sich auf dem kleinen Grundstück um.

»Ich verstehe Ihre Gründe,«, gab Hans zurück, »kann aber Ihren Vorschlag nicht begrüßen.«

»Drinnen wird es eng werden, wenn zu den vieren noch das Kind hinzukommt.«

»Ich war in der Wohnung und traf dort auf ein heilloses Durcheinander.«

»Das lässt sich sicher schnell wieder in Ordnung bringen.«

»Sie verstehen nicht recht, Doktor. Es war jemand dort, der seinem Zorn freien Lauf gelassen hat. Ich meine, dass wir Elfie einer Gefahr aussetzten, würden wir sie dort unterbringen.«

»Übertreiben Sie nicht etwas?«

»Haben Sie jemandem erzählt, wo Elfie sich aufhält?«

»Nein.«

»Gut. So sollte es vorerst auch bleiben.«

»Was genau beunruhigt Sie?«

Hans sah ihn an. Freud entdeckte in dem Blick, der auf ihm ruhte, Angst und Schmerz.

»Ich möchte nur nicht, dass es zu unvorhersehbaren Komplikationen kommt.«

Freud nickte. Er klopfte an die Tür und wartete darauf, hereingebeten zu werden. Als Hans eintreten wollte, bat er ihn, ihm das Kind zu überlassen und kurz zu warten.

Elfie Thomsen war allein. Beim Anblick des Kindes, das Freud im Arm hielt, erblasste sie.

»Was ist das für ein Kind?«

»Wir müssen ihm kalte Wickel machen. Es fiebert.«

»Warum bringen Sie es hierher?«

»Es braucht Ihre Hilfe.«

Elfie Thomsen schüttelte heftig den Kopf.

»Sie müssen gehen! Die anderen dürfen es nicht sehen.«

»Warum nicht?«

»Es kann unmöglich hierbleiben. Wir haben doch gar keinen Platz!«

»Wollen Sie mir nicht helfen, ihm die Wickel anzulegen?«

Als Freud einen Schritt auf sie zu tat, wich sie zurück. Freud legte das Kind auf das Bett, in dem Elfie schlief.

»Ich brauche zwei Tücher und etwas Wasser.«

Als er das Kind aus der Decke holte, in die es eingeschlagen war, begann es, auf dem Rücken liegend mit den Beinen zu strampeln.

»Das Fieber sollte schon bald sinken. Wir müssen nur darauf achtgeben, die Wickel regelmäßig zu wechseln.«

Elfie hatte sich in den hintersten Winkel der Kammer verkrochen. Sie ließ sich auf den Boden sinken, schloss die Augen und hielt sich die Ohren mit den Händen zu.

»Wo finde ich die Tücher?«

»Lassen Sie das! Gehen Sie!«

Das Kind begann zu weinen.

Hans betrat die Kammer. Er warf Freud einen wütenden Blick zu, hockte sich zu Elfie Thomsen und nahm vorsichtig ihre Hände in die seinen. Sie schlug ihre Arme um seinen Hals und begann zu schluchzen. Hans hob sie auf und führte sie aus der Kammer.

Freud nahm das schreiende Kind hoch, das sich jedoch nicht beruhigen ließ. Wie sollte es auch, wo es Hunger und Fieber hatte? Er konnte sich gegen die Verzweiflung, die in der Klage des Säuglings lag, nicht wehren. Sie drang ungefiltert durch die dünne Membran seiner Haut in seinen Körper ein.

»Wer ist der Mann da draußen?«

Leefke und Paul standen vor ihm und sahen ihn an wie wütende Eltern ein ungezogenes Kind.

»Hans. Er ist Elfies Verlobter.«

»Und das Kind?«

»Seine Amme hat es vernachlässigt.«

»Was geht uns das an?«

»Paul!« Leefke besah sich das Kind. »Es hat Hunger und Fieber.«

»Kennst du eine Amme, die es nähren könnte?«

»Ja. Sie wohnt oben im Haus. Ich gehe sie holen.«

Leefke lief hinaus. Paul starrte Freud feindselig an.

»Sie bringen hier alles durcheinander.«

»Ich fürchte, es geht nicht anders.«

»Dann sorgen Sie jedenfalls dafür, dass das Blag aufhört zu kreischen.«

»Ich würde gerne.«

Die beiden schwiegen sich an.

»Geben Sie mal her!«

Paul nahm das Kind und wiegte es im Arm, jedoch ohne Wirkung.

»Wenn es nicht aufhört zu schreien, nehmen Sie es wieder mit. So viel ist klar.«

Leefke kehrte mit einer etwa 20-jährigen Frau zurück, die Paul umgehend das Kind abnahm und sich mit dem Rücken zu ihnen auf das Bett legte. Das Kind schrie weiter, nahm dann aber die Brust, die die Frau ihm darbot, wobei die Abstände, in denen es das Trinken unterbrach und weinte, immer größer wurden und es schließlich einschlief. Die Frau strich ihm über den Kopf, drehte sich wieder um und stand auf. Freud sah, dass sie geweint hatte. Ohne ein Wort zu sagen, ging sie hinaus.

Leefke schloss die Tür hinter ihr. »Marie hat noch Milch, aber kein Kind mehr. Es ist an der Grippe gestorben.«

Freud nickte und klärte Leefke darüber auf, was es mit dem Kind auf sich hatte. Sie schaute ihn ungläubig an.

»Elfie kann ihr Kind unmöglich vergessen haben!«

»Sie hat es nicht vergessen, wie wir eine Zahl oder einen Namen vergessen haben. Es ist wie bei einem Unfall, bei dem man sich ein Bein gebrochen hat. Das Bein ist da, äußerlich ist vielleicht nur eine Schwellung zu sehen, und doch ist es unmöglich, damit zu laufen.«

»Das heißt, sie hat sich den Kopf gestoßen?«

»Nein. Ich glaube viel mehr, dass sie etwas Schlimmes erlebt hat, das etwas in ihr zerstört hat.«

»Dann wird sie sich nie mehr erinnern?«

»So wie ein Bein heilen kann, wenn es fachgerecht geschient wurde, so kann auch ihre Seele heilen.«

»Und deshalb haben Sie das Kind hierher gebracht?«

»Ich hätte es nicht bei der Amme lassen können. Und ja: Ich hege auch die Hoffnung, dass die Anwesenheit des Kindes hilft, ihre Erinnerung zu wecken.«

»Und wenn nicht?«

»Dann werden wir einen anderen Ort für den Jungen finden.«

Leefke blickte auf das schlafende Kind.

»Wie heißt er?«

»Sören.«

Freud erklärte Leefke, wie mit den kalten Wickeln zu verfahren sei, und kündigte an, dass er spätestens am nächsten Tag wiederkommen werde. Falls das Fieber nicht falle, solle sie nach ihm schicken. Er nannte seine Adresse in Wandsbek und gab ihr Geld für die Droschkenfahrt.

Draußen traf er Elfie an, die alleine ihren Gedanken nachhing.

»Wie geht es Ihnen?«

»Hans sagt, dass er das Kind wie sein eigenes annehmen will.«

»Er ist ein guter Mensch.«

»Das ist er.«

»Wollen Sie mir sagen, wer der Vater ist?«

Sie schaute ihn erstaunt an. »Wissen Sie denn nicht, dass das ein Irrtum ist? Ich bin nicht seine Mutter!«

Freud schwieg.

»Sie müssen mir glauben! Können Sie sich denn gar nicht vorstellen, wie furchtbar das ist, wenn niemand einem glaubt?«

»Und was soll nun mit dem Kind werden?«

»Sie müssen es zu seiner Mutter zurückbringen!«

»Die Amme sagte, es habe keine Mutter.«

»Jedes Kind hat eine Mutter.«

»Das habe ich ihr auch gesagt.«

Elfie sah ihn an. Tränen liefen ihr die Wangen hinab.

»Sie müssen es seiner Mutter zurückbringen. Sie wird es doch vermissen!«

»Senator Hansen ist der Meinung, dass Sie die Mutter sind.«

Sie schüttelte erschrocken den Kopf. »Sie dürfen ihm nicht glauben. Auf keinen Fall!«

»Warum sollte er lügen?«

Elfie Thomsen wischte sich die Tränen aus dem Gesicht.

»Wenn Hans bereit ist, das Kind wie sein eigenes anzunehmen, dann will ich es auch tun.«

»Also werden Sie sich um den Jungen kümmern?«

»Ja, das werde ich.«

»Gut. Das freut mich sehr.«

28.

Von der Droschke aus blickte Freud auf den Sandtorkai, an dem, aufgereiht wie an einer langen Schnur, ein Dutzend mächtige Dreimaster lagen. Auf Schienen geführte Kräne hoben die Ladung von Deck, die wie dicke Fische an einer Angel hingen, um in bereitstehenden Waggons verstaut und ins hannoversche Harburg gebracht zu werden. Andere Schiffe wurden wasserseitig von Schuten belagert, auf denen Schauerleute verschnürte Pakete in der Größe von Kutschwagen entgegennahmen, in hohem Tempo aus den Tauen lösten und auf ihren schmalen Booten unterbrachten, um sie für den Weitertransport auf kleinere Segler zu bringen. Vor dem Kai lag die in Bau befindliche Speicherstadt – ein auf dem Reißbrett geplantes Stadtviertel, nicht von Straßen, sondern Kanälen durchzogen, in roter Backsteingotik errichtet. Ganz Hamburg sprach davon, wie der Droschkenfahrer ihm versicherte.

Über Sankt Georg ging es weiter Richtung Nordosten durch Eilbek. Rechts und links reihte sich Kohlfeld an Kohlfeld, als ob die Gemüsebauern die Suppentöpfe des ganzen Landes mit ihrer Ernte füllen wollten.

In Wandsbek angelangt, gönnte er sich ein bescheidenes Mahl, um kurz darauf den Heimweg anzutreten. Die Nachmittagssonne schien ihm warm in den Nacken. Eine angenehme Müdigkeit ergriff ihn, die jedoch sofort verflog, als er die beiden Frauen vor dem Haus sitzen sah.

»Doktor Freud, da sind Sie ja endlich, wir warten schon

den halben Tag auf Sie!« Dorothea Becher stand auf, stemmte ihre Hände in ihre Hüften und rückte sich das steife Kreuz zurecht.

Er ging ihr schnellen Schrittes entgegen. Sein Mund wurde trocken, was freilich nicht seiner ihn tadelnden Zimmerwirtin, sondern Martha geschuldet war.

»Ich lasse Sie dann mal mit Herrn Freud allein.« Die alte Dame bückte sich nach einem Korb reifer Pflaumen, die sie neben der schmalen Bank abgestellt hatte.

»Haben Sie herzlichen Dank für die freundlichen Worte und die Zeit, die Sie mir geopfert haben.« Martha stand hastig auf und machte einen Knicks, der sie mädchenhafter erscheinen ließ, als sie es war.

»Nun überschlag dich mal nicht gleich vor Artigkeit, mien Deern und lass dich nur nicht von unserem Herrn Doktor unterkriegen.«

Während Dorothea Becher ins Haus ging, standen die beiden Verlobten unschlüssig, wer den Anfang machen sollte, voreinander.

»Wollen wir uns nicht setzen?«, schlug Martha schließlich vor.

»Das ist sicher eine gute Idee«, mäanderte Freud. »Hattest du einen angenehmen Tag, Liebste?«

»Es war ein ganz und gar verdrießlicher Tag, der sich wider Erwarten besserte, als ich Frau Becher auf dem Markt traf und sie mich einlud, sie auf ihrem Heimweg zu begleiten. Sie hat mir viel von ihrem Mann erzählt. Wusstest du, dass sie als Kind meinen Großvater traf?«

»Ja. Sie hat mir davon berichtet.« Die Sonne stand tief. Sie blendete ihn. Als Martha ihn nun lange mit ernstem Blick ansah, wurde ihm wärmer, als es die schwächer werdenden Sonnenstrahlen hätten ausrichten können. Sein Mund war mittlerweile so trocken, dass ihm die Zunge am Gaumen klebte. Er hätte gerne etwas getrunken, doch es war vollkommen unmöglich, jetzt aufzustehen.

»Was liegt dir auf dem Herzen?«, fragte er zögernd, und seine Stimme klang ihm dabei eigentümlich fremd in den Ohren.

»Wir haben uns einmal geschworen, stets wahrhaftig miteinander zu sein. Daran erinnerst du dich sicher.«

»Natürlich.« Wenn dies der Moment war, vor dem er sich vom ersten Tage an gefürchtet hatte, so lag seine bescheidenste Hoffnung darin, dass er der Humanität der Guillotine teilhaftig werde und Martha ihm ein kurzes, schmerzloses Ende zudachte.

»Ich meine, dass wir an einen Punkt gelangt sind, an dem wir es uns schuldig sind, unser Versprechen einzulösen.«

»Da bin ich ganz deiner Meinung.« Die Worte klangen tapferer, als ihm zumute war.

Martha richtete sich auf. »Wenn es also dein Wunsch ist, die Verlobung zu lösen, so sieh in mir kein Hindernis darin.«

Sein Hals kratzte. »Ist es denn der deine?«

»Antworte mir bitte nicht mit einer Frage, Sigmund.«

Ihm wurde ein wenig schwindelig. »Es ist nicht mein Wunsch. Deshalb muss ich noch einmal fragen: Ist es deiner?«

Wieder sah sie ihn mit diesem ernsten Gesicht an, dessen Strenge und Entschlossenheit er gleichzeitig so sehr liebte und doch auch fürchtete, wie er sich nun eingestehen musste.

»Wie soll ich das wissen, wenn du so mit mir bist, wie du es seit deiner Ankunft in Hamburg bist?«

»Bitte hilf mir zu verstehen, was dich so bedrückt!«

»Du fragst, was mich bedrückt? Nichts! Nur deine Augen, die nicht mehr glänzen, und dein Mund, der weder lächeln noch ein fröhliches Wort herausbringen kann! Wie ein vergilbtes Buch mit verknickten Seiten kommst du mir vor. Was ist nur in Wien mit dir geschehen? Wenn es das Bedauern darüber ist, Arzt werden zu müssen, dann bitte ich dich dringend darum, deinen Entschluss zu überdenken. Auch wenn es bedeutet, dass wir vielleicht nie heiraten können.«

Sie stand auf, wischte sich die Tränen aus dem Gesicht und ging.

12.11.1938

Martha sah ihn besorgt an. Das Alter hatte seine Zeichen in ihr Gesicht geschrieben, die Jahre ihren Körper geformt, so wie es Zeit und Krankheit auch mit ihm taten. Und doch war Martha immer Martha geblieben. Sie hatte nie viel geredet und sagte auch jetzt nichts. Minna war von beiden Schwestern stets die Gesprächige gewesen, lebendiger, manchmal regelrecht ungestüm, dabei jedoch auch anfälliger für Krankheiten. Sie hatte lange gebraucht, um sich nach der Übersiedelung ins sichere Exil von ihrer Lungenentzündung zu erholen. Auf einigen Reisen war sie seine Begleiterin gewesen, während Martha zu Hause bei den Kindern geblieben war.

In ihrer beharrlichen Häuslichkeit hatte Martha der Familie mehr Halt gegeben, als es ihm je möglich gewesen wäre. Die ersten Tage in London hatte er in seinem Domizil im Erdgeschoss und Minna in ihrem Krankenlager im ersten Stock verbracht, beide zu schwach, sich gegenseitig einen Besuch abzustatten. Es war nicht einmal ausgemacht gewesen, dass Minna zu den Lebenden zurückkehren würde. Dazwischen Martha, die bald unten und bald oben bei ihren Patienten nach dem Rechten sah.

Der Novemberregen klopfte gegen die Fenster. Im Garten hatten die Bäume ihr Laub abgeworfen. Im konturlosen Grau des Himmels sah er seinen Gemütszustand gut getroffen. Martha hatte ihm eine dicke Wolldecke über die Beine gelegt, die doch nicht die spärliche Wärme, die sein Körper noch zu erzeugen in der Lage war, halten konnte.

»Du kannst von hier aus nichts ausrichten. Wir müssen froh und dankbar sein, dass zumindest wir es geschafft haben.«

»Das müssen wir wohl«, entgegnete er bedrückt.

Die Nachrichten von den Pogromen in Deutschland hatten sie alle zutiefst erschüttert. Es war offensichtlich, dass die Ermordung eines Sekretärs an der deutschen Botschaft in Paris durch einen 17-Jährigen, von dem, wenn er kein Jude gewesen wäre, wohl kaum jemand Notiz genommen hätte, nur als Vorwand diente. Es war lediglich das Zeichen gewesen, auf das die Meute gewartet hatte, um loszuschlagen.

»Hat Anna etwas in Erfahrung bringen können?«, fragte er mit wenig Hoffnung.

»Ich fürchte, nein.«

Sie nahm seine Hand und drückte sie kurz. Er lächelte sie an.

»Ich schaue nach Minna.« Sie stand auf und ging.

»Martha?«

Sie blieb stehen und schaute ihn an. Ganz zusammengeschrumpft kam er ihr vor.

»Wir können wirklich froh sein, dass wir es geschafft haben.«

»Ja, so ist es.«

Er sah ihr nach. Müde fühlte er sich. Die Erleichterung und Dankbarkeit über die gelungene Flucht konnten seine Verbitterung darüber, bei seinen Schwestern in dieser wichtigen Angelegenheit versagt zu haben, nicht aufwiegen. Die Zukunft der vier alten Damen lag vollständig im Dunkel.

In einer Zeit, da er jeden Taler hatte umdrehen müssen, hatte er von seinem mehr als schmalen Honorar stets etwas für die Familie abgezwackt, die der Vater mit seinen Einnahmen nicht hatte durchbringen können. Später hatte jener wohl in dem Gefühl, das Seinige bereits beigetragen zu haben, jede Ambition aufgegeben und seine Tage im Café verbracht. Oft genug hatte er selbst kaum das Nötigste gehabt und war am Abend hungrig eingeschlafen.

Und wo stand er nun? Am Ende hatte es wieder nicht gereicht. Sämtliche Mittel waren in die Fluchtsteuer für Frau und Kinder geflossen, sodass die Schwestern leer ausgingen und er sie zurücklassen musste. Er hatte nicht für sie sorgen können. Hatte entscheiden müssen, wer gerettet wird und wer nicht. Sein Entschluss, den er nicht anders hatte treffen können, bedeutete den Tod seiner Schwestern. Dessen war er sich wohl bewusst. Er war schließlich noch grundsätzlicher gescheitert als einst sein Vater, der in Freiberg alles verloren und die Familie in Armut nach Wien geführt hatte. Im Gegensatz zu ihm selbst hatte der niemanden zurückgelassen und seinem Schicksal überlassen.

»Da ist Besuch für dich gekommen«, kündigte Anna an, »Matthias und Lisbeth Blüthner. Die beiden, die sich des Jungen angenommen haben. Ich habe schon gesagt, dass es im Moment nicht gut passt.«

»Haben sie etwas über den Grund gesagt, der sie zu uns geführt hat?«

Anna zögerte. Es widerstrebte ihr, es auszusprechen. Dabei wusste sie genau, dass es keinen Zweck hatte zu schweigen. »Daniels Mutter ist bei den Pogromen in Hamburg ermordet worden. Die Blüthners sorgen sich um den Jungen.«

Freud nickte langsam. »Sie sollen kommen. Ich spreche mit Ihnen.«

Er schob die Decke zur Seite und stand auf, um den beiden entgegenzugehen.

29.

Freud wollte keinen Besuch, wusste auch nicht, wer ihn in welcher Angelegenheit hätte sprechen wollen. Doch Dorothea Becher bestand darauf, dass er den Mann, der ihn offenbar so dringend erwartete, in der Wohnstube empfing. Also unterbrach er seine Grübeleien und folgte seiner Zimmerwirtin nach unten.

Tietje blieb mit unbeweglicher Miene sitzen, als Freud den Raum betrat. Eine einfache Stube, in der die Mahlzeiten eingenommen wurden. Das kleine Fenster ließ kaum Licht herein. Vom Abendessen hing noch der Geruch von Zwiebeln und Kohl in der Luft. Tietje wies ihm einen Platz am anderen Ende des Tisches zu und bat die Zimmerwirtin, sie alleine zu lassen. Das alles wirkte, als ob sie sich in seiner Ordination befänden. Seine Kiefermuskeln pumpten.

Freud blieb stehen. »Was führt Sie hier her?«

»Ich bin noch immer fassungslos! Welcher Teufel hat Sie nur geritten?«

Freud wurde mit einem Male ruhig. »Wenn Sie mich darüber aufklären, um was es Ihnen geht, werde ich Ihnen gerne Rede und Antwort stehen.«

»Das Kind! Was glauben Sie denn, worum es sich sonst drehen sollte?«

Freud rückte mit einer bedächtigen Bewegung einen Stuhl vom Tisch ab und setzte sich. »Wer schickt Sie?«

Tietje stierte ihn mit einer Mischung aus Unverständnis und Überdruss an. Schweißperlen standen ihm auf der Stirn.

Er zupfte ein weißes Taschentuch mit aufgesticktem Monogramm aus der Einstecktasche seines Jacketts und trocknete sich damit die glänzende Haut. »Wer sollte mich schicken? Einzig und allein mein kollegialer Respekt gebietet mir, Sie aufzusuchen, um zu retten, was zu retten ist! Allerdings scheint mir, dass bei Ihnen Hopfen und Malz verloren sind.«

Freud griff in die Tasche seiner Joppe und förderte ein Etui zutage, dem er Zigarre und Zündhölzer entnahm. »Darf ich Ihnen eine Zigarre anbieten?«

»Nein, zur Hölle!«

Freud nickte, rollte die Zigarre zwischen den Fingern, beschnitt das Mundstück, riss ein Streichholz an und paffte, bis ausreichend Glut vorhanden war.

Tietje schaute ihm fassungslos zu. »Sie haben ein Kind entführt! Ist Ihnen das gar nicht klar?«

»Wer behauptet so etwas?«

»Die Fakten sind doch offenkundig! Sie befinden sich bereits mit einem Bein im Gefängnis, aber das scheint Sie ja nicht im Mindesten zu stören.«

Freud lehnte sich nach vorn. »Mich würde wirklich interessieren, auf wen diese Behauptung zurückgeht und welche Rolle Ihnen dabei zukommt.«

Tietje stand auf und wanderte zwischen Tür und Fenster hin und her. »Sie müssen den Jungen sofort wieder zu seiner Amme bringen!«

»Er hat Fieber und befindet sich derzeit bei mir in Behandlung.«

»Sie wollten das Kind sehen, und ich habe Ihnen dies ermöglicht. Es war nie die Rede davon, es zu behandeln und schon gar nicht davon, es mitzunehmen!«

»Hat die Amme Anzeige erstattet?«

Tietje unterbrach seine Wanderung. »Was tut das zur Sache?«

»Hat sie?«

»Nein.«

»Eine andere Person?«

Tietje schüttelte den Kopf.

»Gut. Dann schlage ich vor, dass wir uns gemeinsam davon überzeugen, dass der Junge wohlauf und trefflich versorgt ist.«

Die Droschkenfahrt verlief in eisigem Schweigen. Als Tietje den Hof betrat, verzog er angewidert das Gesicht.

»Das kann unmöglich Ihr Ernst sein.«

»Ich kann Ihnen versichern, dass Elfie Thomsen hier gut aufgehoben ist.«

»Meine Patientin und ihr Kind müssen sich ihre Heimstatt mit einem Schwein teilen?«

»Mit Verlaub: Sie ist nicht Ihre Patientin.«

»Das wird sich noch zeigen.«

Tietje ging zielstrebig auf die Holzbaracke zu.

Freud stellte sich ihm in den Weg. »Was wollen Sie damit andeuten?«

Tietje fuhr sich mit der Hand über die hohe Stirn, schob Freud zur Seite, öffnete die Tür und ging hinein.

Elfie Thomsen lag ausgestreckt auf dem Bett und starrte gegen die Decke. Am Kopfende saß Paul und blickte sie mit ernster Miene an. Tietje inspizierte den Raum.

»Und wo ist nun das Kind?«

»Leefke und Fietje sind mit ihm draußen«, erklärte Paul.

Tietje würdigte den Jungen keines Blickes.

»Fräulein Thomsen?«

Das Mädchen zeigte keine Reaktion.

»Mach mir mal den Platz frei!«, wies Tietje Paul barsch an.

»Herr Kollege!«, mahnte Freud.

»Was?«, bellte Tietje.

»Wer ist das?«, fragt Paul unsicher.

»Ich bin der, der dich mitsamt deinem Diebesgut am Kragen zur Hafenpolizei schleppt, wenn du nicht spurst.« Tietje packte den Jungen, zog ihn vom Stuhl, setzte sich und fühlte Elfie Thomsens Puls.

Paul trat eingeschüchtert an Freuds Seite und blickte ihn fragend an.

»Doktor Tietje hat Elfie in der Anstalt in Friedrichsberg behandelt.«

Tietje sprach das Mädchen ein weiteres Mal an. Als Elfie Thomsen nicht reagierte, schlug er ihr mit der flachen Hand leicht auf die rechte und die linke Wange. Dann kniff er sie in den Unterarm, ohne dass sie reagierte. Tietje beugte sich zu ihr herunter, hielt sein Ohr vor ihren Mund und horchte nach ihrem Atem.

»Herzlichen Glückwunsch, Herr Kollege«, tönte Tietje, »Sie haben meine Patientin in eine lebende Tote verwandelt. Ich muss meine Einschätzung wohl korrigieren. Sie stehen nicht mit einem, sondern bereits mit beiden Beinen im Gefängnis. Fräulein Thomsen wird mich sofort nach Friedrichsberg begleiten.«

»Das kann ich nicht zulassen.«

»Wir können Ihre Einwände gerne unter Mitwirkung der Polizei erörtern. Dabei sollten Sie jedoch nicht vergessen, dass Sie sich nicht in Ihrem schönen Wien, sondern bei uns in Hamburg befinden. Also lassen Sie mich meine Arbeit machen und sorgen Sie des Weiteren dafür, dass das Kind wieder zurück zu seiner Amme kommt.«

Tietje war laut geworden. Als Elfie Thomsen ihn plötzlich mit schreckgeweiteten Augen anblickte, ergriff er ihre Hand und sprach sie mit sanftem Ton an.

»Hab keine Angst. Ich werde dich an einen sicheren Ort bringen, an dem es dir gut gehen wird und es dir an nichts fehlen wird. Möchtest du das?«

Elfie Thomsen nickte unsicher.

Tietje drückte ihre Hand. »Ich bin gleich wieder da. Dann wird alles gut werden, mein Kind.«

Er stand auf und trat dicht an Freud heran. »Ich hole jetzt den Kutscher. Wenn Sie noch einen Rest Anstand besitzen, dann lassen Sie das arme Mädchen von jetzt an in Ruhe.«

Kaum war Tietje draußen, setzte sich Freud an ihr Bett. »Du musst nicht zurück nach Friedrichsberg, wenn du nicht willst. Du kannst auch hier bleiben. Aber du musst es auch wollen. Sonst kann ich nichts tun.«

Elfie sah durch ihn hindurch und schüttelte den Kopf.

Als Tietje mit dem Kutscher eintrat, ließ sie sich, rechts und links gestützt, ohne Widerstand hinausführen. Als die beiden Männer die Hütte mit ihr verlassen hatten, ließen sie eine Leere zurück, die Freud den Atem stocken ließ.

Bestürzt wandte er sich an Paul. »Was ist mit Elfie geschehen?«

30.

Er saß auf dem Poller, der eigentlich Pauls Platz war. Der Himmel versank im dunklen Grau des letzten Tageslichts. Vereinzelt fanden Tropfen ihren Weg aus der dichten trostlosen Wolkendecke, die noch nicht einmal zu einem entschiedenen Regenguss gut war.

Der Junge war auf Fischzug gegangen. Er klapperte Fleete und Kanäle nach unbeaufsichtigten Waren ab. Freud dachte, dass er ein Ziel hatte und einen Zweck verfolgte, worum er ihn beneidete. Dabei hätte er ihn natürlich davon abhalten müssen. Versucht hatte er es ja, doch der Junge hatte nicht auf ihn gehört. Er hatte wohl jede Autorität bei ihm eingebüßt, was ihm kaum zu verdenken war. Schließlich hatte er das beste Beispiel eines Großsprechers abgegeben, der keines seiner Versprechen hatte einlösen können.

Immer wieder ließ er sich durch den Kopf gehen, was Paul ihm berichtet hatte. Zunächst schien alles in bester Ordnung gewesen zu sein. Elfie Thomsen war entschlossen gewesen, ihr Bestes zu geben, um dem Kind ihre Fürsorge angedeihen zu lassen, und Leefke hatte getan, was er ihr zur Senkung des Fiebers aufgetragen hatte, sodass ein Erfolg schon bald sichtbar war. Ihren Vorschlag, es auch einmal mit den Wadenwickeln zu probieren, hatte Elfie abgelehnt. Bis dahin konnte Freud nichts Bedenkliches in den Geschehnissen finden. Dass sich Elfie unsicher zeigte, war ebenso wenig überraschend wie der Abstand, den sie laut Paul zu dem Kind gehalten hatte. Als Leefke nach dem gemeinsamen Abendessen das Kind badete, hatte Elfie wohl sogar den Mut gefunden, sich ihm ein wenig zu nähern. Dass das Kind sein Bad genossen, vergnügt gelacht und mit seiner Fröhlichkeit die anderen angesteckt hatte, muss es ihr leichter gemacht haben. Denn schließlich zeigte sie sich sogar dazu bereit, den Jungen nach seinem Bad zu halten, was unzweifelhaft ein großer Erfolg war. Paul hatte beteuert, dass sie in diesem Moment, kurz bevor alles aus dem Ruder gelaufen war, ganz und gar glücklich gewirkt hätte.

Natürlich machte er sich die größten Vorwürfe, dass er nicht dort gewesen war. Denn dann hätte er die Anzeichen der plötzlichen Wendung rechtzeitig erkennen können. Wirklich? Er hatte ja auch vorher schon die Situation sträflich falsch eingeschätzt. Aber selbst dann wäre es seine Pflicht gewesen, vor Ort zu sein.

Doch nun war alles dahin. Elfie fing aus dem Nichts an zu schreien, stieß das Kind zurück, war von Sinnen, schlug um sich. Leefke musste Fietje und den Kleinen in Sicherheit bringen. Paul blieb zurück, ohne zu wissen, was er mit der Tobsüchtigen hätte anstellen sollen. Dann war eingetreten, was er selbst bereits mit ihr erlebt hatte: Schreien und Weinen bis zur Ohnmacht. Unverantwortlich, den Jungen dem auszusetzen, katastrophal der Rückschlag.

»Was machen Sie hier?«

Freud blickte auf. Hans stand vor ihm. Statt seiner Dienstlivree trug er einen dreiteiligen Anzug und einen halblangen Mantel, der ihn noch größer erschienen ließ, als er sowieso schon war.

»Ich denke nach.«

»Worüber?«

»Über die Fehler, die ich gemacht habe.«

»Dann will ich Sie nicht weiter stören«, erklärte Hans kurz angebunden und ging auf das Haus zu.

»Warten Sie!« Freud stand auf und folgte ihm.

»Ich habe nicht viel Zeit. Die Herrschaften sind bei den Hagenbecks geladen. Ich muss vor ihrer Rückkehr zurück sein.«

»Es ist wichtig. Die Lage hat sich in einiger Hinsicht verändert.«

Alarmiert durch Freuds Ton, machte Hans, der die schmale, grob gepflasterte Straße zwischen Kanal und Häuserzeile schon fast überquert hatte, kehrt.

»Was sind das für Fehler, über die Sie nachgedacht haben?«

»Das ist ein wenig kompliziert«, gab Freud ausweichend zurück.

»Was versuchen Sie, mir zu sagen?« Hans trat einen Schritt auf Freud zu.

Freud wich zurück. »Elfie ist wieder bei ihrem Arzt in Friedrichsberg.«

»Wie kann das sein? Ich denke, Sie sind ihr Arzt!«

»Ich habe meine Berechtigung, für sie zu sorgen, verwirkt«, entgegnete Freud zerknirscht.

»Was soll das Gerede von der Berechtigung? Wie konnten Sie zulassen, dass sie wieder dorthin verschleppt wurde?«

Freud straffte sich. »Seit ich sie aus Friedrichsberg geholt habe, geht es ihr beständig schlechter. Man hat mich eindringlich gewarnt, sie mit dem Kind zusammenzubringen. Mich darüber hinwegzusetzen, war ein Fehler. Ich hätte niemals an ihrer Erinnerung rühren dürfen!«

»Es soll ein Fehler gewesen sein, sie an unser Kind zu erinnern?«

Freud blickte seinem Gegenüber in die Augen. »Elfie wird dieses Kind nie lieben können. Sie hat bereits einmal versucht, ihm etwas anzutun, und hat gerade erst bewiesen, dass sie es jederzeit wieder tun könnte. Was auch immer ihr widerfahren ist, es hat dazu geführt, dass sie es nicht annehmen kann.

Und haben Sie nicht seine Hautfarbe gesehen? Sie können nicht der Vater sein, es ist nicht Ihr Kind!«

Hans packte Freud an den Armen. »Wenn Elfie die Mutter ist, dann bin ich sein Vater. Haben Sie das Kind etwa zurück zur Amme gebracht?«

Freud machte sich los. »Genau das wird geschehen.«

Hans rieb sich die Schläfen. »Ihr Arzt. Wie heißt er?«

»Tietje.«

Hans blickte auf. »Ein kleiner dicker Mann mit einer hohen Stirn, über die er sich beständig mit der Hand fährt?«

»Kennen Sie ihn etwa?«

»Er hatte heute Mittag eine Unterredung mit dem Senator.«

Freud sackte in sich zusammen.

»Sie müssen sie dort herausholen!«

»Das ist unmöglich«, erklärte Freud.

»Sie ist denen dort hilflos ausgeliefert.«

»Es ist ein Krankenhaus, und Tietje ist Arzt. Ihr wird dort schon nichts geschehen.«

Hans griff nach Freuds Handgelenk. »Sie werden den Jungen nicht der Amme zurückbringen. Er muss hierbleiben!«

Freud befreite sich aus dem festen Griff. »Ich werde es erwägen.«

31.

Der Mond lag hinter einer dichten Wolkendecke, als Freud die Heil- und Irrenanstalt Friedrichsberg erreichte. Sobald die Droschke sich entfernte, war die Finsternis so vollkommen, dass sie die Straße und die dahinter liegenden Felder verschluckte. Das große, schmiedeeiserne Tor war verschlossen, sodass ihm nichts übrigblieb, als die Anstaltsmauer auf der Suche nach einem weiteren Zugang abzulaufen.

An einem auf der rückwärtigen Seite befindlichen Tor, das jemand versäumt hatte zu schließen, wurde er fündig. Nach kurzem Zögern betrat er das Anstaltsgelände. Wie gern hätte er seinen eigenen Worten geglaubt. Doch musste er wohl bezweifeln, dass Elfie Thomsen in der Anstalt gut aufgehoben war. Unmöglich blieb sein Unterfangen dabei aber doch.

Bemüht, in der Dunkelheit das Gemüse, das für die Versorgung von Insassen und Personal bestimmt war, nicht zu zertreten, stolperte Freud über die weitläufigen Beete. Mäuse stoben, aufgeschreckt durch den nächtlichen Besucher, davon. Das Hauptgebäude, dessen Umrisse eben zu erahnen waren, türmte sich wie ein verfluchtes Schloss vor ihm auf. Einzelne Fenster, hinter denen eine Kerze brannte, glotzten ihm wie Zyklopenaugen entgegen. Aus dem Trakt, in dem die als schwer führbar geltenden Patienten untergebracht waren, drang Stöhnen und Klagen nach draußen.

Freud besah sich die nicht vergitterten Fenster. Fast alle waren verschlossen. Als er auf ein offen stehendes traf, geriet er kurzfristig in Versuchung hineinzuklettern, schalt sich

dann aber einen Narren, auf diese Weise in das Gebäude einzudringen. Wenn Elfie Thomsen nicht wieder im gleichen Saal
untergebracht war, würde es ihm unmöglich sein, sie zu finden. Zwar würde er den Männertrakt wohl ausschließen können, vielleicht auch den Bereich, der den Patientinnen erster
und zweiter Klasse vorbehalten war. Doch dessen konnte er
keineswegs sicher sein. Tietje mochte Gründe haben, sie eben
dort, abgetrennt von den anderen, unterzubringen.

Er blieb stehen und besann sich. Was machte er hier eigentlich? Was hatte ihn getrieben, sich auf dieses unsinnige Unterfangen einzulassen? Martha würde ihn für verrückt erklären,
wüsste sie ihn hier. Jeder vernunftbegabte Mensch täte das. Er
fragte sich niedergeschlagen, ob es Torheit war, die ihn hierhergebracht hatte, oder Feigheit, die ihn nun zurück in die
Behaglichkeit seines Zimmers treiben wollte.

Aus den Sälen der leicht handzuhabenden Kranken tönte
vereinzelt friedliches Schnarchen. Nachdem er den Seitenflügel
umrundet hatte, folgte er, unentschieden, was zu tun war, dem
Licht der Laterne, das ihn zum Portal leitete. Durch ein Fenster
sah er die Nachtwache im Schein einer Kerze sitzen. Erschrocken lenkte er seine Schritte von dem Gebäude weg. Als er
hörte, wie hinter ihm ein Fenster geöffnet wurde, erstarrte er.

»Was treiben Sie da draußen?«

Freud wandte sich langsam um. »Sprechen Sie mit mir?«

»Sehen Sie hier noch jemanden?«

Er fasste einen Entschluss. »Ich muss zu Doktor Tietje.«

»Um diese Zeit?«

»Es ist äußerst dringend.«

»Nein.«

»Ich muss darauf bestehen.«

»Worum handelt es sich?«

»Wollen Sie mich nicht erst einmal hereinlassen?«

Ein Zögern.

»Das kann ich Ihnen jetzt schon sagen: Doktor Tietje werden Sie hier nicht treffen.«

»Unmöglich«, log Freud, »ich habe erst am Nachmittag mit ihm gesprochen!«

»Leise doch, Sie wecken mir hier noch alles auf.«

»Wenn Sie mich hereinlassen würden, müsste ich nicht hier draußen stehen und schreien!«

»Nun beruhigen Sie sich schon, ich bin ja gleich da.«

Die erste Hürde war genommen. Er hatte darauf gezählt, dass Tietje nicht in der Anstalt residierte. Immer noch zweifelnd, ob dies ein glücklicher Zufall oder das Vorspiel zu einem grotesken Drama mit bösem Ausgang war, ging er zum Haupteingang.

»Guten Abend.«

»Ach, Sie sind es, Doktor. Entschuldigen Sie bitte. Ich habe Sie im Dunkeln nicht erkannt.«

»Kein Wunder. Hier draußen sieht man ja die Hand vor Augen nicht. Danke, dass Sie mir öffnen.«

Der Pfleger mit dem Stiernacken, mit dem er bei dem tobenden Patienten gewesen war, bat ihn herein.

Freud trat mit klopfendem Herzen durch die geöffnete Tür in die Eingangshalle.

»Kommen Sie«, forderte der Pförtner ihn auf.

Ihre Schritte hallten durch die Stille. Freud konnte seinen Blick nicht von dem Stiernacken des Pflegers lösen, dem er, fieberhaft über seinen nächsten Schachzug nachdenkend, in die Pförtnerloge folgte, einem kleinen Raum mit nichts als einem Stuhl und einem Tisch mit einer Kerze darauf.

»Doktor Tietje hat am frühen Abend persönlich eine Patientin hierher begleitet. Fräulein Elfie Thomsen. Sind Sie darüber informiert?«

»Er hat strengste Bettruhe für sie angeordnet«, berichtete der Pfleger misstrauisch.

»Das ist gut. Ganz in meinem Sinne. War jemand hier, der sie hätte sehen wollen?«

»Nein.«

»Falls jemand kommen sollte – es gibt keine Ausnahmen.« Freud stand auf. »Ich würde die Patientin jetzt gerne sehen.«

Der Pfleger sah ihn mit unbewegter Miene an. »Ja. Keine Ausnahmen. So hat Doktor Tietje es verfügt. Das muss Sie wohl einschließen.«

»Sie belieben zu scherzen.«

»Es tut mir leid. Ich möchte Ihnen keine Unannehmlichkeiten bereiten, aber wenn herauskommt, dass ich gegen die Anordnung des Doktors gehandelt habe, werde ich meine Arbeit verlieren.«

»Ich finde es überaus beruhigend zu wissen, dass Sie Ihren Dienst mit so heiligem Ernst absolvieren, denn das liegt auch ganz im Interesse der Heilung meiner Patientin. Natürlich können Sie nicht wissen, dass mir Senator Hansen höchstselbst die Behandlung von Fräulein Thomsen überantwortet hat. Ich darf Sie also bitten, mich jetzt zu Fräulein Thomsen zu führen. Doktor Tietje hat hoffentlich dafür Sorge getragen, dass sie bei den Patientinnen der ersten Klasse untergebracht ist.«

»Ja, das hat er.«

»Gut, denn alles andere wäre dem Senator ganz und gar nicht recht gewesen. Da nun genau genommen Doktor Tietje in meinem Auftrage handelt, werden Sie leicht einsehen, dass mein Wort in diesem Falle über dem seinen steht. Darauf zu beharren, mich nicht zu ihr zu lassen, würde nicht nur Ihnen, sondern auch dem Doktor erhebliche Scherereien einbringen.«

Der Pfleger nickte eingeschüchtert.

»Dann gehen wir jetzt?«

»Ich werde dem Doktor darüber berichten müssen.«

»Das überlassen Sie wohl besser mir. Denn Sie möchten doch in dieser Angelegenheit nicht in einem schlechten Lichte dastehen, oder?«

»Nein.«

»Gut.«

32.

Kein Bettensaal, sondern ein Einzelzimmer mit Sekretär und Spiegelkommode. Das große Fenster wurde von schweren Vorhängen eingerahmt. Auf dem Tisch stand eine Lampe, die den Raum in gelbes Licht tauchte. Elfie Thomsen schlief in nach Lavendel duftender Wäsche.

Freud schob den Stuhl an ihr Bett und setzte sich zu ihr. Dem Pfleger hatte er erklärt, über ihren Schlaf zu wachen, da sie von Albträumen geweckt würde und im Zustand des Halbschlafes zu einer Gefahr für sich selbst werden könne. Der Pfleger hatte ihm mit skeptischem Blick versichert, dass sie ausreichend viel Chloralhydrat bekommen habe, um so etwas zu verhindern, und war gegangen.

Freud beugte sich über die Schlafende. Ihr Atem war flach, der Puls unregelmäßig. Überdosiert führte Chloralhydrat zum Herzstillstand. Sie wäre nicht das erste Opfer der Substanz, die nach ihrer Entdeckung als Schlafmittel in nur wenigen Jahren einen regelrechten Siegeszug angetreten hatte und deren Gebrauch nicht nur in den Anstalten, sondern auch in gutbürgerlichen Haushalten reichlich verbreitet war. Mit dem neuen Medikament ließen sich kranke Familienmitglieder ruhigstellen, was ihnen wiederum unliebsame Anstaltsaufenthalte ersparte. In ihren Betten dahindämmernd, störten sie so die häusliche Ordnung nur noch in geringem Maße. Allerdings fragte Freud sich, aus welchem Grund Tietje Elfie Thomsen die Arznei verabreicht hatte. Als er sie mitgenommen hatte, war sie vollkommen ruhig, ja apathisch gewesen.

Hatte sie, in Friedrichsberg angekommen, einen weiteren Ausbruch gehabt?

Freud legte seine Finger an ihren Hals. Der Puls war so schwach und langsam, dass er kaum noch fühlbar war. Er durfte sie auf keinen Fall weiterschlafen lassen. Doch seine Weckversuche waren vergeblich, der Schlaf zu tief. Wenn er nichts unternahm, würde sie nicht wieder aufwachen. Rasch legte er sie auf die Seite, öffnete ihren Mund und drückte seinen Finger auf das hinteren Ende ihrer Zunge, um den Brechreiz auszulösen.

Viel hatte sich in der Waschschüssel nicht gesammelt. Ihre letzte Mahlzeit lag wohl schon länger zurück. Er räumte ihre Mundhöhle aus und wischte ihr den Schweiß von der Stirn. Beim Erbrechen war ihr Puls gestiegen. Freud nahm das als hoffnungsvolles Zeichen. Zu wecken war sie jedoch immer noch nicht. Es blieb ihm nichts, als abzuwarten.

Er sah sie in einem Glassarg liegend vor sich, darauf hoffend, dass sie endlich den vergifteten Apfel ausspuckte und die Augen aufschlug. Doch ihr Puls schleppte sich immer noch wie ein müder Wanderer voran, der jeden Moment innehalten und sich erschöpft von der langen Reise niederlassen wollte, um endlich auszuruhen. Mit einem feuchten Tuch benetzte er ihre trockenen Lippen und wischte ihr den Schweiß von der Stirn.

Immer wieder stellte er sich die Frage, ob es gut gewesen war, Maßnahmen zu ergreifen, um ihre Erinnerung wiederherzustellen. Die meiste Zeit war er von der Richtigkeit seines Vorgehens überzeugt gewesen. Denn die Wahrheit würde ja weiterhin in ihr schlummern und von ihrem Versteck aus Unheil anrichten, so wie sie es in den letzten Tagen und Wochen getan hatte. Doch nun, da sie schwer atmend vor ihm lag, kamen ihm Zweifel. Er hatte wohl die Wucht der Erkenntnis und die Notwendigkeit seiner Patientin, sich davor zu schützen, unterschätzt. Es kam ihm vor, als hätte er eine Brechstange an ihre Seele angelegt. Hätte er sich der Angelegenheit sanfter und mit mehr Geduld genähert, wäre es vielleicht anders ausgegangen. Vor allem aber hätte er sie Tietje nicht überlassen dürfen. Er und der Senator standen sich bedenklich nahe. Ob der Arzt in Elfie Thomsens Interesse handelte, musste er weiterhin hoffen, beim Senator konnte er es wohl ausschließen, wenngleich dessen Pläne ihm immer noch ein Rätsel waren.

Die Zeit kroch dahin, ohne dass sich eine sichtbare Veränderung einstellte. Er ertappte sich dabei, wie er für den Fall ihres Erwachens Pakte mit einem Gott schloss, von dem er kaum glaubte, dass es ihn gab, und es doch nicht wagte, sich von seinen kindlichen Gehorsamsschwüren freizusprechen.

Gegen Morgen endlich konnte er wieder hoffen. Puls und Atmung waren kräftiger geworden, die totengleiche Blässe aus dem Gesicht gewichen, Lippen und Wangen hatten wieder Farbe angenommen. Er sprach sie in regelmäßigen Abständen an, nahm von Zeit zu Zeit ihre Hand und drückte auch ihre Schulter. Aus den Fluren und den umliegenden Zimmern drangen die Geräusche des beginnenden Tages zu ihm: Schritte, Stimmen, Klappern, Türenschlagen.

Von dem Moment an, da Tietje seinen Dienst antrat, würde es nicht lange dauern, bis er entdeckt und expelliert würde. Seine Erleichterung war deshalb groß, als Elfie Thomsen schließlich mit einiger Mühe ihre Augen öffnete. Ihr Blick war trübe und ihre Sprache so verwaschen, dass sie kaum verständlich war.

»Wo bin ich?«

»In der Anstalt in Friedrichsberg.«

»Ich fühle mich nicht gut.«

»Sie haben ein Schlafmittel bekommen. Wenn Sie erst einmal richtig wach sind, wird es Ihnen besser gehen.«

Sie sah ihn erschöpft an.

»Können Sie sich an den gestrigen Abend erinnern?«

Sie schloss die Augen.

Er ergriff ihre Hand. »Sie dürfen nicht wieder einschlafen! Wenn Sie sich erinnern, nicken Sie einfach.«

Ein kaum wahrnehmbares Nicken. Die Augen blieben weiter geschlossen.

»Wurden Sie gut behandelt?«

Sie schaute ihn an, die Lippen leicht geöffnet. Er wartete darauf, dass sie etwas sagen würde. Doch dann fielen ihr die kraftlosen Lider wieder zu.

»Elfie!«

Sie wurde wieder wach.

»Sprechen Sie mit mir!«

Eine lange Pause, in der sie ihn verzweifelt ansah. Er konnte hören, wie sich draußen auf dem Flur Tietje laut lamentierend näherte.

»Uns bleibt nicht viel Zeit. Wenn Doktor Tietje kommt, werde ich gehen müssen. Was ist es, das Sie mir sagen wollten?«

»Das Kind«, flüsterte sie kaum hörbar.

»Was ist mit ihm?«

Die Tür wurde aufgerissen.

»Doktor Freud!«

Er beugte sich über sie. »Sprechen Sie, bitte!«

»Mein Sohn hat ein Mal auf der Schulter. Bringen Sie mir mein Kind! Ich bitte Sie!«

Ehe er etwas erwidern konnte, wurde er von kräftigen Armen gepackt, vom Bett fortgezogen und auf den Flur hinausgeschleppt. Elfie Thomsen blickte ihm verängstigt nach.

20.12.1938

»Du siehst aus, als ob du in letzter Zeit nicht viel gegessen hättest.«

Freud hatte die Wolldecke, die ihm mittlerweile zur zweiten Haut geworden war, zur Seite gelegt. Das Sprechen verursachte ihm Schmerzen. Nach der OP hatte sich ein Knochensplitter in seinem Kiefer auf den Weg gemacht. Man wartete jeden Tag auf seine Ankunft, damit die Entzündung endlich abklingen konnte. Er hoffte, dass der Splitter sich nicht so viel Zeit für seine Reise nehmen würde wie Moses für den Auszug aus Ägypten.

»Das Gleiche lässt sich wohl auch von Ihnen sagen, Herr Professor.«

Daniel saß ihm gegenüber. Er hatte sich wieder den Stuhl vom Schreibtisch geholt. Auf die Couch wollte er sich immer noch nicht legen. Freud hatte einige Wochen auf den Besuch warten müssen. Wenn eine begonnene Behandlung ins Stocken geriet, empfand er das stets als unbefriedigend.

»Es freut mich, dass du den Weg zu mir gefunden hast.«

»Ich komme nur, weil Matthias und Lisbeth mir ständig damit in den Ohren liegen.«

»Damit kann ich mich vorerst gut begnügen.«

Die ägyptische Königin, die Daniel bei seinem letzten Besuch eingesteckt hatte, hatte er nicht wieder mitgebracht. Daniel konnte unmöglich davon ausgehen, dass sein Diebstahl unentdeckt geblieben war, was für Freud auch der Grund dafür war, ihn nicht darauf anzusprechen. Es war einfach zu offensichtlich. Er vertraute darauf, dass der Junge die Figur mit angemessenem Respekt behandelte und ihm bei einem späteren Besuch aushändigen würde.

»Worüber soll ich mit Ihnen reden?«, fragte Daniel.

»Ich hatte gehofft, dass du mir das sagen würdest.«

»Haben die Lehrer sich über mich beschwert? Muss ich deshalb hierherkommen?«

»Nein.«

Daniels Zieheltern hatten ihn regelmäßig mit Informationen versorgt, die ihn vor allem aufgrund der scheinbaren Unbeteiligtheit des Jungen beunruhigten. Er ginge weiter zur Schule und verhielte sich dort still und unauffällig. Die Lehrer hätten keinen Grund zur Klage, berichteten jedoch, dass er weder in den Pausen noch vor oder nach dem Unterricht Kontakt zu seinen Mitschülern aufnehme. Er gehe den anderen aus dem Weg und gelte als unzugänglich, manchen auch als unheimlich, sodass er gemieden werde.

»Dann kann ich wieder gehen?«

»Matthias und Lisbeth machen sich Sorgen um dich.«

»Sie können den beiden sagen, dass es mir gut geht.«

»Das könnte ich. Nur fürchte ich, dass sie mir nicht glauben würden.«

»Das ist nicht mein Problem.«

»Sie denken, dass der Tod deiner Mutter dir sehr zusetzt.«

Daniel drehte seinen Stuhl ein Stück zur Seite, sodass er an Freud vorbei aus dem Fenster in den Garten sah.

»Möchtest du mir erzählen, was passiert ist?«

»Wissen Sie das nicht schon von den beiden?«

»Es macht einen großen Unterschied, es von dir zu hören.«

»Sie hat es sich selbst eingebrockt.« Daniel schaute ihm direkt in die Augen. Die Gesichtszüge wie in Granit gemeißelt.

»Wie meinst du das?«

»Die wussten doch gar nicht, dass sie zu den Jansens gezogen ist. Sie hätte einfach dableiben sollen.«

»Bei den Jansens hatte sie ein Zimmer zur Untermiete?«

»Ja. Aber nicht offiziell. Von den Nachbarn wusste niemand Bescheid.«

»Und der Schlägertrupp konnte es auch nicht wissen?«

»Genau! Sie hätte sich einfach ruhig verhalten müssen, dann wären die wieder abgezogen.«

»Und warum hat sie das nicht gemacht? Was denkst du?«

»Weil sie sich einfach überall einmischen muss. Sie hört das Geschrei, also rennt sie raus, um der alten Frau zu helfen, die sie noch nicht einmal kennt. Keiner verlangt das von ihr. Noch nicht einmal die Alte. Die hat doch auch nur dagestanden und zugeschaut, wie die Nazis ihre Möbel aus dem Fenster geworfen haben. Unten auf der Straße stand SS und hat aufgepasst, dass keiner von den Gaffern was auf den Kopf kriegt. Das müssen Sie sich mal vorstellen: Sie sperren die Straße ab, damit niemand zu Schaden kommt. Und was macht meine Mutter? Sie versucht, irgendeinen Stuhl oder ein altes Bild zu retten, und geht dazwischen. Nur, um dann selber aus dem Fenster geworfen zu werden. Da fliegt sie dann den Gaffern vor die Füße.«

Daniel sprang auf und hastete zur Terrasse. Dort blieb er stehen und blickte Freud an. Tränen der Wut liefen ihm die Wangen herunter.

»Hinterher heißt es: Sie ist rausgesprungen. Selbstmord.« Er riss die Tür auf.

»Und wissen Sie was? Es war Selbstmord!«

Dann stapfte der abgemagerte Junge durch den Schnee, der den Rasen und die kahlen Bäume zugedeckt hatte, davon.

Freud stand auf, trat mit kleinen, unsicheren Schritten bis an den Garten heran und betrachtete die Spuren im Schnee. Er fühlte sich müde und erschöpft. Für einen Moment war er von der Erinnerung an seine Mutter gefangen, der er sich so viel näher als seinem Vater gefühlt hatte. Eine strahlende Person, kaum älter als die Söhne des Vaters aus erster Ehe, die stets die Möglichkeit in ihm gesehen hatte, über den Vater hinauszuwachsen. Viel von seiner Entschlossenheit hatte sich aus dieser Quelle genährt.

Er fühlte Mitleid mit dem Jungen. Eine Regung, die er sich im Umgang mit seinen Patienten verbot, da sie den Blick verstellte. Bei Daniel war es jedoch anders. Wohl, weil er in ihm nicht den Patienten sah, dessen Heilung er voranzutreiben hatte, sondern den wütenden, traurigen Jungen, der erst seinen Bruder und nun auch noch seine Mutter verloren hatte. Hier gab es nichts zu heilen. Kein Arzt konnte diesen Verlust ungeschehen machen.

33.

Die tief stehende Sonne schaute den beiden über die Schulter. Kiesel knirschten unter ihren Schritten. Sie folgten ihrem Schatten nach, der sie als in der Mitte fest miteinander verbundene siamesische Zwillinge abbildete. Links und rechts freies Feld. Die Morgenluft noch kühl. Über ihnen Schwalben am Himmel, die sich sammelten, um in den Süden zu ziehen. Er dachte, dass er sich auch bald auf die Reise machen würde.

Martha blieb stehen und sah ihn an. »Du kannst nicht ändern, was bereits geschehen ist.«

»Aber ich weiß doch gar nicht, was war. Ich tappe immer noch im Dunkeln. Sie ersetzt vielleicht ihre verlorene Erinnerung durch eine erfundene oder schlimmer noch eine durch mich suggerierte.«

»Sie hat ein Kind geboren, dessen Vater der Senator ist. Er hat es ihr gemacht, als sie noch in seinen Diensten stand. Das ist seiner Frau nicht verborgen geblieben. Deshalb musste das Mädchen fort.«

»So kann es wohl gewesen sein.«

»Ich finde das einfach schändlich. Das Mädchen ist fast noch ein Kind. Als sie nach Hamburg kam, hatte sie niemanden. Wer weiß, was er ihr vorgemacht hat und mit welchen Versprechungen er in ihr Herz gedrungen ist. Falls er nicht einfach nur rohe Gewalt angewandt hat.«

Martha ging weiter. Sie hatte sich von seinem Arm gelöst. Ihr Zorn umgab sie wie eine unsichtbare Hecke.

»Ich will ihn keinesfalls in Schutz nehmen.«

»Was ist mit Hans, hat er sie denn lieb?«

»Er möchte eine Familie mit ihr gründen.«

»Und hat sie ihn auch lieb?«

»Sie vertraut ihm wohl und weiß, dass er nur Gutes für sie will. Vielleicht kann sie ihn nicht liebhaben, weil es dafür in diesem Moment keinen Ort in ihrer Seele gibt.«

»Und wie ist das bei dir?«

Er zögerte.

»Du hast mir vor einiger Zeit geschrieben, dass die einzige Konkurrenz, die ich zu fürchten hätte, die Wissenschaft sei. Das gleiche gilt wohl für die Behandlung dieses Mädchens.«

»Ich weiß selbst nicht, warum mich ihr Schicksal so hart angeht.«

»Sie hat vielleicht ihr Kind getötet.«

»Kann ich ihr glauben, wenn sie sagt, dass ihr Kind ein Mal an der Schulter hat? Vielleicht ist es nur Einbildung.«

»Hat das Kind von der Amme ein Mal?«

»Nein.«

»Und das aus dem Fleet?«

Er spürte eine Kraft, die ihn in die Erde zog. »Ich weiß es nicht. Ich sehe den Kleinen ständig, als ob er gerade vor mir läge, und doch kann ich es nicht mit Bestimmtheit sagen. Auf seinem Körper klebten Blätter und Schlamm. Unmöglich zu sagen, ob da ein Mal auf der Schulter war. Zuweilen bin ich ganz sicher, dann zweifle ich wieder.« Er stockte. »Ich sollte dir das nicht zumuten.«

Sie sagte nichts.

»Wollen wir umkehren?«

Sie schüttelte den Kopf.

Die beiden setzten ihren Weg fort. Eine Wolke schob sich vor die Sonne und ließ ihre Schatten verschwinden. Der Schwalbenschwarm über ihnen beschrieb einen großen Bogen und zog davon. In der Luft war keine Bewegung mehr zu spüren.

»Glaubst du noch, dass wir die Richtigen füreinander sind?«, fragte sie.

»Ich hoffe es sehr.«

Sie blieb stehen. »Ich hoffe das auch.«

Als er ihr den Arm bot, hakte sie sich ein. Auf dem Weg wuchs Gras, das die Geräusche ihrer Schritte verschluckte. Er glaubte, den Rhythmus ihres Atems spüren zu können.

»Du kannst vielleicht nicht wiedergutmachen, was dem Mädchen widerfahren ist.«

»Aber versuchen muss ich es dennoch.«

»Du hoffst immer noch auf einen guten Ausgang.«

»Ja.«

»Vergiss dabei nicht, dass es auch anders sein kann.«

34.

Er ersetzte den fehlenden Schlaf durch eine Dosis Cocain, das ihm die Illusion einer ausgeschlafenen Morgenfrische verlieh. Nur seine schweren Knochen logen ihn nicht an. Die Wahrheit war, dass er sich vollständig desolat fühlte. Aber da es unmöglich war, Ruhe zu finden, suchte er sein Heil in der Arbeit.

Und so befand er sich auf einer Runde mit dem kleinen Fietje, der ihm stolz die Stätten seines gemeinsamen Wirkens mit Paul zeigte. Während er verstohlen auf die Schuten mit ihren jeweiligen Waren wies – Früchte in leuchtenden Farben, duftende Gewürze, glänzende Stoffe, Kaffee und Tee – ließ er sich ein um das andere Mal das Märchen vom Däumling erzählen. Jede andere Geschichte, die Freud ihm dargeboten hatte, verschmähte er und forderte immer nur den Däumling. Da Fietje immer noch nicht sprach, teilte er sich im wahrsten Sinne des Wortes mit Händen und Füßen mit. Lebhaft und fröhlich wirkte er dabei, sodass es Freud fast schien, als müsse der Junge sich mit Gewalt zurückhalten, um nicht wie ein Wasserfall zu plaudern.

Das änderte sich schlagartig, als sie den Fleet erreichten, in dem das Kind gelegen hatte. Freud unterbrach seine Erzählung vom Däumling und fragte den Jungen, ob er etwas entdeckt hätte. Der schüttelte heftig den Kopf und zog an ihm, damit sie weitergingen.

Doch Freud war wie gelähmt. Der Anblick des grauen, trüben Gewässers, sein modriger Geruch und das träge Plätschern der Wellen gegen das ausgemauerte Ufer hielten ihn fest im Griff. Er spürte die kleine Hand in der seinen, die ihn immer noch fortzerren wollte, und hörte den Jungen aufschreien. Es war der erste Laut, der seit seinem Verstummen seine Lippen verließ. Eine heisere Klage von Stimmbändern, die durch die lange Stille spröde geworden waren.

Die kleine Hand entglitt ihm, der Junge rannte panisch schreiend davon. Freud, unfähig, sich zu rühren, blieb stehen. Er hätte Fietje nachfolgen sollen, konnte es aber nicht, weil er wieder diesen kleinen Finger sah, der aus dem Wasser aufzeigte, um nur nicht in Vergessenheit zu geraten.

Ein kleines Stück entfernt lag die Treppe, die er hinabgestiegen war, um das Kind aus dem Fleet zu ziehen. Er ging hin und tastete sich vorsichtig die Stufen hinunter, die dunkel waren vom Schlick, der bei jedem Schritt unter seinen Schuhsohlen hervorquoll.

»He, was treiben Sie da unten?«

Freud blickte auf.

»Besser, Sie kommen wieder hoch.« Burmester sah ihn an. »Um ins Wasser zu gehen, müssen Sie schon auf die Flut warten. Bei diesem Pegel werden Sie sich nur nasse Füße holen.«

»Ich habe da ein Kind gesehen.« Die sperrigen Worte brachen ihm fast die Zähne heraus.

»Was reden Sie? Da ist nichts!«, versuchte der Hafenpolizist, ihn zu beruhigen.

»Es war da. Ich habe es gesehen.«

»Sie bleiben, wo Sie sind!«

Er rührte sich, die Augen fest auf das Wasser geheftet, nicht von der Stelle. Im Fleet immer noch dieselbe Brühe, deren Gestank in seiner Nase stach und die nichts darüber preisgab, was sich unter ihrer Oberfläche verbarg.

»Machen Sie mal Platz!«

Burmester war mit zwei langen Stangen zurückgekehrt,

von denen er die eine Freud in die Hand drückte. Mit der anderen begann er, systematisch das Wasser abzusuchen, indem er die Spitze in den Schlamm stach, sie wieder heraus holte und ein kleines Stück weiter wieder versenkte.

Freud tat es ihm nach. Jedes Mal, wenn er zustach, fürchtete er, auf einen Widerstand zu stoßen, dessen Konsistenz wohl zwischen dem der Steine, auf die er manchmal stieß und dem des butterweichen Schlamms zu erwarten war. Als er auf einen im Zustand der Verwesung befindlichen Kohlkopf stieß, ging ein Ruck durch ihn, der sich von seinen Händen über die Arme und Schultern bis hinein in Herz, Magen und Darm fortgesetzt hatte. Er hatte an sich halten müssen, um nicht die Kontrolle über seinen Schließmuskel zu verlieren.

»Das reicht. Es ist genug. Da ist nichts.«

Der Hafenpolizist wand ihm die Stange aus der Hand. Freud zitterte am ganzen Leib.

»Kommen Sie, wir gehen wieder hoch.«

Er gehorchte dem sanften Druck, mit dem Burmester ihn die Stufen hinauf dirigierte.

»Alles in Ordnung mit Ihnen?«

Freud sah den Mann erschüttert an. »Es tut mir leid. Ich habe mich wohl geirrt.«

Der Polizist klopfte ihm jovial auf die Schulter. »Das muss Ihnen nicht leidtun. Ich bin ganz zufrieden damit, dass Sie sich geirrt haben.«

»Einen Moment lang war ich mir ganz sicher.«

»So etwas kann einen verfolgen. Sie sollten die ganze Angelegenheit besser vergessen.«

»Das kann ich nicht.«

Burmester zuckte mit den Schultern. »Pech. Dann ist Ihnen nicht zu helfen.«

»Trotzdem danke, dass Sie mit mir nachgesehen haben.«

»Ja, ja.«

Freud fühlte den Blick auf sich, mit dem er selbst wohl ab und an schon einen Patienten bedacht hatte, dessen Heilung nicht zu erwarten und mit dessen Einsicht nicht zu rechnen war.

»Einen schönen Tag noch.« Burmester klemmte sich die beiden Stangen unter den Arm und zog davon.

»Danke«, sagte er abwesend.

Der Officiant ging seiner Wege. Schrecken und Grauen klangen langsam ab wie die Wellen in einem See, in den man einen Stein warf.

»Warten Sie!«, rief Freud.

»Was denn nun noch?« Die Ungeduld eines Lehrers, der es mit einem allzu begriffsstutzigen Kinde zu tun hat.

Freud schloss zu dem Polizisten auf. »Als Sie das Kind nahmen …« Er zögerte.

»Nun?«

»Fiel Ihnen ein Mal dabei auf?«

»Warum fragen Sie?«

»Ein Mal auf seiner Schulter.«

»Und wenn es so wäre?«

»Es wäre eine Möglichkeit, die Identität des Kindes festzustellen.«

Burmester sagte nichts.

»Oder haben Sie seine Mutter etwa schon gefunden?«

»Habe ich nicht eben gesagt, dass Sie die Angelegenheit vergessen sollten?«

»Dann hat es also ein Mal auf seiner Schulter gehabt.«

»Das Kind ist tot. Niemand kann ihm mehr helfen.«

»Ich muss es wissen.«

»Weil Sie in diesem Falle die Mutter zu kennen glauben.«

Freud schwieg.

»Wenn es so ist, dann sprechen Sie, in Gottes Namen.«

Freud schüttelte den Kopf. »Es gibt nichts, wovon ich Sie in Kenntnis setzen müsste.«

Burmester musterte ihn.

»Haben denn Ihre Nachforschungen etwas ergeben?«, fragte Freud.

Der Uniformierte schwieg. Dann schulterte er die Stangen. »Falls Sie etwas in Erfahrung bringen, lassen Sie es mich wissen.«

Freud nickte.

35.

Maries Kammer war klein, aber ordentlich. Sie lag unter dem Dach des Hauses. Ein schmales Fenster, das Aussicht auf den Kanal bot, ließ Licht herein. Marie und Leefke sahen ihm sorgenvoll zu, während er den Säugling untersuchte. Das Ergebnis war zufriedenstellend. Atmung und Puls waren normal, das Fieber gesunken, die Haut weder verschwitzt noch zu trocken. Er lobte die beiden für die gute Pflege, die sie dem Kind hatten angedeihen lassen, und bat dann Leefke, ihn zu begleiten.

Während er darauf wartete, dass sie sich zurechtmachte, begannen seine Gedanken wieder, einander erbarmungslos zu jagen. Es schien ihm sicher, dass das tote Kind ein Mal getragen hatte. Die Reaktion des Hafenpolizisten ließ kaum einen anderen Schluss zu. Von Rechts wegen hätte er ihn wohl von seinem Wissen in Kenntnis setzen müssen. Eine Befragung durch den Polizisten war ihm jedoch angesichts des Zustandes, in dem Elfie Thomsen sich befand, unzumutbar erschienen. Er musste mit ihr sprechen, kannte jedoch im Moment keinen Weg, dies zu bewerkstelligen. Tietje würde ihn nicht zu ihr lassen. Das wäre allenfalls in Begleitung des Officianten möglich. Vielleicht, so dachte er, blieb am Ende nichts, als ihn doch noch einzuweihen. Aber zunächst musste er eine Angelegenheit in Ordnung bringen, die keinen weiteren Aufschub duldete.

»Können wir nun?«, fragte er ungeduldig.

»Ja.«

In ihrem Blick lag bereits die Erwartung schlechter Nachrichten. Wohl deshalb hatte sie den Aufbruch hinausgezögert. Kaum aber waren sie draußen, konnte sie nicht mehr an sich halten.

»Was wollen Sie? Wir haben uns doch gut um das Kind gekümmert!«

»Lass uns lieber erst noch ein Stück gehen.«

»Nein!«

Leefke blieb stehen und sah ihn kämpferisch an. Ein Schutenführer sah vom Kanal aus zu ihnen hinauf. Freud wartete, bis dieser seine Fahrt fortsetzte.

»Es tut mir leid, aber ihr könnt das Kind nicht behalten.«

Sie schüttelte heftig den Kopf. »Das dürfen Sie nicht!«

»Es ist mein Fehler. Elfie ist nicht Sörens Mutter. Deshalb muss ich ihn zu seiner Amme zurückbringen.«

»Elfie hat immer gesagt, dass es nicht ihr Kind ist! Und Sie haben stets erklärt, dass sie es nicht besser weiß, weil sie sich nicht daran erinnern will!«

»Ich war bei ihr und habe noch einmal mit ihr gesprochen. Nun weiß ich, dass sie die Wahrheit gesagt hat.«

»Das kommt von dem Doktor, der hier war, nicht wahr? Sie haben Angst vor ihm und fürchten, dass er Ihnen Schwierigkeiten bereiten könnte!«

»Das ist nicht der Grund.«

»Sie lügen!«

Er sah sie eindringlich an. »Ich glaube immer noch, dass Elfie ein Kind geboren hat. Aber es ist nicht Sören, dessen bin ich mir ganz sicher.«

»Das kann nicht sein, Sie haben selbst gesagt, dass Elfie seine Mutter ist!«

»Ich habe mich geirrt. Entweder lag eine Verwechslung vor oder ich bin getäuscht worden.«

Sie packte seine Arme. »Warum sagen Sie so etwas?«

»Über meine Gründe kann ich nicht sprechen. Ich kann dir nur versichern, dass es so ist, wie ich es sage.«

Sie stieß ihn zurück und lief davon. Er blieb wie betäubt stehen. Als er sich auf den Weg machte, ihr nachzufolgen, kam ihm Paul aufgeregt entgegen.

»Elfie ist aus der Klinik verschwunden!«

»Was?«

»Da waren zwei Männer. Einer von ihnen war dieser Doktor. Sie sind hereingestürmt, haben die Betten durchwühlt und sogar bei den Schweinen nachgeschaut.«

»Lauf und gib Leefke Bescheid. Sie soll die Kammer absperren und mit Marie gut auf das Kind Acht geben. Falls Elfie hierher kommen sollte, versuchst du, sie zu beruhigen und bringst sie ebenfalls zu Marie. Sag ihr, dass ich so schnell wie möglich kommen werde, um mit ihr zu sprechen.«

36.

Dunst hatte sich wie ein Schleier über das Hafenbecken gelegt. Er blickte auf den Stahlrumpf eines am Kai liegenden Schiffes. Der schwarze Schornstein ragte gleich einem kalten Zigarrenstumpen gen Himmel, eskortiert von zwei Ladebäumen, die wie streichholzdünne Zinnsoldaten ihre langen Arme zur Uferbefestigung herüber schwenkten. Die Kommandos der Schauerleute vermischten sich mit den panischen Rufen einer mit den Beinen in der Luft strampelnden Antilope. Das Tier hing hilflos in zwei Gurten und schlug mit den langen Hörnern ins Leere. Fracht für Hagenbecks groß angekündigte Afrikaschau. Am Kai stand ein Viehwagen bereit, in dessen offenes Verdeck sich die Hafenarbeiter mühten, das zappelnde Tier zu verfrachten.

Freud setzte seinen Weg fort. Neben Sorgen und Befürchtungen, die zu vage waren, um Gestalt anzunehmen, empfand er auch Erleichterung. Elfie Thomsen hatte sich aus eigener Anstrengung gerettet. In den Anstalten waren immer wieder Todesfälle zu beklagen. Der Grund dafür lag zum einen in dem jammervollen Zustand der Insassen, zum anderen in dem Mangel, der dort herrschte. Wer dort lebte oder arbeitete, hatte sich mit der ständigen Anwesenheit des Todes arrangiert. Außerhalb der Anstalt stellte niemand Fragen, weil jeder wusste, wie es dort zuging. Gewiss hätte sich niemand der Mühe unterzogen, eine Untersuchung einzuleiten, wenn Elfie Thomsen in der Nacht verstorben wäre. Der Senator hatte ihn davor gewarnt, ihren Worten Glauben zu schenken. Das musste wohl auch heißen, dass sie etwas mitzuteilen hatte, von dem er sich bedroht fühlte.

Nun. Er würde sich alle Mühe geben herauszufinden, worum es sich dabei handelte.

Am Jungfernstieg herrschte dichtes Gedränge. Dort nahm ein kleines Dampfschiff Passagiere auf, die Richtung Rotherbaum am Westufer der Außenalster und Uhlenhorst am Ostufer unterwegs waren. Das Boot war schneller und bequemer als die Droschke. Die Wohnviertel um die Alster wurden von prächtigen Villen geschmückt, sodass das Publikum, das sich von den Barkassenführern an Deck geleiten ließ, einen entsprechenden Charakter aufwies. Die Sonne ließ das Wasser glitzern und hatte die Hamburger aus ihren Stuben gelockt. Der *Alsterpavillon* war bis auf den letzten Platz gefüllt, auf den Tischen lockten Torten, Tee und Kaffee, die Freud an seinen Appetit mahnten, der wohl noch für eine Weile ungestillt bleiben würde.

Die von einem mit steinernen Blütenmotiven eingerahmte Tür zur Hansenschen Villa ließ er links liegen und achtete auch darauf, einen gehörigen Abstand zu der Vorderfront des Hauses zu wahren.

Er war zufrieden damit, in der Menge unsichtbar bleiben zu können, verließ den Jungfernstieg und betrat die Großen Bleichen. Dort steuerte er den unscheinbaren Dienstboteneingang an.

Nach kurzem Zögern schlug er den frisch polierten Messingring gegen die Tür. Ein Mädchen in weißer Schürze und blauem Kleid öffnete ihm. Sie war jünger als Elfie, vielleicht 14 Jahre alt, nicht mehr Kind, aber auch noch nicht Frau, mit rundem Gesicht und traurig dreinblickenden Augen. Er sagte ihr, dass er mit Hans sprechen wolle. Als sie nicht reagierte, wiederholte er seinen Wunsch.

Das Mädchen schien vollkommen überfordert von seiner Ansprache, sodass er den Impuls verspürte, sie zur Seite zu schieben und sich ohne ihr Zutun seinen Gesprächspartner zu suchen. Als er ihr die Dringlichkeit seines Anliegens auseinandersetzte, füllten sich ihre Augen mit Tränen. Offenbar hatte sie die Anweisung, niemanden hereinzulassen. Dass sie nun, um ihrer Misere zu entkommen, ohne ein weiteres Wort die Tür wieder zuschob, konnte er jedoch nicht zulassen, sodass er seinen Fuß hineinstellte und die Tür gegen ihren Widerstand wieder aufdrückte.

Dem armen Mädchen entfuhr ein Schrei. Wenig später zeigte sich Hans, um nach dem Rechten zu sehen. Als er Freud erblickte, bedeutete er dem Mädchen, dass alles seine Ordnung habe und er sich um den Gast kümmern würde.

Hans trug seine Livree. Die Uniform verlieh seinem Auftritt einen militärischen Zug.

»In welcher Angelegenheit sind Sie hier?«

»Ich muss mit Ihrer Verlobten sprechen.«

»Die sich dank Ihnen in der Heil- und Irrenanstalt Friedrichsberg aufhält.«

»Wollen Sie mich nicht hereinbitten?«

»Ihr Besuch in diesem Haus wird zu nichts Gutem führen.« An der Hand, mit der er die Klinke hielt, spielten die Sehnen und Muskeln unter der glatten Haut.

»Elfie ist nicht mehr in Friedrichsberg. Ich denke, Sie wissen das.«

»Nein. Das ist mir neu.«

Freud fühlte, wie ihn seine Kraft verließ. »Ich mache mir große Sorgen um sie.«

Hans warf einen schnellen Blick auf die Straße, zog ihn mit einer raschen Bewegung ins Haus und schloss leise die Tür.

»Sie können mir sagen, was Sie Elfie mitzuteilen gedenken. Für den unwahrscheinlichen Fall, dass ich ihr begegne, werde ich ihr dann alles ausrichten.«

Freud brauchte einen Moment, um sich an die Dunkelheit im Flur zu gewöhnen.

»Hätten Sie vielleicht ein Glas Wasser für mich?«

»Natürlich.«

»Danke. Das ist sehr freundlich.«

Er folgte Hans, der Freud nicht aus den Augen ließ, während er ihm ein Glas füllte und es ihm reichte.

Freud trank in kleinen Schlucken. Rachen und Hals waren so trocken, dass er das Gefühl hatte, das Wasser müsse erst die Verklebungen lösen, um sich seinen Weg zu bahnen.

»Ich möchte nicht unhöflich erscheinen, aber es wäre gut, wenn Sie mich in aller Kürze in Ihre Überlegungen einweihen würden. Die Herrschaften können jeden Moment nach mir verlangen, und ich kann Sie leider nicht alleine in der Küche zurückzulassen.«

Freud nickte. Die Zunge klebte ihm immer noch am Gaumen. »Ich habe Elfie in der Nacht in einem bedenklichen Zustand vorgefunden. Ihr war Chloralhydrat in einer Menge verabreicht worden, die sich bedrohlich auf Herz und Kreislauf ausgewirkt hatte. Nachdem ich sie das Mittel habe erbrechen lassen, besserte sich ihre Lage zum Morgen hin. Danach unterhielten wir uns. Sie war noch sehr benommen, doch unser Gespräch überzeugte mich davon, dass das Kind, zu dem Senator Hansen uns beide geschickt hat, nicht Elfies ist. Ich halte es für wahrscheinlich, dass dem Senator dieser Umstand bekannt war und er deshalb verhindern wollte, dass Elfie das Kind zu Gesicht bekommt.«

Hans goss den Tee auf. »Und was wollen Sie nun tun?«

Die Stimme war ganz ruhig. Doch Freud entging nicht, dass die Hand, in der Hans die Kanne hielt, leicht zitterte. Ihnen war wohl beiden klar, dass Elfies Kind ein Unglück widerfahren sein musste. Er sah Hans an. »Ich muss meine Unterhaltung mit Elfie weiterführen.«

»Selbst wenn sie hier wäre, würde ich Sie kaum zu ihr lassen. Alles, was Sie bisher unternommen haben, hat nur dazu geführt, dass es ihr immer elender erging.«

Die Worte trafen ihn, denn der gleiche Zweifel nagte ja auch an ihm. Er erlaubte sich jedoch nicht, dem Gefühl nachzugeben. »Seien Sie gewiss, dass ihr Zustand sich ohne Zutun stetig verschlechtern wird. Es steckt in ihr genug destruktive Kraft, um sich etwas anzutun, sodass Ihnen am Ende womöglich nichts bleiben wird, als ihren Tod zu beklagen.«

Hans zögerte. »Wie kann ich wissen, ob Sie nicht im Auftrag des Senators handeln?«

Eine helle Glocke erklang. Hans sah ihn mit starrem Blick an.

»Sie müssen mir vertrauen.«

Die Glocke erklang ein weiteres Mal.

Hans atmete schwer aus. »Edith!«

Das Mädchen, das Freud geöffnet hatte, erschien.

»Führe den Doktor bitte zu Elfie.«

Das Mädchen nickte unsicher.

»Sie werden es mir büßen, wenn Sie Ihr Schaden zufügen!«, warnte er Freud und eilte davon.

37.

»Bringen Sie mir mein Kind?« Elfie Thomsen hob ihren Blick.

Als er nichts sagte, wandte sie sich enttäuscht von ihm ab und sank auf ihrem Stuhl zusammen, der unter dem kleinen Dachfenster stand, das nur spärliches Licht in die Kammer ließ. Weil es ansonsten keine Sitzgelegenheit gab, nahm er auf dem schmalen Bett Platz, an dessen Fußende säuberlich zusammengefaltet der Anzug lag, in dem er Hans am Vortag gesehen hatte.

Er nahm den Krug, der auf dem wackeligen Tisch stand, und goss Wasser in einen Becher.

»Trinken Sie etwas.«

Er wartete, bis sie den Becher geleert hatte.

»Wie geht es Ihnen?«

»Als ob ich seekrank wäre. Wie an dem Tag, an dem ich mich auf dem Fischerboot meines Vaters versteckt hatte, um einmal mit ihm hinausfahren zu können.« Ein zerbrechliches Lächeln wie von dünnem Porzellan.

»Das sind die Nachwirkungen des Beruhigungsmittels.«

»Ich hatte mir so sehr gewünscht, ganz fest zu schlafen.«

»Hat Ihnen der Doktor deshalb die Medizin gegeben?«

»Ja. Aber als ich aufwachte, ging es mir schlechter als zuvor.«

»Können Sie sich an unsere Unterhaltung erinnern?«
Sie nickte.

»Wie ist es Ihnen gelungen, aus der Anstalt davonzulaufen?«

»Bringen Sie mich etwa wieder dorthin?«

»Nein.«

»Es war ganz leicht. Auf dem Flur war ein Tumult entstanden, zu dem alle hinliefen. Als ich alleine war, bin ich einfach aufgestanden und gegangen.«

»Könnte jemand wissen, dass Sie hier sind? Weiß jemand von Ihnen und Hans?«

Sie schüttelte den Kopf. »Nur Sie und natürlich Leefke, Paul und Fietje.«

»Und das Hausmädchen?«

»Sie wird niemandem etwas sagen. Sie hat große Angst vor Hans.«

»Sie haben mir von dem Muttermal auf der Schulter des Kindes erzählt. Können Sie sich genau daran erinnern?«

»Ich möchte wieder schlafen.«

»Können Sie sich auch an alles Weitere erinnern?«

Sie begann zu weinen.

Freud wartete, bis sie sich wieder gefasst hatte. »Erzählen Sie mir davon?«

Sie schaute ihn an. Ihr Blick war verschwommen.

»Senator Hansen ist der Vater des Kindes, nicht wahr? Als sich der Bauch nicht mehr verbergen ließ, schritt Frau Hansen ein.«

Elfie Thomsen nickte.

»Sie sorgte dafür, dass Sie ein Dach über dem Kopf hatten.«

»Ja.«

»Knüpfte sie eine Bedingung daran?«

Sie nickte wieder.

»Worin bestand die Bedingung?«

»Nicht zurückzukommen und niemandem zu erzählen, wer der Vater ist.«

»Sie hielten sich daran?«

»Ich wollte es. Das müssen Sie mir glauben!«

»Ich zweifle nicht daran.«

Sie wischte sich die Tränen aus dem Gesicht und sah ihn an. »Es war der Senator, der mich aufsuchte.«

»Was wollte er?«

»Mir helfen.«

»Inwiefern?«

»Er schickte eine Amme, die mir das Kind abnahm.«

»Warum?«

»Er sagte, dass ich nicht genug Milch für das Kind hätte und es deshalb schreien würde.«

»War das so?«

Sie begann wieder zu weinen. »Das Kind hat so viel geschrien. Auch nachts.«

»War es denn krank?«

»Es ist krank geworden.«

»Was war das für eine Krankheit?«

»Ich weiß es nicht.«

»Ist es wieder gesund geworden?«

Sie verbarg das Gesicht unter den Händen. Ihr Körper wurde von Weinkrämpfen geschüttelt. »Nein, es ging ihm immer schlechter. Die Amme ist gekommen und hat gesagt, dass sie sich um ihn kümmert. Sie hat meinen Sören mitgenommen und ihn behalten!«

Sie richtete sich auf und sah ihn an. »Das Kind, das Sie mir gebracht haben, war nicht Sören! Warum haben Sie mich angelogen?«

»Es tut mir leid. Es lag nicht in meiner Absicht, Sie zu täuschen. Ich habe das nicht gewusst.«

»Sie müssen mir meinen Sören zurückbringen!«

Er nickte. Etwas schnürte ihm den Hals zu. Er versuchte, seinen Kragen zu lockern, doch das brachte keine Besserung.

»Sie müssen ihn suchen und ihn mir zurückbringen!«

Er wollte etwas sagen, doch die Stimme versagte. Er räusperte sich und hustete. »Ich werde alles in meiner Macht Stehende tun, um herauszufinden, was mit Ihrem Kind geschehen ist.«

Sie stand auf, wankte und ging auf ihn zu. Als sie sprach, war ihre Stimme so leise, dass er sie kaum hören konnte. »Sagen Sie mir: Lebt mein Kind noch?«

Unwillkürlich trat er einen Schritt zurück.

Sie packte seinen Arm. Als er ganz leicht nur den Kopf schüttelte, schlug sie die Hände vor den Mund. Ein stummer Schrei entfuhr ihr. Sie stemmte sich mit beiden Armen gegen seine Brust und schob ihn zur Tür hinaus.

20.3.1939

Noch ehe er sich an der Tür hatte bemerkbar machen können, war Daniels Ziehvater ihm entgegengekommen. Freud
konnte das Erschrecken im Gesicht des jungen Lehrers über
seinen Gesundheitszustand erkennen. Matthias Blüthner
hatte zu einer überschwänglichen Begrüßung angesetzt, doch
die Freude war ihm für einen Moment aus der Stimme gefallen. Er musste sie erst wieder einsammeln, um seine Dankbarkeit schließlich doch noch ausdrücken zu können. Das
Angebot von Tee und Gebäck lehnte er ab. Was er jetzt mit
Vergnügen zu sich nahm, würde ihm sein Magen nach der
Strahlentherapie dreifach verübeln.

Die regelmäßigen Fahrten in Finzis Praxis waren ihm trotz
des willkommenen Effekts auf seine Schmerzen, die sich unter
dem Einfluss der Röntgenstrahlung erfreulich weit zurück-
gezogen hatten, stets ein Angang. Dem Tumor, gegen den
er nun schon 16 Jahre ankämpfte und dessen Rückkehr niemand hatte verhindern können, konnten die Strahlen freilich
nichts anhaben. Allenfalls Wochen oder Monate ließen sich
ihm wohl noch abringen.

Da die Bestrahlung ihn jedes Mal erschöpft und mit Übelkeit zurückließ, hatte er seinen Abstecher zu Daniel auf die
Hinfahrt gelegt. Anna zeigte sich wie erwartet besorgt darüber, dass er sich übernehmen würde. Ernsthaften Widerstand gegen seinen Entschluss hatte sie jedoch nicht gezeigt.
Er hatte sie gebeten, im Auto auf ihn zu warten, um allein
hinaufzugehen. Vor den steilen Stiegen, die ihn erwarteten,

hatte er gehörigen Respekt, wollte sich aber nicht von ihnen einschüchtern lassen.

Der Weg hinauf in die Dachkammer glich einer Matterhornbesteigung. Er versuchte, sich die Mühsal nicht anmerken zu lassen, was ihm nur schlecht gelang. Blüthner konnte nicht aufhören, sich zu entschuldigen. Er beteuerte, alles unternommen zu haben, Daniel aus seinem selbstgewählten Gefängnis, das er seit zwei Wochen nicht mehr verlassen hätte, zu locken. Doch er sei durch nichts dazu zu bewegen, in die Schule zu gehen, und komme noch nicht einmal mehr zu den Mahlzeiten herunter. Lisbeth sei dazu übergegangen, ihm das Essen vor die Tür zu stellen, und fühle sich dabei schon wie seine Gefängniswärterin. Sie fürchteten, den Jungen eines Tages tot in seinem Bett aufzufinden.

Freud teilte die Sorge. Daniel hatte nicht viel, an dem er sich hätte festhalten können. Seine Mutter von den Nazis ermordet, der Bruder auf der gemeinsamen Flucht umgekommen. Dazu eine Wut auf die Welt, die sich jederzeit gegen ihn selbst richten konnte.

In einigen Völkern bestand die Vorstellung, für einen Menschen, dessen Leben man gerettet hatte, auch weiterhin verantwortlich zu sein. Er selbst war davon überzeugt, dass es ihm nicht zustand, eine solche Verantwortung zu übernehmen. Indessen sah er es als seine Pflicht an, alles dafür zu tun, seine Patienten darin zu unterstützen, diese für sich selbst zu übernehmen. Oft genug hatte er sich mit dem Umstand auseinandersetzen müssen, dass seine Möglichkeiten dabei begrenzt waren. Diese Begrenztheit musste unbedingt akzeptiert werden.

Warum er sich dazu hatte hinreißen lassen, Daniel diesen ungebetenen Besuch abzustatten, konnte er sich selbst nicht recht erklären. War es überhaupt zu verantworten, eine Behandlung zu beginnen, von der er nicht wissen konnte, ob er sie würde beenden können? Er musste sich wohl eingestehen, dass ein Teil seiner Entschlossenheit, ihm zu helfen, möglicherweise dem egoistischen Motiv gehorchte, zu ergründen, was ihn mit dem Jungen so ungewöhnlich stark verband.

Freud bat Blüthner, ihn alleinzulassen, und klopfte an die Tür. Er wartete. Als niemand antwortete, klopfte er noch einmal und ging dann hinein.

»Raus!«, schrie ihm Daniel entgegen.

Er ließ sich nicht beirren, ging zum Dachfenster und öffnete es.

»Du brauchst frische Luft.«

»Ich will niemanden sehen.«

»Das hat mir Matthias eben schon auseinandergesetzt.«

Er sah den Jungen an. Daniel hatte Ringe unter den Augen. Seine Haut war fahl, die Wangen eingefallen, die Lippen rissig. Er lag im Bett und schaute durch ihn hindurch.

»Willst du etwa in einen Wettbewerb mit mir treten?«

Daniel blickte auf.

»Ich kann dir versichern, dass du es in puncto Siechtum nicht mit mir aufnehmen kannst.« Das Lächeln, das er versuchte, gelang nur leidlich. Er hatte so viel von seinem Kiefer eingebüßt, dass die Prothese ihren Platz nicht mehr recht auszufüllen vermochte. Jede Bewegung verursachte Schmerzen, sodass er sparsam damit umging, was dazu führte, dass es seiner Artikulation an der gewünschten Klarheit fehlte.

Daniel setzte sich in seinem Bett auf und sah ihn aufmerksam an. »Das stimmt wohl. Aber Sie sind ja auch schon alt.«

Freuds Blick fiel auf das Buch, das aufgeklappt auf dem kleinen Tisch unter dem Dachfenster lag. Gleich neben dem Buch ruhte die ägyptische Königinnenfigur. Sie war unversehrt und frei von Staub.

»Du liest den Hamlet. Gefällt er dir?«

»Nein.«

»Es ist eines meiner Lieblingsstücke.«

»Es ist nur Schulstoff. Ich hasse es.«

»Warum?«

»Es ist alt und überflüssig.«

»Das sehen viele anders. Sie meinen, dass das Stück uns etwas Bedeutsames über die Menschen erzählt.«

»Es interessiert mich einfach nicht.«

»Was interessiert dich dann?«

»Nichts.«

»Gehst du deshalb nicht mehr zur Schule?«

»Ja.«

»Bleibst du deshalb auch den ganzen Tag in deinem Zimmer?«

Daniel sah ihn an. Dann schrie er auf einmal los. »Warum stellen Sie mir diese dummen Fragen?«

Freud schwieg. Er rückte den Stuhl vom Tisch ab und setzte sich. »Du erlaubst doch, ja? Das Stehen ist auf die Dauer etwas anstrengend.«

Er nahm die Statuette und wog sie in der Hand. Daniel blickte zu Boden.

»Warum sind Sie gekommen?«

»Vielleicht erinnerst du dich, dass ich dich bei unserem ersten Treffen gefragt habe, wie du es auf die Fähre geschafft hast. Du hast es mir immer noch nicht erzählt. Ich würde es gerne erfahren.«

Daniel schwieg.

»Haben Sie einen Bruder?«, fragte er schließlich.

»Warum interessiert dich das?«, gab Freud zurück.

»Wenn Sie keinen haben, werden Sie mich nicht verstehen können.«

»Was genau würde ich nicht verstehen können?«

Daniel schüttelte den Kopf. »Es hat einfach keinen Sinn.«

»Um ein guter Fischer zu sein, muss man kein Fisch sein.«

»Das ist doch etwas ganz anderes.«

»Ich habe einen jüngeren Bruder«, erklärte Freud nach kurzem Zögern. Er hatte durchaus nicht die Angewohnheit, seine Patienten mit Anekdoten aus seinem Leben zu behelligen. »Alexander. Meine Eltern ließen mich seinen Namen aussuchen. Ich habe ihn nach Alexander dem Großen benannt. Als zehnjähriger Bub war er mein Held.«

»Das ist eben der Unterschied.« Daniel sah ihm direkt in die Augen, wartete, wie um Schwung zu nehmen, und schleuderte ihm dann die Worte in blindem Zorn entgegen. »Ich habe meinen Bruder umgebracht.«

Die Wirkung trat unmittelbar und unerwartete heftig ein. Eine verschüttete Erinnerung, die er jedoch nicht greifen konnte, regte sich.

»Sehen Sie, nun sagen Sie nichts mehr.« Daniel stand auf und ging auf ihn zu. Eine bedrohliche Stimmung ging von ihm aus.

Freud hob beschwichtigend die Hand. »Entschuldige bitte. Ich bin alt und langsam geworden. Setz dich wieder.«

Daniel zögerte.

»Du kannst mir glauben, dass deine Beichte mich weitgehend unberührt lässt.« Ihm war bewusst, dass das nicht die Wahrheit war. In jeder anderen Behandlung wäre es wohl so gewesen, wie er es gesagt hatte. Doch hier und jetzt war es eine Lüge.

Daniel starrte ihn an. »Dann wollten Sie nur sehen, ob Sie es aus mir herausbringen können? Und nun ist es Ihnen egal? Weil ich Ihnen egal bin!«

»Das ist nur, was du hören willst.«

Daniel trat noch ein Stück näher an ihn heran. »Dann sagen Sie mir, was Sie wirklich denken!«

»Entscheidend ist, was du denkst.« Die Worte verließen nur mühsam seinen Mund. Er spürte, wie seine Brust eng wurde. Es war nicht der Junge, der ihn beunruhigte, sondern sein eigener Zustand.

»Was ich denke? Ich denke, dass ich erst gar nicht hätte anfangen sollen, mit Ihnen zu reden, und dass Sie jetzt gehen und nie mehr wiederkommen sollen!«

Daniel trat einen Schritt zurück. Er sah Freud verunsichert an. »Ist alles in Ordnung mit Ihnen?«

Er schüttelte entschieden seinen Kopf. Das Bild wurde deutlicher. Es brachte ihn zurück auf die Fähre und von dort nach Hamburg zu Martha. Die Zeitreise führte noch weiter in die Vergangenheit erst nach Wien und schließlich in seine Geburtsstadt Freiberg. Zu dem Gesicht, das ihn aus dem Wasser angeschaut hatte. Er musste sich zwingen, weiter zu atmen. Von ferne spürte er, wie der Junge seine Hand ergriff. Dann rückte alles noch weiter fort von ihm und geriet schließlich ganz außer Reichweite. Die Welt hörte auf zu existieren. Er fiel in ein bodenloses Nichts.

38.

Draußen empfing ihn ein frischer Wind, der dunkle Wolken über der Alster aufgetürmt hatte. Wo die Sonne eine Lücke fand, ließ sie das Grün der Bäume, die den Jungfernstieg säumten, strahlend aufleuchten. Das Wasser dahinter erschien schwarz und unergründlich.

Er mischte sich, immer noch benommen, unter die Spaziergänger, von denen die meisten in Eile gerieten, um Schutz vor dem drohenden Unwetter zu finden. Mit dem Blick auf das bewegte Wasser ließ er sich ziellos treiben, spürte den Wind und die Traurigkeit der Wolken.

Nach einer Weile mahnte er sich zur Disziplin. Der Tod des Kindes war eine unabänderliche Tatsache. Elfie Thomsen gegenüber trug er jedoch eine Verantwortung. Die Wucht der Erkenntnis hatte sie mit voller Wucht getroffen. Nachdem er alles dafür getan hatte, sie an ihr Kind zu erinnern, konnte er sie nicht mit der Ungewissheit darüber alleine lassen, was mit ihm geschehen war. Nur so würde sie den Frieden finden, den sie brauchte, um weiterleben zu können.

Zunächst war er unschlüssig gewesen, was als Nächstes zu tun war. Um seine Patienten behandeln zu können, war es nötig, sich ein Bild von ihren inneren Welten zu machen. Sich Einblick in die Seele, das Denken und Fühlen, die Ansichten und Bestrebungen zu verschaffen, war oftmals schwierig genug. In diesem Falle schien es ihm jedoch unabdingbar, sich zuvörderst an die äußere Welt zu halten.

Einmal zu seinem Entschluss gekommen, löste er sich aus

dem Strom der Kaufleute, Bänker und Flaneure, kehrte um und hielt auf das Kontorhaus der Hansens zu, um an den Ursprung seiner Arbeit zurückzukehren. Dieses Mal wählte er jedoch den Vordereingang.

Auf sein Klopfen öffnete ihm wieder das Mädchen. Er nannte ihr seinen Namen, was er vorher noch vermieden hatte, und bat sie, ihn bei der Senatorin anzumelden. Erleichtert, sich in vertrauter Routine bewegen zu können, nahm sie förmliche Haltung an, führte ihn in die Halle und ließ ihn dort warten. Von der Wand aus starrten ihn die Augen einer Antilope an, wie er sie gerade noch im Hafen hatte strampeln sehen.

Edith kehrte zurück und geleitete ihn in den Salon, wo Greta Hansen ihn, in einem schweren Fauteuil thronend, erwartete.

»Falls Sie kommen, um ein weiteres Honorar einzufordern, wird es sich für Sie nicht lohnen, Platz zu nehmen, da ich nicht erkennen kann, worin bis hierher Ihre Dienste bestanden haben.«

Er setzte sich.

Sie hob die Arme und schaute ihn irritiert an. »Möchten Sie mir nicht mitteilen, was Sie hierher führt?«

Freud erkannte die gleiche Schwäche im Unterarm, die ihm bereits bei seinem ersten Besuch ins Auge gefallen war.

»Die Behandlung von Elfie Thomsen wäre günstiger verlaufen, wenn Sie mich in die näheren Umstände ihrer Vorgeschichte eingeweiht hätten. So etwa die ihrer Schwangerschaft.«

Greta Hansen stand auf, durchquerte mit raumgreifenden Schritten den Salon und öffnete den Schreibsekretär. Ein Hauch ihres Parfums wehte Freud an.

»Wenn ich es recht bedenke, war ich Ihnen gegenüber gerade ein wenig ungerecht.«

Sie griff nach einem Formular, das sie hastig mit einem Füllfederhalter ausfüllte. Sie blies die Tinte trocken und reichte ihm das Papier.

»Hier ist eine Zahlungsanweisung als Dank für Ihre Bemühungen. Sie müssen sich der Genesung Ihrer Patientin nicht weiter verpflichtet fühlen. Bitte werfen Sie mir meine unrealistischen Erwartungen nicht vor, die aus reiner Unkenntnis der Materie erwuchsen.«

Freud stand auf, nahm den Schrieb entgegen, überflog die eingetragene Summe und legte ihn zurück auf den Sekretär.

»Ich weiß Ihr finanzielles Engagement sehr zu schätzen, fühle mich jedoch außerstande, Ihr generöses Angebot anzunehmen, solange ich nicht das Meine zur Gesundung von Fräulein Thomsen beigetragen habe.«

»Ich fürchte, Sie haben mich nicht richtig verstanden.«

»Da Elfie Thomsen nach ihrer Flucht aus Doktor Tietjes Obhut als vermisst gilt, ist es mir genau genommen nicht möglich, Ihrem Wunsch, die Behandlung zu beenden, zu entsprechen. Denn dafür müsste ich sie noch einmal abschließend untersuchen. Deshalb erlauben Sie mir, die Gelegenheit zu nutzen und einige offene Fragen mit Ihnen zu klären.«

Er sah sie an. Sie hatte die Selbstsicherheit, die sie eben noch vor sich her getragen hatte, auf dem Weg zu ihrem Sessel verloren.

»Da Sie es waren, die mich mit Elfies Behandlung betraute, gehe ich davon aus, dass Sie auch für Wohnung und Unterhalt des Mädchens aufkamen, wofür Sie sich meiner allergrößten Hochachtung sicher sein können. War es Ihre Idee, eine Amme zu beauftragen, oder die Ihres Mannes? Hatte Elfie Schwierigkeiten, für ihr Kind zu sorgen? Konnte sie es nicht ernähren?«

Alle Farbe wich aus Greta Hansens Gesicht. »Ich habe nie eine Amme zu Elfie geschickt.«

»Nicht?«, fragte er ehrlich erstaunt. »Dann ging dieser Teil also auf Ihren Mann zurück?«

»Da liegt ein Irrtum vor«, erklärte Greta Hansen entschieden, »ich schickte jede Woche ein Mädchen mit einer kleinen Summe Geldes zu Elfie Thomsen, damit sie keinen Hunger leiden musste. Aber das war keine Amme.«

»Von welchem Zeitpunkt an wusste Ihr Mann über Ihr Arrangement mit Elfie Bescheid?«

Sie schaute ihn unsicher an. »Ich hatte kein Arrangement mit Fräulein Thomsen, ich wollte dem armen Mädchen einfach nur helfen. Und mein Mann hat mit all dem nichts zu tun.«

»Ist der Herr Senator zufällig gerade zu sprechen?«

Greta Hansen blickte nervös zum Fenster hinaus. Überwog eben noch die Ablehnung ihm gegenüber in ihrer Haltung, so bestimmte jetzt nackte Angst ihren Ausdruck. »Ich muss Sie bitten zu gehen. Jetzt sofort. Edith!«

39.

Als Paul ihn von dem Platz auf seinem Poller aus entdeckte, war er sofort aufgesprungen und auf ihn zugestürmt. Freud wollte ihm gerade mitteilen, dass er Elfie gefunden hatte und sie zumindest vorübergehend in Sicherheit war, da schlug der Junge schon auf ihn ein.

»Das ist alles Ihre Schuld!«

»Paul!« Freud streckte die Arme aus und versuchte, sich den Jungen vom Leibe zu halten.

»Wir hatten alles, was wir zum Leben brauchten, bis Sie gekommen sind!«

»Nun beruhige dich doch!«

»Ich hätte Sie im Fleet ersaufen lassen sollen!«

Es gelang ihm, Pauls Arme festzuhalten, doch nun trat der Junge nach ihm.

»Bitte beruhige dich und erzähle mir, was passiert ist!«

Paul riss sich von ihm los, trat zwei Schritte zurück und blickte ihn hasserfüllt an. »Was passiert ist?«

Ohne ein Wort zu sagen, ging er zum Haus. Freud folgte ihm in den Durchgang, der zum Hof führte. Dort, wo die Hütte gestanden hatte, lag nur noch ein großer Haufen Bretter. Zwischen dem Holz eingerissene Stoffbahnen, zerschnittene Hemden und aufgeschlitzte Säcke, deren Inhalt – Tabak, Tee und Gewürze – sich überall verstreut fand und dem Geruch, der vom Schweinestall ausging, eine unpassend exotische Note verlieh. Die Schlafunterlagen und Decken lagen bei den Tieren, die sich nun darauf suhlten.

»Wer hat das getan?«

»Hans.«

»Das ist unmöglich!«

»Ein feiner Mann stand daneben.«

»Senator Hansen.«

»Er war erst zufrieden, als alles zerstört war.«

»Was wollte der Mann?«

»Dasselbe wie der Doktor vorher auch schon.«

»Er hat nach Elfie gesucht.«

»Was will er von ihr? Warum hat er das hier getan?«

Freud ließ die Fragen unbeantwortet. »Hans hat ihm nicht gesagt, wo sie ist?«

»Weiß er es denn?«

»Ja.«

Paul wurde still. »Geht es ihr gut?«

Freud nickte. Eine Weile standen die beiden da.

»Was soll denn nun aus uns werden?«

»Ihr werdet schon etwas finden.«

Paul sah ihn an. Verzweiflung und Enttäuschung lagen in seinem Blick. Er wandte sich ab und verließ den Hof, ohne sich umzuwenden.

Freud blieb zurück und begann, aus den Trümmern das Brauchbare heraus zu sortieren. Doch was er auch in die Hand nahm, nichts hielt der Prüfung stand, sodass er es wieder fallen lassen musste. Nach einer Weile sah er sich um und stellte fest, dass alles wie zuvor war.

40.

Das Gewicht, das auf ihm lastete, wurde mit jedem Schritt größer. Die Ereignisse waren auf eine schiefe Ebene geraten. Unmöglich, ihren Lauf aufzuhalten oder ihre Richtung zu ändern. Er hatte sich an die äußere Welt halten wollen, um etwas Gutes bei Elfie auszurichten. Nun hielt sich die äußere Welt an ihn. So musste es wohl dem Ahasver gehen, der dem Zimmermannssohn auf seinem Kreuzweg die Bitte nach einem Schluck Wasser verweigert hatte und verflucht war, bis zum Jüngsten Gericht durch die Welt zu wandern, ohne etwas an ihrem Lauf ändern zu können.

Er wandte den Blick von der Sankt Georger Kreuzigungsgruppe ab, die das Ende der hamburgischen Via Dolorosa markiert hatte. Ohne Besserung zu erwarten, ließ er die Sankt Georg Kirche mit ihrem barocken Zwiebelturm hinter sich, ging auf das ärmliche Haus zu und schleppte sich die schmalen Stiegen hinauf. Fatalismus führte seine Hand, als er gegen die Tür klopfte. Sobald die Amme ihn erblickte, suchte sie ihn fernzuhalten. Doch weil er auf ihre Reaktion gefasst gewesen war, hatte er den Fuß bereits in der Tür gehabt.

»Was wollen Sie?«

»Mit Ihnen sprechen.«

»Bringen Sie mir das Kind?«

»Nein.«

»Lebt es denn noch?«

»Es ist jetzt in guten Händen.«

»Verschwinden Sie!«

Mit einem Ruck drückte er die Tür auf und stand im Flur. Es roch nach kaltem Kohl und Urin. Die Frau sah ihn ängstlich an. Für einen Moment war es still in der Wohnung.

»Ich will Ihnen keine Schwierigkeiten bereiten«, versprach er.

Sie lachte bitter auf. Als er die Tür hinter sich schloss und auf sie zuging, wich sie vor ihm zurück.

»Was wollen Sie denn noch von mir? Die haben mir schon die Kinder weggenommen! Wovon soll ich denn jetzt leben?«

»Wie ist der richtige Name des Kindes, das Sie uns gaben?«

»Ich gab Ihnen das Kind nicht, Sie haben es gestohlen!«

»Der wirkliche Sören hatte ein Muttermal auf der Schulter. Er lebt nicht mehr. Aber das wissen Sie ja bereits.«

»Sind Sie denn vollkommen wahnsinnig? Ich verstehe kein Wort von dem, was Sie reden!«

Er schaute ihr in die Augen. »Wollen Sie als Kindesmörderin auf dem Schafott landen?«

Sie schüttelte so heftig den Kopf, dass ihr das strähnige Haar ins Gesicht fiel. »Sören ist krank gewesen. Aber der Herr Senator hat ihn ins Spital gebracht. Er hat mir zugesagt, dass das Kind dort wieder genesen werde.«

»Haben Sie ihn im Spital besucht oder auch nur nachgeforscht, ob Senator Hansen seine Ankündigung wahr gemacht hat?«

Sie sah ihn empört an. »Aber das wollte der Senator doch nicht. Er hat mir vorgeworfen, dass ich mich nicht ordentlich um Sören gekümmert habe. So als ob alles meine Schuld gewesen sei. Dabei war das Kind doch die meiste Zeit bei seiner Mutter. Also ist es doch die Schuld dieser Elfie!«

»Wenn Elfie Thomsen Sören doch versorgt hat, was war dann Ihre Aufgabe?«

»Ich holte den Jungen ab, brachte ihn dem Senator, wartete darauf, dass er mir Bescheid gab, und dann trug ich das Kind auf meinen Armen wieder zurück.«

»Es hatte Verletzungen, die Sie beim Wickeln des Kindes nicht übersehen konnten, weil sie geblutet haben«, mutmaßte er.

Sie blickte durch ihn hindurch.

»Es entstand eine Entzündung, sodass das Kind einen Wundbrand bekam.«

Tränen rannen der Amme über die eingefallenen Wangen. Freud schloss die Augen und versuchte, sich zu sammeln. Doch das Grauen ließ sich nicht abschütteln.

»Es war der Senator, der von Ihnen verlangt hatte, mir das Kind als Sören vorzustellen.«

»Ja.«

»Aber der wirkliche Sören war da schon tot.«

»Der Senator hat versprochen, dafür zu sorgen, dass er wieder gesund wird und ein schönes neues Heim bekommt.«

»Wie hieß der Junge, den wir hier abgeholt haben?«

»Geht es ihm auch wirklich gut?«

»Er hat kein Fieber mehr und wird sich gut entwickeln.«

»Kaspar.«

»Sie hätten Sören dem Senator nicht überlassen dürfen.«

Sie schaute ihn an. »Und wie hätte ich das bewerkstelligen sollen?«

41.

Der Regen hatte ihn ganz und gar durchweicht. Ein steter Niederschlag, der die Farben aus Himmel und Erde wusch und alles in ein tristes Grau tauchte. Die Menschen liefen mit mürrischer Miene an ihm vorüber. Niemand beachtete den anderen. Auf der Alster dümpelten die Boote träge auf dem stillen Wasser vor sich hin.

Er schritt nun den Prozessionsweg der mittelalterlichen Pilger in umgekehrter Richtung von Sankt Georg über den Gertrudenkirchhof weiter Richtung Speersort ab. Je näher er dabei dem Kontor des Senators gekommen war, desto dunkler war ihm der Himmel erschienen. Was sollte er mit den Wahrheiten anfangen, die er so beharrlich zutage gefördert hatte? Niemand würde von den unaussprechlichen Verbrechen, die an dem Kind verübt worden waren, hören wollen. Noch weniger würde man ihm angesichts seiner eigenen fehlenden Reputation und der bedeutenden Stellung des Senators Glauben schenken.

Seine Aufgabe in der Welt bestand nicht darin, Verbrechen zu bekämpfen, sondern Krankheiten. Er musste sich wohl damit auseinandersetzen, dass ihm weder in dem einen noch in dem anderen Aussicht auf Erfolg beschieden war. Eine ganze Woche noch musste er in der Stadt zubringen, ehe er nach Wien zurückkonnte. Es war ihm ein Rätsel, wie er die Tage herumbringen sollte, ohne den Verstand zu verlieren.

Während er seinen Weg fortsetzte, versuchte er, sich weiszumachen, dass es Vernunft war, die seine Schritte lenkte, wusste aber doch, dass es nicht Einsicht, sondern Feigheit war, die ihn dazu brachte, das Kontorhaus zu meiden.

Der Hinterhof empfing ihn in perfekter Apokalypse. Ein Bild, das den Darstellungen der Hölle durch die alten Meister an Traurigkeit in nichts nachstand. Der Regen hatte alles in eine Schlammlandschaft verwandelt, in denen sich die Überreste des kleinen Paradieses, das hier entstanden war, in ihre Bestandteile auflösten und mit dem faulen Erdreich verschmolzen.

Er verließ den Hinterhof wieder, trat in die dunkle Diele und folgte den Stufen ins Obergeschoss. Dabei zog er automatisch Kopf und Schultern unter der niedrigen Decke ein. Obschon die Tür halb offen stand, klopfte er und wartete, bis er hineingerufen wurde.

Der Säugling schlief an Maries Brust. Als er die Kammer betrat, legte sie das Kind ab. Leefke stand auf und ging ihm entgegen.

»Nehmen Sie ihn uns etwa schon jetzt weg?«

Er setzte sich an den Tisch, erleichtert, eine gute Nachricht überbringen zu können. »Die Lage stellt sich mittlerweile anders da. Das Kind sollte vorerst wohl doch besser hierbleiben.«

Die jungen Frauen sahen sich an. Er war nicht ganz sicher, was in ihren Blicken zu lesen war, aber es war keine überschwängliche Freude darin vorhanden.

»Sein Name lautet im Übrigen Kaspar«, erklärte er in dem Bemühen, den eingeschlagenen Kurs beizubehalten.

Leefke setzte sich zu Marie aufs Bett und begann, still zu weinen. Marie legte ihr eine Hand auf das Bein, die jedoch weggeschlagen wurde. Darauf faltete sie ihre Hände zusammen und sah Freud an.

»Ich habe eine Stellung als Hausmädchen angenommen«, erklärte Marie, »dieses Zimmer werde ich dann nicht mehr brauchen. Der Kleine muss zu seiner Amme zurück. So wie Sie es gesagt haben.« Sie sah Leefke an. »Es tut mir leid. Aber ich kann nicht für ihn da sein. Und du kannst es auch nicht. Ihr habt ja noch nicht einmal ein Dach über dem Kopf.«

»Glaubst du, das weiß ich nicht?«, schrie Leefke.

Das Kind wachte auf und begann zu weinen. Leefke nahm es auf und wiegte es in den Armen. Dabei ging sie jedoch so ungestüm vor, dass das Kind nur noch lauter schrie.

»Lass gut sein, Leefke«, sagte Marie sanft und nahm ihr den Säugling ab, der sich bald beruhigte.

»Die Amme kann es nicht zurücknehmen«, sagte Freud in die Stille hinein.

»Warum nicht?«, forderte Marie zu wissen.

»Es ist unmöglich. Mehr kann ich dazu nicht erklären.«

Marie stand auf und trat auf ihn zu. »Sie werden es trotzdem mit sich nehmen.«

»Ich werde mich um eine Lösung kümmern. Einstweilen ist es hier besser aufgehoben.«

Sie schüttelte den Kopf und hielt ihm das Kind entgegen. Es blieb ihm nichts, als es zu nehmen.

42.

Es zog ihn wider Willen in den Hof. Den Säugling im Arm besah er sich die Trümmer und wusste, dass er es gewesen war, der die Zerstörungswut des Senators hierher gelenkt hatte. Gewalt und Chaos lagen bei dem Kaufmann und Politiker nur unter einer dünnen Schicht von Zivilisiertheit. Er fragte sich, was den Senator so grundsätzlich von anderen unterschied. Erziehung und Bildung hatten ihre zähmende Wirkung bei ihm verfehlt. In ihm wirkten wohl ältere Kräfte, die entweder bei anderen Menschen verkümmert oder durch konkurrierende Einflüsse besiegt waren.

Das Kind in seinem Arm schlief fest. Vor allem anderen musste er eine angemessene Unterbringung für den Säugling finden. Martha wagte er nicht um Rat zu fragen. Er wollte sie nicht in die Sache hineinziehen. Die Wirtin würde vielleicht helfen können. Er wandte den Blick von der zerstörten Hütte ab und wollte gehen, da erregte etwas seine Aufmerksamkeit. Langsam trat er an den Schweinestall heran. Dort entdeckte er Fietje, der unbeachtet von den massigen Tieren, ein Tuch um die Schulter geschlungen, in der äußersten Ecke des Verhaus kauerte.

»Was tust du da?«

Der Junge zog die Decke noch etwas enger um sich.

»Warum bist du nicht bei Paul oder Leefke?«

Die Schweine grunzten aufgeregt, als er ans Gatter ging.

»Komm her.«

Er winkte Fietje zu, doch der schüttelte den Kopf.

»Du kannst dort nicht bleiben!«

Weil er einsehen musste, dass es zwecklos war, weiter mit dem Jungen über den Zaun hinweg zu verhandeln, stieg er, den Säugling immer noch auf dem Arm, über das Gatter. Er schob sich an einer Sau vorbei, die ihn neugierig beschnüffelte, und trat zu dem Jungen. Wohl hatte er gehofft, dass dieser ihm voller Hoffnung und Erleichterung entgegenkommen würde, doch das war nicht der Fall. Fietje fing an zu schreien, als ob es um sein Leben ginge. Die Schweine stoben aufgeschreckt davon, Kaspar wachte auf und weinte.

Freud stand da, unentschlossen, was zu tun war. Schließlich fasste er sich ein Herz, beugte sich zu Fietje herunter, klemmte ihn sich unter den Arm und stiefelte zurück zum Gatter. Er versank bis über die Knöchel in dem stinkenden Morast und verlor einen seiner Schuhe darin. Dann öffnete er das Gatter, stellte Fietje auf die Füße und gab ihm Kaspar auf den Arm. Das Geschrei der beiden Kinder vermischte sich mit dem der aufgeregten Tiere. Eines der Ferkel hatte sich befreit. Freud stürzte ihm nach, fing es ein, trug es zurück in den Stall, zog seinen Schuh mit einem schmatzenden Geräusch aus dem Dreck und schloss das Gatter wieder.

Als er sich endlich wieder Fietje zuwandte, stellte er zu seiner Verwunderung fest, dass der Junge vollkommen ruhig geworden war. Ebenso war es mit Kaspar gegangen.

Freud wischte sich den gröbsten Schmutz von Schuhen und Hose und erklärte Fietje geduldig, dass sich weder Leefke noch Elfie oder Marie des Kindes annehmen könnten und er es deshalb nach Wandsbek mitnehmen müsse. Fietje hörte ihm aufmerksam zu und nickte, um ihm zu bedeuten, dass er alles verstanden hätte. Als Freud ihm jedoch die für die zarten Arme schwere Last abzunehmen suchte, widersetzte Fietje sich heftig. Er erklärte ihm noch einmal alles und unternahm einen zweiten Versuch, auf den Fietje aber mit noch entschiedenerem Widerstand reagierte.

Weil alles gute Zureden nichts bewirkte, er es aber auch nicht über sich brachte, ihm den Säugling gewaltsam zu entreißen, fügte Freud sich und unterbreitete Fietje den Vorschlag, nach Wandsbek mitzukommen. Er hatte bereits gefürchtet, dass das Ergebnis das Nämliche sein würde und er weder ihn noch Kaspar aus dem unglückseligen Hinterhof bewegen könne. Aber Fietje folgte ihm ohne Zögern.

Mehr als einmal geriet der Junge mit seiner schweren Last ins Stolpern. Freud bat ihn, ihm das Kind zu überlassen, doch Fietje lehnte die Hilfe beharrlich ab. Als er eine Kutsche anhielt, entpuppte sich die Stufe als zu hoch für Fietje, um sie mit dem Kind im Arm nehmen zu können, sodass ihm nichts blieb, als Fietje mitsamt seinem Schützling in den Wagenverschlag zu heben. Dort saß er wie mit einem Brett im Rücken, den Blick fest auf Freud gerichtet, von dem er wohl immer noch fürchtete, dass er ihm Kaspar entreißen könnte.

Erst als sie Sankt Georg hinter sich gelassen hatten, sank der Junge ein wenig zusammen, ließ in seiner gespannten Aufmerksamkeit nach und kippte schließlich ein kleines Stück zur Seite, sodass er Halt an Freuds Schulter fand. Als der ihn schließlich fragte, ob er die Geschichte vom Däumling hören wolle, fand sogar ein Lächeln seinen Weg auf die schmalen Lippen.

Die Wirtin steckte Fietje mitsamt seinem zum siamesischen Zwilling gewordenen Begleiter in eine Wanne mit heißem Wasser. Freud sah, wie sie sich unter seinen Augen beim Umgang mit den Kindern um Jahre verjüngte. Vielleicht hatte sie ja einmal welche gehabt. Grippe und Cholera suchten sich ihre Opfer stets unter den Schwächsten.

Nachdem sie gegessen hatten, forderte Fietje noch einmal das Däumlingsmärchen von ihm. Schläfrig geworden, wurden beide Kinder zusammen ins Bett gesteckt. Die Wirtin kannte eine Amme, und Freud war froh, ihr Kaspar geben zu können, als dieser hungrig erwachte.

Sodann spürte er selbst den Schlaf kommen. Es war erst Nachmittag, doch die durchwachte Nacht steckte ihm in den Gliedern. Die Gänge, die vor ihm lagen, mussten noch warten. Zudem wollte er nicht das Risiko eingehen, Fietje alleinzulassen. Also blieb er auf seinem Stuhl sitzen und ließ die Müdigkeit kommen.

Bald schon fand er sich auf Daumengröße geschrumpft in dem Schweinestall wieder. Die hungrigen Tiere bedrängten ihn. Er wusste, dass er jenseits des Gatters sicher vor ihnen sein würde, doch es war ihm unmöglich, durch den weichen Morast dorthin zu gelangen. Das Quieken der Schweine, die ihn mit ihren Rüsseln beschnupperten und in den Schlamm zurückstießen, sobald er auf die Beine kam, schwoll zu einem infernalischen Sturm an. Er suchte sich vor den Mäulern mit ihren spitzen Zähnen zu schützen, konnte jedoch nicht die Arme heben.

Der Ruck, mit dem es ihm endlich gelang, die Lähmung zu überwinden, weckte ihn auf. Der Lärm hielt jedoch weiter an. Er brauchte einen Moment, um zu begreifen, wo er war und dass das Geschrei von Fietje ausging, der ihn, an die Wand gedrängt, von der äußersten Ecke des Bettes aus panisch anstarrte.

Freud wollte den Jungen beruhigen, der jedoch um sich schlug und trat, als er sich ihm näherte. Er stürzte in den Flur hinaus, wo er auf die Wirtin stieß.

»Wo ist Kaspar?«

»Warum schreit der Junge so fürchterlich?«

»Sie müssen mir Kaspar bringen!«

Er lief zurück zu Fietje, der aus dem Bett sprang, als er Freud erblickte, und in Todesangst vor ihm zu fliehen versuchte. Freud schloss die Tür, damit der Junge ihm nicht davonrannte. Der wiederum griff nach den Büchern, die am Bett lagerten, und schleuderte sie ihm entgegen. Der Don Quichotte büßte ebenso seinen Deckel ein wie der Goethe und der Charcot, an dessen Übersetzung er arbeitete. Fadenbindungen lösten sich auf, sodass die Seiten wie Herbstblätter durch die Luft wirbelten, als die Wirtin die Tür aufstieß und endlich den Säugling brachte.

Während die Wirtin sich Fietjes annahm, der sich, sobald er Kaspar gesehen hatte, wieder beruhigte, strich Freud zerknickte Seiten glatt und legte lose Blätter zurück an ihren Platz, wo sie wie schiefe Zähne aus dem Einband ragten. Er sagte sich, dass er kein Recht hatte, so zornig auf den Jungen zu sein, doch das half wenig, sein Gemüt zu beruhigen.

Später, als sein Zorn lange verraucht war und er meinte, dass Fietje wieder eingeschlafen war – Kaspar lag in seinem Arm – hörte er ihn das erste Mal etwas sagen.

»Weißt du, warum der Däumling nicht gesprochen hat?«

Freud sah verwundert auf. Fietje blickte nicht etwa ihn, sondern Kaspar an. Er hatte seinen Kopf eng an den des Säuglings gelegt, weshalb er wohl auch so leise sprach, dass Freud ihn nur schwer verstehen konnte.

»Seine Eltern und seine Geschwister hielten ihn deshalb für dumm«, flüsterte Fietje Kaspar ins Ohr, »aber das war er nicht.«

Statt zu ihm zu gehen, widmete Freud sich weiter seinen Büchern. Dabei vermied er jedes Geräusch. Er wollte Fietje auf keinen Fall unterbrechen oder ihn erschrecken. Aus dem Augenwinkel beobachtete er den Jungen weiter, der begann, seinem Schützling in kreisenden Bewegungen zärtlich über den Bauch zu streichen.

»Er durfte ja nicht sprechen. Aber das wusste niemand.«

Freud wagte kaum zu atmen.

»Nun willst du wohl wissen, warum das so war. Ich will es dir sagen, doch du darfst es keinem verraten.«

Der Junge sah das Baby mit ernster Miene an.

»Niemand darf es wissen, weil dich sonst der Riese holen kommt.«

Draußen im Flur hatte jemand eine Tür oder ein Fenster geöffnet. Ein kühler Luftzug drang herein, erfasste ein loses Blatt und hob es vom Tisch, von wo aus es durch das Zimmer segelte und mit einem Rascheln unter dem Bett verschwand. Fietje hob die Augen. Er sah Freud an, als sei er gerade erwacht. Freud konnte nicht anders, als ihn anzusehen, obwohl er fürchtete, den Zauber mit seinem Blick zu zerstören. Doch wider Erwarten sprach Fietje weiter. Die Stimme war ebenso leise wie zuvor.

»Er nimmt dich am Bein und wirft dich in den Fleet, wo er besonders tief ist.«

Fietje hielt Freud fest im Blick. Dann neigte er seinen Kopf wieder Kaspar zu.

»Wenn aber einer sagt, dass es den Riesen nicht gibt, dann lügt er. Denn der kleine Däumling hatte ihn ja gesehen. Das wusste der Riese und suchte fortan nach ihm.«

Freud stand auf, setzte sich zu Fietje ans Bett. Tränen rannen dem Jungen über die Wangen.

»Eines Tages hatte er ihn schließlich gefunden. Er kam zur Hütte, blies die großen Backen auf und pustete, dass es einen Sturm gab, der die Tür, die Wände, das Dach und alles, was darunter war, durch die Luft wirbelte und zerbrach.«

Fietje hörte auf zu sprechen.

Freud nahm seine Hand. »Aber weil er so klein war und so klug, hatte der Däumling sich bei den Tieren im Stall versteckt, sodass der Riese ihn nicht finden konnte.«

Fietje nickte und vergrub seinen Kopf in Freuds Brust, der ihn fest an sich drückte.

43.

Die Wolken leuchteten vor der untergehenden Sonne wie in einem lodernden Feuer. Weil der auffrischende Wind ein Unwetter ankündigte, hatte Freud Mühe, den Kutscher davon zu überzeugen, die Fahrt nach Hamburg anzutreten. Er musste ihm den doppelten Preis entrichten und fand den Droschkenführer immer noch ganz und gar unwillig. Dessen Drängen, seine Geschäfte auf den folgenden Tag zu verschieben, kam für Freud nicht infrage. Zwar wusste er Fietje bei der Wirtin gut aufgehoben. Im Schein ihrer Wärme vergaß der Junge seine Angst. Elfie jedoch machte ihm Sorge. Für sie war das Unglück in gewisser Weise gerade erst geschehen. Denn solang Sören für sie nicht existiert hatte, war ihm auch nichts zugestoßen. Er konnte schwer einschätzen, wie sie nun reagieren würde. Ebenso war er wegen Hansen beunruhigt, der sich wohl sicher gewesen war, dass nichts von dem, was er getan hatte, publik werden würde, sich darauf jedoch nun nicht mehr verlassen konnte.

Das Unwetter war schneller aufgezogen, als er es für möglich gehalten hätte. Die Äste der Bäume, die die Straße säumten, bogen sich, die Kronen wurden durchgeschüttelt, als seien es Gräser auf einer Wiese. Der Kutscher schrie in den Wind hinein, dass er nicht weiterfahren wollte. Freud musste das wenige Geld, das er bei sich trug, aufbieten, damit er ihn trotzdem noch in die Stadt brachte.

Mit einem Mal erlosch das Feuer am Himmel. Schwarze Wolken hatten sich vor die Sonne geschoben. Wenig später begann der Regen auf sie herabzugehen, als ob jemand mit Steinen nach ihnen warf. Dann plötzlich erschütterte ein Donnern die Kutsche. Ein armdicker Ast durchschlug das Verdeck und ging dicht neben ihm auf der Sitzbank nieder.

Der Wagen kam mit einem Ruck zum Stehen. Freud eilte dem Kutscher zu Hilfe, der vom Bock gesprungen war, um das sich aufbäumende Pferd zu beruhigen. Er bekam das Halfter zu packen, doch das Tier warf seinen Kopf mit einer solchen Kraft zurück, dass es ihm fast den Arm vom Leibe riss.

Der Kutscher übernahm das Pferd und wies Freud an, sich um den Verschlag zu kümmern. Also kletterte er auf den Wagen und stemmte sich dagegen, um den Ast herauszubekommen. Als der sich endlich löste, ging er gemeinsam mit ihm zu Boden. Er rappelte sich auf und bekniete den Kutscher, die Fahrt fortzusetzen, doch der weigerte sich, auch nur einen Meter weiterzufahren, wendete sein Gefährt und fuhr fluchend davon. Das Geld hatte er behalten. Freud hatte keinen Pfennig mehr in der Tasche.

Nach vorn gebeugt ging er dem Sturm entgegen. Der Wind pfiff ihm in den Ohren. Er schimpfte auf die Götter, die es nicht gab. Vor ihm lag ein entwurzelter Baum quer über der Straße. Als er über den Stamm hinweg stieg, riss ihm ein toter Ast den Unterschenkel auf. Sein Blut vermischte sich mit dem Regen und färbte den Boden unter seinen Füßen rot. Ein Blitz zuckte am Himmel. Dicke, schwere Tropfen prasselten auf ihn herab. Er trennte einen Stoffstreifen aus seinem Hemd und verband damit die blutende Wunde.

Blätter und Äste flogen ihm entgegen. Die Straße schwamm. Hinter Sankt Georg traf er endlich auf die Binnenalster, die an diesem Tag das wütende Gesicht der Nordsee trug.

Als Edith ihm die Tür öffnete, konnte er an ihren Augen ablesen, welch elenden Anblick er bot. Da ihr aber wohl der Mut fehlte, ihn abzuweisen, ließ sie ihn in die Halle eintreten.

Ohne ein Wort der Erklärung nahm er den Weg zur Küche, folgte den Treppen bis zu den Dienstbotenkammern unterm Dach und stürmte in Hans' Zimmer. Er musste Elfie Thomsen an einen sicheren Ort bringen.

Sein Schrecken war groß, als er feststellte, dass die Unterkunft leer war. Weder das Mädchen noch ihre Kleidung oder eine andere Spur von ihr war vorhanden.

Er nahm die Stiegen mit großen Schritten, geriet ins Stolpern, stürzte die letzten Stufen kopfüber hinunter und kam im Flur zum Liegen. Edith eilte herbei und half ihm auf die Füße. Sie wollte ihn am Arm in die Küche führen, doch dabei schoss ihm ein greller Schmerz in die Schulter.

»Wo ist Elfie«, presste er hervor.

»Weggegangen.«

»Wohin?«

»Das wollte sie mir nicht sagen.«

»Warum haben Sie sie nicht zurückgehalten, Sie Unglückselige?«

»Das wollte ich ja! Aber sie hat nicht mit sich reden lassen. Wie von Sinnen ist sie gewesen.«

»Was hat sie gesagt?«

»Dass sie etwas für ihr Kind tun muss.« Edith sah ihn hilflos an. »Dabei hat sie doch gar kein Kind.«

»Und wo ist Hans?«

»Das weiß ich nicht. Seit er mit dem Herrn Senator fortgegangen ist, habe ich ihn nicht mehr gesehen. Können Sie mir nicht endlich erklären, was hier geschieht?«

»Wenn sie hier auftaucht, bringen Sie sie umgehend zu mir nach Wandsbek.« Er nannte ihr die Adresse und ließ sich von ihr wiederholen. »Ist der Senator hier?«

Sie schüttelte eingeschüchtert den Kopf.

»Falls er hier ist, Ihnen aber aufgetragen hat, niemanden zu ihm vorzulassen, sollten Sie mit mir eine Ausnahme machen. Denn dass ich mit ihm spreche, ist unausweichlich.«

Das Mädchen sah ihn verzweifelt an. »Er ist wirklich nicht hier.«

»Dann führen Sie mich zu Frau Hansen.«

»Die Frau Senatorin ist unpässlich.«

»Sie werden mich trotzdem zu ihr bringen.«

Dem Mädchen kamen die Tränen. »Es geht ihr schon seit Tagen nicht gut. Besonders in den Morgenstunden. Ich mache mir Sorgen um sie.«

»Was zögern Sie dann noch? Ich bin Arzt! Wo ist sie?«

»Im ersten Stock.«

Freud lief an ihr vorüber und stürmte die Treppe hinauf.

»Warten Sie, Sie können nicht einfach nach oben gehen!«

Die breite Treppe führte auf eine Galerie, deren Wände von großformatigen Seestücken in düsteren Farben geschmückt wurden. An beiden Enden des Gangs waren Türen. Freud entschied sich für die rechte. Er klopfte an.

»Nein!«, erscholl es aus dem Nachbarraum.

»Doktor Freud. Ich habe Dringendes mit Ihnen zu besprechen.«

»Ich sagte doch: nein.«

»Ich werde jetzt zu Ihnen kommen.«

Die Senatorin rief in gereiztem Ton nach dem Mädchen, das Freud gefolgt war und jetzt hinter ihm stand. Ihr Gesicht war gerötet. Er trat zurück, um ihr den Weg freizumachen.

»Bitte«, raunte er ihr zu, »gehen Sie zu ihr. Aber machen Sie ihr begreiflich, dass ich mich nicht von hier fortbewegen werde, ohne mit ihr gesprochen zu haben.«

Edith ging in das Zimmer. Er wartete eine Weile. Von drinnen waren gedämpfte Stimmen zu hören, was besprochen wurde, blieb ihm jedoch verborgen. Das Gespräch verstummte. Er rechnete damit, dass ihm im nächsten Moment

geöffnet werden würde, doch nichts geschah. Seine Ungeduld wuchs. Schließlich klopfte er und trat ein.

»Frau Hansen?«

Die Angesprochene reagierte nicht. Sie saß, in einen
Morgenrock gehüllt, mit dem Rücken zu ihm am Fenster
und schaute hinaus. Das Zimmermädchen hielt ihre Hand.
Neben dem Bett stand eine Schüssel, in der Erbrochenes
schwamm.

»Ihnen geht es nicht gut?«

Greta Hansen ließ die Hand des Mädchens los. »Lässt du
uns einen Moment allein?«

»Sehr wohl.« Edith knickste, ging zum Bett, bückte sich
nach der Schüssel und verließ das Zimmer.

Greta Hansen wandte sich ihm zu. »Sie können Ihre sor-
genvolle Blicke wieder in Ihrem Arztkoffer verstauen. Mir
fehlt es an nichts.«

»Liege ich richtig, wenn ich eine Gravidität vermute?«

Greta Hansen sagte nichts.

»Weiß Ihr Mann davon?«

Sie stand auf und trat so dicht an ihn heran, dass er ihren
sauren Atem riechen konnte. »Was in diesem Hause vor sich
geht, ist in keinerlei Hinsicht Ihre Angelegenheit!«

Freud zwang sich, ruhig zu bleiben. »Aus Ihrer Reaktion
darf ich schließen, dass Sie von den Neigungen Ihres Mannes wissen.«

Sie drehte sich um und ging ans Fenster. Draußen ging der
Regen mit unverminderter Heftigkeit nieder.

»War das der eigentliche Grund, aus dem Sie mich haben
rufen lassen?«

»Es tut mir leid, aber ich kann Ihnen nicht folgen.«

»Sie haben sich mit einiger Berechtigung Sorgen um das
Wohl Ihres werdenden Kindes gemacht, da Sie nicht wussten,
wie Sie es vor Ihrem Mann schützen sollten.«

Sie drehte sich zu ihm und sah ihn scheinbar ungerührt an.

»Elfie sollte mit meiner Hilfe Ihre Erinnerung wiedergewinnen«, fuhr er fort, »sie sollte mir alles erzählen. Und dann?«

»Hat das Mädchen denn geredet?« Eine Stimme, in der der Frost klirrte.

»Wo ist Ihr Mann jetzt?«

Obwohl Zorn ihre Wangen rötete, kamen die Worte leise und mit der Präzision eines Uhrwerkes. »Mein Mann legt keine Rechenschaft über seine Wege und Geschäfte bei mir ab.«

»Und Sie wissen auch nicht, wo sich Fräulein Thomsen aufhält?«

»Nein«, gab die Senatorin zurück. »Werden Sie so freundlich sein, Edith Bescheid zu geben, mir einen Tee zu bringen. Etwas, das den Magen beruhigt. Vielleicht haben Sie ja ein Rezept für etwas, das zur Abwechslung mal hilft.« Ihr Lächeln hatte den Charme eines Kaufvertrages.

»Das Kind von Elfie Thomsen ist tot. Ihr Mann hat es auf dem Gewissen.«

Greta Hansen sah wieder aus dem Fenster.

»Schauen Sie mich an!«

»Hier geht es weder um mich noch um Sie und sicher auch nicht um Fräulein Thomsen oder ihr bedauernswertes Kind.« Greta Hansen drehte sich ganz langsam zu ihm. »Ich werde, so Gott will, einen gesunden Jungen zur Welt bringen, der eines Tages die Geschäfte der Familie Hansen weiterführen wird.«

»Falls er seine Kindheit überlebt.«

Greta Hansen sah ihn starr an. Ihr rechtes Augenlid zuckte.

2.4.1939

Freud saß auf seinem Sessel, den Blick auf die leere Couch gerichtet, in der noch die Mulde zu sehen war, die seine Patientin hinterlassen hatte. Der schwache Duft ihres *Eau de Cologne* bereitete ihm Kopfschmerzen. Er wollte aufstehen und das Fenster öffnen, doch ihm fehlte die Kraft dazu. Ihre Stimme schwebte immer noch im Raum herum. Im Geiste setzte er das Gespräch mit ihr fort, ohne es zu wollen. Sein Kopf hatte sich eine Pause verdient. Doch wie sollte er seine Gedanken anweisen, eine Rast einzulegen? Sie hatten ihre eigenen Pläne und folgten ihren eigenen Wegen.

Das Türklopfen beendete die Grübelei abrupt, worüber er gleichzeitig dankbar und ärgerlich war.

»Wir wollen essen.« Martha stand in der Tür.

»Ich komme gleich.«

Sie trat ins Zimmer, holte einen Stuhl heran und setzte sich zu ihm. »Ich muss dir wohl nicht sagen, dass ich mir Sorgen um dich mache.«

»Mir geht es gut. Ich denke nur nach«, wiegelte er ab.

»Anna hat mir erzählt, was geschehen ist.«

Er sah sie an. »Ich hatte sie gebeten, dich nicht zu beunruhigen.«

»Beunruhigt war ich sowieso schon. Dazu hatte es gereicht, euch beide anzusehen. Sie tat mir einen Gefallen, indem sie mich informierte. Zu wissen ist doch besser als zu raten. Würdest du das nicht deinen Patienten auch sagen?«

»Ich bitte dich. Das ist doch etwas ganz anderes.«

»Ich frage mich nur, ob du dir nicht zu viel zumutest.«

Er straffte den Rücken. »Die Arbeit tut mir immer noch gut. Soll ich etwa den ganzen Tag nur liegen und meinen Mitmenschen zur Last fallen?«

»Du fällst niemandem zur Last.«

Er sagte nichts.

»Wie geht es mit dem Jungen voran?«

»Warum fragst du?« Er sah sie erstaunt an. In den vielen Jahren ihrer Ehe hatten sie kaum mal ein Wort über seine Patienten gesprochen. Zwischen ihnen gab es eine unausgesprochene Übereinkunft darüber, die jeweiligen Bereiche, in denen sie tätig waren, strikt zu trennen.

»Weil ich sehe, wie hart das Schicksal des Jungen dich angeht.«

Er zögerte. »Du hast recht. Er beschäftigt mich, und ich frage mich, ob es richtig war, die Behandlung mit ihm zu beginnen.«

»Kannst du ihm denn nicht helfen?«

»Ich weiß nicht, ob noch genug Zeit bleibt, um die Sache zu einem guten Ende zu führen. Ich kann nicht auf halber Strecke mit ihm stehen bleiben, muss jetzt aber darauf warten, dass er den nächsten Schritt geht.«

Sie sah ihn mit ernster Miene an. »Und wie lange kannst du noch warten?«

»Das ist es ja. Vielleicht wartet er zu lange.«

»Es wird jemanden geben, der deine Arbeit fortsetzt.«

»Nur, wenn er die Gelegenheit dazu gibt.«

»Du machst dir Sorgen um ihn.« Sie sah ihn lange an.

Er nickte.

44.

Der Wind hatte sich gelegt, und es hatte aufgehört zu regnen. Das Leben auf den Straßen erwachte langsam wieder. Die Menschen beseitigten die Sturmschäden, wie sie es immer taten. Totes Holz und zerbrochene Ziegel wurden eingesammelt und an den Straßenecken aufgetürmt. Zerborstene Scheiben zusammengekehrt, die offenen Fensterlöcher mit Brettern vernagelt. Erlebnisse wurden ausgetauscht, Trost gespendet, Beschwerden über ausgebliebene Schutzmaßnahmen geführt, Vorsätze gefasst, um das nächste Mal besser vorbereitet zu sein.

Freud fühlte sich von alldem unberührt. Die Leute waren für ihn Fremde. Ihre Schicksale gingen ihn nichts an. Er gehörte nicht zu ihnen. Es waren nicht seine Leute und auch nicht seine Probleme.

Am Steindamm stieß er auf eine Menschenmenge. Eine junge Frau war, wie er den Gesprächen der Umstehenden entnehmen konnte, von einem herabfallenden Ziegelstein erschlagen worden. Zu beiden Seiten der Straße, es war in Vorzeiten die erste außerhalb Hamburgs mit einem Steinpflaster gewesen, entstanden vierstöckige Bürgerhäuser, jedes für sich ein kleiner Palast, die wohl dem Wiener Graben nachzueifern suchten. Der Stein stammte aus einem Stapel, der auf dem Baugerüst zurückgelassen worden war. Ein Dutzend Ziegel lag versprengt an dem Unglücksort herum. Eine alte Frau, vermutlich die Mutter der Toten, kauerte auf dem Pflaster, das noch von Blutspuren gezeichnet war. Ihr Wehklagen setzte Freud so stark zu, dass er wie gelähmt stehen geblieben war. Erst als sie von einem Nachbarn und einem Familienmitglied aufgehoben und von der Stelle weggeführt wurde, konnte er seinen Blick von den blutverschmierten Steinen lösen und weitergehen.

Düstere Gedanken und ein Gefühl trauriger Verstimmtheit machten ihm die Schritte schwer. Zurück in Wandsbek fand er sich dann wohltuend freundlich von seiner Zimmerwirtin aufgenommen.

Dorothea Becher versicherte ihm, dass es Kaspar gut gehe, er kein Fieber habe und auch sonst ein pflegeleichtes Kind sei. Er bedankte sich bei ihr und bat um eine Kleinigkeit zu essen, da ihm zumute war, als ob ihm gleich die Sinne schwinden würden.

»Nehmen Sie!«, forderte sie ihn auf und stellte Brot, Butter und Salz vor ihm auf den Tisch.

»Haben Sie vielen Dank.«

»Verrückt waren Sie, bei dem Wetter nach Hamburg aufzubrechen. In ihrem Österreich gibt es wohl weder Wind noch Regen«, mutmaßte die Zimmerwirtin, sichtbar erleichtert darüber, das Unwetter überstanden und ihren Mieter wohlbehalten zurückzuhaben.

»Gewiss«, murmelte er.

»So einfach es mit Kaspar war, so schwer ging es mit Fietje. Nicht einen Moment ist er mir vom Rockzipfel gewichen. Und Kaspar hat er auch nicht mehr aus den Augen gelassen. Wie besessen war der Junge. Als ob ihm jemand die schlimmsten Ahnungen ins Ohr hineingeblasen hätte. Erst als Ihre Martha kam, ist es besser geworden. Mit ihren Geschichten vom Don Quichotte hat sie den Jungen den Sturm glatt vergessen lassen.«

Freud lächelte. »Ja, das will ich wohl glauben.«

»Wie sie so vom Ritter der traurigen Gestalt erzählte, musste ich immerzu an Sie denken.«

Er legte das Brot zur Seite und sah auf. »Ich weiß nicht recht, ob ich dies als Kompliment nehmen darf.«

Sie sah ihn spöttisch an. »Das mögen Sie selbst entscheiden.«

»Wo ist Martha jetzt?«

»Sie hat Fietje mitgenommen und bringt ihn zur Nacht zurück.«

Er stand auf.

»Bevor Sie zu ihr gehen, sollten Sie sich etwas anderes anziehen. Sonst wird Martha Sie wirklich für einen Don Quichotte halten.«

»Sicher.«

Er hatte die Spuren seines Ausfluges nach Hamburg, so gut es eben ging, beseitigt. Innerlich fühlte er sich immer noch zerrüttet, doch wenn er Knochen und Gesichtszüge nur ordentlich zusammenraffte, dann konnte er in seinem gebügelten Anzug vielleicht gerade noch als respektabler Verlobter durchgehen.

Obwohl er sich beeilt hatte, kam Martha ihm bereits auf halbem Wege entgegen. An der Hand hielt sie Fietje, der munter mit ihr sprach. Bei ihrem Anblick klopfte sein Herz wie das eines Schuljungen. Er fühlte, dass dies der richtige Moment war, alles zu richten, was zuvor fehlgegangen war. Nur lag ihm plötzlich die Zunge ganz schwer im Munde. Auch spürte er ein Kratzen im Halse, der ganz eng war. Sein gesamter Sprechapparat verhielt sich, als ob er nach zu langer Pause außer Übung gekommen und nun nicht in der Lage sei, einen vernehmbaren Ton von sich zu geben. Fietje dagegen zeigte sich in bester Verfassung.

»Martha hat mir von den Riesen erzählt, die in Wirklichkeit Windmühlen sind. Und das ist doch ein Glück für Don Quichotte, weil sie ihm nichts tun können. Aber ich möchte, dass er Sancho Panza zuhört und ihm glaubt. Warum glaubt er ihm nur nicht?«

Fietje sah Freud erwartungsvoll an. Doch der fühlte sich, als ob die Symptome des Jungen auf ihn übergesprungen wären.

»Willst du ihm nicht antworten, Sigi?«, fragte Martha, erstaunt über sein Schweigen.

Freud räusperte sich. »Genau kann ich dir das natürlich auch nicht sagen.« Die Worte kamen wie durch eine mit Unrat verstopfte Rohrleitung. »Vielleicht kann Don Quichotte nur dann ein Ritter sein, wenn er gegen Riesen kämpft. Sobald er verstünde, dass es nur Windmühlen sind, müsste er auch einsehen, dass er selbst nur ein alter Mann auf einem klapprigen Pferd ist.«

Fietje sah skeptisch zu Martha hinauf. »Stimmt das?«

Sie lächelte den Jungen an. »Vielleicht. Aber man muss auch bedenken, dass er ja gar keine Angst vor den Riesen hat. Eigentlich sind sie für ihn so harmlos wie Windmühlen. Und es erfüllt ihn mit großem Stolz, gegen sie zu kämpfen. Spielst du nicht auch von Zeit zu Zeit, dass du ein Abenteuer erlebst?«

»Ja. Aber dann bin ich Klaus Störtebeker und habe ein Piratenschiff.«

»Na, siehst du.«

»Ich glaube, Frau Becher wartet schon darauf, dass wir dich zurückbringen«, merkte Freud ein wenig ungeduldig an.

»Ich möchte noch nicht ins Bett. Ich bin überhaupt nicht müde.«

»Wir können ja noch ein kurzes Stück zusammen gehen«, schlug Martha vor.

»Gut«, willigte Freud ein, der sich bei dem lächerlichen Gedanken ertappte, mit einem Siebenjährigen um die Gunst seiner Verlobten zu buhlen und konstatieren zu müssen, dass er dabei ins Hintertreffen geriet.

Ohne sich darüber verständigen zu müssen, schlugen sie den Weg in das Wandsbeker Gehölz ein. Die kühle Luft, die still zwischen den Bäumen stand, trug bereits den Geruch des Herbstes in sich. Fietje, der jeden von ihnen an einer Hand hielt, redete wie ein Wasserfall. Es war, als ob ihm das quälende Geheimnis, das er mit sich getragen hatte, wie ein Korken im Hals gesteckt hätte und die aufgestauten Worte nun, da er ihn endlich hatte herauswürgen können, endlich ohne Hindernis sprudeln konnten. Freud fühlte sich durch den Jungen auf eine stille Art und Weise mit Martha verbunden, ohne dass sie miteinander gesprochen oder sich berührt hätten. Etwas von der lebendigen Heiterkeit, die Fietje verströmte, ging dabei auf ihn über.

Fietjes unerschöpflicher Redefluss versiegte auch nicht, als sie sich bereits auf dem Rückweg befanden und das Haus der Zimmerwirtin in Sichtweite geriet. Weil er immer noch darauf beharrte, nicht müde zu sein, setzten sie sich mit ihm auf die schmale Gartenbank. Eine Weile noch plauderte er vor sich hin. Dann, immer noch redend, bettete er seinen Kopf in Marthas Schoß und legte seine Beine über die Freuds. Die Worte wurden verwaschener und versiegten schließlich. Sobald Fietje eingeschlafen war, spürte auch Freud, wie die Müdigkeit von ihm Besitz ergriff.

»Meinst du, dass wir eines Tages einmal so miteinander sitzen werden?« Martha sah ihn an. In ihrem Blick lag Wehmut.

»Das wäre schön.«

»Aber es sollte nicht bei einem Kind bleiben. Auch zwei wären nicht genug.«

»Ja. Eine ganze Schar müsste es sein.«

»Wie lange wirst du noch in Hamburg bleiben?«

»Eigentlich sollte ich schon jetzt in Wien sein. Wir werden uns wieder nur schreiben können.«

»Ich weiß.«

»Ich würde so gerne alles richtig machen, aber es scheint, dass mir dazu das nötige Talent fehlt.«

»Vielleicht ist das Richtige manchmal das Unmögliche. Und dann bleibt einem wohl nur, es nicht allzu falsch anzustellen.«

»Ich dachte, ich könnte Elfie Thomsen helfen und auch noch etwas Geld verdienen.«

»Und wie geht es nun?«

»Ich bin vom Richtigen weiter entfernt als je zuvor.«

»Wenn ich dir helfen kann, musst du es mir sagen.«

»Danke. Das ist lieb.«

Sie sah ihn ernst an. »Du musst begreifen, dass es manchmal nicht in deiner Hand liegt, die Dinge zu ändern.«

»Ich soll einfach alles geschehen lassen?«, fragte er gereizt.

»Ich habe das nicht bös gemeint, aber es ist mir trotzdem ernst.«

»Entschuldige. Ich weiß doch, dass du es gut mit mir meinst.«

Martha antwortete nicht. Als er sie anschaute, wies sie mit einem kaum merklichen Nicken des Kopfes zur Straße.

»Kennst du sie? Ist das etwa deine Patientin?«

»Es wäre besser, wenn du jetzt gehst.«

»Du hast nie erwähnt«, sie zögerte, »dass sie so ein schönes Mädchen ist.«

»Ich muss nur kurz mit ihr sprechen. Später werde ich noch einmal kommen.«

»Wir haben Gäste, also wird es nicht gehen.« Während sie sprach, blieben ihre Augen auf Elfie Thomsen geheftet.

»Dann sehen wir uns morgen, gleich nach dem Frühstück. Nur muss ich dich jetzt bitten zu gehen.«

Sie nickte. Als die beiden Frauen sich an dem hüfthohen Gartentor trafen, blieben sie kurz stehen und musterten sich.

45.

Freud hatte es geschafft, den schlafenden Fietje der Fürsorge
seiner Zimmerwirtin zu überantworten, ohne ihn zu wecken.
Der Junge hatte nur kurz ein Auge geöffnet und es gleich
wieder geschlossen. Elfie Thomsen saß vor ihm am Tisch.
Ihre Hände lagen, die Finger ineinander verknotet, in ihrem
Schoß. Draußen setzte die Dämmerung ein. Durch die schmalen Fenster fiel kaum genug Licht ins Esszimmer, um ihre
Gesichtszüge erkennen zu lassen. Freud zündete eine Lampe
an. Der Ölgeruch verbreitete sich in dem kleinen Raum.

»Hat Edith dich hierhergebracht?«

»Warum durfte ich nicht bei Hans bleiben?« Sie sah ihn
verzweifelt an.

Freud versuchte, in ihrem Blick die Grenzen dessen zu
erkennen, was er ihr zumuten konnte. Labil war sie. Er wollte
unbedingt vermeiden, sie in Aufregung zu versetzen.

»Seit du nicht mehr bei den Hansens arbeitest, hast du dort
auch kein Zimmer mehr.«

»Aber wo soll ich denn dann hin? Haben Sie gesehen, was
mit dem Zuhause von Paul und Leefke geschehen ist? Es ist
alles hin!« Sie griff seinen Arm.

Er legte seine Hand auf die ihre. »Wir werden etwas finden.«

»Aber wie denn?«

Der Kragen wurde ihm eng. »Erst einmal kannst du hierbleiben.«

Sie sah ihn an. Er stellte erleichtert fest, dass sie sich etwas
beruhigte.

»Soll ich dir einen Tee kochen?«

Als sie nickte, ging er zum Ofen und stellte einen Kessel auf die Herdplatte.

»Ich könnte meine Verlobte bitten, sich nach einer neuen Stelle für dich umzuhören.«

»Was ist mit meinem Kind? Sie haben versprochen, es zu finden!«

Er setzte sich wieder zu ihr. »Darüber haben wir doch gesprochen«

Elfie fing an zu weinen.

Er wartete, bis er sicher war, dass seine Worte sie auch erreichen würden. »Du bist jung und gesund, dein ganzes Leben liegt noch vor dir. Du wirst eine Familie gründen.«

Elfie sprang plötzlich auf und attackierte ihn. »Warum sagen Sie mir nicht, was mit meinem Kind passiert ist?«

Er wich zurück, hob die Arme, um ihren unkontrollierten Ausbruch abzuwehren. Der Stuhl, auf dem er gesessen hatte, fiel polternd um.

»So beruhige dich doch!«

»Was ist mit meinem Kind geschehen? Sagen Sie mir, was mit meinem Sören ist!«

Er hielt ihre Arme fest und schob sie sanft zu ihrem Stuhl zurück, auf den sie sich kraftlos sinken ließ.

»Ich weiß genau, warum Sie mir nichts sagen.« Tränen liefen ihr über die Wangen.

»Wir werden gleich zusammen einen Tee trinken und dann besprechen, wie es von nun an weitergehen kann.«

»Ich weiß es. Sie müssen mir nichts mehr vormachen.« Sie sah ihn aus glasigen Augen an.

»Was genau wissen Sie?«, fragte er beunruhigt.

Sie schüttelte den Kopf.

»Was wissen Sie?«

»Es ist das Schrecklichste, was eine Mutter tun kann!«

In seinem Magen rumorte es. »Dich trifft keine Schuld!«

»Deshalb bin ich doch eingesperrt worden. Weil ich es selbst war!«

»Nein!«

»Ich habe mein eigenes Kind getötet.« Die leisen Worte gingen in ihren Schluchzern unter.

»Hör mir jetzt genau zu, Elfie.«

Er griff ihre Hand. Die andere schob er unter ihr Kinn und hob ihren Kopf an, um ihr in die Augen schauen zu können.

»Du musst wissen, dass dich keine Schuld trifft. Du hast dich um deinen Sören so gut gekümmert, wie es eine Mutter nur kann.«

Sie schlug seine Hand weg. »Warum sind Sie in die Anstalt gekommen und haben mich geweckt? Sie hätten mich schlafen lassen sollen, dann wäre ich einfach nicht mehr aufgewacht!«

Er atmete tief durch. Es half nichts. Sie musste die Wahrheit wissen.

»Die Verantwortung für Sörens Tod liegt nicht bei dir. Du hast ihn in fremde Hände gegeben und konntest nicht wissen, dass der Senator dein Vertrauen so furchtbar missbrauchen und Sören Schaden zufügen würde.«

»Hätte ich Sie doch nur nie getroffen!«

Er beugte sich nach vorn, um ihren Blick zu finden.

»Dass du dein Kind verloren hast, ist doch bereits schwer genug. Du darfst dir auf keinen Fall zu dieser Last noch eine Schuld aufladen, die dich nicht trifft! Hörst du?«

Sie sah ihn niedergeschmettert an. »Was hat er mit Sören gemacht?«

»Darüber wollen wir jetzt nicht sprechen. Einstweilen hast du hier ein Dach über dem Kopf. Alles Weitere wird sich finden. Verstehst du?«

Elfie schaute mit leerem Blick an ihm vorüber.

»Du wirst einen neuen Anfang machen. Mit Hans. Das kannst du. Auch wenn es dir jetzt noch unmöglich erscheint. Elfie?«

Sie schien ihn nicht mehr zu hören. Als er durchs Fenster die Umrisse eines Uniformierten sah, der sich dem Haus näherte, ging er hastig zu ihr und zog sie am Arm vom Stuhl hoch.

»Hör mir jetzt genau zu: Du gehst nach oben und lässt dir von Frau Becher zeigen, wo du dich verbergen kannst. Dort bleibst du und regst dich nicht, bis ich zu dir komme.«

Sie schob seine Hand von ihrem Arm.

»Hast du verstanden? Es ist von äußerster Wichtigkeit, dass du genau tust, was ich dir gesagt habe.«

Sie sah ihn lange an und nickte schließlich. Freud eilte hinaus, um dem Hafenpolizisten im Garten entgegenzugehen.

»Was führt Sie hierher?« Er fühlte den aufmerksamen Blick des Officianten auf sich liegen.

»Es geht um den toten Säugling.«

»Sind Sie zu neuen Erkenntnissen gelangt?« Freud mühte sich, ruhig zu bleiben.

»Allerdings. Denn es liegen uns verlässliche Angaben über die Person der Täterin vor.«

»Ach«, sagte Freud, »und von wem stammen die Informationen?«

»Wollen Sie gar nicht wissen, wer die Mörderin ist?«

»Natürlich.«

»Es war die Mutter. Ein Dienstmädchen, das nicht wusste, wie es sein uneheliches Kind hätte aufziehen sollen. So ist es immer in diesen traurigen Fällen. Ich glaube, Sie kennen die Unglückliche sogar.«

»Tatsächlich?«

»Sie ist Ihre Patientin. Elfie Thomsen.«

Freud schwieg.

»Das Kind, das Sie aus dem Fleet geborgen haben, hatte übrigens wirklich ein Muttermal auf der Schulter.«

»Fräulein Thomsen hat ihr Kind nicht getötet.«

»Es liegt uns eine glaubhafte Erklärung darüber vor.«

»Eine Erklärung von wem?«

»Das tut hier nichts zur Sache.«

»Senator Hansen?«

Burmester sah ihn überrascht an. »Nein.«

»Doktor Tietje?«

Der Polizist hob die Hände. »Ich bin nicht befugt, darüber zu sprechen.«

»Selbst wenn Fräulein Thomsen sich ihrem Arzt gegenüber in dieser Weise geäußert haben sollte, was ich stark bezweifle, dann hätte dies keinerlei Aussagekraft. Es handelt sich um eine falsche Erinnerung. Sie fühlt sich schuldig, doch sie ist es nicht.«

»Was soll das sein: eine falsche Erinnerung?«, rief der Hafenpolizist aus, »jemand sagt die Wahrheit oder er lügt.«

»Dem muss ich widersprechen.«

»Sie waren nicht dabei, als es passierte. Richtig?«, fiel Burmester ihm ins Wort und sah ihn mit kaum verhohlenem Überdruss an.

Freud versuchte, ruhig zu bleiben. »Es gibt jemanden, der alles gesehen hat.«

»Ist das so?«, fragte der Officiant abfällig, doch seine Sicherheit geriet für einen kurzen Moment ins Wanken.

»Ein Knabe, etwa sieben Jahre alt. Sein Bericht ist absolut glaubwürdig. Er hat beobachtet, wie ein Mann das tote Kind in den Fleet geworfen hat.«

Burmester blickte ihn stumm an. Dann lachte er.

»Darf ich fragen, was so amüsant ist?«

»Ein siebenjähriger Fleetenkieker. Mir scheint, dass Sie ebenso verrückt sind wie Ihre Patienten.« Burmester wurde wieder ernst. »Fräulein Thomsen ist nicht zufällig hier bei Ihnen?«

»Wie kommen Sie darauf?«

»Darüber sprachen wir bereits. Sie behandeln sie. Mit Ihren absurden Erklärungen wollen Sie sie nur schützen. Das mag Ihnen ehrenhaft vorkommen, ist aber in keinster Weise akzeptabel.«

»Doktor Tietje hat sie wieder in seine Obhut genommen«, erklärte Freud mit unbewegter Miene.

»Sie ist aus Friedrichsberg verschwunden.«

»Das wusste ich nicht«, behauptete Freud.

»Sie verschwand gleich nach Ihrem ungebetenen Besuch dort. Es gibt nicht viele Orte, an denen sie sein kann.«

»Hier ist sie jedenfalls nicht.«

»Wollen Sie mich nicht hereinbitten?« Burmester ging auf das Haus zu.

Freud eilte ihm nach. »Ich weiß nicht recht. Ich bin ja selbst nur ein Besucher in diesem Haus.«

»Ihre Zimmerwirtin wird schon nichts dagegen haben.«

Ehe er etwas dagegen tun konnte, stand Burmester im Flur.

Freud stellte sich an der Treppe auf. »Frau Becher, wir bekommen Besuch!«, rief er nach oben und wies mit der Hand zum Esszimmer hin. »Bitte nehmen Sie doch Platz. Ich habe gerade Teewasser aufgesetzt.«

Burmester schob ihn beiseite. »Lassen Sie nur, ich spreche kurz mit Ihrer Wirtin, und dann bin ich auch schon wieder weg.«

»Ich sage ihr Bescheid. Dann kommt sie herunter.« Freud versuchte, sich an Burmester vorbeizudrängeln.

»Nur keine Umstände. Ich finde mich schon zurecht.« Burmester schob ihn zur Seite und stapfte die Stiegen hinauf.

Freud blieb unten stehen und schaute ihm erschüttert nach.

Jeden Moment wartete er auf den Ausbruch einer Katastrophe, die jedoch ausblieb.

Burmester kam wieder herunter und musterte ihn mit durchdringendem Blick. »Sie ist nicht hier.«

»Das sagte ich Ihnen ja bereits.«

»Aber Sie wissen, wo sie ist.«

»Glauben Sie mir etwa immer noch nicht?«

»Nein.«

Burmester ging nach einem knappen Abschiedsgruß zur Tür. Freud erwiderte den Gruß murmelnd, wartete, bis der Hafenpolizist die Tür hinter sich geschlossen hatte, und lief dann die Treppe hinauf, wo er auf seine verstört dreinblickende Zimmerwirtin stieß.

»Was hat der Polizist hier gesucht?«, wollte sie wissen.

»Wo ist Fräulein Thomsen?«

»Wer?«

»Das Mädchen, das ich zu Ihnen hinaufgeschickt habe.«

»Hier ist kein Mädchen«, versicherte Dorothea Becher ihm, »Sie haben doch nichts angestellt, Doktor Freud?«

Ohne zu antworten, lief Freud hinunter und trat durch die Hintertür in den Garten, wo ihn Burmester bereits zu erwarten schien.

»Wohin so eilig?«

Freud brauchte einen Moment, um sich zu sammeln. »Ich dachte, ich hätte meinen Mantel auf der Bank liegen gelassen. Eben habe ich noch mit meiner Verlobten hier gesessen.«

»Ich kann keinen Mantel sehen.«

»Dann liegt er wohl in meinem Zimmer.«

Freud ging wieder ins Haus und blickte verstohlen durchs Fenster. Burmester blieb, wo er war. Er war gefangen. Die Wirtin betrat das Zimmer.

»Ist alles in Ordnung?«

»Nein.«

46.

Er sah sich durch Paul aus einem quälenden Alb befreit. Während der Junge ihn zur Eile antrieb, fühlte er noch immer die Traumreste wirken. Er hatte an Elfies Krankenbett gestanden, die im Begriff gewesen war zu entbinden. Alles war sehr hell gewesen. Weil die Geburt nicht voranging, war er nervös gewesen. Die Hebamme hatte, auf ihn schimpfend, den Kreißsaal verlassen, um einen richtigen Arzt zu holen, der etwas von seinem Handwerk verstand. Sie trug die Züge Greta Hansens. Als sie wiederkam, verblasste das Licht. An ihrer Seite war der Senator mit einer groben Brotsäge in der Hand und schob ihn beiseite. Elfie flehte ihn an, sie vor Hansen zu schützen. Vergeblich versuchte er, den Senator von ihr fortzuzerren, und musste hilflos ansehen, wie Hansen ihr das Messer bis zum Heft in den Bauch trieb, ihren Unterleib mit einer sägenden Bewegung öffnete und das schreiende Baby aus dem blutigen Bauch zog. Hansen erklärte das Neugeborene zu seinem Lohn und stieß Freud, als er protestierte, das von Blut tropfende Messer ins Herz. Dann stahl er sich mit dem Kind unterm Arm davon.

»Herr Freud, Sie müssen jetzt kommen. Sofort!«

Er spürte noch immer einen heftigen Druck auf der Brust. »Eine Minute nur.« Er sah den Jungen verwirrt an. »Wie bist du überhaupt hier hereingekommen?«

»Nun machen Sie schon, bitte!«

Er zwang sich aufzustehen. Taumelnd schlüpfte er in den Mantel, den Paul ihm reichte. Bis zu seinem Traum hatte er wie ein Stein geschlafen. Sobald der Polizist seinen Posten vor dem Haus aufgegeben hatte, war er hinausgestürzt, um nach Elfie zu suchen, hatte aber mit einbrechender Dunkelheit aufgegeben. Mit dem festen Vorsatz, nur ein wenig auszuruhen, hatte er sich auf die Küchenbank gelegt, wo ihn der Schlaf binnen Minuten niedergestreckt hatte.

»Können wir nun endlich?«

»Was hast du mit mir vor, wo willst du mit mir hin?«

»Schnell, kommen Sie!«

Draußen empfing die kalte Nacht sie. Der Mond schimmerte blass hinter Wolken, aus denen dünner Regen fiel. Er versuchte, mit Paul Schritt zu halten, der wieselflink an den Häusern entlanglief, deren dunkle Fenster mit totem Blick in die Nacht starrten. Jeder Atemzug versetzte ihm einen Stich in die Seite. Bereits auf dem Marktplatz, der verlassen dalag, fiel er zunehmend hinter Paul zurück.

»Warte!«

Paul hatte ihn nicht gehört oder sich entschlossen, seinen heiseren Ruf zu überhören. Immer spärlicher wurde die Bebauung am Straßenrand. Sie ließen Wandsbek hinter sich. Aus dem feuchten Gras stieg modriger Geruch auf. Der Luftzug einer großen Eule, die mit lautlosem Flügelschlag über ihn hinweggezogen war, streifte seine Haut. Das Tier stieß jenseits des schlecht befestigten Weges auf ein brachliegendes Feld herab. Als es weiterflog, hing eine Maus in seinen Klauen.

»Halt!«, rief er und blieb stehen. Das Herz klopfte ihm bis zum Hals. Seine Lunge, so schien es ihm, würde platzen, wenn er noch einen Schritt in diesem Tempo weiterlief. Mit Regen vermischter Schweiß troff ihm aus den Haaren in die brennenden Augen. Die Dunkelheit hatte den Jungen verschluckt. Links und rechts nur finsterer Wald. Er hatte das Gefühl, der einzige Mensch auf Erden zu sein. Die ihn umgebende Stille war erdrückend.

Nach kurzer Pause setzte er seinen Weg fort. Das Knir-schen seiner Schritte auf der losen, mit Kies versetzten Erde dröhnte in seinen Ohren. In seinem Rücken hörte er ein Tier schnaufen. Als er sich umschaute, entdeckte er einen Igel, der hastig im Gebüsch verschwand. Vor ihm zerflossen Schatten undefinierbarer Gestalt zu Geisterwesen, die sich auflösten, sobald er ihnen näherkam. Als sich dann der Junge wie ein Fabelwesen aus einem dieser Schatten materialisierte, stockte ihm vor Schreck für einen Moment der Atem.

»Sie dürfen nicht so langsam machen, Herr Freud. Wir müssen da sein, bevor die Flut einsetzt!«

Der Fleet war bis auf den Grund trockengelaufen. Fäulnis-dämpfe stiegen aus dem grauen Schlamm auf, der matt im Mondschein schimmerte. Paul lief aufgeregt am Ufer auf und ab.

»Wenn du mir sagen würdest, wonach du suchst, könnte ich dir dabei helfen«, sagte Freud, fand aber, wenn er ehr-lich zu sich war, dass es ihn wenig drängte, hier einen Fang zu tun, von dem er wusste, dass es kein guter sein würde.

Paul antwortete nicht. Er war schon wieder weg. Eine Ratte, die so groß war, dass sie eine Katze das Fürchten leh-ren konnte, huschte über die menschenleere Straße. In der Ferne bellte ein Hund. Ein zweiter und dritter fielen in das Gebell ein. Obwohl es empfindlich kalt war, lief ihm der Schweiß den Rücken herunter. Als Paul ihm, die Augen fest auf den Fleet geheftet, über die Füße stolperte, packte er ihn am Arm.

»Was ist es, das du hier gesehen hast?«

Paul schüttelte wortlos den Kopf, riss sich los und ging den gleichen Uferabschnitt zum zehnten Male ab.

Mit einigem Widerwillen stieg Freud die nächstgelegene Treppe zum Wasser hinab. Hier hatte er das tote Baby aus dem Fleet gefischt. Nichts erinnerte mehr daran. Das Unglück war im Schlamm versickert. Seine Spuren verwässert und verwischt.

Ein leichter Schwindel erfasste ihn. Ihm wurde klar, dass sie nach einer Leiche suchten. Die Erkenntnis überraschte ihn nicht. Sie war als Ahnung schon vorhanden gewesen, als Paul ihn aus dem Schlaf gerissen hatte. Gut, dass der Junge zu ihm gekommen war. Auch sollte er ruhig das gleiche Ufer-stück wieder und wieder inspizieren. So war er mit einiger Sicherheit davor geschützt, seine Entdeckung zu wiederho-len. Er würde ihm die Aufgabe abnehmen. Wenn Paul den Leichnam hier gesichtet hatte, so mochte die Ebbe ihn in der Zeit, in der Paul zu ihm nach Wandsbek gelaufen war, noch ein Stück mit sich geführt haben.

Freud ging in die Hocke. Im Schlamm, der wie ein nasses, gewölbtes Tuch zwischen den Ufermauern ausgebreitet lag, hatte sich ein kleines Rinnsal gebildet, das die einsetzende Flut ankündigte. Er stand auf, wartete, bis der Schwindel sich legte, und stieg die Treppe hinauf. Paul beachtete ihn nicht, als er dem mit leisem Gluckern auflaufenden Wasser entgegenging.

Der Mond hatte sich hinter dichten Wolken versteckt. Freud hielt sich eng am Ufer. Unter ihm war der Grund in der Dunkelheit nur schemenhaft zu erkennen. Vom Wasser geformte Buckel ließen ihn aufschrecken. Wenn er dann in äußerster Anspannung stehen blieb, entpuppten sie sich als das, was sie waren: von seiner Fantasie mit Armen und Bei-nen ausgestattete Schlammbäuche.

Als er eine kleine Brücke erreichte, die die schmalen Ufer des Fleets verband, wusste er, dass die Suche beendet war. Unter der Brücke hatte sich ein dicker Ast verfangen, der bei dem Sturm aus einem Baum gebrochen und in den Fleet gefallen war. In seinem dichten Blattwerk hatte sich etwas verheddert, das groß genug war, um ein Mensch zu sein. Kein

Säugling und auch kein Kind, wie er erleichtert feststellte. Der Körper steckte bis zur Hälfte in dem stinkenden Modder. So undeutlich lag alles da, dass es unmöglich zu sagen war, ob es sich bei der Kleidung um Hose oder Rock, bei dem Körper um Mann oder Frau handelte. Arme und Beine waren verrenkt, so als ob der Leichnam sich, fest entschlossen, die Hansestadt nicht zu verlassen, an den Zweigen festgekrallt hätte, um nicht vom Ebbstrom in die Elbe gespült zu werden.

Freud stieg die in die Mauer eingefasste Leiter hinab. Ein Fuß befand sich in seiner Reichweite. Er streckte den Arm aus, griff danach und zog daran, konnte den Körper jedoch nicht vorwärtsbewegen, weil er wie eingeflochten in den Zweigen hing. Auch der Ast ließ sich nicht bewegen, weil er im Schlamm feststeckte. Um den Leichnam in Augenschein nehmen zu können, musste er näher herangehen. Er wagte einen Schritt in den weichen Untergrund und versank bis zum Knie darin. Als er sein Gewicht ganz auf das Bein verlagerte, sackte er ein weiteres Stück ab. Um den Halt nicht zu verlieren, stützte er sich auf der Leiche ab und tat einen großen Schritt vom Ufer weg in den schmatzenden Morast. Ein weiterer Schritt noch, doch der Fleetgrund wollte sein Bein nicht freigeben. Er zerrte mit beiden Händen daran, um es der zähen Masse zu entreißen, die ihn am Ende wohl ganz und gar verschlingen und verdauen wollte. Als er das Gleichgewicht verlor, bekam er unter der dünnen Schlammdecke, die den Körper wie sämige Soße bedeckte, ein Stück festen Stoff zu packen und fand Halt daran.

Er tastete sich bis zum Kopf vor, dessen Gesicht in den Grund gedrückt war. Dann wischte er vorsichtig den dunklen Belag fort, unter dem kurz geschnittenes Haar und ein ausrasierter Nacken erschienen. Er glaubte, einen Aal zu sehen, der sich im Schlamm vergrub, und zuckte zurück.

Die Luft anhaltend, zwang er sich, das Gesicht zu inspizieren. Er griff in die wässrige Sedimentschicht und hob den leblosen Kopf an, der steinschwer in seiner Hand wog. Die Totenstarre hatte das Genick noch nicht versteift, sodass er den Schädel so weit herumdrehen konnte, dass er das Gesicht freilegen konnte. Unter der schwarzen Schicht erschienen die hellhäutigen Züge des Senators.

Freud kämpfte sich benommen aus dem Fleet heraus und kletterte die Leiter hinauf. Der kalte Schlamm lief ihm die Beine herunter. Oben angekommen, zog er die Schuhe aus, leerte sie und befreite sie, so gut es ging, vom Schmutz. Ebenso verfuhr er mit seiner Hose. Zum Schluss förderte er ein leuchtend weißes Taschentuch zutage, wischte sich damit erst das Gesicht und dann die Hände ab, faltete es sorgfältig zusammen und steckte es schlammverschmiert, wie es war, wieder in die Tasche.

Kaum fähig, einen klaren Gedanken zu fassen, schlich er sich wieder zu dem Ort zurück, an dem die Suche begonnen hatte. Der Junge saß auf der Mauer. Seine Beine baumelten über dem sich in schmalen Rinnsalen sammelnden Wasser.

Freud setzte sich neben ihn. Als er Paul die Hand auf die Schulter legte, sah der ihn mit ausdruckslosen Augen an.

»Es ist Ude Hansen. Der Mann, den du mit Hans vor eurem Zuhause gesehen hast.«

»Er hat Hans befohlen, alles zu zerschlagen, oder?«

»Du weißt ja, dass auch Elfie für ihn gearbeitet hat. Er ist kein guter Mensch.«

»Dann ist es gut, dass er jetzt da liegt.«

Freud sagte nichts.

Paul sah wieder aufs Wasser. »Du bist jetzt auch ein Fleetenkieker.«

»Ein was?«

»Einer, der die trockenen Fleete nach Brauchbarem absucht.«

»Trocken war der Fleet nicht. Und ein guter Fleetenkieker bin ich wohl auch nicht. Ich habe nichts Brauchbares gefunden.«

»Das ist manchmal so. Manchmal hat man Pech.«

Freud sah Paul in die Augen. »Wir werden ihn dort liegen lassen.«

»Da habe ich nichts gegen.«

»Jemand wird ihn dann finden.«

»Oder die Flut spült ihn ins Hafenbecken«, überlegte Paul, »da ist er dann Fischfutter.«

»Darum musst du dich nicht kümmern.«

»Ich hatte Angst, dass es Elfie ist.«

»Warum Elfie?«

»Der Senator ist später noch einmal zu uns gekommen. Ich habe mich zwischen den Sachen versteckt, sodass er mich nicht gesehen hat. Als er wieder ging, bin ich ihm bis zur Straße gefolgt.«

»Du bist ihm gefolgt? Warum hast du das getan?«

»Er hat mir Angst gemacht. Zuerst habe ich mich nicht getraut, aber dann bin ich aus meinem Versteck gekrochen und ganz leise durch den Flur bis an die Straße gegangen. Ich musste sicher sein, dass er wirklich verschwindet.« Er schaute Freud an. »Und da habe ich dann Elfie gesehen. Sie hat mich zurück ins Haus geschickt. Ich sollte mich nicht rühren.«

»Was hatte sie vor? Hat sie irgendetwas gesagt?«, fragte er beunruhigt.

»Sie ist ihm nachgegangen.«

»Weißt du, was dann passiert ist?«

Paul schüttelte den Kopf. »Hat sie ihn in den Fleet geschubst?«

»Warum denkst du das?«

»Sie hat ihn so komisch angeschaut.«

»Es war sicher ein Unfall«, behauptete Freud, ohne daran glauben zu können.

»Das hier ist die Stelle, wo Sie das tote Kind gefunden haben.«

»Wenn du nicht gewesen wärest, hätte ich es vielleicht nicht wieder zurück ans Ufer geschafft.«

Paul lehnte sich bei ihm an. Der schmale Körper des Jungen wiegte sich sanft im Rhythmus seines ruhigen Atems. Die Wolkendecke wurde löchrig. Der Mond goss sein bleiches Licht in den Fleet.

»Dass Sie im Fleet ersaufen sollen, habe ich nicht so gemeint.« Paul stand auf.

»Wo willst du hin?«

»Nirgendwo«, rief er ihm zu und lief los.

»Nirgendwo scheint es etwas Wichtiges zu tun zu geben«, murmelte Freud und sah dem Jungen nach, bis er in der Dunkelheit verschwand.

Eine Weile noch saß er da. Dann stand auch er auf. Seine Schritte lenkten ihn zurück zu der Brücke, wo der tote Körper des Senators immer noch unberührt im Schlick lag. Jedoch war das Wasser gestiegen und hatte einen Arm aus dem Untergrund gelöst. Die Strömung hatte ihn mitgenommen, sodass er nun abgespreizt vom Rumpf mit ausgestreckter Hand auf das gegenüberliegende Ufer wies.

Freud riss sich vom Anblick des toten Senators los und setzte seinen Weg fort. Ein letztes Mal noch sah er sich um. Sollte dies das Ende sein, so konnte er sich damit abfinden. Dass Elfie Ude Hansen hierher gefolgt war, um ihn in den Fleet zu stoßen, konnte er sich einfach nicht vorstellen. Vielleicht wollte er es auch nicht. Denn das hieße, sich nach seiner eigenen Beteiligung fragen zu müssen.

Von Beginn an hatte er alles darangesetzt, die Wahrheit ans Licht zu bringen. Er war davon überzeugt gewesen, dass Elfie nur auf diesem Wege Heilung finden konnte. Was würde sie ihm erzählen, wenn er sie befragte? Jetzt war er es, der die Wahrheit zu fürchten begann.

Der Wind hatte die Wolkendecke aufgerissen. Die Flut war so weit angestiegen, dass das dunkle Wasser den Grund des Fleets nahezu vollständig bedeckte. Auf seiner Oberfläche spiegelte sich das Licht des Mondes. Nur an den Rändern schaute noch ein schmaler Schlickstreifen heraus.

Freud ging der Flut entgegen. Sein Blick fiel auf eine trockengefallene Schute. Ihr Bug ragte in die Strömung hinein, so als ob sie sich mühte, sich aus eigener Kraft aus dem Schlamm zu ziehen. Auf dem Trockenen zu liegen, entsprach nicht ihrer Bestimmung. Ein Boot brauchte Wasser unter dem Kiel, um schwimmen zu können.

Als Freud dem kleinen Boot näherkam, sah er, dass sich ein Gegenstand zwischen Bordwand und Ufermauer gedrängt hatte. Durch ihn war die Schute in die Strömung geschoben worden. Das Heck hatte sich an einem Vorsprung in der Ufermauer verkeilt, der Bug wurde von einer Leine gehalten, die straff wie eine Klaviersaite gespannt war. Er legte seine Hand auf das Seil und fragte sich, wie lange es das Boot wohl noch halten würde.

Geistesabwesend trat er an die Ufermauer heran und blickte ins Wasser. Wie auf Geheiß zog sich die Wolkendecke wieder zu. Doch selbst im schwachen Licht des durch den Vorhang schimmernden Mondes konnte kein Zweifel bestehen. Übelkeit und Schwindel überschwemmten ihn. Die Konturen des im Wasser liegenden Körpers lösten sich auf, um sich im nächsten Moment wieder in erschreckender Klarheit zusammenzufügen. Der Pegel war gerade so weit angestiegen, dass die Leiche auf der Unterseite noch im Grund festsaß, an den Rändern jedoch bereits umspült wurde, sodass das lange Haar und der helle Stoff des Kleides wie Seegras im Wasser schwebten.

8.5.1939

Freud lag weich auf Decken gebettet in der Hollywoodschaukel mit einer Zeitung auf dem Schoß. Inmitten der Blumen
fühlte er sich wie ein Fremdkörper. Die Sonne brachte ihre
Blüten zum Leuchten, ihre Wärme trieb die Reste des Mor-
gentaus aus dem Gras und erfüllte die Luft mit Lebendigkeit.
Schwalben zeigten ihre Flugkünste, als seien sie eigens zu
seinem Vergnügen da. Ein Glück, von dem er nicht wusste,
ob er es sich wirklich verdient hatte. Chow Jofi lag dösend
im Gras. Ihn anzublicken, ließ ihn an dem Frieden teilhaben,
den der Hund, für den er Marie Bonaparte dankbarer war, als
er es sich jemals hätte ausmalen können, wohl in seiner Welt
empfand. Eine tiefe Zuneigung ohne jede Widersprüchlich-
keit und das Gefühl inniger Verwandtschaft trotz der augen-
scheinlichen Fremdartigkeit verband ihn mit dem Tier, mit
dem die Prinzessin ihn so reich beschenkt hatte.

Er sah Anna, die zielstrebig auf ihn zu kam. Sie war zur
wichtigsten Verbindung in eine Welt für ihn geworden, von
der der Krebs ihn fortzuziehen suchte und dessen Drängen
er wohl aus Schwäche immer häufiger nachgab. Die Ver-
öffentlichung des *Moses* hatte ihn die letzten Kraftreserven
gekostet. Viel hatte ihn an dem Text gelegen. Dabei wusste
er um die Empörung, die er auslöste, indem er den Gründer-
mythos seines Volkes so herzlos sezierte. Sein Volk? Er hatte
allen Rat, das Projekt fallen zu lassen, in den Wind geschlagen, war im Gegenteil dadurch noch in seiner Entschiedenheit gestärkt worden.

In letzter Zeit griff er nur noch zur Feder, um die vielen Briefe zu beantworten, die ihn erreichten. Eine Flut, der er nicht mehr Herr wurde. Die wenigen Patienten, die kamen, empfing er wohl nur aus einer Gewohnheit heraus, die abzulegen er nicht imstande war.

»Der Junge«, erklärte sie, »Daniel.«

In der Ankündigung seiner Tochter vernahm er mehr noch als die Frage, ob er seinen Besuch empfangen wolle, die Empfehlung, es nicht zu tun. In ihrem Bemühen, mit seinen Kräften hauszuhalten, lag eine Fürsorge, gegen die sich zu wehren ihm zunehmend schwerfiel. Wohl auch deshalb, weil sich Anna dabei in einer Koalition mit seiner Krankheit befand und seine eigene Position immer schwächer wurde.

47.

Freud kauerte, die Arme um die angezogenen Knie geschlungen, auf dem Mauerabsatz, unfähig, sich zu bewegen. Seine Hände und Füße fühlten sich kalt und wie abgestorben an. Von den Zehen und Fingern her kroch die Kälte an Waden und Unterarmen hinauf.

Eine unheimliche Kraft ging von dem Fleet unter ihm aus. Das leise plätschernde Wasser flüsterte ihm zu, sich zu der Toten zu gesellen. An ihrer Seite liegend würde er im Schlamm versinken und sich gemeinsam mit ihr auflösen. Die Rückkehr des Lebens zurück an seinen Ursprung.

Er wusste, dass es Schuld und Scham waren, die ihre Hände nach ihm ausgestreckt hatten und ihn nun strangulierten. Doch dieses Bewusstsein half ihm nicht, sich ihres Zugriffs zu erwehren. Die Schwermut, die sich auf ihn gelegt hatte, erdrückte ihn und lähmte seinen Atem. Woran er geglaubt hatte, lag im Schlamm des Fleets begraben.

Er saß da und schaute dem steigenden Wasser zu, das langsam aber stetig Elfies toten Körper aus dem Untergrund herausschwemmte. Etwas in ihm widersetzte sich dem Gedanken, sie der Strömung zu überlassen. Doch er fühlte sich außerstande, den Gezeiten etwas entgegenzusetzen. Niemand konnte die Flut aufhalten. Der Strom würde über ihre weitere Reise bestimmen.

Was er unternommen hatte, war in der festen Überzeugung geschehen, sie aus dem Dunkel ihres Traumas herauszuführen, sodass sie wieder anfangen konnte zu leben. Doch was sie im grellen Licht der Wahrheit hatte erkennen müssen, hatte sie an genau diesen Ort geführt. Mit seiner Behandlung hatte er ihr den Weg hierher bereitet. Indem er sie aus ihrer Lethargie herausgerissen hatte, waren die zerstörerischen Energien freigesetzt worden, die sie das Leben gekostet hatten.

Freud sank zusammen. Von den Rändern seines Bewusstseins her nahm er das Geräusch von Schritten wahr. Er wusste, dass er etwas tun musste. Alles, nur nicht vor Elfie Thomsens Leiche sitzen bleiben. Müde schaute er auf und sah den Schritten angestrengt entgegen, ohne etwas erkennen zu können. In der nächtlichen Stille trug der Schall weiter, als die Augen blicken konnten. Er hätte wohl gehen sollen, doch ihm fehlte die Kraft dazu.

Bald lösten sich zwei Gestalten aus dem Dunkel, eine große und eine kleine. Als sie ihn erblickten, beschleunigten sie ihre Schritte. Sie hatten, beginnend von der Stelle, an der er den Senator gefunden hatte, den gleichen Weg eingeschlagen, den auch er genommen hatte.

Die Lähmung hielt ihn immer noch gefangen. Erst als er erkannte, um wen es sich handelte, gelang es ihm, auf die Füße zu kommen. Er wollte den beiden entgegenlaufen, doch es war, als ob Elfie ihn festhalten würde.

Wie hatte er hier sitzen und die Zeit verstreichen lassen können? Hatte er etwa insgeheim gehofft, dass die Flut sie verschwinden lassen und ihm diese Begegnung ersparen würde? Wie eingefroren blickte er Hans und Paul entgegen, ohne etwas zu tun oder zu sagen. Alles, was er zustande brachte, war, sich von den beiden abzuwenden und mit stummer Miene auf den Fleet zu starren.

Die Schritte kamen näher und stoppten. Er spürte die Anwesenheit der beiden neben sich und wandte sich langsam Hans zu, der ihn stumm und ohne jede Regung anblickte. Kein Laut störte die Nacht.

Nun trat auch Paul an den Rand der Mauer heran. Freud sah, wie der Junge sich nach vorn beugte, um zu sehen, was da im Wasser lag. Er dachte, dass er dafür hätte sorgen müssen, dass dies nicht geschah. Warum hatte er sich nicht schützend vor ihn gestellt?

Ein unartikulierter Schrei erschütterte die Nacht. Der Stoß, der ihn, obwohl der Junge ihm doch nur bis an die Schultern reichte, ohne große Mühen ins Taumeln brachte, kam unvermittelt und doch kaum überraschend. Wie ein Betrunkener ruderte er mit den Armen durch die Luft, machte zwei ungelenke Schritte nach hinten und verlor das Gleichgewicht.

Hans blickte auf ihn herab. In den Augen eine Mischung aus Trauer und Zorn, unschlüssig, ob er ihm einen Tritt versetzen oder ihm auf die Beine helfen sollte. Er wandte sich ab und zog den Jungen, der auf das Mädchen im Fleet starrte, von dem Mauerabsatz weg.

»Hol Peekhaken!«

Paul rannte los.

»Wir werden Elfie nicht in dieser fauligen Brühe liegen lassen!« Hans schaute durch ihn hindurch.

»Nein, das werden wir nicht«, stammelte Freud.

»Aber hier bekommen wir sie nicht hoch. Wir ziehen sie zu der Treppe da hinten.«

Freud rappelte sich auf. Sein Blick fiel auf Elfie, die immer noch eingeklemmt zwischen Boot und Ufermauer lag. Ihr Körper schaukelte leicht in den Wellen.

Hans ging Paul entgegen, der mit zwei langen Stangen in den Händen auf sie zu lief, und nahm ihm die Peekhaken ab.

»Und jetzt geh zurück zu Leefke und Marie!«

»Nein!«, widersprach Paul.

»Das hier ist nichts für dich.«

Paul versuchte, an ihm vorbei zu kommen, doch Hans hielt ihn mit festem Griff.

»Lass mich durch!«

»Du gehst jetzt nach Hause!«

»Wie denn? Du hast doch alles kaputt gemacht!«

Hans beugte sich zu dem Jungen herunter, der wild um sich zu schlagen begann. Er nahm seine Arme, drückte ihn an sich und redete mit sanfter Stimme auf ihn ein. »Du gehst jetzt zu Leefke und Marie. Sie werden sich um dich kümmern. Danach wirst du schlafen.«

Als Paul ruhig wurde, ließ Hans ihn los. Ein letztes Mal noch versuchte er vergeblich, an ihm vorbeizukommen. Freud fing den Blick des Jungen auf. Der Schmerz, den er darin sah, zerriss ihm schier die Brust. Im nächsten Moment wandte Paul sich ab und lief davon.

Hans schritt auf ihn zu, in jeder Hand eine lange, mit einem Eisenhaken bewehrte Stange. Freud nahm den Peekhaken, den Hans ihm reichte, und trat neben ihn an die Ufermauer heran. Sie mussten sich tief herunterbeugen, um an den mittlerweile vollständig im Wasser treibenden Körper heranzureichen. Regen setzte ein. Der Leichnam widersetzte sich ihren Bergungsversuchen, indem er bei der leisesten Berührung in den Fleet eintauchte und sich so dem Zugriff entzog. Bei jedem missglückten Versuch trieb er ein Stück weiter von der Schute ab, sodass es immer schwieriger wurde, ihn zu erreichen. Freud wischte sich den Regen, der ihm aus dem Haar ins Gesicht lief, aus den Augen. Ihnen blieb nur noch, sich auf den Boden zu legen und mit ausgestreckten Armen nach Elfie zu fischen.

Endlich verfing sich Freuds Haken in einer Kleiderfalte. Doch nun drehte der Körper sich in die Strömung und drohte, wieder verloren zu gehen. Erst als der zweite Haken Halt an Elfies schmalem Knöchel fand, konnten sie sie mit den Füßen voran bis zur nächstgelegenen Treppe ziehen.

Sie stiegen die rutschigen Stufen hinunter und zerrten den

Leichnam unter größten Mühen auf den schmalen gemauerten Absatz. Nach kurzer Verschnaufpause nahm Hans die Arme und ging rückwärts voran.

Außer seinem eigenen Keuchen und dem Scharren ihrer Schritte war nichts zu hören. Der schlaff durchhängende Körper drohte, ihnen bei jeder Stufe zu entgleiten. Elfies Oberschenkel unter die Arme geklemmt, war Freud ihrem bleichen Gesicht so nahe, dass er meinte, sich in den offenstehenden Augen der Toten spiegeln zu können. Dazu quoll durch den Druck, der auf die Lunge ausgeübt wurde, Wasser aus dem Mund, das mit Schleim vermischt an ihrem Kinn herablief.

Oben angekommen legten sie den Leichnam, bemüht, ihm keine Verletzungen zuzufügen, vorsichtig ab. Freud setzte sich erschöpft zu Hans, der Elfies Kopf in seinen Schoß gebettet hatte, ihr mit den Händen über das nasse Haar strich und weinte. Der Regen prasselte unermüdlich auf sie hinab.

Er fühlte sich als Zuschauer der intimen Szene fehl am Platze. Zweifel nagten an ihm. Seine Wahrheitsmedizin hatte sich als Gift erwiesen. Er zermarterte sein Gehirn auf der Suche nach dem Moment, in dem das Unglück seinen Lauf genommen und er die Möglichkeit der Rettung verpasst hatte. Wie sollte er weitermachen, wenn er seinen Fehler nicht entdeckte?

Während er stumm dasaß, löste sein Bewusstsein sich allmählich von seinem Körper ab. Zwischen beiden war eine Lücke entstanden. Ein Riss, durch den seine Gefühle und Gedanken davonstoben.

8.5.1939

Die Erleichterung über das Erscheinen seines Patienten war größer, als Anna es wohl ahnen konnte. Er bat sie, Daniel zu ihm in den Garten zu schicken und auch einen Stuhl für ihn bereitzustellen. Bei dieser Analyse würde er liegen und sein Patient sitzen.

»Jetzt sehen Sie wirklich schlechter aus, als ich es jemals könnte.« Daniel stellte seinen Stuhl vor das Kopfende der Hollywoodschaukel. Er blinzelte in die Sonne.

»Jedenfalls hast du größere Fortschritte gemacht als ich.« Es erleichterte ihn, den Jungen so lebendig zu sehen. »Setz dich.«

Daniel schaute ihn an. »Als Sie bei mir waren, dachte ich, Sie würden sterben.«

Freud lächelte ihn an. »Das war nur eine Unpässlichkeit.«

»Anna meint, es wären die Stufen gewesen. Ich fürchte, sie nimmt es mir sehr übel.«

»Mach dir keine Gedanken darum. Ich bin dir im Gegenteil ganz dankbar.«

»Wofür dankbar?«, fragte Daniel erstaunt.

»Eine Erinnerung, die lange Zeit verschüttet war.« Freud sah Daniel an. »Bei unserem letzten Treffen wollten wir über deinen Bruder sprechen.«

Daniel wich seinem Blick aus.

»Nun?«, hakte Freud nach.

»Matthias und Lisbeth haben dieses Buch über Moses von Ihnen gelesen«, wich Daniel aus.

»Ach, ja. Und was sagen sie dazu?«

»Dass Sie Ihrem eigenen Volk in den Rücken fallen, statt es zu unterstützen. Das Buch würde den Antisemiten Futter geben.«

»Und was denkst du?«

»Dass die Ihr Buch nicht brauchen, um gegen die Juden zu sein.«

»Hast du es gelesen?«

»Ich lese nicht viel. Im Gegensatz zu Karl.«

»Dein Bruder.«

»Er hat sich durch alles hindurchgefressen, was ihm in die Finger kam. Als wir Mamas Bücher in die Alster geworfen haben, hat er vor Wut geheult, weil er noch nicht alles gelesen hatte. Mama hat ihm gesagt, dass er alles in England nachholen könnte. Hier würden sie Marx mehr als in Deutschland mögen.«

»Er liegt nicht weit von hier begraben.«

»Dann sind Sie vielleicht bald Nachbarn.« Ein forschender Blick.

Freud lachte. »Das lässt sich nicht ganz ausschließen. Erzähl mir mehr von Karl.«

»Mama hat ihn nach Marx benannt. Er sollte auch ein großer Philosoph werden.«

Freud drehte den Kopf zur Seite, um Daniel sehen zu können. »Aber das kann er nun nicht mehr.«

Daniel sagte nichts. Er kraulte dem Chow, der sich auf seine Füße gelegt hatte, den Kopf. Nach einer Weile sah er Freud an. »Er hätte es bestimmt geschafft.«

Freud schwieg.

»Die Mama war immer stolz auf ihn. Ich war gar nicht, wie sie es wollte. Dass wir auf die jüdische Werkschule gegangen sind, war Karls Idee gewesen. Mama war dagegen. Aber er hat nicht lockergelassen. Er wollte wirklich diesen Staat in

Palästina aufbauen. Am Ende hat sie nachgegeben. Für mich war das gut, weil es da leichter war.«

»Möchtest du mir erzählen, was auf dem Weg zur Fähre passiert ist?«

»Ich weiß nicht.«

48.

Sie hatten Elfie Thomsen auf einen Kutschwagen gebettet, ihr Kleid notdürftig vom Schlamm befreit, den Kopf auf ein Kissen gebettet und die Hände auf dem Bauch übereinander gefaltet. Ihr Haar hatte Hans zu einem Zopf geflochten, wie sie ihn auch bei der Arbeit getragen hatte. Er würde sie zu ihren Eltern nach Alveslohe bringen, um sie dort begraben zu lassen. In Hamburg hatte sich keine ihrer Hoffnungen erfüllt.

Freud blickte starr auf den Leichnam. Tietje stand neben ihm, ohne recht hinzusehen. Seine ganze Aufmerksamkeit galt Freud.

»Sie wissen, dass Sie das Mädchen mit Ihren ebenso dilettantischen wie gefährlichen Methoden in den Tod getrieben haben, nicht wahr?«

»Wollen Sie nun den Totenschein ausstellen?« Er hätte einiges darum gegeben, Tietje nicht hinzuziehen zu müssen, hatte aber keine andere Möglichkeit gesehen.

Tietje sah ihn feindselig an. »Sie haben es mir damit ein wenig zu eilig. Es lässt sich schließlich kaum sagen, dass sie eines natürlichen Todes gestorben ist.«

Hans, der auf dem Kutschbock saß, den Kopf unter seinen Händen begraben, richtete sich auf. »Sie ist ertrunken. Das ist doch offensichtlich.«

»Als Selbstmörderin kann sie nicht auf dem Friedhof begraben werden«, verkündete Tietje kühl.

Hans stieg vom Wagen und baute sich vor dem Arzt auf. »Sie ist keine Selbstmörderin.«

Tietje ließ sich nicht beeindrucken. »Sie ist außerdem eine Kindsmörderin. Durch ihren Suizid hat sie sich ihrer gerechten Strafe entziehen wollen, so wie sie es vorher durch ihr angebliches Irresein schon versucht hat.«

Hans versetzte dem Arzt einen kräftigen Schlag in die Magengrube, unter dem Tietje sich krümmte. Als er erneut ausholte, umklammerte Freud ihn von hinten und zog ihn von Tietje weg, der nach Luft rang. Unter seinen Fingern spürte Freud Hans' angespannte Muskeln.

»Lassen Sie ihn. Er hat viel Schaden angerichtet, aber ich bin es, der die Prügel verdient.«

Hans atmete schwer. Freud ließ ihn los.

Tietje richtete sich wieder auf. Schweiß stand ihm auf der Stirn. »Ich werde jetzt gehen.«

»Warten Sie«, bat Freud.

»Ich hätte erst gar nicht kommen sollen.«

Freud sammelte sich. »Sie wollen wissen, was geschehen ist?«

»Ich weiß ja bereits alles«, sagte Tietje und wandte sich zum Gehen.

»Sie wissen gar nichts.«

Tietje blieb stehen. Etwas in Freuds Ton verunsicherte ihn.

»Hier entlang«, wies Freud ihn an.

»Was soll die Geheimniskrämerei? Sagen Sie mir einfach, was Sie mir zu sagen haben!«

»Sie machen sich besser ein eigenes Bild. Es liegt natürlich ganz bei Ihnen, aber ich rate Ihnen dazu. Andernfalls gehen Sie das Risiko ein, sich selbst in erhebliche Schwierigkeiten zu bringen.«

Sie gingen den Fleet entlang, an dessen Ufermauer leise das Wasser plätscherte. Freud ging mit schnellem Schritt voran. Tietje folgte ihm zögernd. Aus dem Dunkel tauchten die Umrisse der Brücke auf, unter der Freud Hansens Leiche gefunden hatte. Von den Zweigen im Geäst wie von unzähligen Händen festgehalten, lag immer noch der tote Körper des Senators im Wasser, das sich entlang der Beine und Arme zu kleinen Wellen kräuselte.

Tietje wurde bleich.

»Als der Senator Sie mit der Anschrift der Amme zu mir schickte, wusste er, dass es sich bei dem Kind nicht um Elfie Thomsens Sohn handelte.«

»Ich verstehe nicht«, stammelte Tietje.

»Ihm lag daran, dass ich glaubte, Elfies Kind sei wohlauf und vor allem lebendig. Nur hat er nicht damit gerechnet, dass ich den Jungen zu ihr bringen und der Betrug so offenbar werden würde. Ihr Kind hatte ein Muttermal auf der Schulter, das dem Jungen fehlte.«

»Worauf wollen Sie hinaus?«

»Ich habe das arme Mädchen wirklich auf dem Gewissen. Jedoch nicht auf die Art und Weise, die Sie mir nahelegen.«

Tietje sah ihn niedergeschmettert an. »Der Senator. Was geht hier vor?«

»Als Elfie das Kind im Arm hielt, bekam der Damm Risse, der sie zuvor so vollkommen vor ihrer Erinnerung geschützt hatte. Von diesem Moment an war ihr der Weg zurück in die Verleugnung verstellt. Ich war nicht da, um ihr die Kraft zu geben, mit den Vorgängen, die sich ereignet hatten, fertig zu werden. Ebenso wenig habe ich sie vor sich selbst schützen können.«

»Was reden Sie da? Die Unselige hat ihr Kind umgebracht, nichts kann daran etwas ändern!«

»Verstehen Sie denn immer noch nicht? Es war der Senator, der das Kind getötet hat. Die Amme hat es ihm gegen Bezahlung zugeführt, damit er sich daran vergehen kann. Der Säugling ist den Verletzungen erlegen, die er ihm dabei zugefügt hat.«

Tietje packte ihn an den Armen. »Hören Sie endlich auf mit diesen Hirngespinsten, Ihre Anschuldigungen sind infame Lügen, der Senator ist ein ehrenwerter Mann!«

Freud riss sich los. »Meinen Sie nicht, dass Elfie genug Leid und Unrecht erfahren hat? Sie werden mir den Totenschein jetzt ausstellen, damit Hans sie zu ihren Eltern bringen kann, die sie begraben, sodass sie ihren Frieden finden kann.«

Tietje sah ihn niedergeschmettert an. »Und was soll nun mit dem Senator geschehen?«

Freud wartete, bis Tietje ihm den Totenschein geben hatte.

»Er kann kein Unheil mehr anrichten. Das muss mir genügen. Alles Übrige ist nicht mehr meine Angelegenheit. Schlimm genug zu wissen, dass Elfies Kind nicht das erste und einzige und auch nicht das letzte sein wird, das auf einen Menschen wie Hansen trifft.«

Freud wandte sich von dem Arzt ab. Auf seinem Weg zurück zum Kutschwagen verlor er das Gefühl für die Zeit. Ganz wie in einem Traum würde er, solange er auch laufen würde, niemals ankommen. Seine Schritte schienen ihn keinen Meter näher an sein Ziel zu bringen. Die Finger taten ihm weh, weil er sie so fest zusammenpresste. Zu groß war die Angst, dass der Totenschein ihm verloren gehen oder entrissen werden könnte. Als er schließlich ankam, fühlte er sich außerstande, die versteiften Finger zu bewegen. Erst als Hans seine Hand nahm, lösten sich die Finger, sodass dieser das Papier an sich nehmen konnte.

Hans faltete den Schrieb zusammen und schob ihn in die Innentasche seines Jacketts. »Sie ist keine Selbstmörderin«, sagte er wie zu sich selbst, »was auch passiert ist, sie ist nicht hierhergekommen, um sich zu ertränken.« Er blickte Freud an. »Sie wollte ihn zur Rede stellen. Ich fragte sie, was sie damit glaubte, bewirken zu können. Es würde doch nichts ändern. Hansen würde immer ein schlechter Mensch bleiben.

Niemand würde ihr je ein Wort glauben, egal, was sie sagen würde. Welchen Sinn also sollte es haben? Wissen Sie, was sie mir zur Antwort gab?«

Freud würgte ein »Nein« aus seinem flauen Magen.

»Dass es dabei nicht um den Senator, sondern um ihr Kind ginge.«

Freud sah ihn an. »Ich weiß nicht, was ich sagen soll. Es tut mir so leid.«

Hans stieg auf den Kutschbock. »Hansen hat sie umgebracht, damit sie nicht mehr redet. Was haben Sie geglaubt, würde sie mit der Wahrheit anfangen?«

»Ich musste ihr die Wahrheit sagen. Ich sah keinen anderen Weg.«

»So ging es Elfie auch. Sie sah keinen anderen Weg, und ich habe sie nicht aufgehalten.«

Hans schnalzte mit der Zunge. Das Pferd hob den Kopf und trabte an. Die Riemen des Geschirrs spannten sich, und der Wagen setzte sich in Bewegung.

Die Kutsche verschwand in der Nacht. Eine Weile noch hallte das Klappern der Hufe und eisenbeschlagenen Räder auf dem groben Pflaster von den Häuserwänden wider, bis dieses sich schließlich in der Stille verlor.

Freud spürte die Kälte, die aus der nassen Kleidung durch die dünne Haut in seine Knochen gekrochen war. Er bezweifelte, dass es so gewesen war, wie Hans sagte. Denn wie würde sich dann der Tod des Senators erklären? Selbstmord? Das schien ihm wenig zu Hansen zu passen. Zu Elfie Thomsen dagegen schon.

Ein großer abgemagerter Hund schlich knurrend an ihm vorüber und löste einen namenlosen Schrecken in ihm aus, der sein Herz mit eiserner Faust umschloss und ihn in die Knie zwang.

8.5.1939

Freud schaute Daniel an, dessen Blick an ihm vorüber zur Gartenpforte gewandert war. Seine Lippen waren fest aufeinandergepresst, die Kiefermuskeln zuckten. Er fürchtete, dass der Junge das Gespräch abbrechen könnte.

»Bist du nicht genau deshalb gekommen, um mir von deinem Bruder zu erzählen?«

Daniel schwieg.

»Du musst nicht, wenn du nicht willst.«

»Ich wüsste nicht einmal, wo ich anfangen sollte. Deshalb lasse ich es wohl auch besser.«

»Du kannst dort beginnen, wo du möchtest«, ermutigte Freud ihn, »es kann der Anfang sein oder auch das Ende.«

Daniel schaute ihn an und zuckte zaghaft mit den Schultern.

»Was hat dich auf der Fähre dazu bewogen, auf die Reling zu klettern?«

»Das weiß ich nicht. Ich habe ins Wasser geschaut und fühlte mich auf einmal wie von fremder Hand bewegt.« Die Stimme leise, fast nicht hörbar.

»Was hast du vorher gedacht, als du noch ins Wasser geschaut hast?«

»Dass sich alles nur darum gedreht hatte, es auf die Fähre zu schaffen. Und dass ich plötzlich nicht mehr wusste, wozu das gut sein sollte.«

»Weißt du es jetzt?« Er raffte seine Knochen zusammen und setzte sich auf. Die Hollywoodschaukel geriet quietschend in Bewegung. Seine Füße fest auf den Boden setzend, stoppte er sie.

Daniel wich seinem Blick aus. »Nein.«

»Dann wäre es also besser gewesen, wenn ich nicht zur Stelle gewesen wäre, um dich am Springen zu hindern?«

»Ja.«

»Seitdem hat es sicher unzählige Möglichkeiten gegeben, dein Vorhaben zu beenden, ohne dass dich jemand davon hätte abhalten können. Aber du hast es trotzdem nicht getan. Was hat dich davon abgehalten?«

»Ich weiß es nicht.«

»Dann will ich es dir erklären. Es gibt zwei widerstreitende Kräfte in dir. Die eine hält am Leben fest, die andere will in den Zustand unbelebter Materie zurückkehren. Diese Kräfte wirken in jedem von uns. Meist behält erstere die Oberhand, doch bestimmte Umstände können dazu führen, dass letztere an Gewicht gewinnt.« Er machte eine Pause. »Erzähl mir von Karls Tod.«

»Ich kann das nicht.«

»Du kannst.« Er sah Daniel an. »Ich fürchte, ich muss dich etwas drängen, damit wir vorankommen.«

Daniel zögerte.

»Wem willst du es erzählen, wenn nicht mir? Ich werde dein Geheimnis mit ins Grab nehmen, und wie du dir denken kannst, ist mein Weg bis dorthin nicht allzu weit. Du siehst also, dass du kein großes Risiko eingehst.«

49.

Das Fieber hielt sich hartnäckig. Selbst der kurze Weg in den Garten fiel ihm schwer. Paul war da gewesen und hatte Fietje mit sich genommen. Es hatte keinen Abschied gegeben, weil er geschlafen und einen Fiebertraum gehabt hatte.

Martha kam täglich zu ihm. Manchmal wachte er gar nicht aus seinem Dämmerschlaf auf, sodass er nur durch seine Zimmerwirtin von den Besuchen wusste. In seinen wirren Träumen erschien ihm immer wieder die tote Elfie Thomsen. Wenn er wach war, überließ er Martha das Reden. Sie berichtete ihm von kleinen Begebenheiten in der Familie und war bemüht, etwas Licht in seine dunkle Kammer zu bringen.

Weil sie ihn schließlich am fünften Tag nötigte, das Haus zu verlassen, quälte er sich nun in seinen Anzug, der ihm nicht mehr passen wollte. Die Krankheit hatte ihn ebenso ausgezehrt, wie das Fleetwasser dem Stoff alle Form genommen hatte, sodass Hose und Jackett wie Lappen an ihm herabhingen. Er sah an sich herunter und befand, dass Form und Inhalt einander perfekt entsprachen.

Als er aus dem Haus ins Freie trat, hielt er geblendet die Hand vor die Augen. Das freundliche Wetter spottete seiner Verfassung. Die Wandsbeker genossen die unerwartete Rückkehr des Sommers und würdigten ihn keines Blickes.

Martha erwartete ihn vor dem Rathaus. Sie trug ein Kleid, das er bisher noch nicht an ihr gesehen hatte. Eingehüllt in rosé- und cremefarbenen Stoff, Hals und Handgelenke von Rüschen umrahmt und das Haar kunstvoll hochgesteckt, wirkte sie, als ob sie auf ihren Bräutigam wartete. Bei ihrem Anblick konnte er nicht anders, als stehen zu bleiben. Er tat dies so abrupt, dass der Mann, der hinter ihm ging, auf ihn auflief, eine Entschuldigung murmelte und kopfschüttelnd seinen Weg fortsetzte.

Stolz sollte er sein auf seine Martha und sich freuen, sie so zu sehen. Stattdessen fühlte er den Impuls, umzukehren und sich wieder auf sein Krankenlager zurückzuziehen. Weil er sich nicht bewegte, schritt sie schließlich auf ihn zu. Als sie ihn begrüßte, wehte ihr blumiger Duft ihn an.

»Was ist mit dir, Sigi? Du stehst da wie zur Salzsäule erstarrt.« Sie sah ihn, plötzlich verunsichert, an. »Gefällt dir mein neues Kleid etwa nicht?«

»Nein.«

Enttäuschung breitete sich in ihrem Gesicht aus.

»Doppelte Verneinung«, beeilte er sich zu sagen, »ich meine: Ja, es ist wunderschön. Du bist wunderschön.«

Sie zögerte. »Was ist es dann?«

Er versuchte ein Lächeln. »Neben dir nehme ich mich wie ein nasser Hund aus.«

Sie seufzte und reichte ihm ihren Arm. »Dann will ich meinen nassen Hund jetzt gerne ausführen.«

Nun konnte er wirklich lächeln und ihren Arm nehmen.

»Na siehst du, es geht doch.«

Der triumphierende Unterton in ihrer Stimme war nicht zu überhören, doch statt sich geschlagen zu fühlen, spürte er eine angenehme Leichtigkeit. Dabei bemerkte er durchaus die Reaktionen der Entgegenkommenden, die Martha zunächst bewundernd und dann in Hinblick auf ihren Gefährten mitleidig ansahen. Doch ging so viel Trost von ihr aus, dass er sich dankbar fühlen konnte, sie an seiner Seite zu wissen.

Gleichzeitig nagte der Zweifel an ihm. Er war gescheitert.

Jeder Tag in der Hansestadt würde ihn weiteres Geld kosten. Seine Lage konnte sich nur verschlechtern. Dass ihm jemand die Verantwortung für eine neue Patientin übertragen würde, erschien ihm nach den jüngsten Ereignissen weder wahrscheinlich noch wünschenswert. Um heiraten zu können, brauchte es nicht weniger als ein Wunder. Und daheim erwarteten Eltern und Schwestern seine Unterstützung.

Der wolkenlose Himmel konnte ihn nicht darüber hinwegtäuschen, dass seine Aussichten düsterer denn je waren. Von der glorreichen Zukunft, die er sich als Schüler und Student nicht nur erträumt oder erhofft, sondern die er als ihm zugedacht sicher erwartet hatte, hatte sich wenig, eigentlich nichts eingestellt. Weder die endlosen Stunden am Mikroskop noch seine fast heilige Ehrfurcht vor dem Können und Wissen Charcots hatten ihn seinem Ziel näher gebracht. Sackgassen waren es samt und sonders gewesen, die ihn in eine Katastrophe geführt hatten.

Martha sah ihn zweifelnd an. »Du fühlst dich nicht gut, habe ich recht?«

»Es geht schon, sorg dich nur nicht um mich.«

Sie blieb stehen. »Ich sehe doch, dass es dir nicht gut geht, und ich hätte dich niemals drängen dürfen hinauszukommen. Das war ganz und gar selbstsüchtig von mir!«

»Du hast nur einem eingebildeten Kranken die Leviten gelesen«, widersprach er ihr wenig entschieden.

»Aber deine Krankheit ist nicht eingebildet.«

Er blieb stehen. Ein Bierkutscher polterte an ihnen vorüber. Sie hatten, ohne sich darüber abzusprechen, das Wandsbeker Gehölz angesteuert. Bis dort war es noch ein Stück zu gehen. Freud fühlte sich nicht zu einem unbeschwerten Spaziergang in einem von Herbstfarben verzauberten Wald aufgelegt. Die schnurgerade, von Bürgerhäusern eingefasste Straße schien ihm endlos lang. Er wollte umkehren.

»Das Fieber ist wirklich nur das Geringste.«

Sie blieb ebenfalls stehen und sah ihn an. »Du machst mir Angst, Sigi.«

Er wich ihrem Blick aus. »Entschuldigung, ich hätte erst gar nicht damit anfangen sollen. Vergiss, was ich gesagt habe«, sagte er und straffte sich. »Das Fieber geht mit jedem Tag ein Stück herunter und wird bald überwunden sein. Dann bin ich wieder ganz der Alte.«

Freud hakte sich bei Martha unter und wollte den Weg fortsetzen, doch Martha machte sich von ihm los.

»Nein, Sigi, so kommst du mir nicht davon. Du wirst mir jetzt erzählen, was dich beschäftigt. Vorher gehe ich mit dir nirgendwo hin, und wenn ich den ganzen Tag hier mit dir ausharren muss.«

»Es gibt nichts zu erzählen.«

»Mir ist es ernst.«

Neben ihnen trafen nach und nach immer mehr Menschen ein, die sich vor dem Portal des Rathauses versammelten. Eine aufgekratzte Menge, die sich als Hochzeitsgesellschaft entpuppte. Herausgeputzt und lärmende Fröhlichkeit verbreitend, wartete die Gruppe auf die Ankunft von Braut und Bräutigam.

Freud wurde unruhig. »Also gut. Ich werde dir alles erzählen«, versprach er, ohne zu wissen, was dieses *Alles* sein sollte.

Martha verschränkte die Arme vor der Brust. »Und wohin möchte der Herr mich ausführen?«

»Das ist egal, nur einfach fort von hier.«

Sie schüttelte den Kopf. »Ohne Ziel und Richtung gehe ich nicht.«

Freud atmete tief durch. Der Schweiß lief ihm den Nacken herunter. »Wie wäre es mit dem Gehölz?«

»Wie einfallsreich.« Ihre Augen blitzten ihn schalkhaft an.

Erleichtert nahm er den Arm, den sie ihm bot, und musste

wieder einmal feststellen, wie wenig er ihrem Charme und noch viel weniger ihrem Willen entgegenzusetzen hatte.

»Ist es nicht ein ganz wunderbarer Tag?«, fragte sie im Plauderton. »Ich kann mich nicht erinnern, jemals einen solchen September in unserem Wandsbek erlebt zu haben.«

»Fürwahr«, gab Freud zurück, dankbar, dass Martha das Thema offenbar hatte fallen lassen.

Ohne weitere Worte zu wechseln, gingen sie nebeneinander her. Freud spürte die Wärme wohltuend im Rücken. Hinter ihnen ertönte Gesang, mit dem die Hochzeitsgesellschaft das frisch vermählte Paar empfing.

»Nun?«, hob Martha an.

»Nun, was?«

»Wir haben eben eine Verabredung getroffen, die du jetzt, so denke ich, einlösen kannst.«

»Natürlich.«

»Ich höre.«

»Ich weiß nicht recht, was du von mir erwartest.«

»Nicht viel. Nur die Wahrheit.«

Sie schritten weiter voran. Martha hatte das Tempo angezogen. Freud musste sich anstrengen, Schritt mit ihr zu halten.

Vor ihnen öffnete sich das Gelände. Sie nahmen einen Weg, der in das Gehölz hineinführte. Durch das grün, rot und gelb schillernde Blätterdach fanden Sonnenstrahlen funkelnd ihren Weg zu ihnen. Ein leichter Wind erfüllte die Luft mit einem leisen Rauschen. Aus dem Boden stieg der Geruch von Waldpilzen auf.

»Ich mache mir Gedanken um unsere Zukunft,« begann Freud.

»So wie ich.«

»Ich kann nicht länger in Hamburg bleiben, weiß aber nicht einmal, wovon ich die Fahrt zurück nach Wien zahlen soll. Und ich muss zurück, um Geld zu verdienen.«

»Bisher hat sich noch immer eine Lösung gefunden. So wird es auch jetzt sein«, hielt sie ihm in resolutem Ton entgegen.

»Was soll das für eine Lösung sein?«, fragte er bedrückt.

»Wir könnten Eli fragen.«

»Deinen Bruder?«

»Ja.«

»Und wenn ich das nicht möchte?«

»Dann wirst du einen anderen Weg finden oder deine Vorbehalte überwinden.«

Er gab es auf, Schritt mit ihr zu halten, und wurde langsamer. »Wie lange soll das noch so weitergehen?«

»So lange, wie es eben braucht.«

»Und wenn das der falsche Weg ist?«

Sie blieb stehen und sah ihn mit entschlossenem Blick an. »Es gibt keinen anderen.«

Er wich ihrem Blick aus. »Die Wahrheit ist doch, dass ich dir nichts als Kummer bieten kann. Ich komme mir vor wie eine armselige Kopie des König Midas. Was ich auch anfasse, es verwandelt sich in meinen Händen zu etwas Schlechtem. Schlimmer noch: Je mehr ich mich um das Gute bemühe, desto zuverlässiger erreiche ich das Gegenteil.«

»Du redest über das tote Mädchen?«

»Nicht nur. Ich spreche auch von uns beiden.«

»Was das Mädchen anbelangt, so kann ich dazu nicht viel mehr äußern, als dass vielleicht von Beginn an keine Hoffnung für sie bestand.«

Freud schüttelte den Kopf. Er fühlte Zorn in sich aufsteigen. »So einfach ist das nicht. Du musst deinen Zukünftigen schon etwas kritischer in Augenschein nehmen. Schließlich entscheidet deine Wahl über dein Schicksal.«

»Was genau willst du mir sagen?«

Er löste sich von ihr und trat einen Schritt zurück. Seine

Hände, die er knetete, fühlten sich taub an. »Ist das so schwer zu verstehen? Ich bin nicht der Richtige für dich!«

Martha wurde bleich. »Und das entscheidest du?«

»Es ist die Wahrheit. Darüber entscheide ich so wenig wie der Apfel, der vom Baum fällt, über die Schwerkraft entscheidet.«

»Und du kennst die Wahrheit?« Zornesröte stieg ihr ins Gesicht.

»Ich schaue ihr im Gegensatz zu dir ins Auge.«

Martha tat einen Schritt auf ihn zu. Ihr Atem fühlte sich heiß auf seiner Haut an. »Was mit uns geschieht, gehorcht doch keinem Naturgesetz!«

»Du irrst.«

Ihre Augen füllten sich mit Tränen. Sie wandte sich ab. Wieder wehte der Luftzug einen Hauch ihres blumigen Duftes zu ihm herüber. Als er ihr nachsah, fühlte er sich unendlich traurig. Gleichzeitig spürte er ein Gewicht von seinen Schultern weichen.

8.5.1939

Freud beschloss, nicht mehr weiter auf Daniel einzuwirken. Also wartete er, bis der Junge etwas tun würde. Dabei spürte er eine Spannung, wie er sie seit langer Zeit nicht mehr während einer Analyse erlebt hatte.

Daniel schaute ihn lange an. Dann endlich begann er zu reden. »Karl hat alles in die Hand genommen. Ohne ihn hätte ich es nie geschafft.«

»Wie seid ihr aus Deutschland herausgekommen?«, nahm Freud den Faden auf.

»Mama hat uns die Adresse von einem ihrer Parteigenossen in Aachen gegeben. Wir hatten auch Papiere mit falschem Namen. Es war Karls Idee, HJ-Uniformen, die zum Trocknen auf der Leine hingen, zu klauen. Als es noch nicht so viele Nazis gab, hat er Hitlers Buch gelesen. In der Schule, das war noch die gemischte, hat er jeden Hakenkreuzler, auf den er gestoßen ist, in Diskussionen verwickelt. Noch nicht einmal die Lehrer waren vor ihm sicher. Er hat geglaubt, dass er sie alle überzeugen könnte, wenn er nur lange genug reden würde.«

»Hatte er Erfolg?«

»Meist hat er Prügel kassiert. Aber immerhin kannte er sich dadurch so gut aus, dass er auf der Zugfahrt nach Aachen den perfekten Hitlerjungen geben konnte. Alles, was ich tun musste, war, den Mund zu halten.«

»Und hast du?«

»Irgendwie konnte ich nicht. Es war, als ob ich nicht mehr ich selbst gewesen wäre. Dabei wäre der Schaffner einfach weitergegangen, wenn ich nicht eine Lügengeschichte nach der anderen erzählt hätte. Je mehr ich redete, desto misstrauischer wurde er. Beim nächsten Halt hat Karl mich aus dem Zug geschleift, obwohl wir noch lange nicht in Aachen waren. Unser Geld hatte gerade für die Fahrkarte gereicht. Jetzt hatten wir nichts mehr und auch niemanden, der uns hätte helfen können.«

»Was hat Karl dazu gesagt?«

Daniel wich seinem Blick aus. »Nichts. Das war ja das Schlimme. Er hat bei Bauern um Essen gebeten und dafür gesorgt, dass wir nachts bei Regen und Gewitter ein Dach über dem Kopf hatten. Einmal hat er einem Trupp Hitlerjungen beim Heumachen geholfen und dem Rottenführer eine Karte stibitzt, während ich in meinem Versteck schmorte und ihm den Tod wünschte.«

Daniel sprach nicht weiter. Die Stille war bedrückend. Selbst die Vögel hatten aufgehört zu zwitschern.

Freud sah ihn an. »Wie ist er gestorben?«

»Mit der Karte haben wir es bis zur belgischen Grenze geschafft. Da wollte Karl nicht mehr weiter. Er gab mir eine Telefonnummer, die ich anrufen sollte.«

»Warum wollte er, dass du alleine weitergehst?«

Daniel sah ihn an. Er hatte Tränen in den Augen. »Ich hatte nichts davon gemerkt, weil ich immer nur an mich gedacht hatte. Eine kleine Verletzung, die sich entzündet hatte. Er konnte kaum noch laufen, obwohl es nur ein winziger Kratzer gewesen war, den er sich auf dem Feld mit den Hitlerjungs geholt hatte. Wenn wir nicht aus dem Zug gemusst hätten, wäre das nicht passiert.«

»Und bist du von dort aus alleine weitergegangen?«

»Natürlich nicht! Erst habe ich ihn gestützt, dann getragen. Aber irgendwann konnte ich nicht mehr. Wir waren mitten im Wald. Es regnete. Nichts, wo wir uns hätten unterstellen können. Stockfinster und kalt war es. Karl sagte, ich müsste alleine weitergehen. Ich wollte nicht, aber er schrie mich an, dass ich es müsste. Doch ich hatte zu große Angst. Er schimpfte mich einen Feigling. Schließlich ging ich dann los. Ich versprach ihm, Hilfe zu holen. Als ich ein Stück gegangen war, kehrte ich um. Karl hatte recht. Ich war ein Feigling. Und dann habe ich ihn nicht wiedergefunden. Die ganze Nacht bin ich umhergeirrt und den Tag darauf auch. Bis eine Gruppe Waldarbeiter mich aufgelesen hat. Die hatten ihn am Morgen gefunden.«

»Und da war er schon tot?«

»Ich habe ihn umgebracht.«

Ein kalter Windhauch strich über die beiden hinweg.

»Die Nazis haben ihn umgebracht«, sagte Freud mit ruhiger Stimme, »nicht du.«

Daniel stand auf und sah ihn mit weit aufgerissenen Augen an. Seine Hände zitterten. »Sie haben mir überhaupt nicht zugehört, kein Wort haben Sie verstanden!«

»Setz dich wieder, damit wir das miteinander besprechen können«, bat Freud.

Doch Daniel hatte seine Entscheidung bereits getroffen. Freud streckte die Hand nach ihm aus. Er war zu schwach, um aufzustehen. Daniel durchschritt hastig, fast rennend den Garten, ohne sich umzusehen, öffnete die Pforte und verschwand hinter der hohen Hecke, die das Grundstück von der Straße abschirmte.

50.

Eingewickelt in eine Decke, schwitzte Freud sein Fieber aus. Von der Wäscheleine her trieb der sanfte Wind den Seifengeruch zu ihm herüber, wo er sich mit dem Aroma des Kaffees vermischte, den Dorothea Becher ihm gebracht hatte. Er war ihm nur äußerst widerwillig von seiner Zimmerwirtin zugestanden worden. Unmengen ihres Kräutertees hatte er zuvor dafür trinken müssen.

Immer wieder fasste er sich mit der Hand an die glühende Stirn. Dorothea Becher hatte ihn bereits darüber aufgeklärt, dass dies seine Genesung nicht beschleunigen würde. Sie war der Meinung, dass es tausenderlei Gründe für ihn gäbe, sich an den Kopf zu fassen, nur eben das Fieber nicht. Sie hatte, auf welchem Wege auch immer, von seiner Unterredung mit Martha erfahren und ließ keine Gelegenheit aus, ihn spüren zu lassen, wie sie zu dem Ergebnis stand. Freud wiederum war sich, je länger das Treffen zurücklag, zusehends unsicher, was eigentlich das Ergebnis war. Unter normalen Umständen bereitete es ihm keinerlei Schwierigkeiten, auch nach Wochen noch ein Gespräch im genauen Wortlaut zu rekapitulieren. In diesem Falle jedoch ließ ihn sein Gedächtnis im Stich. Er sah Marthas Gesicht ganz genau vor sich und konnte sogar jetzt noch ihr Parfum und den Duft ihres Haares riechen. Allein die Worte, die sie gewechselt hatten, lagen im Nebel. Hatte er wirklich die Verlobung gelöst oder war das nur ein Streit gewesen, wie sie ihn früher auch schon ausgefochten hatten? Sie wusste ja, wie aufbrausend und ungerecht er sein konnte, wie er sich von seinen zerstörerischen Gefühlen treiben ließ. Was hatte er gesagt und was nur gedacht? Im Fieber verschwamm alles miteinander.

Dorothea Becher verließ mit einem Weidenkorb voll Wäsche das Haus. Sie ging so dicht an ihm vorüber, dass er den Kopf vor ihrem Ellenbogen einziehen musste. Die Botschaft war eindeutig: Statt ihr im Wege zu sitzen, sollte er sich entweder in seine Kammer verkrümeln oder sich auf den Weg zu Martha machen. Doch der Gedanke, ihr gegenüberzutreten zu müssen, war ebenso unerträglich wie die Vorstellung, sich in der dunklen Stille seines Zimmers seinen Gedanken auszuliefern.

Die Zimmerwirtin hing die feuchte Wäsche auf, nahm seinen Anzug, den sie gewaschen hatte, von der Leine, legte ihn sorgsam zusammen und reichte ihm den Stapel.

»Ziehen Sie sich ordentlich an und unternehmen Sie etwas.«

Freud war auf seiner Bank sitzen geblieben und hatte beobachtet, wie das Leben vorübergehend zur Ruhe kam und nach Mittag einen neuen Anlauf nahm. Endlich erhob er sich mit steifen Gliedern, ging auf seine Kammer und zog sich um. Dorothea Becher hatte ein kleines Wunder an seinem Anzug vollbracht. Ihr Werk ließ den Kadaver, der er war, so menschlich erscheinen, dass Kinder nicht mehr vor ihm erschrecken mussten.

Bevor er der Stadt den Rücken kehren konnte, hatte er Schulden zu begleichen. Das war zwar ein ganz und gar unmögliches und aussichtsloses Unterfangen, doch musste zumindest der Versuch unternommen werden. Er hatte schon viel zu lange damit gewartet. Dass er sich so hatte gehen lassen, war unverzeihlich.

Er griff nach den Münzen, die auf dem Nachttisch am Kopfende des Bettes lagen, ging nach draußen und nahm eine

Droschke. Bei allem guten Vorsatz reiste ein innerer Widerstand mit, der ihm das Atmen erschwerte.

Erst als sie Wandsbek hinter sich gelassen hatten, legte sich seine Anspannung etwas. Von der Kutsche aus blickte er auf die Wiesen am Wegesrand. Eine schwarzbunte Kuh stand versonnen am Zaun und starrte ihm wiederkäuend entgegen. Reglos wie eine Statue verharrte sie dort. Nur der breite Kiefer war wie von einem Uhrwerk angetrieben, in ständig kreisender Bewegung. Von Zeit zu Zeit verjagte das massige Tier mit einer peitschenden Bewegung des Schwanzes die Fliegen, die es umschwirrten. Dann stand es wieder vollkommen still da und verbreitete, den Blick durch ihn hindurch ins Nichts gerichtet, eine friedvolle Stimmung.

Sobald sie Sankt Georg erreichten, kehrte die Anspannung zurück. Dem Kutscher ging es wohl nicht anders. Der Verkehr war dichter geworden. Bei jedem Halt, den er wegen eines querenden Fuhrwerks machen musste, stieß er eine Salve von Flüchen aus, die aufgrund ihrer starken Dialektfärbung für Freud unverständlich blieben, was für die so Beschimpften jedoch nicht galt. Als der hagere Mann mit hochrotem Gesicht von seinem Kutschbock stieg und sich vor einem großen Kerl aufbaute, der mit seinem schwer beladenen Handwagen die Straße blockierte, entschied Freud sich, auszusteigen und den verbleibenden Weg zu Fuß zurückzulegen.

Die Sonne senkte sich bereits zum Fleet hinab und tauchte dessen trübes Wasser in orangefarbenes Licht, als er das windschiefe Haus erreichte. Der Poller, auf dem er Paul zuerst entdeckt hatte, stand verlassen da. Freud fühlte seinen Mut dahinschmelzen. Trotzdem ging er zielstrebig auf die Tür zu, zog sie auf, durchschritt die dunkle Diele und trat auf den Hinterhof hinaus.

Der Trümmerhaufen hatte sich deutlich verkleinert. Alles Brauchbare war aussortiert und mitgenommen worden. Was

zurückgeblieben war, lag von einer Schlammschicht über-
zogen da. Wenige Regenschauer würden genügen, um alles
dem Erdboden gleichzumachen. Was einmal das Zuhause
von Paul, Leefke und Fietje war, würde sich von dem daneben liegenden Schweinestall nur noch durch dessen Gatter
unterscheiden lassen.

Freud ging wieder zurück ins Haus, tastete sich durch den
finsteren Flur und stieg die knarrenden Stiegen hinauf. Wenig
hoffend, klopfte er an Maries Tür. Ein Mann in zerschlisse-
nen Hosen und offenem Hemd öffnete ihm. Als Freud sich
erklärte, wurde ihm die Tür vor der Nase zugeschlagen.

Er klopfte nochmals. Hinter der Tür wurde gestritten. Kin-
dergeschrei gesellte sich hinzu. Er wollte gerade gehen, da
trat eine Schwangere aus der Kammer. Sie kannte Marie und
konnte ihm auch sagen, wo sie eine Anstellung gefunden hatte.
Was aus den drei Kindern geworden war, die im Hof gelebt
hatten, wusste sie nicht.

Freud folgte ihrer Beschreibung und stand etwas später vor
einer weiteren Tür, die freilich wenig gemein mit der vorigen
hatte. Eine Freitreppe führte zu ihr hinauf, in den schweren
Messingbeschlägen spiegelte sich das Licht der untergehenden Sonne. Ein Hausangestellter in Livree öffnete ihm. Freuds
Ansinnen löste Misstrauen aus. Er beteuerte, dass er nur eine
kurze Auskunft benötige.

Man ließ ihn vor dem Dienstboteneingang warten. Dort
stand er und wünschte sich nach Wien zurück. Seine Gedanken kreisten um Martha. Es fiel ihm schwer zu verstehen, was
ihn dazu gebracht hatte, sie so sehr zu brüskieren. Eine dunkle
Kraft wirkte in ihm, der es, so schien ihm, daran gelegen war, zu
zerstören, was er liebte. Er war dieser Kraft ebenso ausgeliefert
wie Martha seinen Launen und Irrungen. So oft er sich auch vor-
nahm, gut zu ihr zu sein, er würde es niemals schaffen. Lange
Zeit hatte er seine Schwäche auf die Wirkung der Umstände

zurückgeführt. Der großen Entfernung zwischen ihnen, der Geldnot, der fehlenden Aussicht auf Besserung. Doch das allein konnte es nicht sein. Wenn er in Wien war, litt er darunter, Martha nur schreiben zu können. Dann war er sicher, dass sich alles aufklären ließe, wenn sie nur zusammen wären. Doch sobald sie einander sahen, kam unweigerlich der Moment, in dem er sie zurückstieß. Darauf waren sie wie durch eine unsichtbare Mauer voneinander getrennt. Es bedurfte jedes Mal größerer Anstrengungen, die Mauer zu überwinden, und er hatte Zweifel, ob es jetzt und künftig noch gelingen würde.

Ein kühler Wind trug die Wärme des Tages davon. Er fröstelte. Marie würde sich wohl nicht mehr zeigen. Entweder weil sie es ablehnte, ihn zu sehen oder weil ihr nicht Bescheid gegeben worden war. Er ging die Möglichkeiten durch, etwas über die Kinder in Erfahrung zu bringen. Ohne Marie würde ihm nichts bleiben, als die städtischen Fürsorgeheime abzuklappern und sein Glück in den Straßen zu suchen. Vielleicht konnte Burmester helfen.

Weil auf sein Klopfen nicht reagiert wurde, schlug er mit der Faust gegen die Tür. Eine füllige Frau mit einem Stapel Wäsche auf dem Arm öffnete ihm und drohte, die Polizei zu rufen, wenn er keine Ruhe gäbe. Er zwang sich zur Besonnenheit, entschuldigte sich und trug seinen Wunsch vor. Die Frau inspizierte ihn von Kopf bis Fuß.

»Wir wollen hier keine Scherereien.«

»Die wird es nicht geben«, versicherte er ihr.

»Erst recht nicht wird Herrenbesuch geduldet.«

»Ich bin Arzt. Es geht nur um eine Auskunft.«

»Dass Sie Arzt sind, besagt gar nichts.«

»Sie können dem Gespräch gerne beiwohnen, wenn es Sie beruhigt.«

»Den Deubel werde ich tun«, sagte sie, drehte sich um und ging wieder hinein.

Freud entschied sich zu warten. Seine Geduld wurde belohnt. Nach einigen Minuten erschien Marie an der Tür. Ihre Wangen waren gerötet.

»Was wollen Sie von mir?«, blaffte sie ihn an.

»Danke, dass Sie gekommen sind.«

»Wissen Sie eigentlich, in welche Schwierigkeiten Sie mich bringen?«

»Es liegt mir fern, Ihnen Probleme zu bereiten.«

Sie trat zu ihm auf die Straße und zog die Tür hinter sich zu. »Ich habe nicht viel Zeit. Also reden Sie schon.«

»Bevor ich wieder nach Wien reise, muss ich wissen, was aus Paul, Leefke und Fietje geworden ist.«

»Was gehen die drei Sie noch an?«

»Vielleicht gibt es eine Möglichkeit für mich, sie zu unterstützen.«

»Sobald Sie helfen, kommt etwas Schlechtes dabei heraus.«

»Ich muss zumindest den Versuch unternehmen.«

Er stand da und blickte immer noch auf die geschlossene Tür. Vielleicht wartete Marie dahinter darauf, dass er noch einmal anklopfen würde. Oder sie zögerte, unentschieden, ob sie noch einmal hinauskommen sollte, um ihn entweder zu verfluchen oder ihm Absolution zu erteilen. Fast meinte er, sie durch das massive Holz atmen zu hören und die Spannung zu spüren, die von ihr ausging. Doch das war selbstverständlich unmöglich. Allenfalls konnte er seinen eigenen Zustand angespannter Erwartung spüren.

Sie hatte das Türblatt mit so viel Kraft zugezogen, dass er den Windhauch in seinem Gesicht gespürt hatte. Erst im letzten Moment hatte sie den Schwung gebremst. Das Geräusch klang ihm noch in den Ohren. Ein trockenes Schlagen von Holz auf Holz. Nicht laut, doch durchdringend. Zuvor hatte sie in wenigen Worten berichtet, wie Leefke, Paul und Fietje binnen kurzer Zeit von der Fürsorge eingesammelt und fortgebracht worden waren. Jeder in einer anderen Droschke, unterwegs in unterschiedliche Heime, nach Geschlecht und Alter getrennt. Marie hatte mit leiser Stimme gesprochen, war äußerlich ganz ruhig geblieben. Trotzdem hatte ihr Zorn ihn um eine Elle zurückweichen lassen.

Als er merkte, dass er immer noch den Atem anhielt, ließ er die verbrauchte Luft aus seiner Lunge entweichen. Er sog die kühle Abendluft ein und spürte, wie sie sich in seiner Brust ausbreitete. Mit einer abrupten Bewegung wandte er sich von der Tür ab und überließ sich dem Strom der vorübereilenden Passanten, ohne darüber nachzudenken, wohin seine Schritte ihn trugen.

Wie ein Bach, der sich in einem See verliert, so löste sich die Menge nach einer Weile auf dem Gänsemarkt auf. Während er am Rande des Platzes verharrte, stoben die Menschen, denen er nachgetrottet war, in alle Richtungen davon. Eine Frau kam ihm entgegen, in jeder Hand einen großen bis über den Rand mit Bier- und Weinflaschen gefüllten Weidenkorb. Ihr Gesicht war rot vor Anstrengung. Dicht neben ihm blieb sie stehen, um zu verschnaufen. Sie stellte die Körbe ab und rieb die Hände, an deren Innenflächen sich Striemen gebildet hatten, gegeneinander. Als er sie fragte, ob er ihr helfen könne, griff sie nach ihren Körben und setzte ihren Weg eilig fort.

Er beschloss, eine Droschke zu nehmen. Leefke, Paul und Fietje befanden sich in der verknöcherten Hand der öffentlichen Fürsorge und würden bei allem Elend, das dort herrschte, zumindest weder erfrieren noch verhungern. Es gab nichts, was er für sie hätte tun können. Er winkte eine Kutsche herbei, gab jedoch, kaum, dass sie sich in Bewegung gesetzt hatte, das Zeichen zum Halten und sprang aus dem Verschlag. Während er davonhastete, rief ihm der Kutscher etwas Unflätiges hinterher.

8.5.1939

Freud schaute auf den leeren Stuhl, auf dem Daniel gesessen hatte. Eine Wolke schob sich vor die Sonne. Der Wind ließ ihn frösteln. Er fühlte sich leer.

Anna kam aus dem Haus und setzte sich ihm gegenüber. »Ich habe den Jungen gehen sehen. Er wirkte sehr aufgewühlt.«

»Wir haben heute einen großen Fortschritt erreicht. Das Ziel ist greifbar nahe, doch es kann immer noch alles fehlgehen«, teilte er unglücklich mit.

»Und das lässt dir keine Ruhe. Warum? Warum gerade er?«

Er sah sie an. »Das ist wohl der Preis dafür, dass du bei mir in der Analyse warst. Nun muss ich mich von dir analysieren lassen.«

»So ist es.« Sie lächelte ihm zu.

»Es ist keine große Angelegenheit«, behauptete er. Es kostete ihn Mühe, seine Gedanken zu sortieren. Erschöpft war er und sehnte sich nach Ruhe. »Als ich zuletzt bei Daniel war, fand ich Zugang zu einer alten Erinnerung.«

»Eine Erinnerung?«

»An meinen Bruder.«

»Alexander.«

»Nein, Julius. Er starb vor Alexanders Geburt, noch vor meinem zweiten Geburtstag.«

»Ich kann mich kaum erinnern, dass du mal davon erzählt hast.«

»Mutter benannte ihn nach ihrem geliebten Bruder, der starb, bevor sie Julius auf die Welt gebracht hatte.«

»Es muss ein schwerer Schlag für sie gewesen sein.«

»Sie war damals gerade einmal Anfang 20 und hat es mit Würde getragen.«

»Und nun lässt diese Erinnerung dich nicht mehr los. Weshalb?«

»Das ist nur das Alter«, sagte er mit einer wegwerfenden Handbewegung, »es verführt dazu, an die Anfänge zurückzugehen, um sich dort zu verlieren.«

»Hast du deshalb auch den *Moses* geschrieben? Der Stoff hat dich zurück an die bebilderte Bibel geführt, die dein Vater dir gab.«

»Die farbigen Darstellungen haben mich als Kind sehr beeindruckt.«

Sie sah ihn nachdenklich an. »Es gab Tage, an denen ich gehofft hatte, du würdest den *Moses* niemals beenden. Solange du daran schriebest, würdest du auch bei uns bleiben. Als du mir das fertige Buch gabst, hatte das etwas Endgültiges.«

Sie wartete auf Antwort, doch er schaute durch sie hindurch. Sie erschrak über diesen Blick, der die lebendige Welt hinter sich zu lassen schien. »Ist dir kalt? Soll ich dich ins Haus bringen?«

Seine Augen fanden sie. »Lass nur. Ich bin froh, hier noch ein wenig liegen zu können. Eine Decke könntest du mir allerdings bringen. Das wäre sehr nett.«

»Das will ich gerne tun.«

51.

Als er das Kontorhaus erreichte, glühte seine Stirn. Sein Rücken war schweißnass. Er hielt inne, um Atem zu schöpfen. Dann schlug er den in einen Neptunschädel eingefassten Messingring hart gegen den darunter angebrachten Knopf.

Edith öffnete ihm. Ihre Haut ohne Farbe und an den Wangen eingefallen. Als das Hausmädchen Freud im gelben Licht der Gaslaterne erkannte, erstarrten ihre müden Gesichtszüge zu Stein.

»Sie wünschen?«

»Ich muss die Senatorin sprechen.«

Ohne ein weiteres Wort schloss sie die Tür wieder. Freud wartete. Der Druck, den er seit seinem Aufbruch im Kopf spürte, verstärkte sich mit jedem Herzschlag. Sein Atem ging schwer.

Die Tür wurde geöffnet.

»Bitte.«

Freud folgte der schmallippigen Aufforderung. Das Mädchen hieß ihn im Vestibül zu warten und ging wieder. Ein Luftzug brachte den Kristallleuchter zum Klingeln. Die leichte Bewegung, die ihn erfasst hatte, erweckte durch das Spiel von Licht und Schatten den Büffelkopf an der Wand zum Leben.

Das Mädchen kehrte zurück, eskortierte ihn in den Salon und wies ihm einen Sessel zu, auf dem er Platz nehmen sollte. Er setzte sich kurz, stand aber schon bald, von seiner inneren Unruhe getrieben, wieder auf und begann, zwischen Tür und Fenster hin und her zu wandern. Nach jeder Runde blieb er am Fenster stehen, schaute eine Weile auf die Straße hinunter, ohne wahrzunehmen, was er sah, und trat die nächste Runde an. Als schließlich hinter ihm die Tür geöffnet wurde, schreckte er zusammen. Greta Hansen sah ihn mit zusammengekniffenen Lippen an. Sie stand aufrecht da, mit kämpferischem Blick. Ihr Kleid wölbte sich leicht über ihrem Bauch.

»Mein aufrichtiges Beileid, Frau Hansen.«

»Ich nehme nicht an, dass Sie zum Kondolieren gekommen sind.«

»Ich bin hier, weil ich Sie um etwas bitten möchte.«

Greta Hansen schloss die Tür hinter sich und trat ihm gegenüber.

»Reicht Ihnen etwa das Leid noch nicht, das Sie über dieses Haus gebracht haben?«

Freud richtete sich auf. »Mit Verlaub. Das Leid war hier schon zu Gast, bevor ich das erste Mal dieses Haus betreten habe.«

Für einen Moment färbten sich Greta Hansens Wangen tiefrot. Die Senatorin sperrte den Mund auf, sagte dann aber nichts. Stattdessen kniff sie kurz die Augen zusammen, worauf ihr Gesicht wieder die gleiche vornehme Blässe aufwies wie beim Betreten des Zimmers. »So etwas wie Mitgefühl kennen Sie wohl nicht.«

»Sie irren, Frau Senatorin. Ich kann durchaus Mitgefühl für Ihre Lage aufbringen, denn ich gehe davon aus, dass Sie von den Neigungen Ihres Mannes wussten und sich berechtigte Sorgen um die Zukunft Ihres Kindes gemacht haben.«

Greta Hansen wandte sich mit einer raschen Bewegung von ihm ab. »Ich bin dieser Gespräche überdrüssig und werde Edith bitten, Sie nach draußen zu begleiten.«

Er zögerte. Denn ihm war nicht klar, wohin dies führen würde. Doch dann sprach er weiter. »Während ich hier auf

Sie gewartet habe, ist mir der Gedanke nicht mehr aus dem Kopf gegangen, dass die Ereignisse, so wie sie sich zugetragen haben, eine unerwartete Befreiung aus Ihrem Dilemma mit sich gebracht haben, und dass Sie vielleicht sogar insgeheim auf eine solche Wendung spekuliert haben.«

Greta Hansen fuhr herum. »Wie können Sie so etwas behaupten?«

Er sah ihr in die Augen. »Ich fragte mich, warum Sie mich konsultierten, und kam zu dem Schluss, dass Sie dies aufgrund meines Rufes taten, in der Behandlung unter Hypnose verborgene Wahrheiten zutage zu fördern. So konnten Sie hoffen, dass Fräulein Thomsen aussprechen würde, was Ihnen auszusprechen nicht möglich war.« Er trat ans Fenster. »Was geschehen ist, tut mir leid. Jedoch nicht wegen Ihres verstorbenen Mannes, sondern um Fräulein Thomsens und der jungen Leuten willen, die versuchten, sie zu unterstützen und die es ihr Zuhause gekostet hat.«

»Was wollen Sie von mir?«, fragte Greta Hansen, die Hände so fest zu Fäusten geballt, dass ihre Knöchel weiß wurden.

»Vielleicht könnten Sie Ihren Einfluss geltend machen, sodass die Betreffenden aus der Verantwortung der öffentlichen Fürsorge entlassen werden und die Möglichkeit bekommen, ihre Geschicke wieder selbst zu lenken. Sie würden sich auch um den Säugling kümmern.«

»Den Sie entführt haben.«

»Er würde es bei ihnen gut haben.«

Greta Hansen trat neben ihn ans Fenster. »Und dann würden Sie reinen Gewissens wieder nach Wien zurückkehren?«

»Ich hatte nie vor, mich in Hamburg niederzulassen.«

»Ich wäre Ihnen im Gegenzug sehr verbunden, wenn um die gesamte Angelegenheit kein Aufhebens gemacht würde.«

»Das liegt nicht in meiner Hand.«

»Es läge auch im Interesse Ihrer Verlobten sowie deren Familie.« Sie sah mit unbeteiligtem Blick aus dem Fenster. »Die Juden haben es dieser Tage mitunter nicht leicht in unserer Stadt. Es wird immer wieder von Übergriffen berichtet. Traurig, dass sich niemand darum zu scheren scheint.«

Der Angriff kam unerwartet und traf ihn mit voller Wucht. »Drohen Sie mir?«

»Glauben Sie nicht, dass ich schwach wäre oder wehrlos. Im Gegenteil. Der Tod meines Mannes kann mich nur stärker machen, und ich werde alles tun, um Schaden von meinem Kind fernzuhalten.«

Er wandte sich ihr zu. Seine Stimme zitterte. »Was ich von Ihnen wünsche, erscheint mir angemessen und gerecht. Ihre Hilfe würde nur ein geringes Opfer von Ihnen verlangen und hätte doch eine große Wirkung.«

»Ich will die Unterstützung gerne gewähren, wenn mir dies weitere Begegnungen mit Ihnen erspart.« Sie sprach langsam und mit Bedacht. Dabei wirkte sie vollkommen ruhig. »Edith wird Sie hinausbegleiten.«

Das Hausmädchen erschien und führte ihn nach draußen. Als sie die Tür hinter ihm zuschlug, stolperte er mit taubem Gefühl die Treppe hinunter und folgte, ohne zu denken, dem Lauf der Straße, bis er an der Alster strandete, die dunkel und unergründlich dalag. Nur der Wind und das Plätschern des Wassers am Ufer waren zu hören. Beides wurde vom Rauschen in seinem Kopf übertönt. Eine kalte Bö strich über sein Gesicht und ließ ihn erschauern.

Greta Hansen hatte ihn für ihre Zwecke benutzt, und nun drohte sie ihm. Dass es leere Worte gewesen waren, mochte er sich noch so oft sagen – die Beklommenheit blieb. Er meinte, die Schläge und Tritte zu spüren, die er jüngst hatte einstecken müssen und die ihn leicht das Leben hätten kosten können.

Er hatte das Gefühl, sich auf dem Grund des Ozeans zu befinden, wo die Wassermassen ihn zu erdrücken drohten. Ein Gewicht auf ihm, das ihm bei der kleinsten Bewegung eine übermenschliche Anstrengung abforderte. Jeder Atemzug ein Kraftakt.

Die Angst, die der kühlen Nacht entstiegen war und von ihm Besitz ergriffen hatte, verwandelte die pittoreske Alsterpromenade in eine unwirkliche Traumlandschaft. Das Geräusch der Blätter, die der Wind über das Pflaster trieb, und die Schatten der Bäume wurden zu Quellen einer unbestimmten Bedrohung. Er spürte, wie sich seine Muskeln verkrampften. Sein Atem wurde schneller. Ein Gedanke versuchte, sich Gehör zu verschaffen, konnte sich jedoch nicht gegen das Rauschen in seinem Kopf durchsetzen. Er wollte ihn festhalten, da er ahnte, dass die Worte, in denen er Gestalt annehmen wollte, wichtig waren. Verzweifelt stemmte er sich gegen den nicht enden wollenden Strom von Gedankenfragmenten, die ihn überfluteten. Kein Fetzen davon ausgeformt genug, um ihn in eine Idee kleiden und einer kritischen Prüfung unterziehen zu können, alle zusammen jedoch mächtig genug, um ihn weiter gefangen zu halten.

12.7.1939

Der Sommer hatte einen Rückfall erlitten. Die Temperatur war drastisch gefallen. Schwerer Hagel wütete in den Beeten und attackierte die Scheiben. Freud erwartete jeden Moment, dass das Glas unter der Wucht des Angriffs splittern würde. Er stand am Fenster seines Arbeitszimmers und konnte den Blick nicht von dem Unwetter abwenden.

Die Füße wollten seit dem Morgen nicht warm werden. Keine Decke schien dick genug, um ihn vor der Auskühlung zu schützen. Seit Tagen hatte die Sonne sich nicht mehr gezeigt. Selbst am Mittag brannte das elektrische Licht, das ihm jedoch kaum zum Lesen reichte, sodass er seine Lektüre zur Seite gelegt hatte.

Seit der Rückkehr Max Schurs aus Amerika war er um eine Sorge ärmer. Bei seinem langjährigen Arzt wusste er sich in den besten Händen. Während der Radiologe immer noch einen ebenso unerschütterlichen wie unangebrachten Zweckoptimismus an den Tag legte, hatte mit Schur ein stummer Blickwechsel genügt, um sich miteinander ins Einvernehmen zu setzen. Schur beschränkte sich darauf, etwas gegen die Schmerzen zu unternehmen, ohne ihn mit Barbituraten und Opiaten zu behelligen, die auch noch den letzten Rest Lebensenergie ersticken würden.

»Scheußlich, nicht wahr?« Anna gesellte sich zu ihm.

»Ja. Wirklich.«

Gemeinsam standen sie da und beobachteten, wie der

Hagel sich in Graupel verwandelte und den Rasen mit einer durchscheinenden Decke bedeckte.

»Hättest du das *Veronal*, das Schur dir für die Gestapo-Vorladung im Hauptquartier mitgegeben hatte, wirklich genommen?«

Sie schaute ihn überrascht an, fand jedoch seinen Blick nicht, da er aus dem Fenster schaute.

»Ich weiß es nicht. Allerdings habe ich mit allem gerechnet, als ich das *Metropol* betreten habe.«

Er drückte ihren Arm.

»Ich glaube fast, mir hätte am Ende der Mut gefehlt, es zu nehmen«, erklärte sie, »und doch war es gut, die Tabletten in meiner Tasche zu wissen. Sie haben mir die nötige Sicherheit gegeben, mich nicht einschüchtern und abspeisen zu lassen. Ich wusste nur, dass ich alles daransetzen musste, denjenigen zu finden, der befugt war, eine Entscheidung zu treffen, damit sie mich nur ja nicht dortbehielten.«

»Ja«, bestätigte Freud, »so sehe ich es auch. Deine Entschlossenheit hat nicht nur dich gerettet, sondern uns alle.« Er sah sie an. »Es gibt Situationen, in denen wir die größte Kraft aus der Möglichkeit schöpfen, selbst über unser Ende bestimmen zu können.«

Sie ließ seinen Arm los.

»Sprichst du über mich oder über dich?«

»Du musst wissen, dass ich eine ähnliche Verabredung mit Schur getroffen habe, wie du sie hattest.«

Sie schwieg.

»Ich werde keinesfalls leichtfertig mit dieser Möglichkeit umgehen. Das kann ich dir versichern.«

»Wirst du mir Bescheid darüber geben, wenn es Zeit ist?«

Er nickte. Die beiden standen am Fenster und sahen zu, wie der Graupel zu Regen wurde und die löchrige weiße Decke auf dem Rasen schmolz und verschwand.

»Kannst du mir noch einen Gefallen tun?«, fragte er.

»Natürlich.«

»Meldest du dich bei dem Jungen, um einen Termin mit ihm zu vereinbaren?«

52.

Er wusste nicht, wie lange er am Ufer der Alster gestanden und mit sich gekämpft hatte. Sein Zeitgefühl hatte ausgesetzt, doch schließlich war es ihm gelungen, die Angst, die ihn so heftig attackiert hatte, zu überwinden. Sie ließ ihn erschöpft und mit dem Eindruck innerer Leere zurück. Geblieben war ein einziges Wort, das ihm nun bald mahnend, bald bangend, dann bittend und sehnend in den Ohren klang. Ohne noch länger zu zögern, machte er sich auf den Weg.

Nervös wartete er nun darauf, dass ihm geöffnet wurde. Auf der Fahrt zurück nach Wandsbek hatte er in immer neuen Szenarien durchlebt, wie er unverrichteter Dinge wieder hatte abziehen müssen. Als er dann das Licht im Fenster gesehen hatte, war zunächst eine Last von ihm abgefallen. Doch nun wuchsen die Zweifel wieder. Noch einmal schlug er den Türklopfer gegen den Knopf. Das Geräusch dröhnte in seinen Ohren. Er wusste einfach nicht, wie er die Nacht überstehen sollte, ohne mit Martha zu sprechen.

Die Tür wurde geöffnet. Emmeline Bernays stand mit versteinerter Miene vor ihm. Sie trug einen schweren Hausmantel mit einem Pelzkragen, den sie mit beiden Händen geschlossen hielt, so als ob sie fürchten müsse, dass er ihr das Kleidungsstück in jedem Moment herunterreißen könnte.

»Entschuldigen Sie bitte die späte Störung. Wenn es möglich wäre, würde ich gerne mit Martha sprechen.«

Sie verschwand im Flur, ohne das Gesicht zu verziehen

oder einen Laut von sich zu geben. Er folgte ihr in die Stube, wo sie ihm einen Stuhl zuwies und ihn dann alleine ließ.

Da das Möbel auch die kleinste Positionsänderung mit lautem Knarren begleitete, wagte er, einmal sitzend, nicht mehr, sich zu bewegen. Zu groß war die Sorge, etwas zu überhören, das ihm Aufschluss darüber geben könnte, was sich hinter der geschlossenen Tür abspielte. Doch so angestrengt er auch lauschte, konnte er dem Murmeln, gedämpften Schritten und leise sich öffnenden und schließenden Türen keine sinnvolle Botschaft entnehmen. Je verzweifelter er es versuchte, desto unerträglicher wurde die Spannung. Der Impuls, aufzuspringen und in Marthas Zimmer zu stürmen, wurde immer stärker.

Schließlich hielt er es nicht mehr aus. Er stand mit einer so fahrigen Bewegung auf, dass er den Stuhl dabei umwarf. In dem Moment, in dem er sich bückte, um ihn wieder aufzuheben, öffnete sich die Tür. Er ließ den Stuhl liegen, stürzte zu Martha und schloss sie in seine Arme. Als er spürte, wie sie sich versteifte, ließ er sie augenblicklich los und trat erschrocken einen Schritt zurück.

»Was ist mit dir?«

»So geht es nicht weiter.« Sie schaute ihn an. Ihre Augen waren gerötet.

»Ich weiß. Es ist alles meine Schuld. Bitte vergib mir!«

»Um dir vergeben zu können, muss ich wohl erst wissen, zu welcher Schuld du dich bekennst«, antwortete sie kühl.

Er sah sie verunsichert an. »Du hast ja recht, aber ich weiß gar nicht, wo ich beginnen soll und kann dir noch nicht einmal Besserung geloben.«

»Du wirst es schon versuchen müssen. Denn wenn sich so gar nichts ändert, haben wir keine Zukunft miteinander.«

»Dann lass mich damit beginnen, dass ich keinen Tag aufgehört habe, dich zu lieben.«

»So geht es mir auch«, gab sie zögernd zurück, »aber ich glaube, wir wissen mittlerweile beide, dass Liebe allein für uns nicht reicht.«

»Ich verspreche dir, alles dafür zu tun, um endlich die Mittel für unsere Hochzeit zusammenzubekommen.« Er griff ihre Hand.

»Es ist nicht das Geld«, sagte sie und zog ihre Hand zurück. »Wenn es nur darum ginge, könnte ich alle Geduld der Welt aufbringen und warten, bis ich alt und grau wäre. Ich muss mich darauf verlassen können, dass du zu uns stehst!«

Er sah sie überrascht an. »Aber das tue ich doch, und ich will alles unternehmen, um der für dich zu sein, den du brauchst!«

Sie schüttelte unglücklich den Kopf. »Solang du so leichtfertig bereit bis, alles aufzugeben, kann ich mich nicht auf dich verlassen.«

»Leichtfertig? Ich war doch nur bereit, dieses Opfer zu bringen, weil ich dich nicht mit aller Macht festhalten darf und es auch nicht kann!«

»Und das heißt doch, dass du jeden Tag gehen kannst, weil du meinst, nicht gut genug für mich zu sein. Verstehst du? Du kannst nur zu uns stehen, wenn du auch zu dir stehen kannst!«

Kaum hatte sie ausgesprochen, brach ihm der Schweiß aus. »Und wenn ich das nicht kann, weil ich noch nicht der bin, der ich sein muss?«

»Dann hat es keinen Sinn. Denn auf diesen Tag kann und will ich nicht warten, weil es keine Garantie gibt, ob er überhaupt jemals kommt.«

Er sah sie hilflos an. »Bitte versuche, mich zu verstehen. Ich war eben bei der Senatorin.«

»Ich bezweifle, dass die Senatorin etwas mit unserer Sache zu tun hat«, unterbrach sie ihn.

»Du musst mir zuhören«, bat er. »Ich ging zu ihr, um mich für die Kinder zu verwenden, die sich Elfie Thomsens angenommen haben. In dem Gespräch deutete Greta Hansen an, dir und deiner Mutter Schwierigkeiten zu bereiten.«

»Warum sollte sie das tun?«, fragte Martha beunruhigt.

»Sie fürchtet wohl, dass ich einen Skandal machen könnte, und das will sie mit allen Mitteln verhindern.«

Martha schwieg.

»Verstehst du jetzt? Ich bringe euch in Gefahr! Heiraten und nach Wien gehen können wir nicht, weil uns das Geld fehlt. Also bleibt doch nur, unsere Verbindung zu lösen, um dich zu schützen.« Er schaute sie verzweifelt an. »Und das kann ich nicht und müsste es doch.«

Sie saßen beide da und schwiegen.

»Aber geht es nicht genau darum«, sagte sie schließlich leise, »alles miteinander durchzustehen?« Sie streckte vorsichtig ihre Hand auf dem Tisch aus.

Freud schob seine Hand unter die ihre. Als er spürte, wie sie seine Hand drückte, erwiderte er den Druck.

Sie stand auf, zog ihn vom Stuhl hoch und nahm ihn in den Arm. Als sie ihre Wangen aneinanderpressten, vermischten sich ihre Tränen miteinander.

4.8.1939

Von seinem Krankenbett aus konnte er in den Garten blicken und sich einbilden, dass der Sommerwind den Duft der Blumen zu ihm herüberwehte. Bücher, Briefpapier und Feder lagen so, dass er sie jederzeit erreichen konnte. Während er damit leben konnte, zum Lesen im Bett zu bleiben, wollte ihm dies beim Schreiben nicht genügen. Er nahm die Taschenuhr und zog sie auf. Als Schuljunge hatte er ganze Tage und Nächte mit seinen Büchern im Bett verbracht. Auch als Student hatte er diese Angewohnheit nicht abgelegt. So konnte er in der behütenden Wärme des Bettes die größten Abenteuer erleben, zog mit Don Quichotte durch das alte Spanien und segelte mit Darwin auf der *Beagle* den Galapagosinseln entgegen. Mittlerweile war der Aufenthalt in seinem Bett nur noch bedingt freiwillig.

Als er sich aufsetzte, hob Jofi den Kopf. Der Chow mied ihn zu seinem Kummer. Er lag in der am weitesten entfernten Ecke, weil der Geruch, den der Tumor verströmte, ihn verschreckte. Das Tier roch darin wohl den Tod.

Freud stand auf, legte seinen Hausmantel an, schlüpfte in die Pantoffeln, die vor dem Bett bereitstanden, und schlurfte zum Schreibtisch herüber. Das alles in quälend langsamem Tempo. Jeder Schritt wollte wohlgesetzt sein, damit der alte Kahn nicht ins Trudeln kam. Der Hund beobachtete dabei seine Bewegungen aufmerksam. Als es dem Chow schließlich zu eng wurde, erhob er sich hastig, drückte sich an der Wand entlang bis zur Tür und entschwand.

Freud ließ sich auf seinem Schreibtischstuhl nieder. Das Leder fühlte sich kühl an. Trotz der sommerlichen Wärme fror er. Er nahm den winzigen Schlüssel und zog die Schreibtischuhr auf. Das Ticken beruhigte ihn. Sie blieb nie stehen.

Besuch war gekommen. Er sah Anna mit Daniel sprechen. Als sie zu ihm herüberblickte, gab er ihr ein Zeichen, ihn hereinzuschicken.

Daniel betrat das Zimmer. In der Hand hielt er die Statuette. Er reichte sie Freud. »Es tut mir leid. Ich weiß auch nicht, warum ich das gemacht habe.«

»Lass nur. Ich möchte, dass du sie behältst.«

Er schaute ihn überrascht an. »Wirklich?«

»Ja. Versprich mir nur, sie gut zu behandeln.«

»Das will ich tun. Danke!« Er schaute Freud aufmerksam an. »Anna hat mir erklärt, dass Sie Ihre Praxis geschlossen haben.«

»Einmal musste ich wohl nachgeben.«

»Soll ich wieder gehen?«

»Nein. Setz dich. Nimm den Stuhl, der am Bett steht.«

Freud wartete, bis der Junge wieder bei ihm war. Laut zu sprechen, strengte ihn an. »Wie geht es dir?«

»Ich habe mit der Schule aufgehört. Jetzt gehe ich bei einem Tischler in die Lehre.«

»Das ist gut.«

»Und ich habe ein Mädchen kennengelernt. Sie kommt auch aus Hamburg.«

Freud lächelte.

»Ich wollte mich bedanken«, sagte Daniel mit fester Stimme.

»Wofür?«

»Dass Sie mich festgehalten haben, als ich springen wollte.«

»Ich habe mir dabei fast den Hals gebrochen. Eine Woche lang konnte ich nicht sitzen.«

»Das tut mir leid.«

»Der Einsatz hat sich wohl gelohnt, möchte ich meinen.« Ein kurzes Zögern. »Darf ich Sie noch etwas fragen?«

»Sicher.«

»Aber es betrifft nicht mich, sondern Sie.«

»Nur heraus damit.«

»Was für eine Erinnerung war das, von der Sie beim letzten Mal gesprochen haben?«

Freud schmunzelte. »Zurzeit lässt wohl niemand mehr die Gelegenheit aus, mich zu analysieren.«

»Sie müssen nicht antworten.«

Er überging die Bemerkung. »Du hast mich nach meinem Bruder gefragt. Ich habe dir von Alexander erzählt, aber es gab noch einen weiteren. Julius.«

»Den haben Sie mir verschwiegen.«

»Ja. Er ist nur ein paar Monate alt geworden. Ich war selbst noch ein kleiner Junge. Als er auf die Welt gekommen ist, habe ich ihm den Tod gewünscht. Viele Kinder machen das in dem Alter. Es ist ein ganz normaler Vorgang.«

»Und diese Erinnerung ist zurückgekommen?«

»Ja.«

»Nach so langer Zeit?«

»Sie war immer da. Ich habe es nur nicht mehr gewusst. Trotzdem hat sie mich über die vielen Jahre angespornt, möchte ich meinen.«

»Inwiefern?«

»Zwischen Brüdern wirkt stets eine starke Konkurrenz. Doch wie will man gegen einen Konkurrenten bestehen, der nicht mehr da ist und sich dem Wettstreit entzieht?«

Daniel sah ihn nachdenklich an. »Ich weiß es nicht. Wie macht man das?«

»Ich würde es selbst gerne wissen.« Er lächelte den Jungen wehmütig an. Es schmerzte, dass ihm die Zeit fehlte, der Frage in der gebotenen Gründlichkeit nachgehen zu können. »Ich bin aber guter Hoffnung, dass du eine Antwort finden wirst.«

Daniel stand auf und ging zur Tür. »Danke. Und auf Wiedersehen.«

»Pass auf dich auf.«

53.

Die Sonne wärmte die Seele der Stadt. Kinder jagten einander ausgelassen kreischend und lachend über den Gehweg. Ihre Mütter waren in Klatsch und Tratsch vertieft. Nichts konnte ihre Idylle stören.

»Guten Morgen, Doktor Freud!«

Burmesters Morgengruß verhieß nichts Gutes. Als der Hafenpolizist die Gartenpforte öffnete, versperrte Dorothea Becher ihm sogleich den Weg. Ihr Mieter sei schwer krank und könne niemanden empfangen.

Burmester zeigte sich beeindruckt und schien bereit nachzugeben. Freud winkte den Officianten jedoch zu sich, was Dorothea Becher augenblicklich die Zornesröte ins Gesicht trieb. In ihrer Entrüstung konnte er eine Zuneigung spüren, die ihm das Herz wärmte.

Nachdem seine Zimmerwirtin unter Protest im Haus verschwunden war, trat Burmester an ihn heran. Unter seinem Arm trug er eine Zeitung, deren letzte Seite er aufschlug und Freud reichte. In dem zweispaltigen Artikel, auf den Burmester mit dem Finger wies, wurde Hansens Tod vermeldet. Von einem tragischen Unfall war die Rede. Der Text ging nur vage auf die näheren Umstände ein und würdigte dafür umso ausführlicher die Verdienste des ehrwürdigen Senators, großzügigen Wohltäters und bedeutenden Kaufmannes. Für das Unglück wurden die schlechte Absicherung der Fleete, der skandalöse Zustand der Wege sowie die fehlende Beleuchtung verantwortlich gemacht.

Während er las, fühlte Freud den forschenden Blick des Hafenpolizisten auf sich liegen.

»Sie sind eigens nach Wandsbek gekommen, um mir die Sonntagszeitung zu bringen?«

»Sicher nicht. Ich wollte Ihnen vielmehr Gelegenheit bieten, sich zu den Ereignissen zu äußern.«

»Was verleitet Sie zu der Annahme, dass ich etwas vorzubringen hätte, das Ihren Weg hierher rechtfertigen könnte?«, fragte Freud.

»Wollen wir nicht lieber offen miteinander sprechen?«

Freud wurde es zunehmend unbehaglich zumute.

»Es wird Sie nicht verwundern, dass der plötzliche Tod des Senators einigen Aufruhr verursacht hat und viele Fragen aufgetaucht sind, zu denen ich nun die Antworten zu suchen aufgerufen bin.«

»Das verstehe ich natürlich«, gab Freud zurück.

»Die Aufregung steht, wenn ich das anmerken darf, in keinem vernünftigen Verhältnis zu dem geringen Interesse, auf das der Tod des armen Säuglings stieß.«

Freud war von der Äußerung des Polizisten überrascht. »Wenn ich Ihren Standpunkt auch teile, so fürchte ich doch, dass ich Ihnen nicht behilflich sein kann.«

»Es ist ja nicht nur das Kind«, fuhr Burmester unbeirrt fort, »sondern auch der Tod von Fräulein Elfie Thomsen.« Burmester sah ihn an. »Sie scheinen wirklich nicht bei guter Gesundheit zu sein. Haben Sie sich etwa verkühlt?«

»Es ist nur ein leichtes Fieber, das sich bald wieder legen wird.«

»Sehen Sie, die Sache wollte mich nicht mehr so recht loslassen, und ich hatte das Glück, dass meine Mühen belohnt wurden.«

»Schön«, bemerkte Freud zögernd, da er nicht wusste, welche Richtung die Unterhaltung nehmen würde.

»Ich fand eine Zeugin, die mir von einem Streit zwischen einem Mann und einer jungen Frau berichtete, den sie an der Unglücksstelle beobachtet habe. Bei dem Mann handelt es sich ganz unzweifelhaft um den Senator. Können Sie mir folgen?«

»Sicher.« Als Burmester seinen Bericht begonnen hatte, ließ seine Anspannung mit jedem Wort des Polizisten nach. Es war, wie Martha gesagt hatte – sie mussten irgendwie durch diese Sache hindurchkommen, und dies war der Moment, in dem er sie zu einem Ende führen würde.

»Hansen wollte, wenn ich das so ausdrücken darf, das Gespräch mit der Frau partout beenden und stieß sie, weil Worte nicht halfen, zu diesem Zweck in den Fleet. Die Frau hat ihn dabei, so die Zeugin, mitgerissen. Wir haben überall nach ihr gesucht, sie aber nicht gefunden, was mich an der Glaubwürdigkeit der Aussage zweifeln lässt. Im weiteren Verlauf der Nacht seien noch andere Personen dort aufgetaucht. Deshalb bin ich hier.«

Freud nickte langsam. »Vielleicht kann ich Ihnen doch weiterhelfen.«

Burmester sah ihn überrascht an.

»Es wird Sie nicht so sehr überraschen, dass ich eine der Personen bin, die sich in der Nacht an dem Unglücksort eingefunden haben.«

»Davon war ich in der Tat ausgegangen«, gab Burmester zurück, »haben Sie etwas dagegen, wenn ich mich setze?«

»Bitte.«

Freud wies auf den alten Birnbaum, der in der Mitte des Gartens thronte und in dessen Schatten ein Schemel stand, den Burmester sich heranholte. Er wartete, bis der Polizist sich gesetzt hatte. Sein Blick blieb an den reifen Früchten hängen, unter deren Gewicht sich die Äste des Baums bogen. Einen Moment lang sah er den Senator in den Zweigen hängen. Er kniff die Augen zu und wischte sich den Schweiß von der Stirn. Dann begann er in ruhigen Worten, Burmester die Ereignisse und ihre Zusammenhänge auseinanderzusetzen. Seine Stimme klang ihm dabei seltsam fremd in den Ohren. Burmester hörte aufmerksam zu, stellte Fragen, wenn ihm etwas unklar erschien, und überließ Freud dann wieder das Wort.

Als er endete, blieb Burmester still neben ihm sitzen. Nach einer Weile faltete er die Zeitung zusammen, die er mitgebracht hatte und stand auf.

»Was werden Sie nun unternehmen?«, wollte Freud wissen. Sein Herz klopfte stark.

»Nichts. Es ist, wie es in dem Bericht steht: ein tragisches Unglück.« Burmester legte die Zeitung auf die Bank.

»Und das war es?«

»Mehr ist in dieser Sache nicht möglich.«

Freud nickte. Ein dumpfes Gefühl breitete sich in ihm aus.

»Sie sollten sich jetzt besser auskurieren.« Burmester ging zurück zur Straße. An der Pforte blieb er stehen. »Alles Gute für Sie und Ihre künftige Braut.«

»Danke«, sagte Freud überrascht.

»Wie ich hörte, hat Ihnen eine großzügige Spende den Weg in den Hafen der Ehe ermöglicht. Wissen Sie schon, wo Sie die Flitterwochen verbringen werden?«

»In Travemünde.«

»An der Ostsee also.«

»Darf ich Ihnen einen Rat geben?«

»Sicher.«

»Je eher Sie Hamburg verlassen, desto besser. Der Herbst hat hier für Besucher wenig Erfreuliches zu bieten.«

4.8.1939

Nachdem sein letzter Patient das Behandlungszimmer verlassen hatte, kam Martha zu ihm. Sie half ihm auf die Beine und führte ihn vom Stuhl zurück zum Bett, das ihm Ruhe versprach.

»Seit unserer Überfahrt habe ich viel an Hamburg gedacht.«

Sie lächelte ihn an. »Der Junge kommt von dort, nicht wahr?«

»Ja.«

»Das war keine leichte Zeit.«

»Ja«, bestätigte er, »besonders als du mir eröffnet hast, dass nach der Trauung noch die religiöse Zeremonie nötig sein würde.«

Sie lachte. »Mir hätte das Ja-Wort aus dem Wandsbeker Rathaus gereicht. Es war dein Österreich, das auf der hebräischen Formel bestand.«

»Für dich war es ein kleiner Sieg.«

»Du hast die Formel sehr brav auswendig gelernt«, sagte sie und half ihm aus dem Hausmantel.

Er legte sich ins Bett und ließ sich von ihr zudecken. »Hast du deine Wahl jemals bereut?«

»Hörst du denn nie auf zu zweifeln?«

»Das darf mir als Antwort wohl genügen.«

»Ich will es gerne noch einmal sagen: Ich habe es nie bereut.« Sie nahm seine Hand. »Natürlich mit Ausnahme der Momente, in denen du deine Launen hattest oder mich über die richtige Art der Pilzzubereitung belehren wolltest.«

Er musste so lachen, dass es ihm im Mund wehtat.

»Willst du noch ein wenig schlafen?«

»Ja.«

Sie stand auf und ging zur Tür. Freud lauschte dem Geräusch der sich entfernenden Schritte. Eine angenehme Ruhe breitete sich in ihm aus. Er wusste nicht, wann er dieses Gefühl zum letzten Mal gespürt hatte, ob er es überhaupt jemals in so umfänglich und tiefgreifendem Maße empfunden hatte.

Die Augen schließend, überließ er sich seinen Gedanken, in denen die Grenzen zwischen dem Innen und dem Außen verschwammen. Besucher aus der Vergangenheit füllten das Zimmer mit ihrer Präsenz. Sophie und ihr kleiner Heinele. Seine wieder jung gewordene Mutter, die, wie er jetzt sehen konnte, Julius auf dem Arm trug. Ganz zufrieden sah das Baby aus, als es seinen Finger hob, um aufzuzeigen. Er winkte ihm zu. Nun konnte er die gleiche Zufriedenheit spüren.

ENDE

Weitere Titel finden Sie auf den
folgenden Seiten und im Internet:

WWW.GMEINER-VERLAG.DE

Markus Kleinknecht
BIST DU NICHT WILLIG
Thriller
384 Seiten, 13,5 x 21 cm,
Klappenbroschur
ISBN 978-3-8392-0560-0

Charlotte Sander hat ihren ersten Tag als Fotografin
bei der ältesten Zeitung Hamburgs und tritt dem er-
fahrenen Reporter Jan Fischer direkt auf den Schlips.
Das ungleiche Paar kommt sich bei den Recherchen
zu einer vermissten Sängerin näher – und fragt sich
bald, ob Anna Horn wirklich bei einem Segeltörn
von Bord gefallen und ertrunken ist. Gemeinsam
gelingt es ihnen, einem Frauenfänger auf die Spur
zu kommen, der einen perfiden Plan verfolgt. Doch
den Frischverliebten bleibt nicht viel Zeit. Jan muss
schnell sein, wenn er Charlotte nicht gleich wieder
verlieren will …

GMEINER SPANNUNG

WWW.GMEINER-VERLAG.DE
Wir machen's spannend

Ella Theiss
Das Darmstädter Mörderliebchen
Wahre Verbrechen
320 Seiten, 12,5 x 20,5 cm,
Paperback
ISBN 978-3-8392-0567-9

Darmstadt, 1847. Gräfin Emilie von Görlitz stirbt
bei einem Brand in ihren Gemächern. Während
Polizei und Justiz von einem Unfall ausgehen, wittert
die Öffentlichkeit einen Gattenmord. Kurz darauf
wird Kammerdiener Johann verhaftet, ihm droht
die Todesstrafe. Seine Braut Christina ist von seiner
Unschuld überzeugt, gerät aber als Mörderliebchen
selbst an den Pranger. Dann bricht die Revolution
aus, und die Welt steht Kopf. Christina wittert eine
Chance für Johann und schließt sich dem Radikal-
demokraten Paul an. Aber ist dem tollkühnen Kerl
zu trauen?

GMEINER SPANNUNG

WWW.GMEINER-VERLAG.DE
Wir machen's spannend